Sommerherzen im Regen

Karin Lindberg

Verlag:
BookRix GmbH & Co. KG
Sonnenstraße 23
80331 München
Deutschland

Lektorat: Dorothea Kenneweg
Korrektorat: Sandra Nyklasz
Covergestaltung: Chris Gilcher
Copyright © Karin Lindberg 2018
Schirm: Pixabay

www.karinlindberg.info

ISBN: 978-3-7438-7074-1

www.bookrix.de

Sommerherzen im Regen

Bisher erschienen

Shanghai Love Affairs
Vertraglich Verliebt (1)
High Heels im Schnee (2)
Act of Law – Liebe verpflichtet (3)
Sommerherzen im Regen (4)

Romantische Komödien
Ein Abenteuer in den Highlands
Liebe süßsauer
Lilja und die Liebe
Ein Schokoholic will Meer
Wollsockenwinterknistern
Ein Vorurteil kommt selten allein
Herzklopfen inklusive
Kokosmakronenküsse
Lügen, Liebe, lange Beine
Cupcakequeen – zartschmelzend verführt

Prescott Sisters
Der Maskenball
Die Entführung
Der Meisterdieb
Der Amerikaner
Der Bodyguard

Prolog

London

Das Licht im Commonwealth Club war gedämpft. Beethovens Sonata Nummer dreißig tönte leise durch die versteckt eingebauten Lautsprecher. Über die Jahrzehnte hatte sich, abgesehen von kleinen Schönheitsreparaturen oder notwendigen Modernisierungen, wenig verändert. Dunkelbraune Chesterfieldsofas und -sessel standen auf dem mit weinrotem Teppich ausgelegten Boden des Kaminzimmers. Ölgemälde in goldenen Rahmen zierten die dunkel vertäfelten Wände. Die Uhr auf dem Sims zeigte viertel vor acht, im Kamin prasselte ein Feuer. Oliver Barrett genoss die würdevolle Stimmung im Club, dessen Türen sich nur für die oberste Schicht der Londoner Gesellschaft öffneten. Normalerweise vertrieb er sich die Zeit eher in angesagteren Etablissements, aber hin und wieder genoss er die altehrwürdige Atmosphäre sehr gerne. Das Geld der Mitglieder war mindestens so alt wie die Gemäuer selbst. Die Upper Class Londons zog es vor, sich hinter verschlossenen Türen zu treffen. Er selbst hatte nicht vor, übers Geschäft zu reden – das überließ er anderen.

Das traditionelle Flair erinnerte ihn jedoch daran, wo seine Wurzeln lagen, und holte ihn nach langen Reisen auf den Boden zurück. Verrückt, wenn er daran dachte, dass er noch gestern in Südamerika gewesen war, um über die Clubszene São Paulos zu berichten. Und nun saß er wieder in London und nippte an einem Whiskey. Oft hielt er sich zwar nicht mehr in seiner Heimatstadt auf, aber wenn, dann traf er sich immer mit seinem besten und langjährigen Freund Lucas Stanhope. Seit dieser mit seiner großen Liebe Danielle zusammenwohnte, hatte sich einiges geändert. Er war ruhiger geworden und feierte weniger, was man von Oliver nicht behaupten konnte. Er schmunzelte unterdrückt. Ehe er sich freiwillig unter den Pantoffel einer Frau begab, würde man in der Hölle Schlittschuh fahren können.

„Es ist überhaupt kein Problem, natürlich kannst du ein paar Tage in meinem Apartment in Shanghai bleiben. Aber nimm bitte Rücksicht auf Tamara. Und ich warne dich: Wenn du sie anfasst, bringe ich dich um! Meine Schwester ist tabu für dich, ist das klar?" Lucas blitzte ihn mit funkensprühenden Augen an.

Oliver entging die pochende Ader an Lucas' Hals nicht, die immer bedeutete, dass sein bester Freund nicht gerade in bester Stimmung war.

Milde ausgedrückt.

„Was denkst du eigentlich von mir? Ich baggere doch garantiert nicht deine Schwester an. Hast du sie noch alle?", verteidigte er sich.

Er wich Lucas' bohrendem Blick nicht aus, um ihm zu zeigen, dass er es ernst meinte. Als ob er Interesse an seiner Schwester hätte! Sie verkörperte, soweit er wusste, alles andere als den Typ Frau, auf den er stand. Ihr Beruf als Lehrerin bestätigte das nur. Sie konnte nichts anderes als bodenständig und brav sein – Eigenschaften, die ihn an einer Frau nicht reizten. Allein der Gedanke, dass er sich für sie interessieren könnte, war so lächerlich, dass er laut auflachen wollte.

Davon mal abgesehen, besaß er tatsächlich so etwas wie Anstand, was hieß, dass er sich natürlich *nicht* an die Schwester seines besten Freundes ranmachen würde, egal wie heiß sie war – oder eben nicht war. Er konnte sich nicht einmal bewusst an sie erinnern. Sie waren sich im Erwachsenenalter nur noch ein einziges Mal kurz auf Damians Hochzeit vor anderthalb Jahren begegnet. Soweit er sich entsann, war sie alles andere als heiß, obwohl er sich damals einen blöden Spruch natürlich nicht hatte verkneifen können. Nein, wegen ihr brauchte Lucas ganz sicher keine Bedenken zu haben.

Lucas atmete langsam aus, lehnte sich im Sessel zurück und entspannte sich.

„Gut. Ich wollte es ja auch nur gesagt haben", ergänzte er mit einem Mal ganz ruhig. Damit war das Thema offensichtlich abgehakt.

Oliver grinste breit. Das war das Schöne mit den Stanhope-Zwillingen: So schnell Damian und Lucas sich aufregten, so rasant verpuffte ihr Ärger, wenn das Problem gelöst war.

„Also wirklich, ich bin doch nicht lebensmüde", sagte Oliver noch einmal mit Nachdruck.

Lucas' Mundwinkel zuckten. Er klopfte seinem Freund auf den Oberschenkel. „Gott sei Dank."

„Wenn es doch ein Problem für dich ist, suche ich mir selbstverständlich eine andere Bleibe"; schlug er, der Höflichkeit halber, vor.

Lucas winkte ab. „Nein, überhaupt nicht. Sei nicht albern. Ich habe es dir schon tausendmal angeboten, dazu stehe ich natürlich. Ich bin mir sicher, es wird Tamara nichts ausmachen, die Wohnung für ein paar Tage mit dir zu teilen. Sie hat immer wieder betont, dass sie nichts gegen die Gesellschaft meiner Freunde und Bekannten hat – nicht, dass das häufig vorkommen würde. Aber das Apartment ist wirklich groß genug. Und du wirst ja nicht gleich Monate dort kampieren wollen, oder?"

Oliver lachte. „Garantiert nicht. Nur für ein paar Tage, bis ich genügend Stoff für meinen Artikel zusammen habe. Dann ziehe ich weiter."

„Dann hat sich also bei dir nichts geändert?" Lucas musterte Oliver interessiert.

Er schüttelte den Kopf und zuckte mit den Schultern. „Wieso sollte sich was ändern? Ich mag mein Leben, wie es ist."

Er richtete sich im Stuhl auf. Er hasste es, sich für seinen Lebenswandel rechtfertigen zu müssen. Gerade von Lucas hatte er nicht den gleichen abschätzigen Blick erwartet, den er so oft von seiner eigenen Familie erntete. Besonders sein Vater sparte in letzter Zeit nicht mit Hinweisen in diese Richtung. Sein bester Freund hatte lange genug ein ähnliches Leben geführt wie er; von ihm hatte er mehr Verständnis erwartet – eigentlich.

„Willst du für immer um die Welt reisen, ohne festen Wohnsitz, ohne regelmäßiges Einkommen?", fragte Lucas nun auch noch. Oliver starrte ihn entgeistert an.

„Wow", stieß er hervor und verdrehte die Augen. Fehlte nur noch der Spruch, er solle was mit seinem Leben anfangen, es nicht mehr länger mit Partys und Frauengeschichten vergeuden. „Was ist denn mit dir passiert? Früher hattest du mindestens genauso viel Spaß dabei wie ich, feiern zu gehen. Hat dir Danielle vielleicht eine Gehirnwäsche verpasst?"

Lucas hob einen Finger. „Hey, pass bloß auf!"

„Schon gut." Er winkte ab. „Hat ja anscheinend sowieso keinen Sinn."

„Also?", hakte Lucas nach und machte sich damit nicht beliebter.

Der Idiot konnte einem auf die Nerven gehen.

„Nur zu deiner Information: Ich habe durchaus ein regelmäßiges Einkommen, zufällig sind meine Artikel nämlich sehr gefragt. Aber selbst, wenn dem nicht so wäre, du weißt, dass ich es nicht wirklich brauche."

Lucas seufzte. „Ja."

Olivers Bankkonto war gut gefüllt, an Geld hatte es ihm nie gemangelt. Man konnte seinem Vater zumindest nicht vorwerfen, er hätte seine finanziellen Verpflichtungen nicht erfüllt, wenngleich er seinen Vaterpflichten ansonsten eher selten bis gar nicht nachgekommen war. Aber das war ein anderes Thema, an das er jetzt nicht denken wollte. „Komm mir jetzt bloß nicht mit dem Scheiß wie meine Eltern, von wegen, dass ich meine Talente vergeuden würde, und diesem schwachsinnigen Blabla."

„Werde ich nicht", kommentierte Lucas knapp.

„Gut." Oliver atmete aus und lehnte sich zurück.

Sie tauschten stumme Blicke.

„Gut", wiederholte Lucas dann und hob erwartungsvoll eine Augenbraue, als ob da jetzt noch was von Oliver kommen müsste, was nicht der Fall war.

„Freust du dich schon auf deinen Junggesellenabschied?", wechselte Oliver das Thema und amüsierte sich diebisch über Lucas' Reaktion.

Sein Freund stöhnte gequält und hielt sich eine Hand an die Stirn. „Muss das sein? Von mir aus können wir darauf gerne verzichten."

Olivers Grinsen wurde breiter. „Verzichten? Du hast sie ja wohl nicht mehr alle. Du wirst auch deinen Spaß haben, das garantiere ich dir."

„Das kann ich mir kaum vorstellen. Wann soll das Ganze stattfinden?"

Oliver schnaubte. „Das werde ich dir bestimmt nicht verraten."

Lucas atmete scharf ein. „Mein Gott, was für ein alberner Mist. Echt. Ich bin doch keine fünfzehn mehr."

„Haha. Eben. Ein würdiger Abschied aus dem Junggesellenleben muss sein. Glaub mir, diese Nacht wirst du nie vergessen." Oliver genoss es sichtlich, Lucas im Ungewissen zu lassen.

„Die Befürchtung habe ich auch." Lucas schüttelte den Kopf und starrte düster in sein Glas.

1

Shanghai

„Lucas, noch mal langsam bitte. Ich komme gerade gar nicht mehr mit", unterbrach Tamara Stanhope ihren jüngeren Bruder.

Sie ging langsam vor der bodentiefen Fensterfront auf und ab und versuchte dabei, das Handy nicht an ihr Gesicht zu drücken. Sie wollte es nicht mit der Schlamm-Gesichtsmaske verschmutzen, die sie vor ein paar Minuten aufgetragen hatte.

„Okay, entschuldige. Also, mein Kumpel Oliver – ihr seid euch, glaube ich, schon mal kurz auf Damians Hochzeit begegnet – ist beruflich ein paar Tage in Shanghai. Ich habe ihm angeboten, dass er bei mir wohnen kann. Also, bei dir … Er ist wirklich ein sehr guter Freund. Wäre das in Ordnung für dich?"

Prinzipiell hatte sie überhaupt nichts gegen einen Mitbewohner für ein paar Tage, und Lucas' Freunde waren natürlich immer willkommen. Sie hatte Oliver zu Jugendzeiten ein paarmal auf Ragley Manor getroffen, aber das war lange her. Damals hatte sie sich nicht wirklich für die Freunde ihrer Brüder interessiert, obwohl sie natürlich wusste, dass Oliver und Lucas seit der Schulzeit beste Freunde waren. Aber durch das Internatsleben, ihr Studium und die räumliche Trennung von der Familie waren sie sich nur selten über den Weg gelaufen. Auf Damians und Julias Hochzeit war es nur ein kurzes Treffen gewesen, denn sie war nur zur Trauung erschienen und im Anschluss daran direkt wieder gefahren, da es eine familiäre Annäherung nach einer schwierigen Zeit gewesen war. Seitdem hatte sich viel verändert. *Zum Glück*, dachte sie und war froh, dass sie nun wieder unbeschwert am Familienleben teilhaben konnte.

„Sicher. Überhaupt keine Frage", antwortete sie daher, ohne zu zögern. „Es ist wirklich genug Platz hier. Wann hat er die Reise denn geplant?"

„Ähm... ja ... also ... Es tut mir so schrecklich leid, ich wollte es dir schon letzte Woche sagen, aber dann hatte ich so viele Termine und –"

„Lucas!", unterbrach sie ihn scharf.

Sie ahnte, dass der Freund vermutlich bereits im Flieger saß, aber auch das würde sie hinbekommen. Die Wohnung sah in Ordnung aus – sie feierte hier ja keine wilden Partys, und Pizzakartons ließ sie auch nicht wochenlang herumliegen. Sie grinste bei dem Gedanken, wie es hier zu Lucas' Sturm-und-Drang-Zeiten oftmals ausgesehen haben musste.

„Ja, schon gut. Er ist unterwegs."

Aha, hatte sie es doch gewusst. Gut, dass sie mit Unvorhergesehenem umgehen konnte.

In dieser Sekunde klopfte es an der Tür. Sie zuckte zusammen.

Okay, das war dann doch ein klitzekleines bisschen zu spontan. Sie würde Lucas beim nächsten Treffen den Hals umdrehen.

„Lucas!", zischte sie genervt.

„Ich mach es wieder gut. Versprochen!" Sie sah sein schuldbewusstes Gesicht förmlich vor sich, aber das nützte nun auch nichts mehr.

Tamara seufzte. „Du sagst mir jetzt nicht, dass er schon vor der Tür steht, oder? Es hat nämlich gerade geklopft. Wie ist er überhaupt reingekommen? Ich habe ja niemanden beim Concierge angemeldet ..."

Lucas atmete hörbar aus. „Er stand unten, und weil er deine Nummer nicht hatte, hat er mich angerufen. Ich habe also dem Pförtner Bescheid gesagt, dass er ihn nach oben lassen kann ..."

„Meine Güte. Du machst mich fertig, Lucas! Du rufst erst den Concierge an und *dann* mich?"

Es klopfte erneut, diesmal energischer. Sie verdrehte die Augen und schnaubte.

„Er ist ganz nett, ehrlich", hörte sie ihren Bruder am anderen Ende kleinlaut murmeln.

„Ja, schon gut", brummte sie, denn ändern konnte sie es nun auch nicht mehr.

Wenn der Besuch nun schon vor der Tür stand, würde sie sich wohl oder übel damit arrangieren müssen …

„Hab dich lieb, Schwesterchen." Sie konnte das Grinsen aus seinem Tonfall heraushören.

Sie schüttelte den Kopf, und ihre Lippen verzogen sich zu einem milden Lächeln. Ihr Bruder war einfach ein Unikat – ein bisweilen sehr nerviges, aber sie liebte ihn über alles. Mittlerweile fragte sie sich sogar manchmal, wie sie es ausgehalten hatte, von ihm und der Familie getrennt gewesen zu sein. Aber in diesen Jahren hatte sie selbst Probleme gehabt, die sie hatte in den Griff bekommen müssen, ansonsten wäre sie daran zerbrochen. Ihre Brüder hatten ihr die Last nicht abnehmen können, im Gegenteil. Sie jeden Tag zu sehen, hatte sie immer wieder an ihre schreckliche Kindheit, den Verlust der Mutter und alle damit einhergehenden Verstrickungen erinnert. Alles, was sie liebend gerne aus ihrem Gedächtnis löschen würde, aber das funktionierte nun mal nicht. Verdrängen half nur für eine gewisse Zeit – das hatte sie selbst schmerzhaft erfahren müssen. Die Bilder ihres übergriffigen Alkoholikervaters waren immer wieder hochgekommen, und das nicht zur besten Zeit. Aber mit vielen Gesprächen, therapeutischen Sitzungen und Geduld war sie nun in einer emotionalen Verfassung, die sie als stabil bezeichnen konnte. Sie war zufrieden mit ihrem Leben. Das war mehr, als sie damals zu hoffen gewagt hatte.

„Ich dich auch. Bis dann", sagte sie knapp und drückte ihn weg.

Es blieb keine Zeit mehr, über die Vergangenheit zu grübeln. Ihr Gast dachte vermutlich schon, sie hätte keine Lust ihn reinzulassen. Was auch der Fall war, aber sie war zu gut erzogen, um ihn länger warten zu lassen. Tamara warf ihr Telefon aufs

Sofa und schaute an sich hinunter. Schlimmer könnte es nicht mehr kommen, aber Zeit sich umzuziehen – und vor allem die Schlamm-Maske abzuwaschen – hatte sie nicht.

„Komme gleich!", rief sie resigniert und ging zur Haustür. Ihre nackten Füße verursachten ein platschendes Geräusch auf dem hellen Marmorboden.

Sie zog die Tür mit einer schnellen Bewegung auf.

„Hallo", sagte sie.

Sie sah an der Reaktion ihres Gegenübers, dass er mit vielem gerechnet hatte, aber nicht mit einer Frau im weißen Frotteemantel, mit Handtuch auf dem Kopf und Matsch im Gesicht.

„Tamara Stanhope?" Seine Stimme klang angenehm tief und dunkel. Er wirkte zwar überrascht, aber nicht komplett überfordert.

Seine Augen waren von einem bemerkenswerten Türkis, das dem Meer in der Karibik ähnelte – ein Ort, an dem sie immer verweilen könnte. In diesem Augenblick erinnerte sie sich daran, dass ihr diese Augen auch schon bei der letzten Begegnung auf Damians und Julias Hochzeit aufgefallen waren. Sie waren außergewöhnlich. Tamara riss sich von seinem Anblick los. Sie versuchte es zumindest. Olivers blondes Haar war zu lang, als dass man es noch als Frisur bezeichnen konnte. Er trug eine ausgewaschene Jeans mit Turnschuhen, einen Pullover und eine dunkelbraune Lederjacke. Eine Sonnenbrille steckte am Kragen. Ihr Blick blieb einen Moment an seiner breiten Brust hängen, ehe sie ihr Kinn hob und ihn anlächelte – was gar nicht so einfach war, weil die Maske mittlerweile beinahe vollständig trocken war und ihr Gesicht fürchterlich spannte.

„Ja, die bin ich. Tut mir leid, dass ich so … unvorbereitet bin." Sie hob die Schultern und deutete an sich herunter.

Er grinste. Eine Reihe gerader weißer Zähne kam zum Vorschein.

Angeberlächeln, schoss es ihr durch den Kopf. Sie konnte sich gut vorstellen, dass Lucas und er sich in nichts nachstanden, was Frauengeschichten anging. *Nachgestanden hatten*, korrigierte sie sich still, denn Lucas war, seit er mit Danielle zusammen war, zahm wie ein Lämmchen. Der Gedanke ließ sie innerlich schmunzeln.

„Ich bin Oliver", sagte der attraktive Besucher und hielt ihr seine Hand hin. „Oliver Barrett. Freut mich."

Sie erwiderte den Gruß. Sein Händedruck war angenehm fest, die sanfte Haut warm und trocken. Sie zog ihre Finger zurück und räusperte sich.

„Gleichfalls. Ähm, ja. Komm rein ..."

Ihr Herz klopfte unregelmäßig schnell. Es war ihr schrecklich unangenehm, dass sie ihren Gast in diesem lächerlichen Aufzug begrüßen musste. Dabei war sie sonst überhaupt nicht der Typ für ausschweifende Beauty-Sessions, aber diese Maske hatte sie von einer Kollegin empfohlen und geschenkt bekommen, und ...

Egal, mahnte sie sich innerlich zur Gelassenheit. Nichts lag ihr ferner, als Lucas' Freund durch ihr Aussehen beeindrucken zu wollen. An Männergeschichten hatte sie so viel Interesse wie an einem Schnupfen.

Oliver nahm seinen Rucksack und stellte ihn im Flur ab. Tamara warf die Tür ins Schloss und ging in den offenen Wohnbereich.

Er folgte ihr und stieß einen Pfiff zwischen den Zähnen aus. „Schick."

„Lucas' Geschmack", kommentierte sie gelassen.

„Ich war ja schon mal hier, aber so ... aufgeräumt habe ich es noch nie gesehen."

Er grinste breit und vergrub die Hände in seinen Hosentaschen. Tamara wusste genau, was er meinte. „Ja, mit dem Junggesellenleben ist es bei ihm ja nun bald vorbei." Das Lächeln misslang wegen der angetrockneten Maske komplett. Schlimmer noch, kleine Bröckchen lösten sich ab und rieselten auf den weißen Boden. „Für mich alleine ist die Wohnung eigentlich viel zu groß, aber da er sie nun schon hat, ... Auf die Füße werden wir uns hier sicher nicht treten müssen."

„Nein, absolut nicht, ich werde sowieso nur ein paar Tage bleiben. Ich sehe schon, dass Lucas vermutlich vergessen hat, dir Bescheid zu sagen?" Ein spöttischer Zug erschien um seinen Mund, seine Augen funkelten. *Er ist wirklich ein absoluter Frauentyp*, dachte sie. Gut, dass sie gegen jeglichen männlichen Charme immun war.

„Ja, aber das ist nicht weiter schlimm. Außer, dass du eben vermutlich den Schock deines Lebens bekommen hast ...", scherzte sie in einem spielerischen Tonfall.

Er winkte ab. „Ach was. So leicht haut mich nichts um. Da hättest du schon im Bikini die Tür aufmachen müssen. Oder nackt."

Er wackelte anzüglich mit den Augenbrauen, bis er realisierte, was er von sich gegeben hatte. Dass er Lucas' Schwester vor sich hatte ...

Sie konnte sich vorstellen, wie die Zahnräder in seinem Kopf ineinandergriffen. Er kannte ihre Vergangenheit und überlegte jetzt sicher, ob er was Falsches gesagt hatte. Sie wollte nicht direkt bei der Begrüßung darauf eingehen – eigentlich wollte sie gar nicht mit ihm darüber reden.

Tamara trat verlegen von einem Fuß auf den anderen. „Ja, äh. Kann ich dir was anbieten? Vielleicht sollte ich dir einfach mal zeigen, wo du schlafen kannst? Du bist sicher müde nach der langen Reise."

Oliver nagte an seiner Unterlippe und rieb sich über den Dreitagebart. „Alles gut, mach dir keine Umstände. Ich werde mich einfach so unauffällig wie möglich verhalten. Wenn dich mein Besuch stört ... Ich kann mir auch ein Hotel suchen. Ich möchte dir wirklich nicht zur Last fallen. Sag es einfach ganz offen, ich würde das total verstehen."

Oliver ließ seinen Blick von Kopf bis Fuß an ihr herabgleiten. Es war kein abschätziges Mustern, vielmehr ein neugieriges.

Das machte sie nervös. In diesem Moment war sie froh, dass ihr Gesicht von Schlamm bedeckt war, ansonsten hätte er sehen können, dass sie vermutlich heftig errötete. Ihr wurde jedenfalls ziemlich heiß unter ihrem Frotteebademantel. Dennoch unterdrückte sie den Impuls, sich Luft zuzufächeln.

„Was ist?", fragte sie ein wenig gereizt.

Ihre Reaktion auf ihn irritierte sie zutiefst. Normalerweise starrten sie Leute nicht so unverhohlen an, versuchte sie sich vor sich selbst zu rechtfertigen. Vermutlich sah sie auch einfach zu lächerlich aus. Warum kümmerte es sie überhaupt? Verunsichert schnaufte sie durch.

„Lucas würde mich umbringen, wenn ich dir auf die Nerven gehen würde, also ..."

Daher wehte also der Wind. Er dachte, dass sie auf ihn stand? Gott, der Kerl war ja noch eingebildeter und überzeugter von sich als ihr kleiner Bruder. Und dessen Ego war schon so groß wie ein Wolkenkratzer.

Sie verschränkte die Arme vor der Brust und legte den Kopf schief. „Glücklicherweise gehören zu sowas ja immer zwei." Sie ließ ihren Blick absichtlich noch einmal langsam an seinem Körper auf- und abgleiten, um ihm zu zeigen, dass er sie kalt ließ. „Und glaub mir, ich habe nicht das geringste Interesse am Freund meines kleinen Bruders. Keine Sorge."

Die Temperatur zwischen ihnen kühlte merklich ab.

Oliver fuhr sich durch die Haare. „O Gott. Entschuldige, das ist jetzt komplett falsch rübergekommen."

Ja, klar. Sie wollte eine Augenbraue heben, stellte den Versuch aber wegen ihrer angetrockneten Schlammmaske ein. Sie tippte aber mit dem Fuß auf den beheizten Boden. Er sollte ruhig merken, dass sie ihre eigene Meinung hatte.

„Ist es?", kommentierte sie knapp.

Er trat einen Schritt auf sie zu. „Ja, absolut. Tut mir total leid. Ich wollte nur sagen, dass ich dir nicht zur Last fallen werde.

Du musst dir keine Umstände machen und für mich kochen oder sowas." Oliver zuckte die Schultern.

Tamaras Mund klappte auf. Als sie kapierte, was er eben von sich gegeben hatte, fing sie an zu lachen. Große Schlammbrocken flogen von ihrem Gesicht und verteilten sich auf dem hellen Boden.

„Na, das ist doch fein, ich soll also nicht für dich kochen. Was dann? Wäschewaschen vielleicht?" Ihre Stimme troff vor Sarkasmus.

Er grinste verschmitzt, offenbar war ihm klargeworden, was für einen Mist er verzapft hatte. Sie fand seine Reaktion erfrischend, er schien Humor zu haben. Wenigstens etwas.

„Auch das nicht. Ich brauche keinen Babysitter. Du wirst kaum merken, dass ich da bin. Versprochen. Können wir noch mal von vorn anfangen? Hallo. Mein Name ist Oliver."

Er trat vor sie und reichte ihr seine Hand. Das Grinsen in seinem Gesicht war entwaffnend und ... herzerweichend. Es ließ sie nicht länger kalt – *er* ließ sie nicht kalt. Das war leider Fakt, und sie ließ sich sonst wirklich nicht so schnell um den Finger wickeln. *Eigentlich*. Tja, das hier war gerade deshalb irgendwie absurd. Sie atmete ein und erwiderte seinen Händedruck nickend.

„Na schön. Schieben wir es mal auf den Jetlag. Freut mich, Oliver. Also dann, auf ein paar entspannte Tage. Apropos, tagsüber muss ich arbeiten, da werden wir uns also schon mal nicht groß in die Quere kommen, ich habe wegen meines Jobs dann auch nicht wirklich viel Zeit für dich."

„Ich komme schon klar", unterbrach er sie erleichtert. „Echt. Keine Sorge, und vor allem mach dir bitte keine Umstände."

„Perfekt. Dann zeige ich dir jetzt mal das Gästezimmer. Küche und Wohnzimmer hast du ja schon gesehen."

Beinahe hätte Oliver auf dem Absatz wieder kehrtgemacht, als er begriff, dass Tamara Stanhope keinen blassen Schimmer davon gehabt hatte, dass sie Besuch bekam. Er würde seinem Kumpel vierteilen, wenn er ihn das nächste Mal sah, oder besser, sich noch eine ‚Kleinigkeit' zusätzlich für seinen Junggesellenabschied einfallen lassen, um sich zu rächen. Dieser Gedanke stimmte ihn versöhnlich.

Lucas' Apartment lag in einem modernen Wohnhaus im Stadtteil Xintiandi, der ehemaligen French Concession. Die Wohnung war weitläufig, hell und geschmackvoll eingerichtet. Das hatte Lucas garantiert nicht selbst hingekriegt – vermutlich hatte er erst mit der Architektin gearbeitet und sie dann flachgelegt. Aber diese Zeiten waren jetzt vorbei. In Zukunft würde Oliver von ihm keine Weibergeschichten mehr hören, sondern nur noch langweilige Storys darüber, wie toll das Leben in einer Beziehung war. Er verdrehte die Augen. Er selbst war glücklich, frei wie ein Vogel zu sein, und das sollte auch so bleiben.

„Ist das okay für dich?", riss ihn Tamara aus seinen Überlegungen. Sie stand in der Tür zum Gästezimmer. Dort lag heller Dielenboden, die Möbel waren in Weiß gehalten. Über dem Doppelbett war eine cremefarbene Tagesdecke ausgebreitet. Es wirkte fast ein bisschen steril.

„Natürlich. Vielen Dank."

Sie nickte. „Gut. Dann ... Was brauchst du noch? An das Zimmer grenzt ein Bad, das hast du nur für dich."

„Perfekt. Dann gehen wir uns einfach aus dem Weg."

Sie blickte ihn mit ihren samtbraunen Augen an. Die Farbe erinnerte ihn an flüssiges Karamell.

„Ja, das wird wohl das Beste sein", stimmte sie ihm nach einem kurzen Zögern zu. „Schlüssel und alles lasse ich in der Küche liegen."

„Gehst du weg?"

„Nicht jetzt. Aber morgen früh muss ich in die Schule." Er runzelte die Stirn. „Ich bin Lehrerin", beantwortete sie seine stumme Frage.

„Ah, okay. Hatte Lucas gesagt, ja."

Langweilig, dachte er.

„Meine Handynummer schreibe ich dir auf. Wenn was ist, du kannst mich jederzeit anrufen."

„Danke. Ich werde jetzt erst mal duschen, ein bisschen schlafen und dann die Stadt erkunden."

Sie zuckte mit den schmalen Schultern. Unter dem Bademantel konnte er ihre runden Hüften erahnen. Schnell wandte er den Blick ab. Für die ersten zehn Minuten hatte er schon genügend Fettnäpfchen mitgenommen. Er würde sie nicht noch einmal anstarren, was sie dann womöglich wieder falsch interpretieren konnte.

„Schöne Träume", sagte sie und ging an ihm vorbei aus dem Zimmer.

Ihm stieg ein Hauch von Apfelduft in die Nase, dann wurde die Tür hinter ihm geschlossen. Er schlüpfte aus seinen Schuhen, ließ sich aufs Bett sinken und stieß einen wohligen Seufzer aus.

2

Tamara zählte die Tage bis zu den Sommerferien. Irgendwie hatte sie sich die Arbeit an der British International School in Shanghai anders vorgestellt. Die Einrichtung mit knapp zweitausend Schülern war nicht mit der süßen kleinen Primary School in England zu vergleichen, an der sie zuletzt tätig gewesen war. Sie vermisste ihre alte Schule und die Heimat. Andererseits ... so wirklich heimisch hatte sie sich da auch nicht gefühlt, wenn sie ehrlich mit sich war.

Hör auf, mahnte sie sich stumm. Das war nur einer dieser Tage, an denen sie das Heimweh plagte, an denen man ihr nichts recht machen konnte. In Shanghai hatte sie alles, was sie brauchte. Außerdem liebte sie ihr Patenkind Amalia, Julius und Damians Tochter, abgöttisch. Sie war froh, dass sie an ihrem Leben teilhaben konnte, und sicher würde diese innere Unruhe mit der Zeit abnehmen und sie sich an den Alltag in Asien gewöhnen.

Müde stellte sie ihre Aktentasche nach diesem langen Tag in der Diele ab, ließ die Schlüssel in eine Schale auf der Anrichte fallen und kickte die Pumps von den Füßen. Nachdem sie Rock und Bluse in ihrem Zimmer gegen Jeans und Shirt getauscht hatte, ließ sie sich mit den Arbeiten aus der Fünften aufs Sofa fallen. Sie hatte überhaupt keine Lust, jetzt noch zu korrigieren, aber wenn sie es verschob, würde sich am Montag die nächste Arbeit aus der Dritten stapeln ... und Samstag und Sonntag wollte sie eigentlich endlich mal wieder ein Buch lesen.

Oliver hatte sie weder am gestrigen Abend noch heute zu Gesicht bekommen. Es schien, als wäre er nach seiner Ankunft in einen komatösen Schlaf gefallen. Jetzt stand die Tür zu seinem Zimmer offen, aber er war nicht zu Hause. Sehr gut, dann konnte sie in Ruhe korrigieren.

„Nützt ja nichts", murmelte sie und machte sich an die Arbeit.

Irgendwann wurden ihre Lider schwer, aber sie hatte nur noch ein paar Prüfungen, die sie unbedingt noch schaffen wollte, ehe sie ins Bett ging.

Tamara wurde von einem Krachen geweckt. Darauf folgte ein Kichern, das reichlich albern klang. Sie blinzelte und richtete sich auf. Dabei rutschten die Klassenarbeiten von ihrem Schoß und fielen auf den Fußboden.

„Verflucht", murmelte sie und erstarrte, als sie zwei Gestalten sah, die engumschlungen durch den Flur torkelten.

Die Frau hatte Beine bis zum Himmel und Absätze an den Füßen, bei denen Tamara schon vom Hinsehen schwindelig wurde. Die beiden wirkten deutlich angeheitert – milde ausgedrückt. *Meine Güte, der Kerl lässt ja wirklich nichts anbrennen.* Kaum einen Tag in der Stadt, und schon einen Fisch am Haken.

Sie begegnete Olivers Blick. Für eine sehr lange Sekunde starrten sie sich wortlos an. Das Türkis seiner Augen war vom Alkohol getrübt, seine Wangen waren gerötet. Vermutlich hatte er seine Begleitung in irgendeinem der angesagten Clubs auf dem Bund – dem Vergnügungsviertel, das man von hier aus gut zu Fuß erreichen konnte – aufgegabelt.

„'n Abend", sagte er und lächelte schief.

Sie warf einen Blick auf ihre Armbanduhr.

„Wohl eher guten Morgen", krächzte sie. Wenn sie auf eines verzichten konnte, dann auf Begegnungen dieser Art, nachts um vier.

„Oli", quengelte seine Begleitung und hängte sich schwer an seinen Ellenbogen. „Wer ist das? Hast du eine Freundin?"

„Was? Ach Quatsch, nein. Das ist nur meine Mitbewohnerin."

Mitbewohnerin? Es war immer noch er, der hier der Gast war. Tamara schüttelte den Kopf, aber ihr konnte es ja egal sein, welche Geschichten er seinem Betthäschen auftischte.

„Pst", sagte er zu seiner Begleiterin. „Nicht laut sein. Wir wollen sie nicht stören." Blondchen kicherte dämlich und tapste auf ihren hohen Absätzen hinter ihm her. „Gute Nacht", rief er Tamara zu und blickte noch einmal über die Schulter zu ihr zurück.

Okay, er wirkte anstandshalber ein wenig zerknirscht. Offenbar war er nicht so betrunken, dass es ihm total egal war, wie er sich benahm. Ihr hingegen war es völlig gleichgültig, was und mit wem er es trieb – solange sich der Geräuschpegel in Grenzen hielt. Das redete sie sich zumindest ein.

Die Tür zu seinem Zimmer glitt leise ins Schloss. Wenigstens etwas. Sie seufzte und sammelte die restlichen Papiere vom Boden auf. Danach ging sie in die Küche und goss sich ein Glas Mineralwasser ein. Ehe sie es ausgetrunken hatte, drangen bereits eindeutige Geräusche durch Olivers Tür. Sie verdrehte die Augen.

„Super." Sie fluchte verhalten und verschwand in ihrem Zimmer.

Gegen Mittag des nächsten Tages kehrte Tamara vom Yoga zurück. Oliver stand gerade in der Küche und schlürfte eine Tasse Kaffee. Er war bis auf ein Handtuch, das er sich lässig um die schmalen Hüften geschlungen hatte, nackt. Splitterfasernackt. Meine Güte! Was für ein Bild von einem Mann. Sie war sonst kein Mensch, der besonders auf Äußerlichkeiten achtete, aber ihn konnte man nicht übersehen. Das war einfach unmöglich.

Der Kerl nahm ‚sich wie zu Hause fühlen' anscheinend absolut wörtlich. Sie versuchte, seiner abartig perfekten Erscheinung nicht länger durch übermäßiges Starren zu huldigen. Was gar nicht so leicht war, denn er war in der hellen Küche omnipräsent. Sein gebräunter Teint hob sich deutlich von den weißen Küchenschränken ab, und seine Muskeln …

„Hi", sagte sie etwas atemlos und ließ ihre Sporttasche auf den Boden fallen.

„Hey", erwiderte er sanft und guckte sie über den Rand seiner Tasse hinweg an. Das Türkis seiner Augen leuchtete intensiv.

Wo war der ganze Sauerstoff auf einmal hin? Sie schnappte nach Luft.

Ihr fiel leider absolut nichts Passendes ein, was als inhaltsloser Smalltalk durchgehen würde und der Situation gerecht wurde.

Hattest du Spaß mit deinem Blondchen?
Gut geschlafen?
Ist dein Besuch weg?

„Wegen letzter Nacht ...", fing er an, sie winkte direkt ab.

„Du kannst tun und lassen, was du willst", sprudelte es aus ihr hervor, „nur erspar mir die Details."

Er nagte an seiner Unterlippe und blinzelte sie reumütig an. Herzerweichend.

Mistkerl. Er wusste genau, was er da tat.

Mit diesem Getue bekam er sicher jeden weichgeklopft. Es funktionierte ja sogar bei ihr, was der beste Beweis dafür war. Darüber ärgerte sie sich wirklich, denn sonst war sie nicht so ein Mäuschen, das sich *hoppladihopp* um den Finger wickeln ließ. *Es gibt ja gar nichts, weshalb er mich um den Finger wickeln müsste*, erinnerte sie sich vorsichtshalber selbst. In ein paar Tagen wäre er verschwunden, und sie hätte wieder ihre Ruhe. Sie sehnte den Zeitpunkt herbei. Oliver machte sie auf eine seltsame Weise nervös, die sie nicht einordnen konnte. Nicht einordnen *wollte*. In ihrem Leben war kein Platz für romantische Anwandlungen.

„Es tut mir leid, ich wollte dich nicht aufwecken. Sag mal, schläfst du eigentlich immer auf der Couch?", erkundigte er sich beiläufig und nippte noch einmal an seinem Kaffee.

Sie zog die Augenbrauen zusammen und funkelte ihn an.

„Klar, du Blödmann", gab sie etwas zu schroff zurück. Sie seufzte leise, und ihre aufbrausende Reaktion tat ihr bereits leid. Warum war sie überhaupt so empfindlich? Sie war doch sonst nicht so. „Natürlich nicht. Ich bin über der Arbeit eingeschlafen", fuhr sie etwas milder fort und schaute zu ihm auf.

„An einem Freitagabend?"

Meine Güte. Ja, es war ein Freitag gewesen. Sie hatte absolut kein Interesse, sich ihre Nächte in Clubs um die Ohren zu hauen. Aber jemand wie er konnte das sicher nicht verstehen, das nahm sie ihm nicht übel. Was sie jedoch verletzte, war der Ausdruck in seinen Augen. Er hatte sie längst als Langweilerin abgestempelt. Eigentlich sollte es ihr egal sein, aber ... das war es nicht.

Absurd.

Tamara presste ihre Lippen zusammen, ehe sie antwortete. „Ja, stell dir mal vor."

„Ich dachte, du bist Lehrerin?"

Sie atmete hörbar aus. „Und das impliziert ...?"

Sie hatte keine Ahnung, weshalb sie so gereizt reagierte. Schlafmangel war die einzig logische Erklärung, denn sie hatte nach der seltsamen Begegnung in der letzten Nacht kaum mehr ein Auge zugetan. Was auch daran liegen konnte, dass der Geräuschpegel aus seinem Schlafzimmer deutlich über Zimmerlautstärke gewesen war. Ja, das musste es sein.

Er schüttelte den Kopf. „Ach, gar nichts. Aber mal was anderes: Hast du vielleicht Hunger?"

Sie stemmte die Hände in die Hüften. „Wieso? Denkst du, dass ich dir dann direkt was mitmachen könnte?" Sie blinzelte ihn herausfordernd an.

Oliver spuckte seinen Kaffee in hohem Bogen durch die Küche. Tamara machte einen Satz zurück.

„Shit!", rief sie erschrocken und runzelte die Stirn, während sie beobachtete, wie er den Kopf über sich selbst schüttelte und sich mit der Hand über den Mund fuhr.

„Sorry." Oliver lachte rau, fischte einen Lappen aus der Spüle und begann das Malheur zu beseitigen. Dafür musste er in die Hocke gehen. Das Handtuch spannte sich sofort bedenklich um seine Hüften. Sie schaute weg, hatte absolut kein Interesse zu glotzen. „Hör mal. Es sieht vielleicht so aus, als ob ich ein Depp wäre, aber … ich mache super Spiegeleier", sagte er kurz darauf.

„Du willst für mich kochen?" Sie wandte sich ihm wieder zu und starrte ihn ungläubig an.

Das wurde ja immer skurriler. Ein nackter Mann in ihrer Küche wollte Eier für sie braten. Das war … lange nicht mehr vorgekommen. Eigentlich noch nie.

Er war leider wirklich süß, wenn er sie so von unten anhimmelte wie jetzt. „Kochen würde ich das vielleicht nicht nennen", ergänzte er mit einem Zwinkern und stand auf. Im gleichen Moment löste sich das Handtuch von seinem Körper und segelte zu Boden.

Verdammt.

Tamara keuchte entsetzt auf – zu spät. Sie hatte alles gesehen, was es zu entdecken gab. Und das war … *O mein Gott.* Schnell hielt sie sich die Hände vor die Augen.

„Spiegeleier. Okay. Aber bitte, zieh dir was an", brummte sie und rang nach Luft.

Er lachte noch einmal rau, als wäre es für ihn völlig normal, plötzlich unbekleidet vor jemandem zu stehen. Okay, das war es wahrscheinlich auch, bei seinen häufig wechselnden Bekanntschaften …

Sie bekam durch die Finger vor ihrem Gesicht mit, wie er das Handtuch aufhob und aus der Küche schlenderte – ohne es sich wieder um die Hüften zu schlingen.

Himmel! Einen Knackarsch hatte der Aufschneider, das musste man ihm lassen. Tamara griff sich eine Flasche Wasser aus dem Kühlschrank und trank hastig mehrere Schlucke, um ihre trockene Kehle zu befeuchten.

In der Pfanne brutzelten vier Spiegeleier, während die Drähte des Toasters rot glühten und zwei Scheiben rösteten. Oliver hatte alles im Griff und nahm sich einen Augenblick, um seine Gastgeberin zu beobachten. Tamara saß mit einem Tablet an der Küchentheke und scrollte sich durch verschiedene Internetseiten. Einige Strähnen hatten sich aus ihrem Haarknoten gelöst und umrahmten ihr herzförmiges Gesicht. Sie hatte eine gerade, süße Nase, für die andere Frauen viel Geld hinblättern würden. Ihre Wangen waren von einem leichten Rosa überzogen, was vermutlich vom heißen Kaffee herrührte, der neben ihr stand.

„Seit wann lebst du in Shanghai?", wollte er von ihr wissen.

Sie hatte einen langen, schlanken Hals und hübsche Augen, aus denen sie ihn jetzt mit geneigtem Kopf prüfend anblickte.

„Noch nicht lange. Ich bin zu Beginn des Schuljahres hergezogen. Wieso?"

„Und? Wie findest du es hier?"

Sie nagte an ihrer Unterlippe. „Pulsierend. Spannend. Anders."

Er legte den Pfannenwender beiseite. „Aber?"

Sie zuckte die Schultern. „Nichts ‚aber'."

„Es klang mir so danach …"

„Da musst du dich getäuscht haben. Was führt dich nach Shanghai? Lucas meinte, die Arbeit?"

„Ja. Ich arbeite freiberuflich. Blogge und sowas."

„Verstehe. Hat dein Blog auch einen Namen?"

„Sicher."

„Ich würde mir die Seite gern mal ansehen. Wie heißt sie?"

Er hob eine Augenbraue. „Oh. Ach so. Na klar. *OliverBarrettTraveler.com*. Willst du dein Ei einmal gewendet?"

„Nein, sunny side up, bitte."

„Gut." Er drehte ihr den Rücken zu und überließ es ihr, sich eine Meinung über seinen Blog zu bilden.

„Wow, du hast ganz schön viele Follower. Hast du auch einen YouTube-Channel?" Er wandte sich ihr wieder zu und nickte.

„Ach, da sehe ich es ja schon. Krass. Das sind ja richtig viele. Du bist in der Szene ja ein Superstar."

Er winkte ab. „Man kann davon leben. Essen ist fertig."

Oliver verteilte die Eier auf zwei Teller und legte je eine Scheibe Brot an den Rand. „Baked Beans hast du nicht zufällig da?"

„Glaube nicht." Sie kräuselte die Nase.

„Na schön." Er stellt das Geschirr auf den Tresen und öffnete den Kühlschrank. Als er den Ketchup und die Butter gefunden hatte, setzte er sich neben seine Gastgeberin. „Bon Appetit."

„Vielen Dank, das war nett von dir." Das Tablet hatte sie beiseitegelegt. „Was hast du schon von Shanghai gesehen?"

„Nicht viel, wenn ich ehrlich bin."

„Aber du warst früher schon mal hier?"

„Ja, das schon. Klar. Mit Lucas."

„Verstehe. Also, hast du was Besonderes vor auf dieser Reise?"

Er schob sich eine Gabel mit Ei in den Mund. „Nicht wirklich. Wieso? Hast du eine Idee?"

„Das ist dir sicher zu langweilig …"

Er grinste. Er fand sie entzückend. Sie wusste genau, was er über sie gedacht hatte, und sie war nicht sauer, sondern nahm es mit Humor. Vielleicht war sie doch nicht das zurückhaltende Mäuschen, für das er sie gehalten hatte. Wenn er so recht darüber nachdachte, konnte Lucas' Schwester überhaupt nicht langweilig sein, wenn sie nur ein bisschen so war wie ihr Bruder.

„Meinst du?", fragte er deshalb mit einem herausfordernden Blick in ihre Richtung.

„Na, die Bilder, die ich auf deiner Seite gesehen habe …", gab sie zögerlich zurück, aber ihre Augen funkelten.

Nein, sie war vieles, aber sicher nicht langweilig. Schüchtern, ja. Aber gerade das fand er seltsam … anziehend.

„M-hm. Klappern gehört zum Handwerk." Er winkte ab. Natürlich postete er nur die Aufnahmen, die auch was hermachten, und keine, die Leute zum Gähnen brachten.

Sie biss von ihrem Toast ab. „Sicher."

„Sag schon, was ist dein Vorschlag?" Sie hatte definitiv sein Interesse geweckt, und er wusste nicht mal wieso.

„Ich bin heute Abend mit ein paar Kollegen verabredet, nur zum Essen ... Also sicher zu spießig für dich."

„Nein, überhaupt nicht. Ich unterhalte mich gerne mit Leuten, die an den Orten leben, die ich bereise. Man bekommt da immer noch mal ganz coole Tipps, zu allem eigentlich. Gerade die Expat-Szene ist in Shanghai ja total spannend. Eine Parallelwelt sozusagen, davon habe ich als Tourist ja keinen Schimmer. Du würdest mich mitnehmen?"

„Klar. Kein Problem." Sie nickte und lächelte ihn freundlich an.

Shit, er redete viel zu viel.

„Danach kann ich ja immer noch weiterziehen", verkündete er, um seine Freude über ihr Angebot zu verbergen.

Keine Ahnung, warum es ihm so viel bedeutete, dass sie es doch in Betracht zog, mit ihm auszugehen. Auch wenn es natürlich kein Date war. Kein Date im eigentlichen Sinne jedenfalls.

Shit, der Jetlag musste ihm ja wirklich ein paar Sicherungen rausgebrannt haben.

Sie schnaubte leise. „Ja, wir Lehrer sind einfach zu langweilig fürs Nachtleben."

Sie war nicht sauer, sie machte sich eindeutig lustig über ihn. Das überraschte ihn und machte ihn verlegen.

„Das habe ich ja gar nicht gesagt", verteidigte er sich kleinlaut.

Sie piekte mit ihrem Ellenbogen in seine Seite.

„Nein, aber ich konnte dich beim Denken hören." Sie versteckte ihr Grinsen, aber er konnte ihre Mundwinkel verräterisch zucken sehen.

„Na also!" Er tat entrüstet, musste aber selbst schmunzeln.

Eine Melodie ertönte. Tamara stand auf und nahm ihr Smartphone vom Wohnzimmertisch. „Hey, Lucas. Na, wie geht's?" Oliver konzentrierte sich auf sein Essen. „Nein, alles okay", sagte sie, und er sah aus dem Augenwinkel, wie sie gedankenverloren aus dem Fenster hinausblickte. „Ja, keine Sorge. Er benimmt sich ... Weibergeschichten? ... Ähm ... Lucas!"

Oliver warf einen flehentlichen Blick an die Zimmerdecke. Er wusste nicht, was Lucas ihr erzählt hatte – vermutlich die Wahrheit. Irgendwie störte es ihn trotzdem. Vielleicht lag es auch nur daran, dass er unfreiwillig mithörte. Gleichzeitig hoffte er, dass sie Lucas nichts von seinem One-Night-Stand verriet. Es war klar, dass Lucas sich aufregen würde, dass er Tamara damit belästigte ... Dennoch hatte Lucas nicht unrecht.

So weit hatte er selbst überhaupt nicht gedacht. Wie dumm von ihm. Das Bild, das er ihr bislang von sich gezeigt hatte, war nicht gerade ... sympathisch.

Verdammt. Warum interessierte ihn das neuerdings? Es war ihm doch sonst auch egal, was andere über ihn dachten.

Nur wegen des Friedens mit ihrem Bruder, redete er sich ein.

„Ist gut, Lucas. ... Nein, ich komme klar. ... Ja, bis bald. Grüße Danielle bitte ganz lieb von mir." Dann legte sie auf. „Entschuldige", kommentierte sie und setzte sich wieder neben ihn.

In der gleichen Sekunde ertönte das Klingeln seines Telefons aus seinem Zimmer. Man musste nicht Sherlock Holmes sein, um zu kombinieren, dass das Lucas' Kontrollanruf bei ihm war. Gott, der Kerl konnte einem auf den Sack gehen.

Er brummte etwas Unverständliches und ignorierte es.

„Mehr Toast?", fragte er in Tamaras Richtung und blendete Lucas aus seinen Gedanken aus.

3

Blau suchte man vergeblich am Shanghaier Himmel. Der Smog hatte die Metropole an diesem Samstagnachmittag fest im Griff, der Blick nach oben offenbarte lediglich eine einzige graue Suppe. Zum Glück war es nicht so heftig, dass man mit Mundschutz vor die Tür gehen musste, wie man es von anderen chinesischen Großstädten wie Peking kannte. Die Temperaturen waren mit Mitte zwanzig Grad angenehm, nicht zu heiß und nicht zu kalt. T-Shirt-Wetter, bei dem man nicht schwitzen musste. Perfekt also für einen gemütlichen Spaziergang.

„Was ist Shanghais wichtigste Religion?", fragte Oliver, der mit Tamara zu einer kleinen Erkundungstour durch die ehemalige French Concession aufgebrochen war.

Das Viertel war nicht sehr groß, man konnte alles gut zu Fuß erreichen. Er hatte am Morgen nicht damit gerechnet, dass sie ihm ihre Gesellschaft anbieten würde. Für eine Sekunde hatte er gezögert, dann aber doch zugesagt, da sie es wirklich ernst meinte und nicht nur aus reiner Höflichkeit gefragt hatte.

Sie schlenderten durch die angesagte Gegend, die mit ihren Gebäuden aus dem frühen zwanzigsten Jahrhundert mit der europäischen Architektur einen gewissen Charme versprühte, der auch ohne Sonnenstrahlen wirkte. Wenn man es nicht besser wüsste und nicht auf die Schilder und Läden achtete, könnte man fast meinen, man wäre in Europa und nicht in China. Und dann bog man wieder um eine Ecke, und alles war anders. Kleine Häuser, schiefe Dächer, unzählige Klimaanlagen unter klapprigen Fenstern, Händler, die Obst oder Tand am Bordstein feilboten.

„Na, Geld ist natürlich die wichtigste Religion", beantwortete sie seine Frage und lachte. „Aber im Ernst: Im Vergleich zu anderen Orten Asiens ist der Lebensstandard in Shanghai sehr hoch. In anderen Millionenstädten ist das echt, da sieht man die

Armut an buchstäblich jeder Hausecke – gleichzeitig gibt es so viele Ultrareiche, dass man sie kaum zählen kann. Es ist eben alles ein bisschen krasser im Reich der Mitte. Daran muss man sich erst mal gewöhnen, wenn man hierherkommt. Bist du in China schon ein wenig rumgekommen?"

Er schüttelte den Kopf. „Nicht wirklich. Nein."

„Was nicht ist, kann ja noch werden. Würde sich bestimmt gut machen auf deinem Blog."

Der Blog. Gutes Stichwort. Oliver zückte sein Smartphone und machte ein paar Bilder von den engen Gassen, den Kontrasten zwischen neuen Häusern und alten schäbigen Gebäuden, von denen es in diesem Wohnbezirk zwar nur wenige gab, die aber dennoch zu finden waren. Alt und neu lag nirgends so dicht beieinander. Gerade radelte wieder ein dünner Mann auf einem Fahrrad an ihnen vorbei, der unzählige Kisten auf sein Rad geladen hatte. Darunter auch ein paar mit lebendigen Hühnern.

„Unfassbar", kommentierte Oliver. „Man rechnet jeden Augenblick damit, dass das Konstrukt zusammenbricht."

„Da wartest du vergeblich." Sie schüttelte erheitert den Kopf. Ihre langen Haare hatte sie zu einem Zopf zusammengefasst, der ihren schlanken Hals sehr vorteilhaft betonte.

„Ich hab's geahnt. Ich habe ihn vorsichtshalber mal auf einer kleinen Videosequenz festgehalten. Die geht ... jetzt online." Er grinste zufrieden.

„Sieh mal da – Massage gefällig?" Sie zeigte auf einen kleinen Laden. Über dem Eingang prangte ein blinkendes Licht mit dem Wort ‚Massage'.

Er hob eine Augenbraue. „Ähm. Nicht wirklich. Warum?"

Sie runzelte erstaunt die Stirn. „Du hast echt keine Ahnung, oder? Kann ich ja kaum glauben."

„Was willst du von mir?" Er hob abwehrend die Hände. Ein Schmunzeln schlich sich in sein Gesicht.

Vor dem Salon stand eine kleine Frau. Sie sah jung aus, höchstens Anfang zwanzig, und winkte vergnügt zu ihnen herüber.

„Kundenakquise", kommentierte Tamara und wackelte anzüglich mit den Augenbrauen.

Oliver verstand. „Oh."

„Ja, genau. Oder was glaubst du, warum sich die Öffnungszeiten bis in die frühen Morgenstunden ziehen?"

„Weil sie besonders kundenfreundlich sind?", scherzte er.

„Oder so. Ja." Sie kicherte und schob sich eine Haarsträhne, die sich aus ihrem Zopf gelöst hatte, aus dem Gesicht. „Wenn du in einem dieser Etablissements eine Fußmassage verlangst, dürftest du Gelächter ernten. Prostitution ist in China illegal, deswegen der Aufwand. Hat dir Lucas das nie erzählt?"

„Ob du es glaubst oder nicht: Kerle wie wir haben es nicht nötig, für Sex zu bezahlen." Er hob eine Augenbraue.

„Ach, tatsächlich." Tamara schüttelte glucksend den Kopf. Sie machte sich eindeutig über ihn lustig. Er brummte etwas. Sie fuhr fort: „Natürlich gibt es auch seriöse Massagestudios. Die erkennt man daran, dass die Masseure vernünftig gekleidet sind, meist in Weiß. Rote knappe Miniröcke deuten eher auf andere Dienste hin ... und natürlich der Preis. Dienst in horizontaler Lage ist teurer, als wenn der Masseur steht."

„Du bist ... irgendwie witzig", meinte er und schmunzelte. „Aber du musst mir das nicht noch ausführlicher erklären. Ich habe echt nicht vor, mich, äh, massieren zu lassen."

Er grinste sie an, und Tamara errötete.

„Dachtest du, ich wäre total unlustig, oder warum bist du so überrascht?" Sie warf ihm einen Blick von der Seite zu, dann huschte ein Schatten über ihr Gesicht.

Verdammt. Er hatte offenbar ein Talent dafür, die Stimmung zu verderben. Jemand mit ihrer Geschichte fand anzügliche Witze wahrscheinlich nicht spaßig. Er war aber auch wirklich zu unsensibel und nahm sich vor, in Zukunft nachzudenken, ehe er Bockmist verzapfte.

„Bin ich ja gar nicht." Er strich sich durch die Haare und trat von einem Fuß auf den anderen. „Ich habe riesigen Durst. Sollten wir vielleicht irgendwo was trinken gehen?"

Sie räusperte sich. „Klar. Da vorn ist ein Starbucks." Sie zeigte mit dem Finger geradeaus. „Ach, und hier in dieser Gasse kannst du die Gründungsstätte der Kommunistischen Partei Chinas sehen. Vielleicht schauen wir uns die vorher noch eben an."

„Echt?"

„Ja, aber es ist nicht besonders spektakulär. Komm." Sie zupfte ihn am Ärmel und ging voraus. Ihre runden Hüften wiegten mit jedem Schritt sanft hin und her. Er zwang sich, den Blick abzuwenden. Er würde nicht die Schwester seines besten Freundes anglotzen – egal, wie verlockend ihre Kurven waren.

„Ein Stück Geschichte ... spannend. Aber auch ein wenig enttäuschend. Das ist ja winzig, total unspektakulär", sagte er kurz darauf und steckte seinen Kopf durch die Tür.

Der Eingang war mit einem Balken abgesperrt, und man konnte nicht eintreten, um sich näher umzusehen. Überhaupt fragte er sich, was an diesem Zimmer echt war und was einfach wahllos zusammengewürfelt. Ein alter schäbiger Holztisch stand in der Mitte des Raums. Darum herum sechs ebenso schrottreife Stühle, dahinter befand sich eine Kommode. Ein Bild von einem traditionellen chinesischen Boot hing an der gegenüberliegenden Wand. Das war's.

„Hier hat 1921 eine Handvoll junger Kommunisten die KPCh gegründet, die kommunistische Partei Chinas. Auch Mao Zedong war natürlich dabei. Dass das Treffen ausgerechnet hier stattfand, war eher Zufall, aber die exterritoriale französische Konzession bot Schutz vor Verfolgung durch die chinesische Polizei", erklärte Tamara.

Er nickte anerkennend und zog seinen Kopf zurück. „Wow, das klingt spannend. Was bist du in deiner Freizeit, Reiseführerin?"

Tamara zwinkerte. „So ungefähr. Ich wohne hier um die Ecke. Sollte man da nicht zumindest ein paar Basics des Landes kennen, in dem man lebt? Vor allem, wenn es um sowas Wichtiges geht. Die darauffolgende Kulturrevolution hat ja wirklich viel verändert – ohne die gäbe es das heutige China so nicht."

„Klar, das ist natürlich richtig. Aber es ist auch so vieles verloren gegangen, das mutwillig zerstört wurde." Erneut zückte er sein Telefon und machte ein paar Schnappschüsse und Selfies.

„Licht und Schatten", sagte sie und hielt Abstand.

„Komm her, Tamara, wir machen eins zusammen." Er winkte sie zu sich.

„Äh. Nein, danke."

„Wieso nicht?"

Sie verzog ihren hübschen Mund. „Keine Ahnung, ich denke nicht, dass ich mich in die Liste deiner ... Fotopartnerinnen einreihen möchte."

Verdutzt hielt er inne. Offensichtlich hatte sie sich seinen Blog angesehen – und ja, er war kein Kind von Traurigkeit. Er hatte sich häufiger schon mit süßen Frauen ablichten lassen. Die Liste seiner Eroberungen war lang, und platonische Freundschaften mit Frauen gab es in seinem Leben nicht. Dennoch tat er, als ob er keine Ahnung hätte, was sie meinte. „Na gut. Wer nicht will ... Dann lass uns doch einfach was trinken gehen. Ich verdurste gleich."

Am Abend saßen sie mit Tamaras Freundin Sue, ihrem Mann Pierre und einem weiteren Lehrerkollegen, Riley, zusammen im Crystal Jade, einem bei Expats sehr beliebten Restaurant. Die Einrichtung bestand aus dunklen runden Tischen mit passenden Stühlen. An der Decke hingen unzählige rote Lampen, die mit goldenen Buchstaben verziert waren. Das Essen stand bereits auf dem Tisch. Sie hatten verschiedene chinesische Gerichte bestellt – zum Glück nicht nur lokale Speisen, denn Tamara mochte die örtliche Shanghaier Küche nicht so gern. Das Essen wurde meist süß gewürzt und gekocht statt gebraten. Sie bevorzugte Rezepte aus der Region Sezuan, die mit brennender Schärfe und Aromen deutlich würziger schmeckten. Glücklicherweise bekam man im Crystal beides und viele andere regionale Spezialitäten aus dem Reich der Mitte.

„Meine Füße!", jammerte Oliver in diesem Moment mit einem schiefen Grinsen im Gesicht. „Tamara ist heute mindestens zwanzig Kilometer mit mir gelaufen."

„Das stimmt überhaupt nicht", verteidigte sie sich lachend. „Wir haben sogar eine Rikscha für den Faulpelz gemietet. Eigentlich hat der fette Kerl auch hauptsächlich gesessen."

Oliver verpasste ihr einen Knuff in die Seite. „Fetter Kerl, soso."

Ihre Freundin Sue warf ihr einen amüsierten Blick zu, und Tamara wurde warm. Hatte sie eben etwa mit Oliver geflirtet? Irgendwas in der Art jedenfalls. Das war sonst absolut nicht ihre Art, aber der Tag mit ihm war so angenehm gewesen, dass es sich natürlich anfühlte, ihn zu necken, ihn herauszufordern. Es kam ihr so vor, als würden sie sich schon ewig kennen – vielleicht durch die Verbindung zu Lucas. Ja, das musste der Grund sein. Sie verstanden sich auf jeden Fall blind, und bis auf wenige komische Momente – zum Beispiel, als sie sich geweigert hatte, ein Selfie mit ihm aufzunehmen – hatte er ihr nie das Gefühl gegeben, sie zu bedauern. Natürlich wusste Oliver, warum sie jahrelang den Kontakt zu ihrer Familie gemieden hatte. Er war Lucas' bester Freund; sicher hatte er ihm von ihrem Vater erzählt. Dass er ein mieses Schwein gewesen war, dass alle unter ihm gelitten hatten, dass ihre Mutter sich das Leben genommen hatte, weil sie das als einzigen Ausweg gesehen hatte. *Nein*, sie schüttelte kaum merklich den Kopf. Sie wollte jetzt nicht daran denken. All das lag lange zurück. Heute ging es ihr gut, und das war die Hauptsache. Dennoch hasste sie es, wenn Leute, die über ihre Vergangenheit Bescheid wussten, sie mit diesem gewissen Blick bedachten. Sie brauchte kein Mitleid, und sie wollte auch keins.

„Und wie lange bleibst du in Shanghai?", erkundigte sich ihre Freundin und Kollegin gerade bei Oliver.

Er trank einen Schluck von seiner Cola. „Ach, ich weiß nicht. Ein paar Tage …"

Pierre, fischte mit den Essstäbchen nach einem Stück Hühnchen auf einer Platte auf dem drehbaren Tischgestell in der Mitte. „Es gibt viel zu sehen. Wir leben seit Jahren 'ier, und isch finde beinahe jeden Tag noch etwas Neues."

„Manchmal finde ich es anstrengend, vor allem im Sommer. Ich bin froh, dass es gerade nicht so heißt ist", sagte jetzt Riley.

Sie verstand sich prima mit ihm. Er war ein paar Jahre älter als sie, hatte hübsche blaue Augen, schütteres Haar und einen kleinen Bauchansatz. Auf ihn konnte man sich immer verlassen; er war ihr gerade zu Beginn eine große Hilfe in ihrem neuen Job gewesen.

„Was sollte ich mir denn noch ansehen?", wollte Oliver nun wissen.

„Definitiv den Jadebuddha-Tempel, YuYuan Garden, die Old Street, die vielen Märkte – probiere dann unbedingt mal den frittierten Skorpion. Ein Traum, haha. Und abends … Den Bund kennst du ja schon. Zum Nachtleben kann ich dir allerdings nicht viel sagen. Die Clubs kennst du dank Lucas sicher längst besser als ich", meinte Tamara zwinkernd.

Sue kicherte und nippte an ihrem Weißwein. „Bist du etwa so ein Schwerenöter wie ihr Bruder?"

Olivers Grinsen wurde breit. „Ich lebe von meinem Ruf. Eigentlich bin ich gar nicht so … schlimm."

Tamara verkniff sich ein Schmunzeln, als sie sah, wie ihre Freundin Oliver anhimmelte, obwohl ihr Mann direkt daneben saß. Der Kerl hatte eine äußerst anziehende Wirkung, die offensichtlich bei allen Frauen dieses Planeten gleichgut funktionierte.

„Hättest du morgen vielleicht Zeit? Ich wollte noch einmal mit dir über meine Idee zu der Exkursion sprechen", wandte Riley sich auf einmal an Tamara.

Sie zögerte. Eigentlich wollte sie ausschlafen, zum Sport gehen und dann bei Julia und Damian vorbeischauen. Sie hatte Amalia ein paar Tage nicht gesehen; die Kleine war sicher wieder gewachsen. Als sie Rileys enttäuschten Gesichtsausdruck sah, seufzte sie kaum hörbar. Sie hasste es, Menschen vor den Kopf zu stoßen. Er hatte ihr immer mit Rat und Tat zur Seite gestanden, als sie neu in der Stadt gewesen war.

„Willst du vielleicht zum Frühstück vorbeikommen?", schlug sie schließlich vor. „Dann können wir das Praktische mit dem Nützlichen verbinden? Ich habe sonst leider schon etwas vor …"

Seine Augen leuchteten auf. „Klar, das klingt doch wundervoll."

Riley legte seine Stäbchen beiseite und tupfte sich den Mund mit einer Serviette ab.

„Und, Oliver, was 'ast du noch vor, 'eute Abend?", erkundigte sich Pierre.

Oliver nahm sich die letzte Garnele von einem weiteren Teller. „Bin mir noch nicht sicher. Ich habe noch ein paar Clubs auf meiner Liste, die ich definitiv testen will."

„Begleitest du ihn?" Sue schaute Tamara erwartungsvoll an.

Sie hob die Hände. „Das glaube ich nicht. Ich wäre nur hinderlich, wenn ihr versteht, was ich meine."

Sie setzte einen eindeutigen Gesichtsausdruck auf, der klarmachte, dass sie keinesfalls den Anstandswauwau für ihn spielen würde. Alle am Tisch lachten.

Alle außer Oliver.

Oliver vergrub sein Gesicht im Kissen. Er hatte Kopfschmerzen und schlecht geschlafen. Neben ihm räkelte sich jemand und seufzte leise.

Gott, er musste … Verdammt, wie hieß sie eigentlich? Egal. Jedenfalls musste er sie loswerden, bevor Tamara wach wurde. Nicht, dass es ihn kümmerte, was sie über ihn und seine Frauengeschichten dachte, aber irgendwie … Immerhin war sie Lucas' große Schwester, und er nächtigte nicht in irgendeiner x-beliebigen WG. Er war Tamaras Gast und wollte ihre Geduld und Nerven nicht überstrapazieren. Falls er das nicht ohnehin schon längst getan hatte. Das schlechte Gewissen trieb ihn aus den Federn.

„Morgen", sagte er laut, und die Lider der Blondine flatterten.

„Hey, Süßer." Sie legte ihm eine Hand an die unrasierte Wange und schmiegte sich an seinen nackten Körper. Normalerweise fand er eine schnelle Nummer am Morgen sehr erfrischend, aber heute hatte er keine Lust.

„Hey, äh, tut mir leid, aber ich bin spät dran." Er sprang aus dem Bett und schlüpfte in seine Unterhose. „Ich möchte überhaupt nicht unhöflich sein, aber …"

Sie neigte den Kopf, und ihre Augen verengten sich zu zwei Schlitzen. „Du wirfst mich raus?"

Er fuhr sich mit der Hand durch die Haare und atmete hörbar ein. „Ähm, nein, du verstehst das total falsch. Gib mir doch bitte deine Nummer, dann rufe ich dich nachher an."

Sie schnaubte empört und schwang ihre langen Beine aus dem Bett. Er konnte kaum bis drei zählen, so schnell hatte sie sich in ihr Schlauchkleid gepellt, schlüpfte in ihre roten High Heels und griff nach ihrer Tasche.

Diese Momente waren der Grund, warum er lieber mit zu ihnen ging, anstatt Frauen in sein Zuhause – oder wie auch immer man seinen derzeitigen Aufenthaltsort bezeichnen sollte – zu bringen. Aber sie hatte ihn gestern überzeugt, dass es viel besser wäre, mit zu ihm zu kommen, weil in ihrer Wohnung noch drei andere Models lebten, die es nicht leiden konnten, wenn Männerbesuch im Haus war. Er war einfach zu betrunken gewesen, um noch lange zu diskutieren. Tja, das hatte er nun davon. Er atmete genervt aus.

„Komm, spar dir den Mist, Kleiner." Sie hob ihr Kinn an und straffte sich. „So gut warst du auch wieder nicht." Ihr Tonfall sprach Bände. Sie war verletzt und wütend.

Ohne auf seine Reaktion zu warten, stöckelte sie aus seinem Zimmer. Oliver folgte ihr nur aus dem Grund, dass er so die Tür abfangen konnte, die sie garantiert mit Karacho ins Schloss werfen würde. Das wollte er unter allen Umständen verhindern, damit Tamara nicht geweckt wurde. Auf dem Weg zur Haustür bemerkte er, dass Tamara mit Riley am Esstisch saß und frühstückte. Verdammt. War es wirklich schon so spät?

„Hi", rief er ihnen zu.

Blondie war bereits an der Tür, drehte sich noch einmal zu ihm um und musterte ihn von oben bis unten, ehe sie sagte: „Eines Tages wirst du eine Frau treffen, die dir unter die Haut geht. Dann wirst du an all die anderen Frauen denken, bei denen du nichts als einen bitteren Nachgeschmack hinterlassen hast. Du bist nichts weiter als eine männliche Hure. Ich wünsche dir eine Frau, die dir das Herz bricht, wie du so vielen anderen das Herz gebrochen hast."

Meine Güte, was hatte sie denn auf einmal für ein Problem? Oliver presste seine Lippen aufeinander. Auf Stress hatte er nach der kurzen Nacht gar keine Lust, und so, wie die Lage war, hielt er besser den Mund. Eine Antwort darauf würde alles nur noch schlimmer machen. Frauen mussten ja immer das letzte Wort haben.

Er hatte der Blonden garantiert nicht die große Liebe versprochen, auch wenn er nicht mehr ganz nüchtern gewesen war. Im Gegenteil, er hatte ihr klipp und klar gesagt, dass er kein Interesse an einer Beziehung hatte, weil er nur auf der Durchreise war. Er war vielleicht ein Arschloch, aber kein Lügner, und doch machte sie ihm genau das jetzt zum Vorwurf. Er unterdrückte ein Seufzen.

„Kann sein. Und bis dahin genieße ich mein Leben", gab er schließlich mit einer gespielten Lässigkeit, die er in dem Moment absolut nicht empfand, zurück.

Es war ihm höllisch unangenehm, dass Tamara und ihr Gast diese Szene miterleben mussten, aber es ließ sich auch nicht verhindern.

Blondie schnaubte verächtlich, drehte sich wie eine Primaballerina auf ihren hohen Absätzen um und verschwand im Hausflur.

Oliver kratzte sich am Kinn und schloss die Tür dann leise hinter ihr. Wie hoch waren die Chancen, dass Tamara und ihr Kollege nichts von diesem Abgang mitbekommen hatten?

Vernichtend gering.

Er brauchte Kaffee. Dringend.

Auf dem Weg in die Küche konnte er Tamaras und Rileys Blicke im Rücken spüren. Er hatte keine Lust zu erklären, was hier eben los gewesen war. Schon gar nicht vor dem Frühstück. Vermutlich konnten sie sowieso eins und eins zusammenzählen.

Er nahm sich eine Tasse aus dem Schrank, stellte sie unter den Kaffeevollautomaten und drückte die Taste zum Glück. Das Geräusch des Mahlwerks durchbrach die Stille, und er bekam mit, wie Tamara und Riley ihr Gespräch leise wieder aufnahmen. Als seine Tasse voll war, ging er zum Esstisch und goss sich Milch aus der Packung ein, die zwischen Marmelade und Brotkorb stand.

Tamara neigte ihren Kopf und musterte ihn einige Sekunden, ehe sie ihn ansprach.

„Sag mal ..." Er wappnete sich innerlich; diesen Tonfall kannte er zu gut. „... wird das jetzt jeden Tag so laufen?", schloss sie ihre knappe Ansprache.

„Stört es dich?" Er schaute sie mit ausdrucksloser Miene an und war sich dabei sehr bewusst, dass er halbnackt vor ihr und ihrem Gast stand.

„Ja. Ich finde es ... ein bisschen lästig, um ehrlich zu sein." Sie kniff die Augen zusammen.

Er verzog seinen Mund und nahm einen Schluck Kaffee. Tamara errötete unter seinem Blick, dann senkte sie die Lider. Oliver wusste nicht, was er sagen sollte. Alle Sprüche, die ihm in den Sinn kamen, waren entweder dämlich oder absolut unpassend. Er hatte auch keine Ahnung, wie sie mit solchen Dingen umging, nach ihrer Vorgeschichte. Dabei hatte Lucas ihm ja auch gerade deshalb ins Gewissen geredet. Er hatte ihm eingeschärft, er sollte Rücksicht auf ihre spezielle Situation nehmen. Schließlich kannte er ja die Geschichte ihrer Kindheit, in der insbesondere Tamara von ihrem Vater drangsaliert und missbraucht worden war.

Er war Gast, er sollte sich besser benehmen. So nötig hatte er den Sex ja auch wieder nicht, aber er hatte nicht nachgedacht – oder vielmehr hatte er mit dem Unterleib gedacht. Normalerweise würde er einen blöden Spruch raushauen, um sich zu verteidigen. Allerdings fiel ihm gerade überhaupt nichts ein, was nicht nach einer Beleidigung klang, und die hatte sie nicht verdient. Denn es war ihr Zuhause, er hatte sie gestört. Aber seinen Lebenswandel wollte er auch nicht von ihr in Frage stellen lassen, denn dafür schämte er sich nicht. Trotzdem war er zu weit gegangen, das wurde ihm jetzt klar. Vielleicht konnte er sich in den folgenden Tagen einfach ein bisschen am Riemen reißen. Nach der Nummer eben hatte er ohnehin wenig Lust auf eine Wiederholung ähnlicher Szenen. So gut war der Sex wirklich nicht gewesen, dass man sich hinterher dann so ein Tamtam anhören musste. Und ja, weniger Alkohol würde auch nicht schaden, überlegte er, während er Tamaras und Rileys Blicke auf sich spürte.

Gott, was war mit ihm eigentlich los, dass er sich darum scherte, was andere über ihn dachten? *Nur, weil ich ein Gast bin und sie nicht mehr stören will*, sagte er sich.

„Tut mir leid." Angemessen zerknirscht schaute er schließlich zu Tamara. „Wird nicht mehr vorkommen."

Sie blinzelte ein paarmal und widmete sich dann ausgiebig einem Brötchen, das sie dünn mit Butter bestrich, ohne etwas auf seine Entschuldigung zu erwidern. Oliver biss sich auf die Unterlippe. Damit hatte er nun auch nicht gerechnet. Aber ja, vielleicht hatte er Tamaras Missachtung auch verdient.

Riley räusperte sich und tupfte sich den Mund mit seiner Serviette ab. Oliver war klar, dass er, nur mit Unterhose bekleidet, fehl am Platz war. Dieser Kerl war ganz sicher nicht nur hier, weil das Essen bei Tamara so gut schmeckte. Irgendwie missfiel ihm der Gedanke. Tamara hatte einen interessanteren Mann verdient als ihn. Aber es stand ihm auch nicht zu, zu urteilen oder gar zu kommentieren. Deswegen nahm Oliver sich ein Croissant aus dem Korb und verschwand wortlos mit dem gestohlenen Frühstück. In seinem Zimmer ließ er sich aufs Bett sinken.

„Verdammt, Oliver. Du bist doch saublöd", brummte er, als er sicher war, dass die beiden es nicht mehr hörten.

Es wäre kein Wunder, wenn Tamara nachher zu ihm käme und ihn bitten würde, sich ein Hotelzimmer zu suchen. Lucas würde ihm den Kopf abschlagen, wenn er erfuhr, wie er sich im Beisein seiner heißgeliebten Schwester verhalten hatte.

Das Brummen seines Telefons ließ ihn aufschrecken. Ein Blick aufs Display genügte, um seine ohnehin schon schlechte Laune noch tiefer sacken zu lassen.

Richard McDermott blinkte darauf. Auch das noch. Was zur Hölle wollte sein Vater von ihm? Er hatte wenig Lust auf ein Gespräch mit ihm, das sowieso jedes Mal gleich endete – im Streit. Er würde ihn nachher zurückrufen, oder auch nicht. Oliver biss von seinem Croissant ab und spülte es mit einem

Schluck Kaffee hinunter. Anschließend duschte er lange und ausgiebig und legte sich noch einmal für ein paar Stunden hin.

Als er das nächste Mal aufwachte, fühlte er sich viel besser. Er schlüpfte aus dem Bett, putzte sich erneut die Zähne und zog sich Jeans und T-Shirt über, ehe er sein Zimmer verließ. Tamara saß mit einem Buch auf dem Sofa.

„Hey", sagte er sanft, holte sich ein Glas Wasser und setzte sich auf einen Sessel ihr gegenüber.

„Hey", erwiderte sie und ließ ihr Buch sinken.

Oliver fuhr sich mit der Hand über das Gesicht. „Pass auf. Es tut mir echt leid, ich wollte mich nicht wie ein Vollarsch benehmen."

Tamaras Züge hellten sich auf, dann prustete sie los – völlig überraschend für Oliver, der mit einer komplett anderen Reaktion gerechnet hatte. Mehr Vorwürfe vielleicht, noch eine Auflistung seiner Verfehlungen ... aber das?

Sie überraschte ihn. Schon wieder.

„Vollarsch?", wiederholte sie mit funkelnden Augen.

Er zuckte mit den Schultern. „Wie würdest du es denn nennen? Vielleicht hast du ja ein Schimpfwort in petto, das ich noch nicht kenne? Wobei, das dürfte schwierig werden. Du hast ja mitbekommen, dass sich bei mir das Blatt häufig sehr schnell wendet."

Sie legte sich einen Finger an die Lippen und ließ ihren Blick an ihm auf- und abgleiten. Sie ließ sich ausgesprochen lange Zeit, was ihn nervös machte. Normalerweise war er derjenige, der die Frauen begutachtete. Er war verwirrt.

„Und?", fragte er ungeduldig, als ihm das Schweigen zu unangenehm wurde.

„Aufschneider, Weiberheld, Lebemann ... Das würde mir einfallen. Vollarsch? Dafür kenne ich dich nicht gut genug."

„Touché, Sonnenschein. Ich fürchte nur, dass mein Verhalten in den letzten Tagen nicht ganz repräsentativ war."

Ein spöttischer Zug erschien um ihren hübschen Mund. „Nicht?"

Er nagte an der Innenseite seiner Wange. „Na ja …"

Tamara lachte und schüttelte den Kopf. „Oliver, ich bin die Letzte, die Leute be- oder gar *ver*urteilt. Ehrlich. Es stört mich nur, wenn ich jede Nacht wachliege, weil im Nebenzimmer so heftig gevögelt wird, dass die Wände wackeln."

Er atmete scharf ein. Waren sie wirklich so laut gewesen?

„O-kay", sagte er und schaute sie erwartungsvoll an. Er wartete auf das Aber.

Sie richtete sich auf, und das Lachen war aus ihrem Gesicht verschwunden. Aha, er hatte es gewusst. Jetzt kam es.

Sie fuhr fort: „Weißt du, ich habe als Kind viel Schlimmes erlebt – und ich gehe davon aus, dass Lucas dir zumindest im Ansatz erzählt hat, was wir Geschwister durchmachen mussten. Glaub mir, ich bin austherapiert. Ich weiß heute genau, warum ich was in meinem Leben getan habe. Es war auch eine Phase dabei, die sah ähnlich aus wie bei dir. Ich hatte so viele One-Night-Stands, bis ich sie nicht mehr zählen konnte. Keine Zeit, auf die ich stolz bin, aber so ist es nun mal. Das ist vorbei; mein Selbstwertgefühl braucht diese Art der Bestätigung nicht mehr. Das Gefühl, geliebt zu werden, holt man sich nicht bei einem Kerl, den man nicht kennt. Das ist mir nun – nach vielen, vielen Therapiegesprächen – klar. In einer Phase meines Lebens brauchte ich es. Ich habe mir eingebildet, dass ich mich durch die körperliche Liebe anderer Männer besser fühlen würde, was nicht der Fall war. Sex ist nicht gleich Liebe. Mein Verhalten hatte vermutlich nicht die gleichen Gründe wie bei dir, das will ich damit nicht behaupten. Es hat mir jedenfalls nicht den gewünschten Effekt gebracht. Egal", sie winkte ab, „ich komme vom Thema ab. Was ich dir sagen will: Du kannst flachlegen, wen du willst, aber … mach es leise, okay?"

Olivers Mund klappte auf.

„Guck nicht so." Sie lächelte traurig. „Du musst mich nicht mit Samthandschuhen anfassen, Oliver. Ich ..." Sie wich seinem Blick aus. „Ich komme mittlerweile gut mit meiner Vergangenheit klar."

Sie schaute zu ihm auf, und in dieser Sekunde veränderte sich etwas zwischen ihnen. Oliver verlor sich im Karamellton ihrer wachsamen Augen. Er merkte, dass ihre Seele zwar verletzt war, aber dass sie in der Lage war, Menschen zu vertrauen, dass sie sogar ihm auf eine gewisse Weise vertraute, obwohl sie sich kaum kannten. Er hatte nicht mit so viel Offenheit ihrerseits gerechnet. Das war mehr Respekt, als er verdiente. Er nahm sich vor, das auch zu würdigen.

„Danke", sagte er leise und schluckte. „Trotzdem. Ich werde deine Gastfreundschaft nicht weiter überstrapazieren."

„Willst du gehen?" Sie wirkte überrascht. Ihre Augen wurden riesengroß.

„Nein. Also, wenn es okay für dich ist, würde ich noch ein paar Tage bleiben. Aber ... ich werde mich ein bisschen besser benehmen, okay? So, dass du zumindest schlafen kannst."

Er zwinkerte ihr zu, um sein plötzliches Unwohlsein zu überspielen. Es war ihm peinlich, dass er sich wie ein Neandertaler aufgeführt hatte. Sie hatte ein absolut falsches Bild von ihm. Oder nein, schlimmer: das richtige.

Er fand es beschämend, sich selbst aus dieser Perspektive zu sehen. Zum ersten Mal in seinem Leben bereute er sein Verhalten. Üblicherweise war es ihm egal, was Leute über ihn dachten. Bei ihr war das anders. Das erschreckte ihn.

Sie legte die Handflächen aneinander und verneigte sich amüsiert. „Wundervoll. Das finde ich eine hervorragende Idee."

Er schluckte und setzte ein Lächeln auf. Sie sollte nicht mitbekommen, wie sehr ihn das vorausgegangene Gespräch durcheinandergebracht hatte.

„Und ich fange gleich damit an. Sollen wir was unternehmen? Hast du Hunger?"

Tatsächlich freute er sich darauf, mit ihr auszugehen. Nicht im Sinn eines Dates natürlich, aber die Aussicht auf ein paar Stunden mit Tamara gefiel ihm. Ihre Gesellschaft war angenehm, sie war klug und witzig. Bei ihr konnte er sein, wie er wirklich war. Vor ihr musste er nicht den coolen Typen oder gar den Verführer spielen. Der Umgang wurde deutlich erleichtert, wenn man sichergehen konnte, dass zwischen ihnen nie etwas laufen würde. Eine völlig neue Erfahrung für ihn – aber keine schlechte. Im Gegenteil.

„Ich würde gern, aber ich habe noch was vor", sagte sie dann.

„Oh." Er versuchte seine Enttäuschung zu verbergen. „Tut mir leid, ich wollte nicht …"

„Nein, alles gut. Ich bin nur verabredet."

„Mit Riley? Der Gute ist ja total verknallt in dich."

„Riley?" Sie lachte auf. „Sicher nicht. Wir sind nur Freunde."

Oliver schüttelte den Kopf und hob eine Augenbraue. „Glaub mir. Wenn ich eines erkennen kann, dann, wenn ein Kerl auf eine Frau steht."

„So ist es nicht."

„Wieso war er dann hier?" Es ging ihn natürlich überhaupt nichts an, warum er dagewesen war. Trotzdem wollte er das klarstellen.

„Wir haben über die Arbeit gesprochen."

„An einem Sonntag?"

„Oliver! Was willst du mir hier einreden?"

„Ich? Gar nichts."

Sie stand auf und legte ihr Buch auf dem Tisch ab. „Ich bin bei Julia und Damian zum Essen eingeladen. Ich muss unbedingt mal wieder nach meiner kleinen Nichte sehen."

„Ach, das ist ja schön. Das lasse ich natürlich gelten. Aber wir holen das nach."

„Das machen wir. Sehr gerne sogar."

Oliver stand auf und ging wieder in sein Zimmer. Er musste nachdenken.

4

„Und, wie ist er denn so?", erkundigte sich Julia bei Tamara nach ihrem Mitbewohner auf Zeit. „Du hättest ihn auch mitbringen können."

Damian atmete zischend aus. „Gott bewahre. Ich finde es ärgerlich, dass er sich kein Hotel gesucht hat. Oliver ist unmöglich. Erinnerst du dich nicht an die vielen Geschichten? Sogar auf unserer Hochzeit hat er ... Naja, du weißt schon, er schläft sich halt durch alle Betten der Welt."

Julia lächelte verträumt. „Unsere Hochzeit war so schön."

Sie ging gar nicht auf Damians Nörgelei bezüglich Oliver ein, sondern schaute ihrem Mann tief in die Augen. Tamara wandte sich ab. Die Liebe der beiden war so stark und ehrlich, dass sie sie beinahe körperlich spüren konnte, was wundervoll war. Sie hingegen war allein und würde es auch bleiben. Eine Liebe, wie die beiden sie teilten, war selten, besonders und nur wenigen vergönnt. Tamara war außerdem nicht auf der Suche, denn manchmal war es gut, mit dem zufrieden zu sein, was man hatte. Und sie hatte eine ganze Menge erreicht. Ein Mann fehlte da sicher nicht zu ihrem Glück.

„Mama", rief die kleine Amalia gerade und reckte ihre Arme in die Luft, weil sie auf den Schoß ihrer Mutter wollte.

„Sie ist schon wieder gewachsen", stellte Tamara fest und strich ihrem Patenkind über den Lockenkopf.

„Was ist nun mit Oliver?", hakte Julia noch einmal nach.

„Er ist eben, wie er ist", gab Tamara ausweichend zurück.

Sie hatte wenig Lust, über Olivers Bettgeschichten zu referieren. Das würde nur den Beschützerinstinkt ihres Bruders wachrütteln – und der war absolut nicht nötig und vor allem sehr lästig. Sie kam gut selbst klar.

Damian schüttelte den Kopf. „Lucas war mal genauso. Du erinnerst dich, Julia?"

Er sagte es mit diesem gewissen Unterton; die Missbilligung über Lucas' ehemaliges Lotterleben, wie es von Damian gerne bezeichnet wurde, war nicht zu überhören.

Seine Frau lachte. „Oh ja. Aber bei ihm gilt, wie übrigens auch bei dir, mein Lieber: harte Schale, weicher Kern. Auch wenn du statt auf Weiberheld eher auf Eremit gemacht hast."

Tamara hielt sich eine Hand vor den Mund, um ihr Schmunzeln zu verbergen. Natürlich wollten Männer wie Damian oder Lucas nichts davon hören, dass sie nicht so knallhart waren, wie sie zu sein vorgaben.

Damian trank einen Schluck von seinem Wasser.

„Tse", war das Einzige, was er von sich gab.

„Möchtest du noch mehr vom Auflauf?", erkundigte sich Julia und zwinkerte Tamara wissend zu.

Sie war froh, miterleben zu dürfen, wie glücklich Damian und Julia heute waren. Es hatte Zeiten gegeben, da hatte sie weder für sich noch für ihre beiden Zwillingsbrüder eine rosige Zukunft vorausgesagt. Jeder von ihnen war auf seine Art mit den Schicksalsschlägen umgegangen. Nicht immer so, dass es gut für sie war, aber mit Logik kam man in diesen Dingen nicht weit. Das war eine Lektion, die sie als eine der ersten hatte lernen müssen. Mit Damian hatte sie immer schon eine ganz enge Verbindung gehabt, obwohl er im Gegensatz zu Lucas der Verschlossenere war, der sich um alles und um jeden zu viele Gedanken machte. Lucas, der zwar nur drei Minuten jünger war als Damian, war ganz anders. Er hatte sich und sein Leid hinter Frauengeschichten versteckt, hatte über Jahre hinweg den Playboy gespielt. Sie wusste, dass sie nicht ganz unschuldig daran war, dass die Brüder in eine schwere Krise gestürzt waren, als sie sich aus ihrem Leben zurückgezogen hatte. Aber sie hatte nicht anders gekonnt. Sie war einfach nicht damit zurechtgekommen, dass die beiden ihrem Vater wie aus dem Gesicht geschnitten waren. Dem Mann, der sie jahrelang ... *Nein, Schluss damit*. Sie hatte begriffen, dass Verdrängen nichts brachte, und sie hatte ihre Brüder so wahnsinnig vermisst. Sie war froh, dass sie wieder zusammen waren.

„Es ist wundervoll, euch so glücklich zu sehen", sagte sie daher liebevoll. „Trotzdem werde ich nicht noch eine Portion dieses herrlichen Auflaufs nehmen, Julia. Ich bin jetzt schon kurz davor zu platzen." Sie lachte und lenkte das Gespräch damit auf unverfänglichere Themen zurück.

„Ich auch." Julia kicherte. „Aber wenn Damian kocht, ist es schwer aufzuhören."

„Hast du eigentlich kürzlich mal mit Danielle gesprochen?", erkundigte Damian sich.

„Nicht in den letzten Tagen. Wieso?"

Damian hob eine Augenbraue. „Die Hochzeitsplanung." Er seufzte.

„Können die beiden sich wieder nicht einigen?" Tamara lächelte. Danielle war genau die richtige Frau, um Lucas Paroli zu biegen. Einer sturer als der andere – eine brisante Mischung, der es nicht an Feuer fehlte.

„Sieht so aus. Egal, ich dachte nur, sie hätte sich vielleicht gemeldet, und du vermittelst?"

Julia verneinte.

„Soll ich mal mit ihm sprechen?", bot Tamara sich an.

Damian hob die Hände. „Nicht meine Baustelle, ehrlich."

„Schon gut. In zwei Wochen fangen die Sommerferien hier an, bis dahin werden sie sich wohl nicht die Köpfe einschlagen."

„Man weiß es nicht", scherzte Julia. „Aber es wäre sicher gut, wenn du auch Charlotte ein bisschen bremsen kannst." Tamara und Julia wechselten einen stummen Blick.

Sie wussten beide, wie nervig Charlotte Stanhope, Julias Schwiegermutter, sein konnte, so liebenswert sie auch war. Sie mischte sich immer in alles ein – manchmal war es nötig, manchmal einfach nur anstrengend.

„Hast du deine Vertragsverlängerung unterschrieben?", wechselte Damian das Thema.

Tamara biss sich auf die Unterlippe. „Noch nicht."

„Wieso nicht?"

„Damian!" Julia legte ihrem Mann eine Hand auf den Oberarm. „Bedräng sie doch nicht."

„Ich habe mich doch nur erkundigt ..."

„Fühlst du dich immer noch nicht so richtig wohl?", fragte Julia sanft.

Amalia spielte in der Zwischenzeit mit einer Gabel, deren Spitzen sie immer wieder in die Tischdecke drückte und sich über das Muster freute.

„Ich fühle mich schon wohl, aber ... ich habe auch immer noch Heimweh. Ach, ich weiß nicht. Natürlich wartet nichts und niemand in England auf mich, aber ..."

„... Shanghai ist nicht jedermanns Sache", beendete Julia ihren Satz. „Das verstehe ich. Entweder man liebt das Leben hier, oder nicht. Dazwischen ist kein Platz."

„Nein, so ist es nicht. Ich mag es schon. Ich möchte mir nur einfach sicher sein, was ich tue."

„Aber die Arbeit auf der Schule ist gut? Macht dir noch Spaß?"

Tamara seufze leise. „Ja und nein. Einerseits ist es wahnsinnig spannend, andererseits habe ich das Gefühl, die Expats leben in einer Blase."

Dem war definitiv so.

„Das ist nicht nur ein Gefühl. So funktioniert das Leben hier." Damian runzelte die Stirn.

„Ja, schon richtig." Tamara verzog ihren Mund. „Ich weiß nur nicht, ob ich das auf Dauer mag."

Julia nickte wissend. „Nimm dir doch einfach die Sommerferien, um zu überlegen. Oder macht die Schulleitung Druck?"

„Nein, das wäre kein Problem. Ja, vielleicht mache ich es so. Ihr Lieben, ich werde mal gehen, denn ob ihr es glaubt oder nicht, ich muss für morgen noch was vorbereiten."

„Oh, du bist zu Hause", hörte Oliver Tamaras Stimme und hob den Kopf.

Er saß auf dem Sofa und zappte durch das Fernsehprogramm. Er wollte sich nach dem letzten Frauendesaster einen ruhigen Abend machen. Außerdem war er müde und verkatert.

„Keine Lust auszugehen", gab er zurück und setzte sich auf. „Lust auf einen Film?"

Tamara kam näher und schaute auf den Fernseher. „Was läuft denn?"

„Du hast die Wahl zwischen *Fast and Furious 8*, *Killer's Bodyguard* oder *Baby Driver*."

„*Fast and Furious*? Nee, nicht mein Ding."

„*Baby Driver*? Komm schon, alleine gucken ist doof."

„Eigentlich ..."

„Nix da. Ich habe gesehen, du hast Popcorn. Ich mache uns eine Schüssel. Das wird lustig." Er klopfte auf den Platz neben sich.

„Na schön", willigte sie schließlich ein.

Oliver sprang auf und lief in die Küche. „Mach es dir schon mal gemütlich. Was willst du trinken?"

„Gibt's noch Cola? Zum Popcorn brauche ich Zucker."

„Keine Cola light?"

Sie warf ihm einen Blick über die Schulter zu. „Sehe ich aus, als würde ich Kalorien zählen?"

Oliver lachte. „Nein, zum Glück nicht."

Er sah ihren irritierten Gesichtsausdruck, dann wurde ihm klar, dass man das total falsch verstehen konnte. „Also, so meine ich das nicht. Du siehst super aus, ehrlich. Ich meinte das eher so, dass ..."

Tamara winkte ab. „Schon gut. Du bist ja nicht der Richter bei einer Misswahl, der meine Oberschenkel bewerten soll."

Oliver fuhr sich mit der Hand über das Gesicht. „Die meisten Frauen würden einfach keinen Zucker anrühren, wenn es auch Cola light gibt."

„Die meisten Frauen, mit denen *du* abhängst, vielleicht." Der gewisse Unterton in ihrer Stimme entging ihm nicht.

O Gott. Wie kam er aus der Nummer wieder raus? Oliver riss die Folie auf, legte die Papiertüte mit dem Popcorn in die Mikrowelle und stellte sie auf drei Minuten ein.

„Komm, Oliver. Ich bin nicht nachtragend und auch nicht bei dem Versuch, Size Zero zu erreichen, gescheitert." Sie zwinkerte ihm zu und schob sich ein paar Kissen unter die Knie.

„Jetzt mal ganz langsam und zum Mitschreiben: Ich persönlich finde kurvige Frauen super sexy, und deine Figur ist top."

Sie hob eine Augenbraue, als ob sie sich fragte, ob er wirklich so genau hingeschaut hatte. Ja, hatte er. Ihm war nicht entgangen, dass sie runde Hüften, eine schlanke Taille und wohlgeformte Brüste unter ihrem Shirt verbarg. Aber das konnte er ihr nicht sagen, sonst bekam sie eine noch schlechtere Meinung von ihm als sowieso schon. Verfahrene Situation.

„Danke für die Blumen, aber nicht nötig." Der missbilligende Unterton war verschwunden, stattdessen wirkte sie zufrieden – oder es war ihr egal, was er über sie dachte. Was das Wahrscheinlichste war. Und das Beste.

Oder?

Das *Ping* der Mikrowelle erinnerte ihn an das, was er eigentlich vorgehabt hatte, nämlich einen gemütlichen Filmabend zu verbringen, bevor er einen neuen Blogbeitrag mit den Bildern vom Nachmittag hochlud. Er war auf einigen Straßenmärkten unterwegs gewesen, hatte verschiedene Köstlichkeiten – Hühnerfüße zum Beispiel – probiert, und auch mit ein paar Leuten gesprochen.

Oliver nahm die Schüssel, ging zurück zum Sofa und startete den Film. Er entspannte sich in Tamaras Gegenwart und freute sich auf den Abend mit ihr. Er mochte Tamara, er mochte es, in ihrer Nähe zu sein. Es machte außerdem auch viel mehr Spaß, sich einen Film gemeinsam anzusehen als alleine. Die Schale mit dem Popcorn stand wie ein Schutzwall zwischen ihnen. Er griff hinein und streifte versehentlich Tamaras Hand. Ihre Haut fühlte sich weich und warm an, ihre Finger waren zartgliedrig und lang. Sie zuckte leicht zusammen.

Sie hatte das Prickeln also auch gespürt. Oliver analysierte das nicht näher.

„Sorry", murmelte sie und zog ihre Hand weg, als hätte sie sich an ihm verbrannt.

„Ich bin so ein Vielfraß", gab er ein bisschen zu fröhlich zurück und schob die Schüssel mehr in ihre Richtung. „Komm, nimm du sie."

Den Rest des Films war er sich ihrer Anwesenheit allzu deutlich bewusst, was ihn zusätzlich verwirrte. Ihr dezenter Apfelduft stieg ihm immer wieder in die Nase und lenkte ihn ab. Sie roch zuckersüß, und doch war es nur eine lahme Entschuldigung für seine plötzliche Unruhe in ihrer Nähe. Er kapierte nicht, was mit ihm los war.

„Ich habe noch zu tun, der Blog und so … Gute Nacht." Etwas steif verabschiedete er sich, als der Abspann lief.

„Gute Nacht." Er spürte, dass sie ihm hinterherblickte.

Tamara konnte nicht schlafen. Zum hundertsten Mal wälzte sie sich von einer Seite auf die andere. Ihre Gedanken hielten sie wach. Sie fand einfach nicht die richtige Position, in der sie bequem liegen und abschalten konnte.

„Verdammt", fluchte sie leise, stand auf und tapste in die Küche.

Sie trug Jersey-Shorts und ein T-Shirt, wie immer im Sommer, auch wenn die Räume klimatisiert waren.

Es war still in der Wohnung, vermutlich lag Oliver längst im Tiefschlaf. Der Glückliche.

Sie zog eine Grimasse, nahm eine Packung Kekse mit Schokostückchen aus dem Schrank und goss sich ein Glas Milch ein. Das war immer noch die beste Medizin gegen Schlaflosigkeit. Sie tunkte einen Keks ein und biss dann ab. Zufrieden schloss sie die Augen und genoss die Kombination von Zucker und Fett.

„Auch noch wach?", hörte sie eine sonore Stimme hinter sich.

Ihr Herz setzte einen Schlag aus. „Huch! Du hast mich jetzt aber erschreckt. Ich dachte, du schläfst längst."

Sie drehte sich mit Keks und Milch in der Hand um.

„Habe noch gearbeitet. Und du? Musst du morgen nicht in die Schule?"

Sein Haar war zerzaust. Er trug nur Boxershorts und ein graues T-Shirt, unter dem sich die Muskeln seines Oberkörpers sehr deutlich abzeichneten.

„Muss ich." Sie zuckte die Schultern, mehr gab es dem nicht hinzuzufügen. Sie würde den Teufel tun und ihm erklären, warum sie nicht schlafen konnte. Sie verstand es ja selbst nicht.

„Darf ich?" Er schielte auf die Packung.

„Bitte, bedien dich. Dann esse ich sie wenigstens nicht alleine." Sie schob sie in seine Richtung. Oliver biss herzhaft in einen Keks. „Möchtest du nicht ein Glas Milch dazu?"

Er verzog angewidert das Gesicht. „Gerne, wenn ich sie einfach trinken darf. Ich hasse so ein Gematsche."

Tamara lachte. „Quatsch, das ist doch das Beste daran."

Er sah sie an, als wäre sie ein Alien.

„Nee", machte er und ließ den Rest des Cookies im Mund verschwinden, ehe er sich ein Glas Milch eingoss.

„Und, was hast du morgen so vor?", versuchte sie es mit etwas Smalltalk, um die Stille zu unterbrechen.

„Keine Ahnung. Vorschläge?"

Sie hob ihren Blick. Das Türkis seiner Augen wirkte im heruntergedimmten Licht der Küche beinahe schwarz. Sie vergaß zu atmen, ihr Herzschlag beschleunigte sich, und ihre Kehle war auf einmal staubtrocken. Ihre Lippen öffneten sich, aber kein Laut kam heraus. Schnell hob sie ihr Glas und trank einen Schluck.

Oliver lehnte sich an die Arbeitsfläche und nahm ihr das Glas aus den Händen. Ihre Haut prickelte an den Stellen, an denen er sie berührte. Sie konnte es nicht länger leugnen, und er musste es auch spüren.

„Oliver ...", murmelte sie.

Er schaute sie weiter auf diese sinnliche Art an, als wäre sie die einzige Person auf Erden, mit der er in diesem Moment zusammen sein wollte. Er starrte wie hypnotisiert auf ihren Mund. Heiße Schauer liefen über ihren Rücken, als sie sah, dass auch er schneller atmete. Seine Brust hob und senkte sich in regelmäßigen Abständen. Sie wollte ihre Hände in seinem Haar vergraben, sich darin verlieren.

„Denkst du, das ist eine gute Idee?", murmelte er mit belegter Stimme.

Nein!

Was machte sie hier eigentlich? *Das würde zu nichts führen*, erinnerte sie sich selbst. Auch wenn der Gedanke verlockend war, für eine Nacht alles zu vergessen, sich in starke Arme zu schmiegen und sich geliebt zu fühlen. Aber sie wusste, es war nur eine Illusion, die am nächsten Morgen verpufft sein würde. Was danach übrigbleiben würde, wäre eine dunkle Leere, die sie allzu gut kannte.

Nichts gelernt, würde ihre Therapeutin zu ihr sagen. Es hatte eine Phase in ihrem Leben gegeben, da war sie distanzlos gewesen. Eine Spätfolge ihrer traumatischen Kindheit, die oft auf diese Weise deutlich wurde. Eigentlich hatte sie gedacht, dass sie keine Signale in diese Richtung an Oliver ausgesendet hatte. Augenblicklich versteifte sie sich, was ihm nicht entging.

„Du ... hast da was", sagte er und trat einen Schritt zur Seite. „Hier."

Er tippte sich an den Mundwinkel. Der Ausdruck in seinen Augen bestätigte es: Er hatte auch daran gedacht, sie zu küssen. Sie erinnerte sich, dass er sie sogar noch gefragt hatte, ob das eine gute Idee sei.

Natürlich nicht. Es gab zahlreiche Gründe, warum man die Frage mit „Nein" beantworten konnte und sollte.

Sie nickte und rang sich ein Lächeln ab.

„Ich bin ein Krümelmonster", versuchte sie den beklemmenden Moment zu überspielen.

„Hier, nimm noch einen, Krümelmonster." Er hielt ihr die Packung vor die Nase. Er spielte zum Glück mit und ersparte ihnen damit peinliches Schweigen.

„Sehr gern. Und dann muss ich wirklich schlafen. Gute Nacht."

Sie schnappte sich ihr Glas und verschwand in ihrem Zimmer. Vielleicht hatte sie sich diese komische Spannung auch nur eingebildet, redete sie sich ein. Ein Mann wie Oliver hatte es doch nicht nötig, sich mit einer stinknormalen Lehrerin wie ihr einzulassen, noch dazu beladen mit Problemen aus ihrer Kindheit. So untervögelt war er garantiert nicht, dass er ... Egal. Es war ja nichts passiert.

Am nächsten Tag kam Tamara erst spät nach Hause, einerseits, weil sie wirklich viel zu tun gehabt hatte, andererseits, weil sie immer wieder über den letzten Abend nachdachte und versuchte, Oliver aus dem Weg zu gehen. Vielleicht hätte sie ihn tatsächlich geküsst, obwohl sie wusste, dass es zu nichts geführt hätte. Das war ja das Problem – und gleichzeitig auch das Verlockende. Sie legte ihre Sachen ab und ging in den Wohnbereich. Oliver saß am Esstisch, den Laptop vor sich. Neben ihm stand sein Rucksack, im Fernseher lief eine bekannte amerikanische Talkshow, der Ton war leise gestellt.

„Hi", grüßte sie.

„Hey, du bist ja spät dran."

„Vor den Ferien gibt es immer noch mal wahnsinnig viel zu tun. Jahresende und so."

„Gut, dass wir uns noch sehen."

Sie machte große Augen. Wollte er gehen?

„Du reist ab?" Bestürzt bemerkte sie, dass ihre Stimme leicht schrill klang.

Er nickte. „Ja. Hat sich kurzfristig was ergeben."

Ja, klar, dachte sie sarkastisch, versuchte aber, sich nichts anmerken zu lassen. „Cool."

Sie zuckte mit den Schultern. Es war gut, dass er begriffen hatte, dass das Prickeln zwischen ihnen zu nichts führen würde. Warum verletzte sie sein Verhalten dann?

Hör auf, Tamara, rief sie sich still zur Vernunft.

„Mein Flug geht um dreiundzwanzig Uhr. Ich habe eigentlich nur noch auf dich gewartet." Ihre Blicke begegneten sich, und ihr verräterisches Herz schlug schneller. Er wandte sich ab, klappte seinen Laptop zu und stand auf. Er schaute kurz zum Fernseher und verdrehte dann die Augen. „Gott, man kann dem Kerl auch nirgends aus dem Weg gehen."

Tamara runzelte die Stirn. „Wem?"

Oliver griff sich die Fernbedienung und schaltete ab. „Schon gut."

„Magst du keine Talkshows?"

„Ich hab' die Nachrichten angeschaut, dann vergessen auszumachen, und nein, ich mag keine Talkshows, schon gar nicht, wenn mein Dad da sitzt und blöde Tipps gibt."

„Dein Vater? Richard McDermott ist dein Vater?"

Oliver seufzte. „Ja, leider. *Der* Professor für psychotherapeutische Medizin. Ich bin leider nicht im Reagenzglas entstanden."

Tamara kratzte sich an der Stirn, fragte aber nicht weiter nach. „Würde sich so mancher wünschen. Habt ihr Streit oder was ist los?"

„Lange Geschichte. Wir verstehen uns nicht besonders. Man sollte meinen, ein Mann vom Fach wüsste, wie man mit einem Sohn umgeht. Aber ... Naja, offenbar ist er besser darin, Bestseller zu schreiben und anderen gute Ratschläge zu erteilen."

Sie nickte und wollte nicht weiter bohren. Es war ihm offensichtlich unangenehm, über seine Familienangelegenheiten zu sprechen.

„Ich bin die Letzte, die das nicht verstehen würde", gab sie nachdenklich von sich.

Er schaute ihr tief in die Augen und brachte ihr Herz damit erneut zum Stolpern. „Er ist unfähig, seine eigenen Angelegenheiten in Ordnung zu bringen. Aber ich hab' da keine Lust mehr drauf."

So viel Offenheit hatte sie nicht erwartet. „Soll vorkommen."

„Eben. Keine große Sache."

Dass er es so einfach abtat, bewies nur, dass ihn das Thema sehr belastete. Sie hatte genug Erfahrung mit ihren eigenen Problemen, um zu verstehen, dass Oliver seine Verletzlichkeit überspielte. Das machte ihn menschlicher und damit interessanter. Leider.

Anfangs hatte sie gedacht, er wäre tatsächlich nur ein Aufschneider, hinter dem nichts als eine große Klappe steckte. In den ersten Tagen hatte sie ihn häufig als Idioten erlebt, der Frauen benutzte, um sein Ego aufzupolieren. Gleichzeitig hatte er sich ihr gegenüber nach und nach etwas geöffnet und sie hinter seine aufgesetzte Fassade blicken lassen. Und das, was sie gesehen hatte, hatte sie gemocht. Mochte sie immer noch. Zu sehr vielleicht. Trotzdem war das, was er in ihr auslöste, gefährlich. Sich in jemanden wie ihn zu vergucken, war in keinerlei Hinsicht zu empfehlen. Deswegen war es gut, dass er ging, ehe sie sich in etwas verrannte, was auch, ohne groß darüber nachdenken zu müssen, total dämlich war.

„Hast du Geschwister?", fragte sie, um vom Vater abzulenken.

Er überlegte. „Wie man es nimmt. Es gibt zwei Halbbrüder. Die Story ist auch nicht erfreulicher, leider. Aber wir haben jetzt echt genug über mich geredet." Er setzte sein strahlendes Aufreißerlächeln auf.

Sie wusste, dass er dahinter seine verletzte Seele verbarg. Es geht mich nichts an, sagte sie sich.

„Danke, dass du es mit mir hier ausgehalten hast", ergänzte er in spielerisch-leichtem Tonfall. Sie wusste, dass ihm ganz anders zumute war.

Sie erwiderte sein Grinsen dennoch; sie kannte das Spiel. Er wollte nicht darüber reden, sie würde ihn nicht zwingen. „Kein Problem. Mit den Tagen wurde es ja ein wenig ... leiser hier."

Seine Augen funkelten, und er hatte sogar den Anstand, ein wenig zu erröten, was ihn jünger wirken ließ, als er war. Süß.

Was dachte sie da überhaupt?

„Na, dann also ..."

Er zog sie in seine Arme. Eine brüderliche, aber dennoch herzliche Umarmung. „Bis bald. Ich habe mich sehr wohl gefühlt bei dir."

Er löste sich und trat zurück. Sie musste schlucken. „Danke. Du warst auch ein pflegeleichter Gast. Meistens jedenfalls."

Er tippte ihr mit dem Finger auf die Nasenspitze. „Darf ich das genau so an Lucas weitergeben?"

Sie lachte. „Ja, mach das."

„Er hat dich sehr gern. Ich kann verstehen, warum er sich Sorgen macht. Er kennt mich einfach zu gut." Oliver zwinkerte ihr zu, packte dann seinen Laptop in den Rucksack und warf ihn sich über die Schulter.

„Alles Gute, du Schwerenöter", wünschte sie ihm und strich sich eine Haarsträhne aus dem Gesicht.

„Dir auch, Sonnenschein."

Sie schüttelte den Kopf. „Wie vielen Frauen hast du diesen Spitznamen schon verpasst?"

Er blickte sie wortlos an; jeglicher Schalk war aus seinen Zügen verschwunden. „Noch keiner."

Dann wandte er sich abrupt ab und ließ Tamara mit offenstehendem Mund zurück.

5

„Wie ist es bei Tamara gelaufen? War wirklich alles okay? Geht es ihr gut?", erkundigte sich Lucas, als er ein paar Tage später mit Oliver den Thames Path an der Themse entlangjoggte. Es war kaum mehr als ein schmaler Pfad an der Stelle. Der Vorteil dieser Strecke war, dass sie nicht so überlaufen war wie viele andere bekannte Laufrunden. Und wenn Lucas eines nicht leiden konnte, wusste Oliver, dann war es Gedränge, wenn er sich austoben wollte.

„Ja, alles bestens. Was hat sie gesagt?" Oliver erinnerte sich sehr gut an einige Momente mit Tamara, die er als sehr vertraut und schön empfunden hatte, die ihn aber auch verwirrten. Hoffentlich hatte *sie* sich nicht unwohl gefühlt.

„Sie hat nicht viel gesagt, hat sich aber auch nicht beklagt, was ich mal als gutes Zeichen werte."

Oliver warf seinem Freund einen bösen Seitenblick zu. „Und das überrascht dich?"

Lucas lachte. „Ja, das überrascht mich, wenn ich ehrlich bin. Ich hatte wirklich Sorge, dass du mein Apartment zu einer Partyzone erklären würdest."

„Na, also bitte! Es war doch abgesprochen, dass ich mich zusammenreiße. Ich habe auch gar nicht so viel gefeiert."

„Wieso nicht?"

Ja, wieso eigentlich nicht? Gut, er war zweimal unterwegs gewesen, aber die nächtlichen Eskapaden begannen ihn zu langweilen. „Im Prinzip ist es doch so, dass ein Club wie der andere ist. Letzten Endes dreht es sich doch nur darum, wer wen abschleppt."

„Und das interessiert dich plötzlich nicht mehr?" Lucas piekte ihn in die Seite.

Oliver zuckte mit den Schultern. „Doch, interessiert mich schon. Aber im Ernst: Meine Follower wollen nicht nur die

Infos aus der Szene, sondern auch ein bisschen drumherum. Und ich finde, gerade in Shanghai gab es einiges zu sehen. Der Kontrast zwischen alt und neu ..."

„Was sind das denn auf einmal für Töne, die du da anschlägst?"

Oliver knuffte seinen Kumpel. „Gar nicht. Spinn mal nicht rum."

„Wo geht deine nächste Reise eigentlich hin?"

„Bin mir noch nicht sicher."

„Hast du nicht Lust, zur Jagd auf Ragley Manor zu kommen?"

Oliver zögerte kurz. „Ja, warum nicht?"

„Oder ist es dir zu langweilig mit dem britischen Landadel?"

„Ach, ab und an kann ich das auch mal ertragen."

„Reitest du dann auch mit?"

„Klar – wenn schon, denn schon. Allerdings wirst du mir einen Fummel leihen müssen. Ihr tragt doch immer so schlimme weiße Hosen."

„Entweder man hat Stil oder nicht."

Oliver prustete und legte einen Zahn zu. Sie joggten eine Weile still nebeneinander her – das war es, was eine gute Freundschaft ausmachte. Man musste nicht ständig und immer quatschen. Er vermisste Lucas; früher hatten sie dauernd zusammen abgehangen.

„Wie läuft es mit deinem Vater?"

Oliver hatte schon mit der Frage gerechnet. „Nicht wirklich was Neues."

„Habt ihr nicht miteinander gesprochen?"

„Ich hab' ihm nichts zu sagen."

„Ach, Oliver."

„Was denn?"

„Er hat sich in den letzten Jahren nun wirklich Mühe gegeben, eine Verbindung zu dir aufzubauen."

Oliver schnaubte abfällig. „Tja, man kann eben nicht aufholen, was man in den ersten zwanzig Jahren verpasst hat. Da war ihm seine neue Familie wichtiger. Er und seine Super-Söhne."

„Verbitterung steht dir nicht, mein Freund."

„Hör doch auf."

„Glaub mir, dein Dad meint es bestimmt nur gut – und ich weiß, was es bedeutet, ein echtes Dreckschwein als Vater zu haben."

„Das kann man doch gar nicht vergleichen. Nicht gut genug zu sein, nicht geliebt zu werden ... Das kann ein Neunjähriger nun mal nicht verstehen. Und ein Elfjähriger auch nicht. Warum kommt er jetzt erst angeschissen? Ich hätte ihn gebraucht, als ich klein war."

„Das kann ich dir nicht sagen. Pass auf: Wenn es sich für dich richtig anfühlt, weiterhin zu mauern, dann mach das. Ich bin auch nicht deine Psychotante. Ich wollte mich nur erkundigen."

„Wie kommt Tamara eigentlich mit ihrer Vergangenheit klar? Läuft bei euch alles gut?"

Oliver war über seine Frage selbst überrascht, aber es war ihm spontan in den Sinn gekommen, und nun war es raus. Warum interessierte es ihn überhaupt?

„Ich glaube gut. Sie hatte in ihren Zwanzigern eine sehr wilde Phase. Da haben sich alle Sorgen gemacht, dass sie schwanger wird ... oder Schlimmeres. Aber irgendwann hat es Klick gemacht, und sie hatte genug davon, sich woanders Bestätigung zu suchen. Sie hat damals entschieden, dass es besser für sie ist, nichts mehr mit ihrer Familie zu tun zu haben, weil wir sie immer an die Vergangenheit erinnert haben. Für sie vielleicht absolut nötig und wichtig, für uns ... Na, du kennst die Geschichte."

„Und jetzt?"

„Was meinst du? War doch irgendwas, während du da warst? Geht es ihr nicht gut?"

„Doch, doch. Den Eindruck hatte ich. Ich fand sogar, sie war sehr … aufgeräumt."

„Ja, das findet Charlotte auch, und glaub mir, die Frau durchschaut jeden."

Oliver grinste. Lucas' Ziehmutter war ein ganz besonderer Mensch. „Das freut mich für sie. Glaubst du, sie wird jemals eine normale Beziehung führen?"

„Ey, Oliver. Was fragst du mich hier so über Tamara aus? Dir ist schon klar, dass ich dich einen Kopf kürzer mache, wenn du ihr auch nur einen Schritt zu nahe trittst. Ist das bei dir angekommen?" Lucas warf ihm einen misstrauischen Seitenblick zu.

Oliver wurde noch wärmer, obwohl er durch das Laufen ohnehin schon ordentlich schwitzte. „Spinn nicht rum, Lucas. Als ob ich mich für deine ältere Schwester interessieren würde."

Er fügte einen Lacher hinzu und rannte schneller. Tief in ihm drin war er sich aber nicht sicher, weshalb er all das über Tamara wissen wollte. Ja, er mochte sie. Sie war die Schwester seines besten Freundes, da war es doch normal, dass man sich nach dem Befinden erkundigte. Oder? Aber selbst, wenn er sich für sie interessieren würde, so war ihm doch klar, dass sie absolut tabu war. Er würde nicht nur Lucas' Freundschaft aufs Spiel setzen, sondern die ganze Verbindung zur Familie Stanhope riskieren. Und die Familie bedeutete ihm viel. Sehr viel. Auch, wenn Damian ihn nicht sonderlich leiden konnte. Aber Charlotte und George hatten ihn ins Herz geschlossen, er hatte sich bei ihnen immer wohl gefühlt. Schon alleine deswegen erstickte er jeglichen Funken Hoffnung in Bezug auf Tamara im Keim.

Nach dem letzten Schultag Ende Juni machte sich Tamara direkt auf den Weg nach Ragley Manor. Die vorausgegangenen Tage in der Schule waren anstrengend und emotional gewesen, denn sie hatte sich noch immer nicht entschieden, ob sie ihren

Vertrag verlängern wollte oder nicht. Die Schulleiterin hatte Verständnis gezeigt, es sei eine Stelle frei, aber wenn sie bis Ende Juli keine definitive Zusage bekommen würde, würde sie anderen Bewerbern den Job geben. Tamara wusste jedoch, dass gerade für ihre Fächerkombination – Kunst, Englisch und Geschichte – die Lehrerkollegen nicht unbedingt Schlange standen. Und wenn doch, dann war es eben so.

Kurz dachte sie an Riley. Oliver hatte tatsächlich recht gehabt. Vorgestern hatte ihr Kollege sich ihr offenbart, hatte sie gebeten, ihm eine Chance zu geben. Sie war sprachlos gewesen, denn damit hatte sie nicht gerechnet. Sie empfand nichts als freundschaftliche Gefühle für den netten Kerl. In seiner Gegenwart schlug ihr Herz nicht schneller, sie vermisste ihn nicht, wenn sie getrennt waren. Das waren schon zwei wichtige Argumente, warum sie nie etwas mit ihm anfangen würde. Sie sehnte sich nicht mal generell nach einer Beziehung; ihr Leben war gut so, wie es war. Und jetzt machte sie erst mal ein paar Wochen Urlaub und würde nicht an den Schulalltag denken.

Die Reise nach London verlief problemlos, und sie schaffte es, ein paar Stunden im Flieger zu schlafen.

Vorfreude machte sich in ihr breit, als sie ihren Koffer vom Gepäckband zog und in Heathrow durch die Passkontrolle lief.

„Huhu, Tamara!", rief Charlotte und winkte überschwänglich, als sie durch die Tür in den Ankunftsbereich trat.

Tamara beschleunigte ihren Schritt und umarmte ihre Ziehmutter herzlich. „Hallo, wie schön, dich zu sehen."

„Wie war der Flug? Bist du sehr müde oder konntest du ein bisschen abschalten?"

„Danke, alles bestens." In London war es gerade mal später Vormittag. Es würde sicher ein paar Tage dauern, bis sie die Zeitumstellung verkraftet hatte.

„Dann komm. Der Wagen wartet direkt vor der Tür."

„Es wäre überhaupt nicht nötig gewesen –"

„Papperlapapp", unterbrach Charlotte sie. „Natürlich hole ich dich ab, meine Liebe. Nun komm. Erzähl, was gibt es Neues aus Shanghai? Wie geht es Damian und Julia? Und wie groß ist Amalia schon? Ich sehe sie ja immer nur über FaceTime ..."

Tamara musste lächeln. „Puh. Lass mich doch erst mal ankommen."

„Ach, ja, entschuldige. Ich vergesse ständig, dass man nach so einer Reise Ruhe und etwas Schlaf braucht. George hat ja meist nur die Augen verdreht und meine Redesalven ertragen. Zum Glück ist er nicht mehr so viel unterwegs wie früher."

„Wie geht es ihm?"

„Ach, er schlägt sich wacker. Seit neuestem macht der dieses Nordic Walking. Mit den Stöcken. Kennst du das?"

Sie nickte. „Klar. Und wie macht er sich?"

„Na, du weißt ja, wie er ist. Wenn es am Abend einen Salat gibt und kein Steak dazu, ist er unglücklich." Charlotte lachte.

George musste nach einem Herzinfarkt strikte Diät halten und sich regelmäßig sportlich betätigen – beides gefiel ihm nicht.

Auf der Fahrt zum Anwesen der Stanhopes genoss Tamara es einfach, nur aus dem Fenster zu schauen und festzustellen, dass sich wenig verändert hatte. Nach einer Stunde hatten sie den Großraum London hinter sich gelassen, und aus dichten Siedlungen wurden kleine Dörfer. Die meisten aus Stein gebauten Häuser konnten einen neuen Anstrich gebrauchen, die Vorgärten mehr Pflege. Der Kontrast zur pulsierenden Metropole Shanghai, in der sich ständig etwas veränderte, hätte größer nicht sein können.

„Wie laufen die Hochzeitsvorbereitungen?", fragte Tamara irgendwann.

„Ach, gut, würde ich sagen. Die Einladungen sind ja schon seit Ewigkeiten raus, es ist so gut wie alles bestellt. Lediglich bei der Menüfolge konnten sich Danielle und Lucas noch nicht einigen, was wohl zum großen Teil daran liegt, dass Lucas sich gerne vor den Vorbereitungen drückt."

Tamara kicherte. „Ist klar. Na ja, jetzt bin ich ja da. Vielleicht möchte Danielle ja ein bisschen Unterstützung von meiner Seite."

Charlotte legte ihr eine Hand auf den Unterarm. „Da bin ich mir ganz sicher. Aber was anderes, wo wir gerade über die Sitzordnung sprechen: Hast du mal über meinen Vorschlag nachgedacht?"

Tamara verdrehte die Augen. Sie wusste, dass Charlotte einen Hang dazu hatte, Leute zu verkuppeln. Dank ihr hatte Damian Julia kennen- und lieben gelernt, und ihr, ähm, ständiges Drängeln hatte letztendlich dazu geführt, dass auch Lucas mit Danielle zusammengekommen war. Nun bildete sich ihre Ziehmutter offenbar ein, dass es an der Zeit war, auch noch die Älteste der Geschwister unter die Haube zu bringen. Obwohl man sie diesbezüglich definitiv immer noch mit Samthandschuhen anfasste, hielt das die rüstige Psychologin noch lange nicht davon ab, ihr immer wieder neue Vorschläge für potentielle Gatten zu präsentieren.

„Ich weiß nicht, Charlotte", gab sie ausweichend zurück.

„Er ist echt ein netter Kerl. Seine Familie ist auch befreundet mit den Middletons! Edward Jameson ist Hedgefonds-Manager, wie der Ehemann von Pippa ..." Tamara seufzte wenig begeistert. „Wunderbar. Ich mache euch dann auf der Jagd schon mal bekannt."

„Ich kann es kaum abwarten."

„Ach, Tamara. Ein Wedding-Date ist doch noch keine Verlobung." Charlotte lächelte sie zufrieden an. „Aber sei mal ehrlich: Es ist doch unangenehm, wenn man als Single auf so einer romantischen Veranstaltung auftaucht, oder?"

Danke, den Hinweis hatte sie nun nicht noch gebraucht. Sie war ein glücklicher Single, aber auf einer Hochzeit fühlte man sich immer wie ein Alien, wenn man alleine erschien, da hatte Charlotte leider absolut recht.

„Na schön", sagte sie schließlich und gab sich geschlagen.

6

„Wie schade, dass Damian und Julia nicht zur Jagd kommen können", sagte Charlotte und nippte an ihrem Tee.

Sie suchte offenbar nach einem Gesprächspartner, da ihr Mann George ausgeritten war. Tamara saß mit einem Buch auf dem geblümten Sofa ihr gegenüber im Salon von Ragley Manor. Auf dem Fischgrätenparkett lagen üppige Perser, den Kaminsims zierten mindestens ein Dutzend Familienbilder.

„Hm", machte Tamara nur.

„Ich kann es verstehen – die Hochzeit ist schon so bald, dann zweimal mit der Kleinen hin- und herzufliegen ..." Charlotte seufzte. „Ach, ich vermisse sie so. Ich habe ihnen vorgeschlagen, dass Julia mit Amalia den Sommer hier auf Ragley Manor verbringen könnte, aber Damian, der alte Dickschädel, wollte das natürlich nicht."

Tamara ließ ihr Buch sinken. „Ich schätze, dass Julia das ganz alleine entschieden hat. Also mit ihm zusammen. Sie ist jetzt nicht gerade eine Frau, die sich was von einem Mann vorschreiben lässt."

„Ja, ja." Charlotte winkte ab. „So meinte ich das ja auch nicht. Julia arbeitet ja auch wieder. Weißt du, wie das klappt?"

„Gut."

„Meine Güte!" Charlotte atmete hörbar aus. „Gesprächig bist du heute ja nicht gerade."

Tamara lachte. „Ich versuche ein Buch zu lesen, falls du das noch nicht bemerkt hast."

In dieser Sekunde hörten sie Schritte auf der großen Treppe, die vom Eingangsbereich in den Salon führte. Charlotte und Tamara schauten sich überrascht an.

„Überraschung!", rief Lucas mit Danielle und Oliver im Schlepptau.

Oliver.

O Gott.

Tamaras Herz setzte einen Schlag aus und schlug sofort darauf in unregelmäßigem Takt weiter. Was machte er denn hier? Nach einigen Sekunden begriff sie, dass er natürlich nicht wegen ihr hier war.

Die Jagd. Da hätte sie auch gleich draufkommen können.

„Hallo!", rief Charlotte, sprang für ihr Alter äußerst rasch auf die Beine und lief den Neuankömmlingen entgegen.

Sie umarmte Danielle und Lucas und zog dann auch Oliver an ihre Brust. Klar, sie kannten sich. Tamara hatte ein paar Jahre verpasst; das wurde ihr in diesem Moment wieder deutlich vor Augen geführt.

Sie sollte etwas tun. Etwas sagen. Sie erwachte aus ihrer Schockstarre, klappte das Buch zu und stand auf.

Lucas war schneller. Er war schon bei ihr, riss sie in seine Arme und wirbelte sie durch den Salon der Stanhopes. „Hey, meine Große. Wie geht's? Wie schön, dich zu sehen."

„Hi, Lucas. Hilfe, ich bekomme ja gar keine Luft." Sie lachte, und ihr war ein wenig schwindelig, als er sie wieder auf dem Boden absetzte.

„Hey, Danielle, gut schaust du aus." Sie begrüßte ihre zukünftige Schwägerin mit einem Küsschen rechts und links.

„Du aber auch." Danielles Lächeln war zuckersüß und herzlich.

Tamara freute sich wahnsinnig, dass Lucas so eine tolle Frau gefunden hatte, die nicht nur hübsch, sondern auch klug genug war, um ihm die Stirn zu bieten.

„Hi." Olivers Stimme löste eine Gänsehaut bei ihr aus.

Die feinen Härchen an ihrem Körper stellten sich auf, als sie realisierte, dass er näherkam. Auch er gab ihr ein Küsschen rechts und links auf die Wange, dabei berührten sie seine Bartstoppeln. Sein männlich herber Duft stieg ihr in die Nase.

Kein Mann sollte so gut riechen. Äußerlichkeiten hatten sie noch nie sonderlich beeindruckt – obwohl Oliver attraktiv war, keine Frage –, aber wenn ein Mann gut roch, konnte sie schwach werden. Bei ihm könnte sie schwach werden.

Die Erkenntnis traf sie wie ein Schlag. Sie versuchte, diesen Gedanken so schnell wie möglich dahin zu verdrängen, wo er hergekommen war. Dass das selten auf Dauer funktionierte, wusste sie leider aus anderen schmerzlichen Erfahrungen. Genau jetzt konnte sie damit jedoch nicht umgehen, nicht vor allen anderen. Vielleicht lag es ja auch am Jetlag, dass sie so heftig auf ihn reagierte.

Klar, und übermorgen wird es schneien.

„Was für eine Überraschung, ihr Lieben! Die ist auf jeden Fall gelungen!", jauchzte Charlotte. „Jetzt habe ich gar nichts vorbereitet. Meine Güte, hätte ich das gewusst …"

Lucas nahm sie in den Arm. „Charlotte, mach dir keine Umstände. Ich bin mir im Gegenteil sogar sehr sicher, dass du eine ganze Fußballmannschaft bis zum ersten Advent durchbringen könntest. Die Vorratskammer ist bei uns doch immer gut gefüllt. Und zur Not tut es auch eine Pizza", scherzte er.

Charlotte reagierte mit Schnappatmung auf diesen Vorschlag. „So weit kommt es noch! Sicher nicht. Ich laufe mal eben in die Küche und lasse noch Tee bringen, und dann schaue ich mal, was wir sonst noch arrangieren können."

Damit verschwand sie in Windeseile.

Lucas ließ sich auf ein Sofa sinken und streckte seinen Arm nach Danielle aus. Sie warf sich in seine Umarmung und schmiegte sich an ihn.

Olivers Mundwinkel bogen sich nach oben, und seine Augen funkelten verräterisch, als er Tamaras Blick begegnete. „So schnell sieht man sich wieder."

„In der Tat." Sie setzten sich gemeinsam auf das Sofa gegenüber des verliebten Paares. „Wieso seid ihr denn heute schon angereist?"

Lucas grinste. „Das klingt ja ganz so, als ob wir nicht willkommen wären."

Danielle kicherte. „An wem das wohl liegt."

Sie legte Lucas eine Hand auf den Oberschenkel.

Ihr lag die Frage auf den Lippen, warum Oliver mitgekommen war, die Höflichkeit verbot es ihr jedoch, sie zu stellen.

„Wie sieht's aus, Alter, ein Drink?", wollte Lucas von Oliver wissen. Dieser zuckte mit den Schultern, aber sein Freund war schon aufgestanden und goss ihm und sich einen Whiskey ein. „Bitte."

Danielle hob eine Augenbraue, sagte aber nichts.

„Möchtest du?", fragte Oliver Tamara.

Sie runzelte erstaunt die Stirn. „Äh. Nein. Aber danke."

„Zuvorkommend", merkte Danielle an. „Nur, Tamara trinkt nicht."

„Nie?"

Tamara spürte Olivers wachsame Augen auf sich ruhen. „Nein. Ehrlich gesagt, Alkohol vertrage ich nicht besonders gut, und ich weiß gerne, was ich tue."

„Sie ist in der Hinsicht ein bisschen wie Damian." Lucas lächelte. „Cheers."

„Ist auch schlauer, so hat man am nächsten Tag keine Kopfschmerzen. Cheers." Oliver und Lucas tranken einen Schluck.

„Na, ich sehe schon, ihr habt euch selbst bedient." Charlotte kehrte mit einem Hausmädchen im Schlepptau zurück. Auf dem Tablett standen drei Teetassen und ein Teller mit Gurkensandwiches.

„Ah, du bist die Beste." Lucas strahlte über das ganze Gesicht. „Ich habe so einen Hunger. Gibt's auch welche mit Schinken?"

Während Danielle sich über Fleischkonsum und die Hochzeitsplanung ausließ, versuchte Tamara, Olivers Nähe zu ignorieren. Was leider absolut unmöglich war, denn sein Oberschenkel presste sich heiß und muskulös gegen ihren. Sie war froh, als sie der Hitze des Salons nach einer weiteren Tasse Tee mit der Ausrede, sich frischmachen zu wollen, entkam.

Nach dem Abendessen saßen die Männer bei einem Digestif in der Bibliothek, die Damen im Salon. Oliver fühlte sich bei den Stanhopes immer ein bisschen, als wäre er aus einer Zeitmaschine ausgestiegen.

George erhob sich. „Gute Nacht, Jungs. Ich muss morgen früh raus." Lucas hob eine Augenbraue. Sein Ziehvater winkte ab. „Frag nicht."

Schließlich waren sie alleine, streckten ihre langen Beine von sich und hielten sich an ihren leeren Gläsern fest.

„Ich will dich auch nicht davon abhalten, zu deiner Verlobten zu kommen …" Oliver wackelte anzüglich mit den Augenbrauen.

„Und was ist mit dir?"

„Ich werde auch schlafen gehen. Bin hundemüde."

„Du wirst ebenfalls nicht jünger, mein Lieber."

„Halt bloß das Maul."

„Zu viel unterwegs gewesen?"

„Nein." Oliver biss sich auf die Unterlippe.

Er konnte Lucas ja schlecht sagen, dass er für morgen Abend, den noch geheimen Junggesellenabschied, ganz besondere Pläne hatte, für die er seine Kräfte brauchte.

„Zur Jagd haben wir das Jagdhaus für uns, aber da ist momentan noch Baustelle. Charlotte bekommt einen Anfall, wenn die bis übermorgen nicht fertig sind."

„Zur Not schlafe ich im Zelt, macht mir nichts aus."

„Ja, dir vielleicht nicht, aber Danielle." Lucas gluckste. „Meine kleine Luxusschnitte hat es nicht so mit Camping." Er stand auf und streckte sich, bis es in der Wirbelsäule knackte.

„Autsch. Wer wird jetzt alt?", stichelte Oliver und erntete dafür einen Schlag auf dem Hinterkopf.

„Gute Nacht, Arschloch. Du findest ja sicher in dein Zimmer, oder muss ich dich raufbringen?"

Oliver verdrehte die Augen und lehnte sich im Stuhl zurück. Er genoss die Ruhe in der Bibliothek, nahm sich ein Buch aus der Stanhopeschen Sammlung und stöberte darin. Es war spät geworden. Stille hatte sich über das Anwesen gelegt. Seine Armbanduhr zeigte kurz nach Mitternacht. Gähnend rieb er sich die Augen und stellte das Buch doch lieber wieder ins Regal.

Auf dem Weg in sein Zimmer bog er noch in die Küche ab, um sich ein Glas Wasser mit hinauf zu nehmen. Gut, dass er im Laufe der Jahre schon ein paarmal auf Ragley Manor gewesen war. Zwischen all den Gängen, Treppen und Türen könnte man sich ansonsten wirklich schnell verlaufen.

Er war überrascht, dass in der Küche noch Licht brannte. Erst dachte er, es wäre noch jemand vom Personal. Aber es war Tamara, die mit einer Packung Kekse, Milch und einer Zeitschrift, die verdächtig nach einem Hochzeitsratgeber aussah, am Küchentisch saß. Ihre Locken hatte sie zu einem lockeren Dutt zusammengefasst. Einige Strähnen hatten sich daraus gelöst und umrahmten ihr herzförmiges Gesicht.

„Guten Abend", machte er sich bemerkbar, um sie nicht zu erschrecken, als er durch die grobe Eichentür trat.

Der Boden war abwechselnd schwarz und weiß gefliest, die Küche im traditionellen Landhausstil gehalten, die Arbeitsflächen aus hellem Stein. An den Wänden hingen Töpfe, Pfannen, Kochlöffel und eine ganze Reihe hochwertiger Messer. Ein wahres Paradies für jeden Koch. Nicht, dass er selbst besonderes Talent zum Kochen hatte. Er konnte gerade mal ein paar Gerichte halbwegs vernünftig zubereiten, aber es genügte, um nicht zu verhungern.

„Oliver!" Ihre Augen weiteten sich, und schnell klappte sie das Magazin zu.

„Entschuldige, ich wollte dich nicht erschrecken."

„Was machst du hier?"

„Noch mal Entschuldigung. Ich wusste nicht, dass dieser Ort den Frauen des Hauses vorbehalten ist." Er spürte, dass seine Mundwinkel verräterisch zuckten.

„Haha. Sehr witzig." Sie zog eine Grimasse. „Keks?" Sie zeigte auf die Packung.

„Gern."

„Warte, ich hole dir ein Glas." Sie war im Begriff aufzustehen, aber er legte ihr seine Hand auf die zarte Schulter. Er spürte ihre warme Haut durch den dünnen Stoff ihrer Seidenbluse.

„Nein, lass nur." Er blickte sie eindringlich an und wusste dabei selbst nicht, wonach er in ihren hübschen Augen suchte. Ihre Wangen wurden von einer leichten Röte überzogen. „Ich mach' das schon selbst. Ich bin nicht so ein Chauvinist wie dein Bruder."

Tamaras Mund klappte auf, dann prustete sie los. „Hast du ihm das mal gesagt?"

Oliver grinste, öffnete ein paar Schranktüren, bis er die Gläser gefunden hatte, und setzte sich dann Tamara gegenüber an den Tisch. „Ich bin doch nicht lebensmüde."

„Und was unterscheidet dich von ihm?"

„Grundsätzlich oder …?"

Sie verschränkte die Arme vor ihrer Brust und lehnte sich mit einem herausfordernden Funkeln in den Augen zurück. „Sag du es mir."

Oliver goss sich Milch ins Glas. „Also, zunächst mal: Ich lasse mich von meinen Frauen nicht bedienen."

„Ha!", rief sie. „Da haben wir es schon mal: Frauen – Mehrzahl."

„Ups."

„Weiter im Protokoll", forderte sie ihn auf und wedelte mit der linken Hand.

„Also, von einer Frau lasse ich mich nicht bedienen. Es sei denn, sie möchte es tun."

Tamara brach in schallendes Gelächter aus und klopfte mit der flachen Hand auf die Tischplatte. „Genial. Das ist genial."

Oliver runzelte die Stirn. „Mein Gott, bist du betrunken?"

„Sicher nicht, höchstens habe ich einen Zuckerschock. Du hast definitiv Talent. Schon mal darüber nachgedacht, Comedian zu werden?"

„Komm, Lucas ist doch sehr speziell. Der hat immer einen sexistischen Spruch auf den Lippen. Was Danielle da erleiden muss ...", beharrte Oliver.

„Und du? Was müssen deine Frauen erleiden? Mehrzahl!"

Er schüttelte den Kopf und schob sich einen ganzen Keks in den Mund. „Isch kann nisch schpreschen mit vollem Mund."

„Du erkaufst dir Bedenkzeit."

Er winkte ab. „Nie. Und wieso liest du Hochzeitsmagazine?"

Tamara verschluckte sich und hustete.

„Lag hier so rum ...", würgte sie hervor.

„Mhm." Er nickte wissend und grinste.

„Was denn? Danielle hat mich wegen des Blumenschmucks um Rat gebeten."

„Hast du je daran gedacht, selbst zu heiraten?", wollte er wissen.

Die Frage überraschte ihn selbst, aber er wollte mehr über sie erfahren. Sie besser kennenlernen. Nur, weil sie Lucas' Schwester ist, redete er sich ein.

Sie kräuselte die Nase und legte sich einen Finger an die Lippen. „Wenn ich ehrlich bin: Nein, nie. Was nicht heißt, dass ich es nicht tun würde, wenn der Richtige käme. Allerdings – und wir müssen jetzt nicht auf die Gründe eingehen, die wir beide kennen – halte ich es für äußerst unwahrscheinlich, dass das jemals passieren wird. Ein Leben mit mir wäre nie einfach."

Oliver betrachtete sie einen Augenblick schweigend. Sie wirkte jung und verletzlich auf ihn, gleichzeitig aufgeräumt und willensstark.

Der Drang, ihre Wange zu berühren und ihr zu sagen, dass sie ganz sicher jemanden finden würde, der sie aus vollem Herzen liebte, überkam ihn. Mit großer Anstrengung kämpfte er ihn nieder. Er würde sich hier nicht wie der allwissende Retter aufführen. Garantiert nicht.

„Manche Männer können mit starken Frauen nicht umgehen", sagte er daher nur.

„Und du schon?" Sie hob eine Augenbraue, und ihr durchdringender Blick durchbohrte ihn förmlich.

Hätte er etwas zu verbergen gehabt, wäre er jetzt ins Schwitzen gekommen. Nach allem, was sie erlebt hatte, hatte sie ein Gespür für Blender und Sprücheklopfer entwickelt. Er war sich nicht sicher, auf welche Ebene das Gespräch abdriftete. Es war jedenfalls kein albernes Geplänkel mehr. Er wich ihr nicht aus.

„Ich weiß es nicht", gab er ehrlich zurück.

Sie atmete ein und sah auf ihre Hände. Die gute Stimmung war dahin. Nach einer Sekunde hob Tamara ihren Kopf. „Wenn du nicht mehr möchtest, würde ich die Milch jetzt wieder zurückstellen. Es ist spät …"

„Klar", beeilte er sich zu sagen. Es tat ihm leid, dass er es versaut hatte. Er wusste gleichzeitig nicht einmal genau, was los war. „Ich gehe auch schlafen. Schöne Träume."

Er stand jedoch nicht auf, sondern beobachtete ihre geschmeidigen Bewegungen, mit denen sie den Tisch abräumte. Ihm lag ein dummer Spruch darüber, dass sie nun doch die Arbeit machte, während er sich umsorgen ließ, auf der Zunge, aber er fand, dass es absolut unpassend war, daher schwieg er nachdenklich.

„Machst du dann das Licht aus?" Sie schaute ihm noch einmal in die Augen.

Er schluckte, als er die Wärme darin sah. Sie war eine starke Frau, und er bewunderte sie dafür. Er hätte es sagen können, aber wozu würde das führen? Es stand ihm zudem in keiner Weise zu, sie überhaupt irgendwie zu beurteilen – egal ob positiv oder nicht. Warum versetzte diese Erkenntnis ihm einen Stich? Aus einem total absurden Grund wollte er ihre Belange zu seinen machen. Das war ihm noch nie passiert. Im ganzen Leben nicht.

„Natürlich, bis morgen." Seine Stimme klang mehr wie ein Krächzen.

Er fühlte sich leer und einsam, nachdem sie gegangen war. Irgendetwas stimmte mit ihm nicht. Ganz und gar nicht.

Oliver fuhr sich mit der Hand über das Gesicht und starrte ins Leere.

7

Am darauffolgenden Nachmittag stürzte Lucas auf die Terrasse des Herrenhauses, wo Tamara mit einem Buch saß und sich entspannte.

„Du musst mich retten", flehte er sie an.

„Spinnst du?", rief sie und schob sich die Sonnenbrille von der Nase ins Haar. Ihre Lektüre legte sie auf dem Tisch neben ihr ab.

„Doch. Bitte! Eben ist ein Kumpel aus London mit seinem Range Rover vorgefahren."

„Äh. Und?"

„Die wollen mich holen."

Tamara hatte keine Ahnung, was er faselte.

„Bist du komplett übergeschnappt?" Sie machte eine Wischbewegung vor ihrem Gesicht.

Lucas stellte sich vor sie, umfasste ihre Oberarme und sah sie eindringlich an. Er wirkte ernsthaft bestürzt.

„Junggesellenabschied", war das Einzige, was er hervorbrachte.

Aha. Daher wehte also der Wind. Wie sie ihm dabei helfen sollte, war ihr schleierhaft.

„Rette mich", flehte er.

„Und wie soll ich das anstellen? Soll ich dich vielleicht unter meinem Rock verstecken?" Tamara lüftete ihr geblümtes Sommerkleid und lächelte ironisch.

„Mir ist echt nicht nach Witzen zumute", jammerte ihr Bruder.

„Mir auch nicht."

„Hilfst du mir nun?"

„Was soll ich machen?"

„Kannst du mitkommen?"

Tamaras Gesichtszüge entgleisten. „Mitkommen? Du bist doch irre!"

Er sah sie hoffnungsvoll an. „Bitte."

Sie atmete hörbar aus. Wenn er diesen Hundeblick aufsetzte, war es schwer, Nein zu sagen.

„Wie würde das denn aussehen?", fragte sie vorsichtig.

„Bitte, Tamara! Ich kenne die beiden. Die Idioten haben so dumme Ideen – am Ende landen wir in einem Puff, weil sie es witzig finden, mir was anzudichten, und dann habe ich den Salat."

„Sind es deine Freunde oder Feinde?"

Er starrte düster auf die Treppe. „Das frage ich mich auch gerade."

Oliver kam mit einem dunkelhaarigen Kerl angelaufen, den Tamara nicht kannte.

„Da bist du ja, Freundchen", rief Letzterer.

Lucas drückte seine Finger in Tamaras Oberarme. „Bitte!"

Sie seufzte. „Ich seh' mal, was ich machen kann."

„Sie fährt den Wagen", rief Lucas, der offenbar einen Geistesblitz hatte. „Dann können wir alle trinken, wo auch immer die Reise hingeht. London, nehme ich an? Hier ist ja nichts los."

„London? Nichts da!", sagte der Dunkelhaarige. Er streckte Tamara seine Hand hin. „Ich bin übrigens Chris."

Sie registrierte seinen Ehering. So schlimm konnte der Trip also nicht werden. Lucas übertrieb mal wieder.

„Hallo", entgegnete sie und lächelte höflich.

„Können wir dann?", Oliver grinste teuflisch.

Er schien sich wirklich auf den Tag und vor allem die vor ihnen liegende Nacht zu freuen. Tamara hatte Bilder aus dem Film *Hangover* im Kopf. Hoffentlich war diese Truppe nicht ganz so durchgeknallt. Immerhin war es zu weit, um in der kurzen Zeit bis nach Vegas zu reisen, aber man konnte auch hier eine Menge Unsinn anstellen.

Sollte sie da wirklich mitkommen? Sie wäre nicht nur das fünfte Rad am Wagen; sie war sich absolut sicher, dass eine Frau – egal, ob sie die Schwester des Bräutigams war oder nicht – rein gar nichts auf dem Junggesellenabschied eines Kerls zu suchen hatte.

„Tamara kommt mit und fährt, oder ihr könnt euch diesen Trip in die Haare schmieren." Lucas verschränkte die Arme vor der Brust. Eine Ader pochte an seinem Hals, was bei ihm und seinem Zwillingsbruder Damian nur eins bedeutete: Ärger im Anflug.

Tamara spürte indessen Olivers interessierten Blick auf sich, vermied es aber, zu ihm rüberzuschauen.

„Na schön", willigte Oliver schließlich ein. Er klang nicht genervt oder gar frustriert, sondern eher amüsiert.

O Gott, was hatten die Jungs sich für Lucas ausgedacht? Trotz ihrer Vergangenheit war Tamara nicht prüde, aber Lust, in einem Table Dance Club als Aufpasserin zu fungieren, hatte sie auch nicht.

„Ist gar keine üble Idee", fuhr Oliver fort. „Sonst wäre es für einen von uns auch echt langweilig geworden – für den ersten Teil des Tages zumindest. Gut, dann ist es also beschlossen. Tamara fährt den Fluchtwagen." Er lachte heiser, was Tamara eine Gänsehaut bescherte. Sie mochte sein Lachen.

„Hallo? Hat mich jemand Ja sagen gehört?", protestierte sie. Es war garantiert keine gute Idee, wenn sie nachgab. Die Köpfe der Kerle schnellten in ihre Richtung.

„Und?" Drei Augenpaare blickten sie erwartungsvoll an.

„Nur, wenn ihr euch benehmt …", hörte sie sich sagen. Im gleichen Moment verspürte sie den Wunsch, ihre Stirn auf dem Tisch abzulegen. Was hatte sie sich da nur eingebrockt?

Eine halbe Stunde später saßen sie in Chris' Range Rover, den Tamara steuerte. Lucas und Oliver hinten, Chris auf dem

Beifahrersitz. Danielle hatte ihr zur Verabschiedung ein Küsschen gegeben und sie schon im Voraus bemitleidet.

Charlotte war hauptsächlich froh gewesen, dass die ‚Party' woanders stattfand und nicht, so kurz vor dem Jagdwochenende, auf Ragley Manor. Offenbar hatte sie Befürchtungen, dass es ausufern könnte. *Die sind nicht unbegründet*, dachte Tamara, als sie im Rückspiegel sah, dass schon wieder eine Bierdose geöffnet wurde, obwohl sie eben erst losgefahren waren.

George hatte wehmütig geschaut, aber schließlich eingesehen, dass er in seinem Alter nichts mehr auf einem Junggesellenabschied verloren hatte. Tamara hatte das Grinsen hinter ihren Händen versteckt.

Das verspricht ein langer Tag zu werden, überlegte Tamara mit ambivalenten Gefühlen. Einerseits glaubte sie, dass es nicht so schlimm werden konnte, sonst hätte sie niemals mitkommen ‚dürfen' – Fahrerin hin oder her. Andererseits ahnte sie, dass es Oliver und Chris scheißegal war, ob eine Frau dabei war. Ihnen ging es hauptsächlich darum, Lucas zu quälen. Der scheidende Junggeselle trank sich hastig Mut an; seine Dose war schon wieder leer. Er drückte sie zusammen und rülpste unterdrückt. Tamara verdrehte die Augen und konzentrierte sich wieder auf die Straße.

„Was zur Hölle wollen wir in Birmingham?", fluchte Lucas, nachdem Oliver verkündet hatte, wo die Reise hinging, und erntete dafür nur dumme Sprüche seiner Freunde.

Irgendwann fand er sich wohl mit der Situation ab. Wenn Männer unterwegs waren, musste nicht die ganze Zeit gequatscht werden, was Tamara aktuell ganz in Ordnung fand. Als sie die Adresse erreichten, die Oliver für sie ins Navi eingegeben hatte, hob sie eine Augenbraue.

„Sind wir hier richtig?"

Olivers dunkles Lachen drang an ihr Ohr und ließ sie erschaudern. „Absolut."

Chris grunzte und klopfte sich auf den Schenkel. „Hoffentlich funktioniert die Kamera."

„Ein Kosmetikstudio?" Lucas begriff ebenso wenig wie Tamara, was er hier sollte.

„Raus jetzt, wir haben nicht den ganzen Tag Zeit."

Es war ein kleiner Laden. Im Eingangsbereich stand ein heller Tresen, an dem eine junge Frau saß, die Tamara auf Mitte Zwanzig schätzte, und etwas in einen Computer eingab.

„Hallo, herzlich willkommen", sagte sie mit piepsiger Stimme. Ihre hellblonden Haare hatte sie zu einer Hochsteckfrisur arrangiert. Sie war stark geschminkt.

„Dieser junge Mann hier", Oliver schob Lucas nach vorne, „hat einen Termin. Stanhope heißt er."

Ein Lächeln breitete sich auf ihrem Gesicht aus. „Ah, ja. Kommen Sie bitte. Ich bin übrigens Kelly." Sie stand auf und bedeutete der Gruppe zu folgen.

„Alle?", fragte Lucas tonlos.

„Jupp. Definitiv alle." Chris legte ihm eine Hand auf die Schulter und tätschelte ihn freundschaftlich.

„Was habt ihr vor?", raunte Tamara Oliver zu.

Er beugte sich zu ihrem Ohr. „Waxing."

Sein warmer Atem streifte ihr Ohr. Ihr Körper reagierte mit einem Kribbeln auf seine Nähe.

„Oh!", war das Einzige, was sie hervorbrachte.

„Hosen runter", kommandierte Chris, während die Kosmetikerin eine bräunliche Masse erwärmte.

Tamaras Bruder war blass um die Nase. „Das nennt ihr Spaß?"

„Komm, stell dich nicht so an. Für jeden Streifen gibt es eine kleine Belohnung." Oliver stellte seinen Rucksack ab und zog eine Flasche Schnaps und kleine Plastikbecher für Shots hervor.

Lucas stöhnte und rieb sich über das Gesicht. „Ich hasse euch."

„Ich warte besser draußen", meinte Tamara.

Oliver legte einen Arm um ihre Schultern. „Ach nö, komm. Bleib doch. Das wird lustig. Du kannst Händchen halten."

„Sir, wenn Sie sich bitte freimachen würden?", sagte Kelly nun und drehte sich zu Lucas um, der immer noch wie ein begossener Pudel im Raum stand.

Chris hatte es sich bereits auf einem der vier Stühle bequem gemacht. Offenbar hatten sie alles detailliert geplant, wenn sogar die Sitzmöglichkeiten schon im Vorfeld ‚bestellt' worden waren.

„Was alles?"

Sie lächelte. „Alles bis auf die Unterhose, bitte."

Lucas brummte etwas Unverständliches. „Ich werde euch umbringen."

Oliver und Chris gaben sich ein High Five. Tamara war sich sehr bewusst, dass Olivers Arm immer noch über ihren Schultern lag – sie konnte nicht weg.

Sie fand sich mit der Situation ab. Wie schlimm konnte so eine Sitzung schon werden? Insgeheim fand sie es auch ein bisschen lustig. Lucas hatte sicher keine Ahnung, welche Schmerzen man bei so einer Prozedur aushalten musste. Sein Glück, dass er am Oberkörper kaum Haare hatte. Die Beine hingegen … Das würde wehtun.

Lucas hatte sich seinem Schicksal ergeben und saß in Shorts auf dem Behandlungsstuhl. Kelly trug die ersten Bahnen Warmwachs auf und bedeckte sie mit weißen Stoffstreifen.

„So", meinte sie und riss den ersten Streifen direkt ab.

„Fuck!", schrie Lucas. „Seid ihr total bekloppt? Das mach' ich nicht mit!"

Oliver ignorierte sein Schimpfen und goss ihm einen Kurzen ein. „Trink, und hör auf zu jammern, du Pussy."

Lucas kippte den Shot hinunter und verzog das Gesicht. „Ekelhaft."

Kelly wartete nicht, sondern arbeitete eifrig weiter. Mit jedem *Ratsch* wurde Lucas' Wimmern ein bisschen weniger, was auch daran liegen konnte, dass ihn der Alkohol betäubte. Tamara fand die Situation irgendwie absurd. Oliver nahm einen Teil der Behandlung auf Video auf, während Lucas' Augen immer glasiger wurden.

Ehe er komplett betrunken und damit außer Gefecht war, packte Oliver den Schnaps – von dem sich die beiden Jungs auch ab und zu bedient hatten – wieder weg. „Wir wollen ja nicht, dass der Abend gleich vorbei ist, nicht? Der Spaß fängt ja erst richtig an."

Lucas sagte dazu gar nichts mehr. Nach der Behandlung zog Oliver einen enganliegenden Anzug – mit kurzen Hosenbeinen und ärmellos, wie ihn sonst nur Radprofis trugen – aus dem Rucksack.

„Bitte sehr, dein neues Outfit, jetzt, wo Beine und Brust schön glatt sind."

„O mein Gott", stieß Tamara glucksend hervor. „Ihr seid ja echt schlimm."

„Komm schon, Lucas kann es tragen. Er hat die Figur dafür", scherzte Chris und brüllte dabei vor Lachen.

Ja, von den dreien war wohl keiner mehr wirklich als nüchtern zu bezeichnen. Ihr Bruder stand vom Behandlungsstuhl auf und begann sich anzuziehen. Als er versuchte, in den Rennanzug zu steigen, schwankte er leicht. Kelly hielt ihn am Arm fest und kicherte.

Nach dem Aufenthalt im Kosmetikstudio fuhren sie ein paar Minuten zu einer anderen Adresse, wo Tamara den Wagen auf einem öffentlichen Parkplatz abstellte. Oliver bugsierte die Truppe zu einem Steg. Dort stiegen sie in ein Ausflugsboot, das Oliver eigens für die Gruppe organisiert hatte.

Sie schipperten wenig später durch die Kanäle im Stadtteil Brindleyplace. Zum Glück gab es auch ein paar Kleinigkeiten zu essen – und noch mehr Bier für die Kerle. Das Wetter war schön, und wenn das Gegröle der angetrunkenen Jungs nicht gewesen wäre, hätte sie den Trip fast genossen. Sie war noch nicht oft in Birmingham gewesen und fand, die Stadt hatte was. Die alten Backsteinhäuser, die vielen Brücken …

Nach Anbruch der Dämmerung führte sie ihr Weg in eine Bar. Tamara schwante Schlimmes, als sie das blinkende Schild über dem Eingang im Chinese Quarter sah, wo sich das Nachtleben Birminghams abspielte: ‚Pussycat Dance Club'.

O Gott. Also doch Frauen, die an Stangen tanzten.

Lucas hängte sich verzweifelt an ihren Arm. „Bitte, Tamara. Du musst auf mich aufpassen, ich hab' echt keine Lust, dass ich da angetanzt werde."

Sie lachte. „Schätze, ich bin machtlos."

„Du willst mich auch leiden sehen?"

„Ach was, stell dich nicht so an." Sie wusste sonst nicht, was sie sagen sollte. Wenn Frauen als Gäste erlaubt waren, konnte es wohl nicht so schlimm werden.

Oliver genoss den Tag mit seinem besten Freund in vollen Zügen. Es lief alles nach Plan. Lucas würde Hören und Sehen vergehen, wenn er gleich begriff, was ihn erwartete. Etwas, womit er nie und nimmer gerechnet hatte.

„Dein Grinsen macht mir Angst", sagte dieser gerade, während sie an einem der Tische Platz nahmen, in dessen Mitte eine Stange an die Decke ragte.

Üblicherweise tanzten hier die Mitarbeiter und nicht die Gäste – aber heute war ein besonderer Tag.

Eine Bedienung in knappen Hot Pants und bauchfreiem Shirt nahm ihre Bestellung auf. „Eine Flasche MacAllan, bitte. Und für dich, Tamara?"

„Ich nehme einen Virgin Mojito, bitte."

Oliver lehnte sich zurück. Ihm gegenüber saß Tamara, neben ihr Chris und auf der anderen Seite Lucas. *Die Ruhe vor dem Sturm*, dachte er erheitert und genoss Lucas' unsichere Blicke.

Er überlegte sicherlich, welche der Tänzerinnen gleich hier aufschlagen würde.

Zwei Tische weiter saß eine Gruppe Frauen, auf deren Tisch sich ein glänzender Muskelprotz hervortat, der mit nacktem Oberkörper, aber mit Fliege, lasziv an der Stange tanzte. Immer wieder tönten das Gackern und die spitzen Schreie der Damen zu ihnen herüber.

Oliver begegnete Tamaras Blick. Sie wirkte nicht genervt, sondern saß völlig entspannt daneben und unterhielt sich immer mal wieder mit Chris oder Lucas. Beinahe tat es ihm leid, dass er nicht neben ihr saß. Den Gedanken verdrängte er so schnell, wie er gekommen war.

Nachdem die Getränke serviert worden waren, klatschte Chris in die Hände, Oliver stand auf und trommelte die Damen des Ladens zusammen. Danach machte er seine Kamera bereit.

„So, mein Lieber. Weil du den ganzen Tag schon so gejammert hast, habe ich unsere Tänzerin abbestellt. Mädels, ihr dürft euch gerne zu uns setzen. Chris, mach mal Platz. Und du, Lucas, ab an die Stange! Die Waxing-Session soll ja schließlich nicht umsonst gewesen sein."

Lucas schnappte nach Luft, und Tamara lachte vor Überraschung laut los. Chris hingegen war bereits mit den Tänzerinnen beschäftigt, die er um sich scharte.

Mit dem Besitzer des Ladens war alles arrangiert. Oliver hatte ihm versprochen, den Club lobend in einem seiner nächsten Beiträge zu erwähnen. Natürlich würden Lucas' Bilder darin nicht auftauchen – das war privat und sollte auch privat bleiben. Das Video sollte eine Erinnerung für ihn werden, denn auch wenn er jetzt nicht wirklich Spaß verstand, war Oliver sich sicher, dass Lucas sich gerne an diesen Abend zurückerinnern würde, wenn alles vorbei war.

„Tanz für uns!", forderte eines der Mädels.

Lucas schloss für eine Sekunde die Augen, dann wurde er von den Damen geschubst.

„Komm schon, Süßer", riefen sie und fingen an, im Rhythmus zu klatschen.

Aus den Lautsprechern dröhnte der Anfang von MC Hammers *U Can't Touch This*.

„O Gott, ich breche zusammen!" Oliver lachte Tränen, Tamara ebenso.

Endlich kam der scheidende Junggeselle in die Gänge, ergab sich seinem Schicksal und kletterte auf den Tisch.

„Ihr habt es so gewollt, Leute", rief er, und so, wie es aussah, hatte er den nötigen Alkoholpegel, um es doch irgendwie lustig zu finden.

Tamara klatschte wie die anderen im Takt. Lucas wurde immer wieder angefeuert; er hatte augenscheinlich Talent. Er wand sich um die Stange, schraubte sich in die Luft und führte ein paar Verrenkungen vor, die Oliver ihm nicht zugetraut hätte. Der Kerl war und blieb einfach eine Sportskanone und machte sogar im Fahrrad-Rennanzug eine gute Figur. Mit argwöhnischem Blick beobachtete Oliver, wie Chris sich an eine Tänzerin ranmachte. Er war ein netter Kerl, aber manchmal benahm er sich wie ein Idiot. Er musste es selbst wissen. Zum Glück war Chris' Ehefrau nicht sein Problem.

Der Alkohol floss in Strömen, und Lucas durfte immer wieder trinken. Schon bald schwitzte er heftig und schwankte umso mehr. Nach ein paar Songs wurde der Ärmste erlöst und ließ sich auf die Bank sinken. Die Mädels gaben ihm je ein Küsschen auf die Wange, bevor sie sich wieder an ihre Arbeit machten. Es war jedoch ein ruhiger Abend im Club; nur fünf Tische waren besetzt. Das tat der Stimmung aber keinen Abbruch. Die Jungs genehmigten sich noch ein paar Drinks, ehe Chris sie wieder antrieb.

„Ist schon spät, Leute. Wir müssen weiter."

Tatsächlich, wie schnell die Zeit vergangen war! Es war bereits weit nach Mitternacht, stellte Oliver fest, als er auf seine Armbanduhr schaute. Tamara stand sichtlich erleichtert auf.

Auf seinem Plan stand nichts mehr, aber er hatte vorsorglich zwei Suiten mit Verbindungstür im Hyatt bestellt.

„Halleluja!", rief Lucas, der sich kaum mehr auf den Beinen halten konnte.

Er hakte sich bei Tamara ein, und sie hatte Mühe, den schweren Kerl nach draußen zu befördern. Während Chris immer noch nicht genug von den Frauen bekommen konnte, beglich Oliver die Rechnung.

„Du bist so ein Idiot", raunte er Chris zu.

Oliver war sicher kein Kind von Traurigkeit, aber wenn er in einer Beziehung war, hatte er seine Prinzipien.

Auch er schwankte leicht, als er in die kühle Sommerluft hinaustrat. Lucas lag schon halb auf dem Rücksitz – der Junge war fix und fertig. Mit ihm konnte man definitiv nichts mehr anfangen. Aber er hatte gut durchgehalten, immerhin waren sie schon seit dem frühen Mittag unterwegs.

Chris tippte etwas auf seinem Handy und rauchte eine Zigarette.

„Du rauchst?", fragte Oliver.

„Nö", gab er einsilbig zurück.

Tamara grinste schief und schüttelte den Kopf.

„Ah ja, verstehe", machte Oliver und setzte sich auf den Beifahrersitz. „Zum Hyatt bitte, Sonnenschein."

Lucas stöhnte unterdessen auf der Rückbank.

„Wehe, du kotzt mir das Auto voll", warnte Chris und setzte sich.

Tamara fuhr langsamer als zuvor, wahrscheinlich weil sie vermeiden wollte, dass einem der drei wirklich schlecht wurde.

„Du bist eine ziemlich coole Fahrerin, weißt du?", sagte Oliver und nuschelte leicht.

„Bin ich das?"

„Definitiv. Cooler, als ich dachte."

„Soso", machte sie. „Dachtest du vielleicht, ich würde euch den Abend versauen?"

Er drehte seinen Oberkörper und betrachtete Tamara im schwachen Licht der Nacht von der Seite. „Bestimmt nicht."

Mehr fiel ihm nicht ein, denn er wurde von den klaren Linien ihres hübschen Gesichts abgelenkt. In ihm entstand das Bedürfnis, ihr über die Locken zu streichen. Verdutzt wandte er sich wieder nach vorne.

„Was ist, wird dir schlecht?", fragte sie.

Schlecht wurde ihm nicht. Im Gegenteil. Aber wie er das Prickeln erklären sollte, das von seiner Kopfhaut bis in seine Füße krabbelte, wusste er auch nicht.

Oliver war froh, dass Tamara den Check-In im Hotel freiwillig übernahm. Der Alkohol war ihm jetzt – und seinen zwei Kumpels ebenso – erst richtig zu Kopf gestiegen. Die Mitarbeiterin an der Rezeption hatte es deutlich einfacher mit dem Sonnenschein der Gruppe. Tamara regelte alles, und er wollte sie dafür am liebsten küssen. Er hielt sich jedoch zurück. Ihm war klar, dass sie garantiert keine Lust hatte, von einem besoffenen Kerl angemacht zu werden.

Lucas war mittlerweile leicht grün im Gesicht. Um sich abzulenken, nahm Oliver noch ein paar Sequenzen mit der Kamera auf und laberte dabei wahrscheinlich ziemlich viel Mist, aber irgendwie fand er es auch lustig.

In der Suite angekommen, erstarrte die Gruppe, nur Chris klatschte in die Hände. „Noch eine Überraschung!"

In der Mitte des Zimmers saß eine junge Dame auf dem Tisch. Sie war als Torte verkleidet.

„Ach du Scheiße", rief Oliver und keuchte. „Das hast du nicht wirklich gemacht!"

Lucas brachte kein Wort mehr hervor, torkelte zum Sofa und ließ sich darauf fallen.

Oliver fing Tamaras tadelnden Blick auf. Er hob abwehrend die Hände. „Ich habe davon nichts gewusst."

„Los, tanz für uns, Baby!", rief Chris.

„Hi, ich bin Tiffany. Wer ist denn der Glückliche?"

Chris zeigte auf Lucas, der die Augen bereits geschlossen hatte und leise schnarchte.

„Schätze, die Party ist vorbei", brummte Oliver.

„Nein, nichts da. Jetzt, wo sie schon mal hier ist ..."

„Chris!" Oliver versuchte, seinen Freund davon zu überzeugen, dass die Dame doch einfach gehen sollte. Er fand es in Tamaras Gegenwart absolut unpassend und schämte sich sogar ein wenig, dass eine Stripperin vor ihnen stand. Und so, wie er Chris einschätzte, würde ihre Performance sicher nicht sonderlich zurückhaltend ausfallen.

Tiffany stellte die Musik an und fing an zu tanzen. Natürlich war es nicht nur ein Tanz, sondern ein Striptease. Die Sahne-Sprühdose fiel ihm jetzt erst auf.

„Okay", brummte Tamara und hob die Hände. „Das war's dann für mich."

Oliver konnte sie gut verstehen. „Warte", sagte er leise und nahm ihre Hand. Sie sah ihn kurz überrascht an, zog sie jedoch nicht zurück. „Chris, tu, was du nicht lassen kannst. Aber ich bin raus."

In der gleichen Sekunde sprang Lucas vom Sofa auf und suchte panisch nach einem Badezimmer, die Hände hielt er sich vor den Mund. Oliver und Tamara tauschten einen Blick, sie mussten beide lachen.

„Arme Sau", meinte Oliver und zog sie mit sich auf die Dachterrasse der Suite. Die Glastür schloss er hinter ihnen. „Schön, der Ausblick von hier oben, nicht?"

„Ja, wirklich. Es ist irgendwie beruhigend."

Er hielt noch immer ihre Hand und hatte nicht vor, sie loszulassen. Sie wirkte entspannt, ja, fast glücklich. Eine leichte Brise spielte mit ihren Haaren. Es war eine kühle Sommernacht.

„Ist dir kalt?" Sie schüttelte den Kopf. „Alles in Ordnung?", fragte er sanft und strich über ihren Handrücken.

Sie zeigte mit dem Daumen hinter sich, ohne sich umzudrehen.

„Was glaubst du, wie lange sitzen wir noch hier draußen fest?" Sie grinste schief.

„Chris ist ein guter Freund, aber wenn es um Treue geht, nimmt er es nicht so genau."

„Sieht so aus. Seine arme Ehefrau."

„Ich kenne sie nicht, leid tut es mir trotzdem für sie."

„Es war ein schöner Abend." Sie hob ihren Blick.

Olivers Atem stockte. In der Nacht wirkten ihre Augen beinahe schwarz. Dunkel und verführerisch. Hastig schaute er wieder über die Lichter der Stadt. Er räusperte sich und ließ ihre Hand los. „Ja, so schnell werde ich diese Nacht nicht vergessen."

„So einen Junggesellenabschied erlebt man auch nicht alle Tage." Tamara lachte.

„Das meine ich nicht."

„Was dann?"

„Ich mag dich, Sonnenschein." Ihre Augen wurden groß, aber sie erwiderte nichts. Oliver spürte, dass er vielleicht einen Schritt zu weit gegangen war. Er war besoffen, sie komplett nüchtern. „Wir können gute Freunde werden", schob er schnell hinterher. „Würde mich freuen."

Sie schluckte. „Klar. Das können wir."

Verdammt. Er war so bescheuert. „Wollen wir mal schauen, ob die Luft drinnen schon rein ist?"

„Geh nur, ich bleibe noch einen Moment. Markierst du mir dann den Weg zu meinem Schlafzimmer? Nicht, dass ich noch in Chris' Zimmer stolpere, wo er sich mit der Tortendame vergnügt."

Er lächelte. „Das wollen wir möglichst vermeiden. Ich schreib einen Zettel und klebe ihn an deine Tür oder so. Ich lasse mir was einfallen. Gute Nacht, Sonnenschein."

Sie war wie ein Licht in der Nacht, wie die Sterne am Himmel oder die Sonne am Horizont. Aber das würde er ihr niemals sagen können.

8

Zwei Tage später hatte Lucas' Gesicht wieder eine normale Farbe angenommen, nachdem er zuvor hart mit den Nachwehen des Junggesellenabschieds gekämpft hatte. Er verließ das Grundstück mit George auf dem Rücken zweier prächtiger Rappen. Der Himmel war wolkenverhangen. Es war ein kühler Tag, aber das sollte sich, wenn man den Meteorologen glauben mochte, bald ändern.

Ganz Ragley Manor stand Kopf, weil morgen die alljährliche Fuchsjagd stattfand. Charlotte war nicht mehr ansprechbar, die Hausmädchen, zusätzlichen Köche und das Gartenpersonal, das den Außenbereich herrichtete, waren allesamt schwer beschäftigt.

In diesem Tohuwabohu fühlte sich Tamara reichlich unnütz. Charlotte hatte sie sogar ins Jagdhaus umgesiedelt, damit sie aus der ‚Schussbahn' war. Sie solle ihre Ferien genießen, hatte Charlotte gesagt und keinen Widerspruch geduldet. Danielle war unterwegs, um ihre Eltern zu besuchen. Sie würde erst am Abend zurückkommen, und Tamara langweilte sich.

Sie stand auf und schlenderte durch den weitläufig angelegten Garten des Anwesens. Einerseits fühlte sie sich auf Ragley Manor heimisch, andererseits sah sie den Ort nicht als ihr Zuhause an. Sie war zu Besuch bei ihrer Familie, nicht mehr. Ein Dilemma, das sie an so vielen Plätzen hatte.

Sie hatte kein echtes eigenes Heim. Wohnlich konnte man es sich überall einrichten, aber sobald sie irgendwo angekommen war, spürte sie immer den Drang, nach etwas Neuem zu suchen. Das ging natürlich nicht, wenn man einem Job nachgehen wollte. Eigentlich hatte sie es nicht nötig zu arbeiten, sie war finanziell abgesichert, aber sie wollte für ihren Unterhalt selbst aufkommen und brauchte eine sinnvolle Beschäftigung, um ihre Tage zu füllen. Sie hasste nichts mehr als Langeweile und Nichtstun.

„Oh, hi", sagte sie, als sie Oliver auf einer Bank hinter einer Hecke sitzen sah. Er kritzelte etwas in ein Notizbuch.

„Hallo, Tamara." Er hob den Kopf, und seine Mundwinkel bogen sich nach oben.

„Ich habe irgendwie angenommen, du würdest noch schlafen." Sie spürte Hitze an ihrem Hals nach oben kriechen.

„Zur Abwechslung mal nicht." Er verzog den Mund. „Der Lebemann ist schon seit Stunden wach."

Sofort machte sich ein schlechtes Gewissen in ihr breit. Sie hatte ihn nicht angreifen wollen, aber eine Entschuldigung fand sie auch übertrieben. Sie hielt es daher für das Beste, einfach das Thema zu wechseln. „Lucas und George sind gerade ausgeritten. Wolltest du nicht mit?"

„Nee, mir reicht die Jagd morgen vollkommen. Mein Hintern wird noch genug leiden." Er grinste und schob sich die zu langen Haare aus dem Gesicht.

„Aus der Übung?" Sie neigte interessiert den Kopf und lächelte.

„Reiten ist ja zum Glück wie Fahrradfahren – aber ja, es ist eine Weile her, seit ich zum letzten Mal länger im Sattel gesessen habe. Deswegen rechne ich mit dem Schlimmsten." Das Türkis seiner Augen leuchtete intensiv.

Schnell senkte sie den Blick. Es irritierte sie, dass sie in seiner Gegenwart so nervös war. „Was machst du da Schönes? Arbeitest du an einem Blogbeitrag?"

Er schüttelte den Kopf und klappte sein Notizbuch zu. „Nein. Es ist nichts. Und du? Was hast du vor?"

Sie seufzte. „Leider gar nichts. Charlotte möchte, dass ich mich entspanne, weil der Tag morgen anstrengend wird. Ich gehe also einfach ein bisschen spazieren."

Oliver stand auf und ließ das Notizbuch in der Gesäßtasche seiner Jeans verschwinden. „Soll ich dich begleiten?"

„Warum nicht? Ja, gerne. Ich habe allerdings kein wirkliches Ziel."

„Das macht nichts. Ich saß hier schon eine ganze Weile. Es wird mir guttun, mich etwas zu bewegen." Er lachte und klopfte ihr freundschaftlich auf die Schulter.

Ihre Schritte knirschten auf dem Kiesweg. Ein gelber Schmetterling flog an ihnen vorbei auf die andere Seite und verschwand im Blumenbeet.

„Wohin geht deine Reise als Nächstes?", erkundigte sich Tamara.

Beinahe beneidete sie ihn. Er konnte einfach gehen, wohin auch immer seine Reiselust ihn trieb. Dass er davon sogar leben konnte, fand sie spannend.

Er zuckte die Schultern. „Bin mir noch unschlüssig."

„Wie ist es eigentlich so?"

„Was?"

„Na, wenn man einfach tut, was man will."

Er sah sie von der Seite an. „Befreiend. Man lebt aus dem Koffer und lässt sich treiben."

„Oder Rucksack", korrigierte sie ihn amüsiert.

Oliver lachte rau. „Ja, oder Rucksack. Warum fragst du?"

Sie zuckte die Schultern. „Nur so."

„Wirst du den ganzen Sommer auf Ragley Manor bleiben?"

Gute Frage, darüber hatte sie noch nicht wirklich ernsthaft nachgedacht.

„Keine Ahnung", gab sie daher ehrlich zurück.

„Oh!", machte er, schaute nach oben und streckte seine Handfläche aus. „Es tröpfelt."

Tamara blickte in den Himmel, dann wieder zum Haus. Sie hatten sich schon ein ganzes Stück von Ragley Manor entfernt. „Ach, das hört bestimmt gleich wieder auf. Zum Umkehren ist es ohnehin zu spät. Langweilst du dich hier nicht mit den Aristokraten?"

Er runzelte die Stirn. „Sehe ich wirklich so aus, als wäre ich nur an Partys interessiert?"

Tamaras schoss Hitze in die Wangen. „Ich wollte dich nicht beleidigen."

„Nein, im Ernst. Denkst du wirklich so über mich?"

„Ich habe keine Ahnung. Ich kenne dich nicht sehr gut... und das, was ich gesehen habe, naja ..."

Er atmete leise aus. „Ja, klar. Vielleicht ist es ja auch so. Natürlich erzähle ich mehr über meine Reisen, meine Erlebnisse, als über die Stunden, in denen ich in irgendeinem Co-Working-Space in der Welt sitze und ..."

„Und was?"

Er zögerte einen Moment. „Und schreibe."

„Du schreibst?"

Er winkte ab. „Nichts Besonderes."

„Was denn? Jetzt hast du mich neugierig gemacht. Komm schon."

„Aber du musst mir versprechen, dass du nicht lachst."

Sie hob drei Finger zum Schwur. „Versprochen."

„Ich habe eine Schwäche für Prosa."

„Echt?"

„Ich wusste es. Siehst du?" Er blickte sauertöpfisch drein und ging einen Schritt schneller.

„Was denn?" Tamara folgte ihm, auch wenn sie beinahe laufen musste.

Plötzlich blieb Oliver stehen und sah sie mit funkensprühenden Augen direkt an.

„Niemand – auch nicht meine Freunde – traut mir etwas Tiefgründiges zu. Vielleicht erzähle ich deswegen niemandem davon." Seine Brust hob und senkt sich schneller.

„Tut mir leid, wenn es falsch rübergekommen ist. Das meinte ich wirklich nicht negativ. Hast du einen Lieblingsautor?"

Oliver fuhr sich durch die Haare und schüttelte den Kopf. „Meine Güte, jetzt lege ich ja einen echten Seelenstriptease hin."

„Quatsch. Musst du nicht." Die Regentropfen wurden dicker. Sie musste immer häufiger blinzeln. „Was hat er denn so geschrieben? Ich kenne mich da nicht so gut aus. Ich könnte vielleicht was von Shakespeare oder Wilde zitieren, um dir auf die Sprünge zu helfen?" Ihre Mundwinkel bogen sich nach oben.

„Du machst dich doch lustig über mich."

„Nein."

Er zog eine Grimasse. „Egal. Ich mag jedenfalls besonders dieses Zitat: ‚In Einfachheit leben und mit Größe denken.'"

Tamara dachte einen Augenblick darüber nach. „Ja, dem kann ich nur zustimmen. Alleine schon deswegen passt es für mich gar nicht so, dass ich in Shanghai in einem Luxusapartment lebe …"

Oliver blickte in den Himmel und musste wegen der dichterwerdenden Regentropfen blinzeln. „Was würdest du ändern?"

„Ich… weiß es nicht. Aber trifft es denn auf dich zu? Lebst du wirklich in Einfachheit? Ich meine, Sprüche schön finden kann ja jeder, danach leben … ist eine andere Sache."

„Ich glaube, dass es keinen Unterschied macht, ob man in einem Schuppen oder in einem Fünf-Sterne-Hotel wohnt. In meinem Fall jedenfalls nicht, weil ich diese Annehmlichkeiten nicht brauche. Oft schlafe ich in einfachen Hostels, teile mir das Zimmer mit anderen. So erlebt man auch viel mehr. Ich bin mit wenig zufrieden. Klar sage ich bei schönen Dingen manchmal nicht Nein, aber … an und für sich mache ich mir wenig aus Geld."

„Weil du immer genügend hattest."

„Vielleicht." Er zuckte mit den Schultern. „Vielleicht aber viel mehr, weil ich weiß, dass man mit Geld nicht alles kaufen kann."

„Weise Worte", stimmte sie sanft zu.

„Keine Ahnung." Er seufzte und blickte nachdenklich in die Ferne. „Ich weiß jedenfalls, wie es sich anfühlt, nicht gewollt zu sein. Da hat auch kein Scheck oder Geschenk der Welt geholfen, das zu ändern."

Tamara blieb stehen und legte ihm eine Hand auf den Oberarm. „Willst du darüber reden?"

Olivers Adamsapfel hüpfte. Der verlorene Ausdruck in seinen Augen berührte etwas in ihrem Herzen. Für einige Sekunden stand die Welt um sie still, dann öffneten sich die Schleusen des Himmels. Sintflutartiger Regen prasselte auf sie nieder.

„Shit." Oliver fluchte verhalten.

„Komm", rief Tamara und zerrte ihn am Ärmel unter eine alte Eiche. „Die Blätter sind so dicht, hier werden wir wenigstens nicht komplett durchnässt."

Es fehlte allerdings nicht mehr viel. Ihr leichtes Sommerkleid klebte bereits an ihrem Körper, die Locken kräuselten sich noch mehr als sonst. Olivers weißes Hemd ließ mehr durchscheinen, als es verbarg. Tamara nahm es gelassen, setzte sich und lehnte sich gegen den dicken Stamm.

„Willst du noch länger hier herumstehen?" Sie klopfte auf den Platz neben sich. „Schätze, wir warten am besten, bis es vorbei ist."

„Es gibt nicht viele Menschen, mit denen ich über all das spreche", sagte Oliver, nachdem er neben Tamara Platz genommen hatte.

Sie nickte, schaute auf ihre Füße und wackelte mit den Zehenspitzen. „Ich finde es schön, dass du mir vertraust."

Sie hob das Kinn und sah ihn an. Sein Herzschlag beschleunigte sich, er musste schlucken.

„Trotzdem komme ich mir ein bisschen dämlich vor. Es ist sonst nicht meine Art zu jammern."

„Schon gut. Du beklagst dich doch gar nicht. Ich finde, es gibt nichts Langweiligeres als oberflächlichen Smalltalk. Ich bin froh, dass du mir vertraust. Das macht doch eine Freundschaft aus, oder?"

Freundschaft. Einerseits freute ihn das Wort, andererseits ... Nein. Er sollte nicht in diese Richtung denken.

„Noch ein Geständnis im Regen?", scherzte er.

Sie grinste. „Solange wir nicht Wahrheit oder Pflicht spielen müssen ..."

Oliver warf einen Blick auf seine Armbanduhr.

„Nicht zu dieser Zeit. Später vielleicht", witzelte er.

„Also los. Gestehe, Schurke", neckte sie ihn.

„Okay, dann lass mich dir etwas verraten, was ich noch nicht mal Lucas erzählt habe", fuhr er ernster fort. „Lucas war immer für mich da, ich war immer willkommen, egal welchen Scheiß ich gebaut habe. OJagdhorkay, er hat auch ab und an Mist gemacht, aber ... ich konnte mich immer auf ihn verlassen, weil er ebenfalls weiß, wie es ist, am Boden zu liegen. Aber ihr habt es geschafft. Ich bewundere den Zusammenhalt in eurer Familie. Lucas' Freundschaft ist zugleich eine Art Zuhause für mich, ein Zufluchtsort."

Ansonsten war er alleine, würde es immer sein, denn im Gegensatz zu den Stanhopes war seine ganze Verwandtschaft – egal, ob mütterlicher- oder väterlicherseits – nur an sich selbst interessiert.

„Dass alles gut lief bei uns, war nicht immer so, weißt du?", gab sie sanft zurück.

„Ja. Ich kenne natürlich keine Details, aber ... Lucas ist mein bester Freund. Er hat mir von eurer Kindheit erzählt."

Natürlich wusste er über die schreckliche Vergangenheit der Geschwister Bescheid, und über das, was daraus entstanden war: ein enges Band. Charlotte und George Stanhope, die eigentlich Tante und Onkel waren, hatten die drei nach dem Tod der Mutter, Charlottes Schwester, aufgenommen. Der Vater der Kinder war ein Alkoholiker gewesen, der sich seiner Tochter vielfach unangemessen genähert hatte.

Oliver konnte sich nicht vorstellen, was Tamara bis zum Alter von acht Jahren hatte durchmachen müssen. Die Geschwister hatten es alle drei nicht leicht gehabt, aber sie hatte es am schlimmsten getroffen. Tamara betonte zwar immer wieder, dass sie mittlerweile gut mit ihrer Vergangenheit leben konnte, aber er wusste, dass es nicht einfach sein konnte. Allerdings gab es auch etwas, worum er sie beneidete: Sie hatte wenigstens ihre Brüder gehabt. Er war allein. Er war immer allein gewesen. Und an manchen Tagen machte ihn das fertig.

Oliver war nicht blöd, natürlich wusste er, dass er mit den bedeutungslosen Affären etwas anderes befriedigen wollte als nur körperliche Lust. Dass er in den unzähligen Liebschaften Bestätigung und Anerkennung suchte. Bislang hatte es ihn nicht gestört, im Gegenteil, aber die Bekanntschaft mit Tamara hatte ihn zum Nachdenken angeregt. Wie lange wollte er so weitermachen? Sollte er mit sechzig immer noch jedes Wochenende eine andere vögeln?

Der Gedanke war so absurd, dass er sich kaum merklich schüttelte. Nein, er wollte nicht länger so weitermachen. Aber wonach suchte er eigentlich? Und stand es ihm überhaupt zu, zu jammern, wenn Tamara neben ihm saß, die so viel hatte ertragen müssen und ganz offensichtlich viel besser mit dem Leben klarkam als er, dem es nie an etwas gefehlt hatte, außer Zuneigung?

Tamara atmete hörbar ein und wieder aus. „Wir alle haben unser Päckchen zu tragen. Ich bin meiner Familie für ihre Unterstützung sehr dankbar. Es kommt darauf an, den Rucksack so zu packen, dass man ihn auch alleine tragen kann. Es geht, aber nicht ohne Hilfe. Ich glaube nicht, dass man es schafft, wenn man seine Probleme verschweigt."

„Ist denn Heilung in so einem Fall überhaupt möglich?", wagte er zu fragen.

Tamara schwieg einen Augenblick, sah auf ihre Hände. „Ich würde nicht sagen, dass ich krank war."

„Entschuldige, das war dämlich von mir."

„Nein, ist schon in Ordnung. Es ist nicht leicht, darüber zu sprechen. Natürlich ist meine Seele verletzt, aber ich würde sagen, dass ich auf einem guten Weg bin. Die Reise war mit viel Leid gepflastert. Selbstzweifel, Trauer, Zorn, Wut, Tränen, Hoffnungslosigkeit, Veränderungen, Unverständnis und auch Hass haben sich dabei in mir immer wieder abgewechselt. Ein ständiges Auf und Ab; die ganze Spannbreite von Gefühlen hat mein Leben beherrscht."

„Wie hast du es geschafft, damit umzugehen?"

„Eine Zeit lang habe ich das nicht. Da habe ich gemerkt, dass ich etwas ändern muss, und das habe ich getan, auch wenn es nicht leicht war, aber ich hatte wirklich gute Hilfe. Und irgendwann habe ich mich gefragt: Will ich wirklich mein ganzes Leben von meiner Vergangenheit bestimmen lassen? Die Antwort war Nein. Das war ein wichtiger Schritt, was nicht heißen soll, dass ich nicht auch einmal schlechte Tage habe."

„Ich bewundere dich für deine Stärke."

„Meine Familie war immer für mich da. Sie haben sogar akzeptiert, dass ich eine Zeit lang Abstand brauchte."

„Ich sehe, dass ihr euch liebt und respektiert. Es ist beneidenswert."

„Was ist mit deinen Geschwistern? In Shanghai hast du erzählt, dass du zwei Halbbrüder hast."

Er hatte die anderen Söhne seines Vaters erst kennengelernt, als er Anfang zwanzig gewesen war. Sie waren nicht mehr als Fremde für ihn, auch wenn sie zumindest ein Teil ihrer Gene miteinander verband.

„Meine Halbbrüder sind ... naja, nicht das, was ich als Freunde bezeichnen würde."

„Das tut mir leid. Aber bei uns bist du immer willkommen."

„Das weiß ich, aber es ist nicht das Gleiche." Er drehte sich zu ihr und strich ihr eine Strähne aus dem Gesicht.

Es war keine schwesterliche Liebe, die er für Tamara empfand. Es war etwas anderes, ein Verzehren, das tief in ihm glomm. Dieses Gefühl war ihm völlig neu – etwas höchst Verwirrendes, das er so noch nie erlebt hatte.

Tamara lehnte sich gegen seine Hand, und ein Kribbeln stieg von seiner Hand bis in sein Herz auf. Sehnsucht strömte durch seine Adern.

„Oliver", flüsterte sie leise und schloss die Lider. Ihre langen dunklen Wimpern lagen wie ein Fächer auf ihrer zarten Haut. „Ich bin die Schwester deines besten Freundes. Was würde Lucas dazu sagen?"

Sie musste ihn nicht daran erinnern. Er dachte selbst kaum an etwas anderes, seit sie hier angekommen waren. Er wünschte, es wäre anders. Er konnte seinem Verlangen nicht nachgeben, wenn er nicht die Freundschaft zu Lucas und damit zu allen Stanhopes riskieren wollte.

„Ich weiß." Seine Stimme klang belegt.

Ein Blitz durchzuckte den Himmel, darauf folgte ein ohrenbetäubender Donner.

„O Gott", rief Tamara und schreckte hoch.

„Hey", versuchte er sie zu beruhigen. „Komm wieder her."

Sie blickte sich mit weitaufgerissenen Augen um. „Kennst du nicht den Spruch: Buchen sollst du suchen, Eichen sollst du weichen?"

Erneut wurde der Himmel von Blitzen erhellt. Dieses Mal grollte der Donner noch lauter als zuvor.

„Das ist doch nur ein dummer Spruch", widersprach er ruhig. Er ging zu ihr und nahm sie in den Arm. „Ich passe auf dich auf."

Sie schloss die Augen und lehnte sich gegen ihn. Ein Gefühl der Wärme erfüllte seinen Körper. Es tat gut, endlich einmal derjenige zu sein, der gab, anstatt immer nur zu nehmen.

„Wir sollten hier in Ruhe abwarten, bis es vorüber ist."

Sie nickte. Oliver strich über ihre Locken. Tamaras Lider waren noch immer geschlossen. Sie zitterte leicht.

„Ob Lucas und George es rechtzeitig nach Hause geschafft haben?", flüsterte sie.

Er konnte die Angst in ihrer Stimme wahrnehmen. „Bestimmt. Alles wird gut."

Gemeinsam verharrten sie unter der Eiche, bis die Blitze seltener wurden und das Donnergrollen in größeren Abständen auftrat. Niemand sagte etwas, jeder hing seinen eigenen Gedanken nach. Es wirkte so, als ob sie seine Nähe ebenso genoss wie er ihre. Oliver hatte nie ein angenehmeres Schweigen erlebt als mit ihr. Es war nicht so, dass er sich vor ihr als Beschützer hatte aufspielen können, aber die Tatsache, dass sie sich bei ihm wohlfühlte, gefiel ihm. Sie fühlte sich geborgen, das spürte er, auch ohne, dass sie es mit Worten umschreiben musste. Tamara beschwor Wünsche in ihm herauf, von denen er nicht einmal gewusst hatte, dass er sie hatte.

Mittlerweile regnete es nur noch leicht, das Gewitter war weitergezogen.

„Ich glaube, es ist überstanden", murmelte er irgendwann und strich ein letztes Mal über ihre nach Apfel duftenden Locken. Wie oft hatte er das in den letzten Minuten getan? Es hatte sich wundervoll angefühlt. Vertraut und ... richtig.

Sie nickte und löste sich von ihm. „Tut mir leid, dass ich so albern reagiert habe."

Vorsichtig blickte sie zu ihm auf. Ihre Augen hatten die Farbe warmen Karamells, und er könnte sich für immer darin verlieren, wenn er nicht aufpasste.

Er legte ihr einen Finger an die Lippen. „Sch", machte er. „Wenn ich ehrlich bin: Ganz wohl habe ich mich hier draußen auch nicht gefühlt."

Er grinste schief und versuchte seinen inneren Aufruhr zu überspielen.

„Gut, dass du mir das jetzt erst sagst." Sie klopfte ihm spielerisch auf den Oberarm. Er war froh, dass sie darauf einging. „Sollen wir es wagen?" Sie zeigte mit dem Kopf in Richtung Ragley Manor.

„Wie schnell kannst du rennen?", neckte er sie und war gleichzeitig traurig, dass sie gleich wieder hinaus in die Realität laufen würden. Er wäre gerne noch länger mit ihr allein geblieben, aber es wäre albern. Womit sollte er das begründen?

Tamara griff nach seiner Hand und lief los. „Mindestens so schnell wie du."

Er lachte und folgte ihr stolpernd, weil er noch nicht vorbereitet gewesen war. Sie sprangen über Pfützen, liefen die ganze Strecke gackernd und glucksend bis zum Haus zurück – Hand in Hand durch den Sommerregen.

Er hatte selten etwas Schöneres erlebt, vielleicht noch nie.

9

Oliver stand vor dem Kamin im Salon und ließ seinen Blick über die Fotos auf dem Sims schweifen. Er blieb an einem Bild der drei Geschwister hängen, Tamara wurde von Damian und Lucas in die Mitte genommen, sie trugen Abendrobe und posierten vor Ragley Manor. Die Zwillinge waren noch nicht ganz trocken hinter den Ohren, auch Tamara sah jung und verletzlich aus. Er schätze, die Aufnahmen waren vor zehn bis fünfzehn Jahren entstanden. Was ihn einen Augenblick innehalten ließ, war der Ausdruck in Tamaras Augen. Sie wirkten leer und glanzlos, ganz anders, als sie ihm heute begegnet war. Es war ganz klar, dass sie mit dem Leben nun deutlich besser klarkam, als zu der Zeit, als das Foto geschossen worden war.

„Träumst du?", hörte er eine männliche Stimme hinter sich.

„Lucas", gab er zurück und drehte sich um. „Ich habe mir nur angeschaut, wie hässlich du schon als Teenager warst."

Lucas knuffte ihm in die Seite. „Nicht hässlicher als du. Kommst du zum Essen?"

„Logisch."

Er folgte Lucas ins Speisezimmer, wo es bereits verführerisch duftete. „Hm", machte er. Die Familie kleidete sich zwar förmlich, aber nicht übertrieben hochtrabend. Frische Hemden, Chinos oder Cordhosen für die Männer, und sportlich schick war für die Damen des Hauses angesagt. Wobei Charlotte eine treue Chanel-Kundin sein musste, denn sie trug, soweit er das beurteilen konnte, jeden Tag ein anderes Kostüm im gleichen Stil. Jedenfalls immer, wenn er sie traf, daher ging er davon aus, dass das zu ihr gehörte wie die große Klappe zu Lucas.

„Guten Abend", sagte Oliver und nickte freundlich in die Runde.

Tamara unterhielt sich gerade angeregt mit Lucas' Braut Danielle, vermutlich über die Hochzeit, momentan gab es kaum ein anderes Thema, das so häufig diskutiert wurde. Tamara blickte zu ihm, und das Aufleuchten in ihren Augen ließ seinen Nacken angenehm prickeln.

„Guten Abend", sagte George und zog einen Stuhl zurück. „Setzt euch, ehe es kalt wird."

Auf der langen, ovalen Tafel, die mit einer weiß gestärkten Tischdecke, gelben Rosen und sechs gelben Kerzen dekoriert war, standen Schüsseln mit dampfenden Speisen. Kartoffeln, dunkle Soße, Erbsen, Möhren und ein aufgeschnittener Braten auf einer großen Platte ließen ihm das Wasser im Mund zusammenlaufen. Auf einem Platz stand ein Teller mit einem extra Gericht, sicher für Danielle, die Veganerin war und das gerne und ausführlich mit jedem durchkaute – buchstäblich.

Nach und nach nahm jeder seinen Platz ein, während ein Hausmädchen erschien und beim Befüllen der Teller behilflich war. Oliver war selbst in einem Haushalt mit Personal aufgewachsen, aber so förmlich war es bei ihm nicht zugegangen. Die Stanhopes waren jedoch nicht nur reich, sondern auch noch adelig. Da gehörte Klappern wohl zum Handwerk, Damian als der Älteste würde den Titel des Viscount Harrington erben, Lucas legte auf diesen Klimbim überhaupt keinen Wert.

„Und, was gibt es bei dir heute Leckeres?", erkundigte sich Oliver in Richtung Danielle.

„Sieht mir sehr nach einer Gemüselasagne aus." Sie lächelte und breitete die Serviette auf ihrem Schoß aus.

Nachdem man sich gegenseitig guten Appetit gewünscht hatte, nahmen alle ihr Besteck zur Hand.

„Habt ihr euch jetzt auf ein Menü geeinigt?", fragte Charlotte in Richtung des Brautpaares.

Lucas seufzte. „Ich sehe überhaupt nicht ein, dass alle nur Gemüse bekommen sollen, nur weil eine Person kein Fleisch mag."

Danielle brach in Schnappatmung aus. „Das ist ja wohl ein Witz, oder? Eine Person? Ich bin die Braut, und das allgemeine

Tierwohl liegt mir sehr am Herzen. Ich will nicht, dass für meine Hochzeit zwanzig Rinder sterben müssen, um jeden Gast mit einem schönen Filetstück zu versorgen."

Lucas schüttelte den Kopf. „Ich habe in jedem verdammten Punkt nachgegeben, aber ich werde ja wohl an meiner eigenen Hochzeit etwas zu essen bekommen, das mir schmeckt."

„Zügele deine Zunge, Junge", mahnte George und tupfte sich den Mund mit seiner Serviette ab.

Danielle lief knallrot an. Sie funkelte ihren Verlobten bitterböse an. „Und was ist denn mit dem Essen, das ich jeden Abend koche? Schmeckt dir das etwa nicht?"

Oliver bemühte sich, ernst zu bleiben, denn die Situation barg eine gewisse Komik. Dennoch hatte er Mitleid mit Lucas, dessen Lieblingsessen nun mal ein englisch gebratenes Steak war. Das würde nicht mal seine zukünftige Frau ändern, egal wie sehr er sie liebte.

„Darum geht es doch gar nicht", warf Lucas ruhiger ein.

„Nein, worum dann?" Danielle reckte ihr Kinn nach vorne.

„Es geht darum, dass auch Gäste kommen, die keine Lust auf Gemüsestäbchen mit Tofu-Dipp haben."

Charlotte rutschte nervös auf ihrem Sitz hin und her, Tamara war sehr damit beschäftigt, eine Kartoffel zu zerkleinern. Die Stimmung im Raum drohte überzukochen, die Spannung zwischen den Liebenden war greifbar – und das nicht im positiven Sinne.

Danielle atmete hörbar ein und wieder aus. „Ich sehe schon, Lucas. Du nimmst das nicht wirklich ernst. Wenn das so ist … friss doch Steak auf deiner Hochzeit. Aber ohne die Braut." Sie stand auf und warf ihre Serviette mit Schwung auf den Tisch. „Entschuldigt mich bitte. Ich brauche frische Luft."

Und dann rauschte sie mit hastigen Schritten davon. Betroffenes Schweigen breitete sich im Raum aus. Lucas schloss die Augen und legte seinen Kopf stöhnend in den Nacken. „Mein Gott, diese Frau!", brummte er.

Oliver stand ein blöder Kommentar auf den Lippen, den er sich jedoch verkniff, als er Tamaras warnenden Blick auffing. Er nickte ihr kaum merklich zu, um ihr zu signalisieren, dass er es kapiert hatte, und trank stattdessen einen Schluck Wasser.

„Musste das jetzt unbedingt sein, Lucas? Du weißt doch, wie empfindlich Danielle bei dem Thema reagiert", meldete sich Charlotte zu Wort und beobachtete ihren Ziehsohn mit strenger Miene.

„Was denn? Jetzt bin ich wieder schuld? Meint ihr auch, dass alles immer nur nach ihrer Nase gehen sollte? Ich wollte keine große Feier. Ich wollte im kleinen Rahmen, nur mit den engsten Freunden heiraten. Denen hätte ich auch Tofuwürstchen vorgesetzt, aber den vierhundert Leuten, die hier angeschleppt werden ... nein, das möchte ich einfach nicht. Da geht es mir schon ums Prinzip."

„Glaubst du, es macht dich unmännlicher?" Charlotte hob eine Augenbraue.

Er schnaubte. „Jetzt fang bloß nicht an, mich zu therapieren, okay?" Lucas stand auf. „Das ist absolut unnötig. Ich gehe mal nach Danielle sehen."

Da waren sie nur noch zu viert.

„Ja, ähm ...", begann Tamara. „Wie laufen die Vorbereitungen für die Jagd?"

Charlotte klapperte mit ihrem Besteck. „Ich weiß gar nicht, wo mir der Kopf steht. Als ob es nicht hektisch genug hier wäre, muss Lucas nun auch noch Stress machen."

„Findest du es richtig, dass es für alle nur ein veganes Menü gibt?" Tamara runzelte die Stirn. Sie war offenbar auf Lucas' Seite, stellte Oliver amüsiert fest.

„Ich will auch keinen Tofu", brummte George und steckte sich ein Stück Fleisch in den Mund.

Charlotte presste ihre Lippen aufeinander, ehe sie antwortete: „Das ist mir klar, mein Lieber. Es ist ja nicht unsere Sache, aber sonst stört es Lucas ja auch nicht, wenn er mit Danielle isst, was sie mag. Und mal ehrlich, gesünder ist es allemal. Das würde einigen hier guttun." Sie warf ihrem leicht übergewichtigen Ehemann einen vielsagenden Blick zu. Dieser grummelte nur und trank einen Schluck Wasser.

„Ach was", widersprach Tamara. „Man könnte doch einfach die Gäste wählen lassen, vegan oder normal. Fertig."

Charlotte schlug die Hände vor dem Kopf zusammen. „Weißt du eigentlich, was du da sagst? Der Catering-Service wird den Auftrag stornieren, wenn wir jetzt noch mit Sonderwünschen kommen."

Oliver hatte seine Meinung dazu, hielt es aber für besser, sich aus der Sache rauszuhalten. Er nahm sich noch einen Nachschlag.

„Ich finde es nicht in Ordnung, wenn Lucas diesen Kompromiss eingehen soll", beharrte Tamara.

„Das ist eine Sache zwischen ihm und ihr", gab Charlotte knapp zurück. „Was ist eigentlich mit dir? Hast du mittlerweile mit Edward Jameson gesprochen?"

Oliver horchte auf und blickte zu Tamara hinüber. Ihre Wangen röteten sich, sie blinzelte ein paar Mal. Offenbar ein unangenehmes Thema für sie. Warum? Waren sie zusammen? Oder …? Olivers Neugier war geweckt, dabei ging es ihn überhaupt nichts an, mit wem sie sich verabredete, oder was auch immer. Er spürte ein Gefühl in sich aufkeimen, das ihm nicht vertraut war. Es gefiel ihm nicht. Ganz und gar nicht.

„Nein? Das dachte ich mir. Er wäre der perfekte Begleiter, du wolltest dich doch mit ihm verabreden."

„Wollte ich das?" Tamara funkelte Charlotte an.

„Wir hatten darüber gesprochen, dass es nett wäre, wenn du einen netten Gesprächspartner hättest, und Edward ist ohnehin eingeladen … Es würde perfekt passen."

Oliver spürte Tamaras Blick auf sich. Was wollte sie ihm sagen? Sollte er ihr aus der Patsche helfen? Danach sah es nämlich aus. Er war erleichtert. Zum Teufel mit diesem blöden

Flattern im Magen. Auch, wenn er gerne Tamaras Date wäre, war das keine gute Idee. Das würde nur Ärger geben. Er konnte hier also leider keine Stellung beziehen, er hatte auch keine Ahnung, worum es ging. Nur eine Vermutung, aber er würde einiges wetten, dass Charlotte wahrscheinlich versuchte, bei Tamara die Kupplerin zu spielen, und sie ... hatte keine Lust, was verständlich war.

Nach ein paar Sekunden, in denen die Stille greifbar war, seufzte sie leise und legte ihr Besteck beiseite. „Na schön, dann machen wir das eben so. Du stellst ihn mir auf der Jagd vor, und fertig."

Charlottes Gesichtsausdruck hellte sich auf. „Wunderbar, ihr werdet euch gut verstehen. Er ist so ein Gentleman. Sagte ich schon, dass er mit den Middletons gut befreundet ist?"

„Ja, Charlotte, das sagtest du bereits bei unserem letzten Gespräch über ihn."

„Ach, wenigstens etwas an diesem Abend, das läuft." Zufrieden tupfte sie sich den Mund mit ihrer Serviette ab und nippte an ihrem Weinglas.

Tamaras Gesichtsausdruck sprach Bände. „Ich werde mal nach dem Paar sehen, vielleicht kann ich schlichten." Sie nickte in die Runde, stand auf und ging. Oliver hätte schwören können, dass sie enttäuscht war. Enttäuscht von ihm, dass er nicht für sie in die Bresche gesprungen war. Seltsamerweise gab ihm diese Erkenntnis Auftrieb, denn das hieß, dass sie ... Nein. Er verwarf den Gedanken, so schnell er gekommen war. Das war absolut nicht möglich.

Nach dem Abendessen saßen Lucas und Danielle, Oliver und Tamara vor dem prasselnden Kamin im Salon des Hauses. Danielle schmollte noch ein wenig, aber die beiden Verlobten konnten sich nie lange böse sein. Charlotte war noch mit den Köchen in der Küche zugange, und George im Stall – er wollte sichergehen, dass alles reibungslos lief. Einige Jagd-Mitstreiter hatten ihre Rösser für den morgigen Tag in den Stanhopeschen Stallungen unterbringen lassen, das und die fremden Mitarbeiter brachten immer eine gewisse Unruhe mit sich. Auf der Jagd vor zwei Jahren war es zu einem unschönen Zwischenfall mit Damians Hengst gekommen, George wollte daher lieber einmal zu viel nach dem Rechten sehen. Oliver war damals zwar nicht dabei gewesen, aber Lucas hatte ihm davon erzählt. Es musste schwierig für Damian gewesen sein, an diesem eigentlich glücklichen Tag seinen besten Hengst durch eine Kolik zu verlieren.

Lucas hatte etwas gesagt, und Tamara lachte schallend. Sie legte den Kopf in den Nacken und hatte die Lider geschlossen. Verlangen strömte durch seine Lenden.

Oliver riss die Augen auf und schnappte kaum hörbar nach Luft. Verdammter Mist. Tamara kam dem, was man eine gute Freundin nennen konnte, am nächsten. Eine Freundin sollte man nicht begehren – und schon gar nicht die Schwester seines besten Freundes. Bislang war es ihm bei seinen Affären rein um sexuelle Lust gegangen, das hier war etwas anderes, und es machte ihm Angst, zumal er das Verhältnis zu Lucas mit seinen dämlichen Anwandlungen aufs Spiel setzte. Er musste aufhören, an sie zu denken. Oliver stürzte seinen Drink herunter. Tamara und Lucas sahen ihn mit gerunzelter Stirn an. „Alles okay?", meinte Lucas.

„Klar." Er begegnete Tamaras Blick. Ja, dachte er, Alkohol ist definitiv keine Lösung. Er stellte sein Glas beiseite.

„Möchtest du noch einen", erkundigte sich Lucas.

„Nein, danke." Er hatte keine Ahnung, was mit ihm los war, aber die Entwicklung seiner Gedanken gefiel ihm nicht. „Ich bin müde." Er stand auf und ging in sein Zimmer.

Ein Blick auf sein Handy genügte, um seine Laune noch weiter in den Keller sacken zu lassen. Mittlerweile wusste er, warum sein Vater dauernd anrief. Er feierte seinen sechzigsten Geburtstag und wollte, dass er dort auftauchte und einen auf

„guten Sohn" machte. Als ob die anderen beiden nicht ausreichen würden. Oliver war immer das schwarze Schaf gewesen, und er hatte keine Lust, sich das erneut vor Augen führen zu lassen. Unruhig ging er vor seinem Fenster auf und ab. Selten war sein Erzeuger so hartnäckig gewesen wie dieses Mal. Wenn er ehrlich zu sich war, dann interessierte es ihn schon, warum er keine Ruhe gab. Kurzerhand wählte er seine Nummer, Richard McDermott hob nach dem dritten Klingeln ab. „Oliver, wie gut, dass du dich endlich meldest."

Er verkniff sich ein Seufzen. „Hallo, Vater, was gibt's?"

„Wie geht es dir?"

„Gut."

„Wo steckst du?"

„England."

Sein Vater räusperte sich. „England also. Es geht dir gut. Immerhin, das freut mich zu hören. Pass auf, ich würde mich riesig freuen, wenn du zu meiner Geburtstagsfeier kommen würdest."

„Und wann soll die sein? Und wo?"

„Na, direkt an meinem Geburtstag, gefeiert wird zu Hause, in Malibu."

„Ach, wirklich?" Er hatte keine Lust, dort aufzukreuzen.

„Ja, es wäre wunderbar, wenn du dabei wärst."

Oliver dachte an all die Jahre, all die Geburtstage, die er alleine mit seiner Mum, seinen Großeltern und seiner Nanny verbracht hatte, weil sein Vater sich einen Dreck für ihn interessiert hatte. Er verstand den Sinneswandel bis heute nicht. Warum wollte er plötzlich etwas mit seinem Sohn zu tun haben? „Ich fürchte, ich werde es nicht einrichten können."

„Oliver, bitte ..."

„Vater, entschuldige, ich muss weiter ... Tschüss." Er legte auf und starrte aus dem Fenster in die Dunkelheit. Er war allein. War es immer gewesen.

Bei seiner Mum hatte er zwar gelebt, aber auch die hatte sich immer mehr für die aktuellen Ehemänner interessiert als für ihn.

Darum war sie auch nicht unglücklich gewesen, als sie ihn endlich auf ein Internat hatten abschieben können. Aber nicht alle Kinder wurden nach Eton geschickt, um sie loszuwerden. Für die meisten Familien der Upper Class gehörte es zum guten Ton, die Kinder auf einer guten Schule versorgt zu wissen. Ein Glücksfall für ihn, sonst hätte er Lucas und Damian nie kennengelernt. Die Zwillinge glichen sich äußerlich zwar wie ein Ei dem anderen, aber waren vom Typ her grundverschieden. Mit Damian war er nie richtig warm geworden, während ihn mit Lucas vom ersten Tag an eine innige Freundschaft verbunden hatte. Bei den Stanhopes fühlte er sich wohler, als er es je bei seiner eigenen Familie getan hatte. Das würde er um keinen Preis riskieren – egal wie sehr er sich zu Tamara hingezogen fühlte.

10

Tamara saß bei einem ruhigen Frühstück mit Oliver im Jagdhaus. Glücklicherweise waren die Handwerker doch noch rechtzeitig fertig geworden und hatten Charlotte so vor einem Nervenzusammenbruch bewahrt. Sie hatte ihnen einen Korb mit Eiersandwiches, Scones, Obstsalat, veganen Hafermuffins und Mandelcreme bringen lassen, um ihnen den Weg ins Haupthaus zu ersparen. Gleichzeitig war klar, dass drüben bereits die Hölle los war und sie nur hier in Ruhe ein Frühstück vor einem ereignisreichen Tag genießen konnten.

„Wer damit nicht satt wird, ist selbst schuld", meinte Oliver, stand auf und goss sich Kaffee nach. „Willst du auch noch?"

„Nein danke, sonst bekomme ich vielleicht noch Herzrasen", scherzte sie und folgte ihm mit ihrem Blick.

Als er sich unvermittelt umdrehte, fühlte sie sich ertappt. Ihr Gesicht brannte, während Oliver selbstzufrieden grinste. Es war ihm selbstverständlich nicht entgangen, dass sie seinen Hintern angeschaut hatte, und sein ohnehin schon beachtliches Ego schien in dieser Sekunde noch mehr anzuschwellen.

Entspannt lehnte er sich gegen die Arbeitsfläche und trank Kaffee, ohne sie dabei aus den Augen zu lassen. Ihr wurde immer heißer unter seinem Blick.

„Schick", krächzte sie.

Er neigte den Kopf. „Was meinst du?"

„Na, deine weißen Hosen, du Held", redete sie sich heraus.

Er schaute an sich herunter und klopfte sich auf den Schenkel. „Sag bloß, du magst die Reithosen deines Bruders nicht."

Tamara kicherte und war froh, dass sie sich wieder im Griff hatte. „‚Helden in Strumpfhosen' fällt mir dazu nur ein."

Sein Gesichtsausdruck verfinsterte sich. „Haha, sehr witzig. Ich habe mir diese dämlichen Kostüme für die Jagd nicht ausgesucht."

„Kostüme?" Sie schüttelte den Kopf. „Ich würde sagen, man nennt es ‚dem Anlass angemessene Kleidung'. Mit dem roten Jackett und den schwarzen Reitstiefeln wird es schon gehen."

Sie amüsierte sich köstlich darüber, dass er so leicht zu necken war. Oliver entging es nicht, und es gefiel ihm augenscheinlich auch nicht besonders, dass sich zur Abwechslung mal jemand über ihn lustig machte.

Schnaubend setzte er sich wieder an den Tisch und biss in einen Hafermuffin. „Gott, ist das Zeug dröge. Kein Wunder, dass Lucas so mies drauf ist, wenn er das jeden Tag vorgesetzt bekommt."

„Jetzt fang du nicht auch noch damit an."

Sie erinnerte sich gut an den gestrigen Abend und den Streit zwischen Lucas und Danielle. Lucas hatte die Wogen zwar wieder glätten können, aber die Entscheidung über das Menü war noch immer nicht gefallen. Zum Glück war das nicht ihre Sache.

„Nee, sicher nicht. Aber im Ernst: Würdest du einem Kerl Tofuwürstchen braten?"

Tamara gluckste und beugte sich etwas über den Tisch zu ihm.

„Ich verrate dir jetzt mal ein Geheimnis: Ich würde ihn für mich kochen lassen. Dann gäbe es gar nicht erst Streit über das, was auf den Tisch kommt. Schlau, oder?" Sie funkelte ihn herausfordernd an und spielte mit einer Locke.

Oliver nahm den Ball auf und beugte sich ebenfalls über den Tisch zu ihr, so dass sie sich beinahe in der Mitte berührten. Ihre Blicke verschmolzen miteinander.

„Ich bin ein wahnsinnig guter Koch …", sagte er mit seiner unverwechselbaren sonoren Stimme, die eine Gänsehaut bei ihr verursachte.

„Wahrscheinlich nicht nur ein guter Koch …", murmelte sie sanft.

Sie spürte seinen Atem auf ihren Lippen. „Ein Gentleman genießt und schweigt."

Die Treppe knarzte und Tamara schrak zusammen. Sie schnappte nach Luft und lehnte sich zurück. Sie war in eine andere Welt abgetaucht und musste ein paarmal blinzeln, um wieder ins Hier und Jetzt zurückzukehren.

„Hey, was ist denn hier los?", rief Lucas, der mit Danielle von oben kam.

Ups. Das sah nicht gut aus. Andererseits, es war überhaupt nichts passiert.

„Guten Morgen", sagte Tamara.

Sie schlug ihre Beine übereinander und zupfte am Saum ihres hellgrünen Sommerkleides. Sie hatte es gewählt, weil das Grün ihre Haarfarbe vorteilhaft betonte. Das hatte die Verkäuferin ihr zugeraunt, als sie es bei ihrem letzten Shopping-Trip mit Julia in Shanghai anprobiert hatte. Warum sie sich heute mit ihrem Aussehen besondere Mühe gab, wusste sie selbst nicht so recht. Das redete sie sich jedenfalls ein.

Oliver wirkte vom plötzlichen Auftauchen des Brautpaares gänzlich unbeeindruckt, als könnte er kein Wässerchen trüben. Er grinste breit. Es hatte ihm ganz offensichtlich gefallen, mit ihr zu flirten. Ihr ... seltsamerweise auch.

„Guten Morgen", sagte er jetzt auch betont fröhlich und deutete auf den Korb. „Ausgeschlafen? Nehmt euch was, solange noch was da ist. Es schmeckt köstlich."

Danielle wirkte ausgeschlafen, ihre Wangen leuchteten rosig. Offenbar hatten die beiden ihre gestrigen Unstimmigkeiten gänzlich beseitigt. Tamara konnte sich auch vorstellen wie, denn die Wände im Jagdhaus waren nicht sonderlich dick.

Sie spürte indessen Lucas' forschenden Blick auf sich ruhen, dachte aber gar nicht daran, darauf einzugehen. Es ging ihn absolut nichts an, ob und mit wem sie flirtete. Sie hasste es, wenn er sich als Beschützer aufspielte. Sie brauchte niemanden, der das für sie übernahm.

Danielle tippte auf ihre Armbanduhr. „Hey, Jungs. Müsst ihr nicht mal einen Zahn zulegen? Sonst verpasst ihr noch die Jagd …"

Lucas fluchte unterdrückt, schnappte sich zwei Sandwiches und schlüpfte, noch während er eines nach dem anderen in sich hineinschob, in seine Stiefel. Oliver folgte seinem Beispiel, und kurz darauf fiel die Tür hinter den beiden ins Schloss.

„Und, gibt es jetzt zwei Menüs bei eurer Hochzeit?", erkundigte sich Tamara, die sehr wohl wusste, dass sie damit ein sensibles Thema ansprach. Aber es war ihr immer noch lieber, über Danielles Minenfeld zu sprechen als über ihr eigenes.

Danielle seufzte. „Der Mann ist sturer als ein Esel."

Tamara nickte und fühlte sogar ein bisschen mit ihr. Die Brüder waren für ihr aufbrausendes Temperament bekannt. Tamara kannte das nur zu gut – aber sie konnte den beiden Paroli bieten.

„Tja …", sagte sie nur und lächelte wissend.

„Allerdings habe ich ihm gesagt, er kann das dann mit dem Cateringservice selbst regeln. So." Danielles Augen funkelten zufrieden, als sie sich einen Hafermuffin aus dem Korb nahm, ihn aufschnitt und mit süßer Mandelcreme bestrich.

Tamara trank den letzten Schluck ihres nur noch lauwarmen Kaffees und war froh, dass sie nicht in Lucas' Haut steckte.

Am frühen Nachmittag stand Tamara mit den anderen Gästen, die nicht auf Pferderücken bei der Fuchsjagd waren, auf der Terrasse und genoss Erfrischungen und Kanapees. Charlotte wirbelte umher und versuchte mit jedem ein paar Worte zu wechseln. Tamara hatte genug vom Smalltalk, stellte sich etwas abseits und ließ ihren Blick über das Anwesen schweifen.

Es war wirklich perfekt geworden, die Gärtner hatten gute Arbeit geleistet. Auf dem Rasen standen einige Pavillons, unter denen Stühle mit weißen Hussen aufgestellt waren. Blumenarrangements zierten die Säulen und Geländer am Treppenaufgang. Zu Danielles und Lucas' Hochzeit würde man noch eine

Schippe drauflegen und eine echte Märchenkulisse auf Ragley Manor zaubern.

Man hörte die Meute lange, bevor man sie sah. Hufe donnerten, Jagdhörner ertönten und kündigten das Ende der Jagd an. Ein Kribbeln breitete sich auf ihrem Körper aus. Es war immer ein ganz besonderer Moment, wenn eine Fuchsjagd zu Ende ging. Außerdem war sie gespannt, wie viele Reiter Straf-Schnäpse für Vergehen während der Jagd einkassieren würden, die sie nun, am Ende der Jagd, trinken mussten.

Auch wenn sie selbst keine gute Reiterin war, so genoss sie das Drumherum sehr. Sie mochte die allgemeine Aufgeregtheit und die Freude, die allen ins Gesicht geschrieben stand.

„Sie kommen", rief jemand, und gespannte Erwartung ließ die meisten Gespräche verstummen.

Nach wenigen Minuten war die Truppe angekommen, und bellende Hunde sprangen um die schweißbedeckten Pferde. Die Reiter ließen sich von den Sätteln gleiten und genossen den Jubel über ihre Rückkehr.

Tamara entdeckte Oliver am Rande der Gruppe. Er lachte über etwas, klopfte Lucas auf die Schulter und umarmte ihn typisch männlich. Die ehemals weißen Hosen waren mit Matsch besudelt, die Pferde hatten Schaum vor dem Maul und atmeten nach der Anstrengung schwer. Helfer kamen angelaufen, nahmen den Reitern ihre Tiere ab und versorgten sie nach der Belastung.

Oliver zog seinen Helm ab und zerzauste seine viel zu langen Haare. Als hätte er ihren Blick auf sich gespürt, schaute er in ihre Richtung. Er nickte kaum merklich, als er sie entdeckte, und entblößte dabei seine makellosen weißen Zähne. Ohne dass sie es verhindern konnte, begann ihre Haut angenehm zu prickeln. Zwischen ihnen hatte sich nach und nach eine gewisse Vertrautheit aufgebaut, die sie als sehr behaglich empfand, ohne sich unter Druck gesetzt zu fühlen. Oliver war ihr nie unangenehm aufgefallen, verhielt sich in ihrer Gegenwart – bis auf gelegentliche dumme Sprüche – wie ein echter Gentleman. Seine Eskapaden ließ sie bei ihren Betrachtungen außen vor. Sie wusste, dass tief in ihm drin mehr steckte als das, was er zu sein vorgab.

„Er ist ein elender Charmeur", sagte Danielle plötzlich neben ihr.

Sie hatte sie gar nicht kommen hören, so vertieft war sie in ihre Beobachtungen gewesen. Sie spürte, dass ihre Wangen sich rot färbten. Tamara umklammerte ihr Wasserglas fester.

„Wer?", fragte sie scheinheilig, denn sie wusste genau, wen ihre zukünftige Schwägerin meinte.

Danielle legte ihr eine Hand auf den Unterarm. „Oliver ist ein netter Kerl, Tamara. Aber wenn du nicht nur auf ein Abenteuer aus bist, tu es nicht."

„Wie bitte?", zischte sie.

Danielle fuhr leiser fort. „Ich sehe doch die Blicke, die ihr euch zuwerft. Man muss schon blind sein, um das nicht zu bemerken."

Tamara atmete scharf ein. War es wirklich so offensichtlich?

Sie kniff die Augen zusammen und reagierte mit einem barschen: „Quatsch."

Ärger machte sich in ihr breit. Warum maßte sich in dieser Familie verdammt noch mal jeder an, ihr ‚gut gemeinte' Ratschläge zu geben? Der Knoten in ihrem Magen wurde immer größer, aber sie wollte sich nichts anmerken lassen. Sie wusste, dass Danielle es wirklich nur gut meinte und sie nicht bevormunden wollte.

„Pass auf, meine Liebe. Du bist erwachsen, und im Gegensatz zu deinen Brüdern mische ich mich bestimmt nicht ein, egal was du tust. Ich will dich nur vor ihm warnen. Ich kenne Oliver nun schon ein ganzes Stück länger als du, und noch nie hatte er feste Absichten, wenn er eine Affäre begonnen hat. Im Gegenteil, es kommt mir so vor, als würde er immer noch eine Schippe drauflegen, je älter er wird."

Tamaras Puls raste. Sie spürte, dass sich die Verteidigungshaltung weiter in ihr aufbaute wie ein Spannungsfeld. „Sei nicht albern, da ist absolut nichts zwischen uns. Er ist jünger als ich."

„Als ob das heute noch ein Hinderungsgrund wäre." Danielle schüttelte amüsiert den Kopf. „Wir leben zum Glück ja nicht mehr im Mittelalter. Was sind schon drei, vier Jahre? Aber Oliver ist kein Beziehungsmaterial, Tamara."

Sie ging nicht darauf ein, aber Angriff war ja bekanntlich die beste Verteidigung. „Und was ist mit Lucas? War er früher nicht genauso ein oder gar ein schlimmerer Schürzenjäger?"

Danielle nickte und zog ihre Hand zurück. „Wie gesagt, ich mische mich nicht in dein Leben ein, Tamara. Ich wollte dich nur vor ihm warnen. Ich weiß nicht, was er dir erzählt hat. Auf jeden Fall sucht er nichts Festes."

„Da läuft nichts zwischen uns, und das wird es auch nicht. Wir sind sowas wie Freunde geworden, es ist unkompliziert mit ihm. Mehr ist es nicht." Tamara richtete ihren Blick wieder auf die Reiter.

Olivers durchdringende türkise Augen ruhten immer noch – oder schon wieder – auf ihr. Sie spürte, dass sie rot wurde. Schon wieder. Verflucht.

„Siehst du, das meine ich", flüsterte Danielle an ihrem Ohr.

Tamara nagte an ihrer Unterlippe. „Du täuschst dich."

„Sicher ... Ich gehe mal, um meinem Helden einen Siegerkuss zu verpassen." Danielle zwinkerte ihr zu und eilte davon. Ihr Kleid flog im Wind, so wie ihre Haare.

Sanfte Töne drangen an Olivers Ohr. Das Streichquartett spielte bereits, als er im Bankettsaal zum Abendessen auftauchte. Überall standen Blumenarrangements und hohe Kerzenleuchter. Es mussten mehrere hundert sein. Er selbst trug einen dunklen Smoking mit Fliege und Lackschuhen. Von einer Servicekraft nahm er sich ein Glas Wasser vom Tablett und schaute sich um. Ihm fiel eine Blondine auf, die ihn anstarrte. Erst beim zweiten Hinsehen wurde ihm klar, dass er sie kannte. Intim kannte.

Shit. Wie war noch mal ihr Name, und wie zur Hölle war sie zu dieser Gesellschaft gekommen? Sie hängte sich an den Arm eines Endfünfzigers und säuselte etwas in sein Ohr, ohne Oliver dabei aus den Augen zu lassen. Oliver stürzte sein Wasser herunter, als ihm klarwurde, dass das noch hässlich werden konnte. Und dann fiel ihm ein, woher er sie kannte.

Er hatte vor Monaten ein paar Nächte mit ihr verbracht. Sie hatte dann direkt angefangen, von der großen Liebe zu sprechen – nachdem sie herausgefunden hatte, dass sein Vermögen ausreichend war, um ihr einen gewissen Lebensstandard ermöglichen zu können. Das war der Zeitpunkt gewesen, zu dem er das Feld geräumt hatte. Blöd nur, dass er ihr davon nichts gesagt hatte. Er hatte sich einfach nicht mehr gemeldet, was sie ganz offensichtlich nicht so gut verkraftet hatte wie er.

Aber wer hätte auch damit rechnen können, dass sie sich noch einmal begegnen würden? Und das auch noch bei den Stanhopes? Mist, verdammter. Er nahm sich vor, ihr für den Rest des Tages aus dem Weg zu gehen, damit es nicht doch noch zu einer Szene kam. Bei Frauen wie ihr wusste man nie, was sie sich aus Rache einfallen ließen. Und ihr Ego hatte er schwer verletzt. Er las es in ihrem durchdringenden Blick, und das stimmte ihn für den Abend nicht besonders zuversichtlich.

„Oliver, dein Tisch ist da drüben", verkündete Charlotte im Vorbeigehen.

Sie trug ein bodenlanges Abendkleid in einem satten Blauton, die Ärmel waren aus Spitze gefertigt. *Elegant und geschmackvoll*, konstatierte er und nickte. „Vielen Dank."

Er atmete erleichtert auf, als er Lucas und Danielle an seinem Tisch entdeckte, die sich mit einem anderen Paar unterhielten, das er nicht kannte. Verstohlen schaute er sich nach Tamara um, konnte sie aber nirgends entdecken.

Das Dinner zog sich in die Länge, daran konnte auch Lucas' Gesellschaft nichts ändern. Das lange Sitzen im Sattel forderte seinen Tribut; er war erschöpft, und sein Hintern schmerzte gewaltig. Natürlich würde er das nie zugeben, aber Sitzen war nach diesem Reiterlebnis für den Rest des Tages einfach nur noch unangenehm. Mehrmals gähnte Oliver unterdrückt, versuchte aber dennoch, sich aus Höflichkeit an den Gesprächen zu beteiligen. Allerdings fiel es ihm schwer, entweder Hochzeitsvorbereitungen oder Schwärmereien über Babypopos zu lauschen, da das andere Paar an seinem Tisch vor wenigen Wochen ein Baby bekommen hatte. Nicht seine Welt.

Er war erleichtert, als das Dessert abgetragen wurde, sich die Tischrunden nach und nach auflösten und die Gesellschaft sich in den Ballsaal verlagerte. Dort entdeckte er Tamara, die mit einem älteren Herrn tanzte und strahlte.

Sie wirkten herzlich vertraut – vielleicht war er ein Freund oder ein Verwandter der Familie. Sie trug ein weinrotes Kleid, das ihre runden Kurven vorteilhaft betonte, ohne zu viel zu zeigen. Er hatte selten, möglicherweise noch nie, eine Frau getroffen, die sich mit so viel Anmut und Eleganz bewegte. Ihr Tanzpartner sagte etwas, und sie lachte herzhaft.

Es war wundervoll, sie so glücklich und gelöst zu sehen. Wärme breitete sich um sein Herz aus. Gleichzeitig erschrak er über die Intensität seiner Empfindungen. Die Erkenntnis, dass er ein Problem hatte, traf ihn wie ein Kinnhaken. Ein großes Problem.

„Na, noch keine gefunden, die du verarschen kannst?", ertönte eine schrille Stimme neben ihm. Er wappnete sich innerlich für das bevorstehende Gespräch und straffte seinen Rücken.

„Tse, tse", erwiderte er und vergrub die Hände in seinen Hosentaschen. „Da klingt jemand sehr verbittert."

„Du bist es doch gar nicht wert", zischte sie.

„Und doch stehst du hier und machst mir Vorwürfe." Er klang unbeteiligt, aber sein Puls raste, denn er wollte keine Szene auf dieser Feier heraufbeschwören.

„Vorwürfe? Du bist einfach ein Arschloch." Er zuckte mit den Schultern. Egal was er sagte, er konnte nur verlieren. „Mehr hast du zu deiner Verteidigung nicht vorzubringen? Du könnest wenigstens so taktvoll sein und lügen. Irgendwas von wegen, ‚Meine Oma lag im Sterben' oder so. Bin ich nicht mal das wert?", kreischte sie.

Oliver atmete hörbar aus. „Sorry."

Das schien ihren Ärger nur noch mehr anzufachen. Sie stieß einen leisen Schrei aus und kippte ihm ihren Champagner ins Gesicht. „Dreckskerl!"

Dann stöckelte sie davon. Die Gespräche um sie herum waren längst verstummt; er spürte neugierige Blicke auf sich wie Nadelstiche. Langsam wischte er sich mit dem Handrücken über das Gesicht und setzte ein möglichst unbeteiligtes Grinsen auf.

Was sollte er sonst tun? Es war klar, dass er hier die Arschkarte gezogen hatte. Sein Smoking war ruiniert, sein Hemd durchnässt, und sicher hatte jeder mitbekommen, dass er der Übeltäter war und nicht sie. Wie immer also. *Karma*, schoss es ihm durch den Kopf, obwohl er wirklich nicht der Esoteriker war. Aber irgendwann hatte ihn seine Vergangenheit ja einholen müssen. Ein Wunder, dass ihm derartige Szenen bislang erspart geblieben waren. Blöd nur, dass es unbedingt bei den Stanhopes hatte sein müssen.

Er würde einfach das Feld räumen. Er hatte ohnehin keine Lust, an diesem Abend länger als nötig zu verweilen. Partys wie diese ermüdeten ihn neuerdings, redete er sich sein.

Er runzelte die Stirn. Was machte er sich eigentlich vor? Er langweilte sich nicht, sondern hatte es genossen, Tamara zu beobachten – wie ein verblödeter Idiot, der sich nicht auszusprechen traute, was er empfand.

Er musste dringend hier raus und einen klaren Kopf bekommen. Morgen war dieser schwachsinnige Gefühlskram sicher wieder abgeklungen, und dann hätte er nicht seine Freundschaft mit Lucas aufs Spiel gesetzt. Gemächlich schlenderte er aus dem Ballsaal, um nicht noch mehr Aufmerksamkeit zu erregen. Die Unterhaltungen waren bereits wieder in Gang gekommen. Der Zwischenfall war nicht bedeutend genug gewesen, als dass man sich lange damit aufhalten würde. Die reichen Aristokraten hatten in ihren Jetset-Leben sicher weitaus Spannenderes erlebt. So wie er auch. Ein Glas Champagner, wie einfallslos. Er schmunzelte in sich hinein und schüttelte den Kopf. Was für ein Tag!

Aus einer Tür trat Charlotte. Ihre Miene verriet, dass sie die peinliche Situation mitbekommen hatte. Sein Gewissen rührte sich.

„Oliver", sagte sie ruhig und blieb vor ihm stehen. „Ist alles in Ordnung?"

Er nickte. „Selbstverständlich. Nur ein kleines Missverständnis. Tut mir leid, dass das passiert ist."

„Schon okay, Oliver."

Charlotte betrachtete ihn einen Augenblick schweigend. Unter ihrem prüfenden Blick wurde ihm mulmig. Bei der rüstigen Dame hatte er immer das Gefühl, sie wüsste genau, was in ihm vorging. Das machte ihn nervös.

„Oliver", sagte sie sanft. „Ich mag dich."

Er ahnte, was jetzt kommen würde. Sie wollte ihn tadeln – aus gutem Grund. Er würde ihr nicht widersprechen und sich verteidigen, außerdem respektierte er sie und ihr Heim.

„Ich möchte nicht besserwisserisch sein." Sie verschränkte ihre Finger ineinander. „Du bist ein guter Kerl, das habe ich immer gesagt. Du hattest es auch nicht leicht, mein Junge. Vergessen wir den Quatsch eben. Aber ich sehe auch, wie sehnsüchtig du Tamara ansiehst. Ich bin nicht blind, und ich war auch mal jung. Ich schreibe dir oder ihr nicht vor, was ihr zu tun oder zu lassen habt. Ich habe nur eine Bitte: Tu ihr nicht weh, Oliver. Sie hat so viel mitgemacht in ihrem Leben. Versprichst du mir das?"

O Gott, war es so offensichtlich? Verdammt, noch ein Grund, warum er schnellstmöglich verschwinden musste.

Er atmete tief ein, und sein Herz wurde schwer. Ein dicker Kloß hatte sich in seinem Hals gebildet.

„Das werde ich nicht", versprach er. Seine Stimme klang rau.

Charlottes Gesicht hellte sich auf.

„Siehst du? Das meine ich. Tief in dir steckt viel mehr als der Playboy, mein Junge." Sie blinzelte ein paarmal. „Aber Tamara ist kein Spielzeug, vergiss das nicht", betonte sie noch einmal.

„Verstanden", gab er knapp zurück, weil ihm etwas die Kehle zuschnürte, das ihm Angst machte.

Er wollte Tamara nicht wehtun – im Gegenteil, er wollte sie beschützen. Dabei sollte sie ihm gleichgültig sein, doch davon war er so weit entfernt wie davon, die Tussi zu heiraten, die ihm zuvor den Champagner ins Gesicht geschüttet hatte.

Charlotte tätschelte seinen Oberarm. „Den kleinen Zwischenfall mit Herzog Berkleys, ähm, Freundin ... vergessen wir. Aber zieh dir doch bitte etwas Trockenes an."

Sie zwinkerte ihm zu und verschwand wieder im Getümmel. Wahnsinn, wie mühelos die Frau alles und jeden unter Kontrolle hatte. Oliver hatte genug für heute, er war fix und fertig mit den Nerven und auch körperlich erschöpft. Er verließ das Herrenhaus und schlenderte eine Weile durch die laue Sommernacht. Er genoss den Sternenhimmel und die kühle, frische Luft nach der stickigen Atmosphäre im Ballsaal.

Tamara war froh, als sie kurz nach Mitternacht im Jagdhaus die Pumps von ihren schmerzenden Füßen streifen konnte. Es waren zwar noch einige Gäste im Haus, aber sie war hundemüde und musste auch nicht wie die Gastgeber bis zum Schluss bleiben. Sie war überrascht, als sie Oliver mit einer Tasse und einer

Packung Kekse am Tisch entdeckte, was ja eigentlich ihr Ritual war.

„Oh", entfuhr es ihr, weil sie nicht mit ihm gerechnet hatte.

„Hi", erwiderte er und hob den Kopf.

Sein Jackett hing über dem Stuhl hinter ihm, die Fliege baumelte lose an seinem Hals, das Hemd wirkte irgendwie ... zerknittert.

„Bist du etwa auch so kekssüchtig wie ich? Oder erst kürzlich auf dem Geschmack gekommen?", scherzte sie und war gespannt auf seine Reaktion.

Vermutlich war er einfach betrunken und hatte Hunger bekommen. Sie hatten sich den ganzen Abend kaum gesehen, und sie hatte es beinahe schade gefunden, dass sie nicht ein einziges Mal zusammen getanzt hatten. *Dummes Herz*, schalt sie sich innerlich.

Sie war überrascht, dass sein Blick völlig klar war, als er ihrem begegnete. Seine Augen blitzten amüsiert auf und waren nicht glasig, wie sie erwartet hatte. Er wirkte zwar lädiert, aber nüchtern.

„Ich habe wirklich Gefallen daran gefunden, mir den Abend mit Schokokeksen und Milch zu versüßen. Von wem ich das wohl habe?" Er zwinkerte, und ihr Herz machte einen Hüpfer.

Es war still im Haus, das Licht war gedämpft. Sie waren alleine – das wurde ihr mit jedem Schritt, den sie in seine Richtung machte, bewusster.

Sie bewegte sich auf dünnem Eis, denn dass zwischen ihnen etwas in der Luft lag, spürte nicht nur sie, sondern anscheinend auch alle in ihrem Umfeld. Dennoch schrillten keine Alarmglocken in ihr, die sie vor einer möglichen Dummheit bewahren sollten. Es war vielmehr so, dass sie sich freute, dass er hier war. Dass sie alleine mit ihm war.

Sie mochte ihn. Sie mochte ihn ein bisschen zu sehr. Zu viel jedenfalls, um einfach nur mit ihm befreundet zu sein.

Tamara setzte sich zu ihm, nachdem sie sich einen Keks stibitzt hatte. Hungrig war sie nicht; in ihrem Bauch prickelte es, als hätte sie zu viel Brause getrunken. Eine seltsame Wirkung, die Oliver auf sie ausübte. Es war ein neues Gefühl, aber ein wundervolles zugleich. Mit ihm fühlte sie sich leicht und frei. Ein Gefühl, das süchtig machen konnte.

Wie Süchte im Allgemeinen endeten, war klar.

Schnell verdrängte sie den Gedanken.

„Langweilige Party?", fragte sie herausfordernd und beobachtete dabei jede seiner Bewegungen genau.

„Würde ich nicht so sagen. Mir war einfach danach, heute mal nicht bis in die frühen Morgenstunden zu feiern."

Überrascht hob sie eine Augenbraue. Wieso nicht? War etwas vorgefallen? Es war doch sonst nicht seine Art, vor dem Morgengrauen die Segel zu streichen.

Sie wagte nicht daran zu denken, dass sie vielleicht der Grund sein könnte, warum …

„Was ist los? Bist du krank?", neckte sie ihn und biss von ihrem Cookie ab.

Ein Schatten huschte über sein Gesicht. „Glaubst du, ich bin Alkoholiker?"

Sie griff sich an die Brust. Das hatte er komplett in den falschen Hals bekommen. „Was? Nein! Natürlich nicht, ich …", stammelte sie. „Es tut mir leid."

„Schon gut." Er blickte düster auf seine Hände.

Sie verstand nicht, warum er plötzlich so niedergeschlagen war. Eben war doch noch alles in Ordnung gewesen.

„Im Ernst, Oliver, was ist los? Warum bist du nicht sturzbetrunken und baggerst die Single-Frauen an?" Es sollte ein Scherz werden, aber offenbar war er nicht zu Witzen aufgelegt.

Sein Kopf schnellte herum. Er rückte näher zu ihr und blickte sie mit einem hungrigen Ausdruck in den Augen an, der sie nach Luft schnappen ließ. „Ich habe nichts getrunken, weil ich alle meine Sinne brauche, um keine Dummheiten zu machen."

Seine Stimme klang dunkel und ein bisschen heiser. Sein Blick war intensiv. Tamara öffnete ihre Lippen, um besser atmen zu können. Die Luft im Raum lud sich mit jeder Sekunde, die verstrich, weiter auf. Die Spannung zwischen ihnen war förmlich greifbar. Alle feinen Härchen an ihrem Körper richteten sich auf.

„Welche ... Dummheiten?", hauchte sie mit klopfendem Herzen.

Sie wusste, dass es ein Spiel mit dem Feuer war, das sie heraufbeschwor. Es fühlte sich aber richtig an, nicht gefährlich. So verdammt richtig, dass sie sich wünschte, er würde endlich die letzte Hürde überwinden und den ersten Schritt machen. Olivers Gesicht war nur noch wenige Zentimeter von ihr entfernt. Seine Lippen waren sinnlich und für einen Mann bewundernswert voll. Sie wusste, dass die Haut an dieser Stelle zart und weich sein würde. Sie wollte spüren, wie sie sich auf ihrer anfühlte. Der Wunsch wurde mit jeder Sekunde, die wortlos zwischen ihnen verstrich, größer.

Ob er gut küssen konnte?

Beinahe hätte sie über ihre stumme Frage gelacht. Natürlich konnte er. Er hatte ja reichlich Übung darin. An dieser Stelle schaltete sie ihren Kopf aus; sie wollte nicht mehr denken.

„Dummheiten, von denen ich träume. Dummheiten, die mein Herz schneller schlagen lassen. Dummheiten, die mich um den Verstand bringen ...", fuhr er heiser fort.

Sein Gesicht nahm einen entschlossenen Ausdruck an, der ihr Blut noch weiter zum Kochen brachte. Begehren floss durch ihre Adern, und ihr wurde schwindelig vor Sehnsucht.

Sie schloss die Augen, und endlich senkten sich Olivers Lippen auf ihre. Federleicht und dennoch bestimmt. Ein herrliches Kribbeln breitete sich auf ihrer Haut aus und ließ sie vor Lust erschaudern. Er legte ihr eine Hand in den Nacken und intensivierte den Kuss.

Es war himmlisch. Der perfekte Moment. Der perfekte Kuss.

Sie schmolz unter seinen Liebkosungen dahin. Er küsste zärtlich und doch intensiv. Sein heißer Atem verband sich mit ihrem und ließ sie aufseufzen. Sie hatte sich gefürchtet, dass es in ihren Vorstellungen besser sein könnte als in der Realität. Die Bedenken waren unbegründet gewesen, denn dieser Kuss war besser als alles, was sie je erlebt hatte. Alles, woran Tamara jetzt noch denken konnte, war, dass das niemals enden sollte.

„Tamara?"

Jemand rief ihren Namen. Es klang nicht sonderlich erfreut. *Er* klang nicht erfreut.

Lucas!

Ruckartig öffnete sie die Augen. Sie war atemlos und desorientiert. Ein Verlustgefühl machte sich in ihr breit, als sie Olivers Lippen nicht mehr auf ihren spürte.

Nicht jetzt!, dachte sie. *Warum jetzt, verdammt?*

Oliver räusperte sich. Tamara wusste nicht, was sie sagen sollte. In der offenstehenden Tür zum Jagdhaus standen Lucas und Danielle. Ersterer hatte einen Ausdruck im Gesicht, der sie erstarren ließ. Er war wutverzerrt, seine Augen waren weit aufgerissen, die Ader an seinem Hals pochte schnell. Von ihrem Bruder dabei erwischt zu werden, wie sie mit seinem besten Freund knutschte, war ... suboptimal.

Und dann ging alles ganz schnell. Lucas flog auf Oliver zu, riss ihn vom Stuhl und nagelte ihn mit seinem Ellenbogen an die Wand. Er drückte ihm die Luft ab. „Du Arschloch! Ich habe dir gesagt, du sollst die Finger von ihr lassen!"

„Lucas!", rief Tamara bestürzt. „Hör auf."

Oliver wehrte sich nicht, schaute sie nur bedauernd an.

Was tut ihm leid?, fragte sich Tamara mit rasendem Puls. Dass er sie geküsst hatte? Dass sie erwischt worden waren? Oder beides?

Ihr Bruder fuhr indes fort, Oliver zu vermöbeln. Danielle stand wie versteinert an der Tür, hatte die Hände vor dem Mund zusammengeschlagen. Lucas rammte Oliver gerade eine Faust in den Magen, und dieser bog sich stöhnend nach vorne.

„Hau ab, Oliver." Lucas stieß ihn endlich schwer atmend von sich. Er fiel auf den Boden und rührte sich nicht, sein Blick war nun auf Lucas gerichtet. Olivers Lippe war aufgeplatzt und blutete. „Das hätte ich nicht von dir gedacht. Ich bin so enttäuscht von dir. Du hattest es mir versprochen! Hast du dich verdammt noch mal wirklich so wenig im Griff? Ich kann es nicht glauben!" Tamara wollte zu Oliver laufen und nach seinen Verletzungen sehen, aber Lucas hielt sie zurück. „Lass das sein."

„Spinnst du?", schrie sie und machte sich von ihrem Bruder los. Sie beugte sich zu Oliver und betastete seine Lippe. „Du musst das kühlen. Lucas, entschuldige dich sofort bei ihm."

„Entschuldigen?" Lucas fuhr sich durch die Haare und schaute sie an, als ob sie verrückt geworden wäre.

„Schon gut, Tamara", murmelte Oliver, wischte sich das Blut mit dem Handrücken ab und stand auf. „Ich werde gehen, dann kann Lucas sich abregen."

„Du bist so ein Dreckskerl! Du kannst jede vögeln, aber lass meine Schwester in Ruhe. Das war *das eine*, was ich von dir wollte. Und was machst du? Glaubst du nicht, dass sie –"

„Lucas!", schnitt Tamara ihm das Wort ab. „Du bist jetzt sofort still. Ich *wollte* Oliver küssen. Geht es in deinen blöden Dickschädel, dass ich meine Entscheidungen alleine treffe?"

Lucas verdrehte die Augen. „Siehst du nicht, dass er das immer so macht?"

Tamara suchte Olivers Blick und wollte von ihm hören, dass es mit ihr anders war, aber er wich ihr aus. Das Gewicht eines Mühlsteins legte sich auf ihr Herz. Oliver wandte sich ab, machte sich auf den Weg nach oben, packte seine Siebensachen und kam nach wenigen Minuten, in denen kein Wort gefallen war, wieder nach unten.

„Du gehst?", fragte Tamara tonlos.

Sie wusste nicht, was sie erwartet hatte, aber sicher nicht, dass Oliver einfach das Feld räumte, ohne sich zu verteidigen – ohne den Kuss zu rechtfertigen.

Oliver nahm ihre Hand und schaute sie traurig und voller Bedauern an. Es war ein reumütiger Blick, der sich wie ein Dolch in ihr Herz bohrte. „Es tut mir leid, Tamara. Ich wollte dich niemals verletzen."

Wollte oder würde? In ihrem Kopf drehte sich alles. War nun alles vorbei, ehe es wirklich begonnen hatte? Oder hatte er nur einen schwachen Moment gehabt? Hatte Lucas womöglich doch recht, und sie hatte das, was zwischen ihnen passiert war, falsch interpretiert?

Ja, es musste wohl so sein.

„Verpiss dich endlich, Oliver. Ich hätte echt nicht gedacht, dass du das bringen würdest."

„Lucas", sagte Danielle endlich, schwieg aber sofort wieder, als ihr Verlobter sie mit einem finsteren Blick bedachte.

Tamara wusste, was für ein Idiot ihr Bruder sein konnte, aber dieses Mal war er zu weit gegangen. Sie hatte Oliver küssen wollen. Und sie bereute es nicht. Hatte es nicht bereut. Jetzt war sie nicht mehr sicher.

11

Nachdem am nächsten Abend wieder Ruhe auf Ragley Manor eingekehrt war, der Catering-Service alles abgebaut hatte, die Pferde der auswärtigen Reiter wieder abtransportiert worden und auch die Gäste längst abgereist waren, überlegte Tamara, wie sie mit der Situation umgehen sollte. Sie war in Gedanken versunken, als sie Lucas auf der Treppe begegnete. Zuvor hatte sie ihre Habseligkeiten aus dem Jagdhaus zurück ins Haupthaus gebracht. Natürlich hatte Charlotte ein Hausmädchen schicken wollen. Sie hatte aber keine Lust, sich ständig alles hinterhertragen zu lassen, und hatte ihr deshalb gesagt, die Angestellten sollten sich lieber um was anderes kümmern. Zu tun gab es nach einem solchen Wochenende weiß Gott genug.

„Hey, Tamara", sagte Lucas und lächelte.

„Hm", brummte sie und wollte an ihm vorbeigehen.

Sie war immer noch sauer auf ihn und hatte es den ganzen Tag vermieden, mit ihm zu sprechen. Er hielt sie am Arm fest. Tamara kniff die Augen zusammen, blickte zuerst demonstrativ auf seine Hand und dann in sein Gesicht.

„Was ist?", brachte sie durch zusammengebissene Zähne hervor.

„Bist du immer noch sauer?"

Tamara schnaubte. „Immer noch?"

Er ließ sie los und zuckte mit den Schultern. „Komm, du musst doch verstehen –"

„Ich muss gar nichts", schnitt sie ihm das Wort ab. „Dein Auftritt gestern war sowas von daneben."

Die schwere Eichentür zum Haus ging auf, und Charlotte kam herein. Tamara unterdrückte ein Augenrollen, weil das Timing zum Schreien war. Wie sie ihre Ziehmutter kannte, würde sie gleich wieder versuchen, zwischen den Geschwistern zu schlichten, ohne zu wissen, worum es überhaupt ging.

„Hallo, ihr beiden", sagte sie milde lächelnd, bis sie registrierte, dass die Luft zum Schneiden war. „Was ist los?"

Bislang hatte Tamara es vermieden, ihr auf die Nase zu binden, dass sie Lucas' besten Freund geküsst hatte und dass ihr Bruder darauf reagiert hatte wie die Sittenpolizei.

„Nichts", sagte sie deshalb, was ein Fehler war, denn nun kniff Charlotte die Augen zusammen und musterte die beiden wie ein Jäger auf der Pirsch.

„Habt ihr euch gestritten?"

„Nein", sagten Lucas und Tamara aus einem Munde.

Charlotte hob eine Augenbraue und verschränkte die Arme vor der Brust. „Ihr werdet mir jetzt sagen, was hier los ist."

Tamara platzte der Kragen. „Ja, kann ich gerne machen."

Sie wusste, dass es kindisch war und dass sie sich benahm wie eine Vierzehnjährige unter einem Hormonschub. Aber sie war wütend – so wütend, dass sie ihrem Bruder am liebsten die Augen auskratzen würde. Sie hatte es so satt, dass sich Leute in ihre Angelegenheiten einmischten. Immer und immer wieder.

„Lucas ist ein Idiot. Weil er sich nicht mit seinem eigenen Scheiß befassen will, mischt er sich in mein Leben ein, obwohl es ihn mal so gar nichts angeht."

Die Ader an Lucas' Hals pochte mal wieder, und alle Farbe wich aus seinem Gesicht. Es kostete ihn offenbar größte Anstrengung, nicht zu explodieren. Sie war einfach nur genervt davon. Tamara war es mehr als egal, ob er sauer war. Ihr Liebesleben ging ihn nichts an. Ob das mit Oliver ein Fehler war oder nicht, hatte er nicht zu entscheiden.

„Lucas?" Charlotte wandte sich mit Nachdruck an ihn.

Er rieb sich mit der Hand über die Stirn und seufzte kaum hörbar, dann blickte er Tamara eindringlich an. „Wenn meine Schwester meint, sie müsse Dummheiten machen, dann soll sie das ruhig tun. Aber ich kann mir das nicht tatenlos mitansehen, denn der Ausgang so einer Sache ist vorprogrammiert. Und ich möchte Tamara nicht unglücklich sehen. Sie hat was Besseres verdient."

„Unglücklich?" Charlotte legte ihre Stirn in Falten. „Das … klingt irgendwie nach einer Beziehungskiste. Tamara?" Charlottes Augen wurden groß. „Du hast mir gar nicht erzählt –"

„Könnt ihr jetzt beide mal den Rand halten? Das ist ja nicht zu ertragen." Tamara schüttelte den Kopf und atmete hörbar aus. „Jetzt spinnt euch mal nichts zusammen. Und Charlotte, nein, hier wird keine dritte Hochzeit geplant. Ist das klar? Es gibt nämlich keine Romanze, nicht mal im Ansatz. Lucas hat einfach einen Dachschaden. Und jetzt geht mir verdammt noch mal endlich aus dem Weg. Das ist ja nicht zum Aushalten! Mein Gott."

Sie ließ die beiden stehen und ging wieder hinauf in ihr Zimmer. Dort stapfte sie Runde um Runde über den flauschigen Teppich. Sie sank mit jedem Schritt einen guten Zentimeter ein und war sich sicher, wenn sie so weitermachte, würde sie morgen eine Furche gelaufen haben. Eigentlich liebte sie an Ragley Manor, dass hier die Zeit ein bisschen stehen geblieben war, dass die Einrichtung aus dem achtzehnten Jahrhundert war, einige Möbel zwar nachgebildet, aber dennoch im gleichen Stil waren. Sie liebte es, dass sie in ihrem Zimmer den Kamin anzünden lassen konnte, wenn sie ihre Ruhe haben wollte. Aber jetzt … erdrückte sie das alles. Es nervte sie, dass sie keinen einzigen Schritt machen konnte, ohne sich von jedem seine Meinung anhören zu müssen. Es machte sie fertig, dass sich jeder in ihre Angelegenheiten einmischte. Dazu kam die Verwirrung über Olivers fehlende Reaktion auf den Kuss.

Kurzerhand packte sie ihre Sachen und ließ den Fahrer wissen, dass sie den Wagen in einer Viertelstunde brauchte. Ja, nachdem sie die Entscheidung getroffen hatte, fühlte sie sich besser. Obwohl sie froh gewesen war, der Großstadt Shanghai zu entfliehen, und den Sommer auf dem Land hatte genießen wollen, fand sie jetzt, dass London eine gute Abwechslung war. Die Enge auf Ragley Manor raubte ihr die Luft zum Atmen.

Glücklicherweise hatte Lucas ihr Apartment in Mayfair nie verkauft, so, wie sie es ihm vor ein paar Jahren vorgeschlagen hatte. Dort würde sie jetzt hingehen, sich Zeit für sich nehmen. Wenn sie sich nach etwas Natur sehnte, konnte sie immer noch in den Hyde Park gehen.

Zum ersten Mal seit letzter Nacht überfiel sie ein Gefühl der Erleichterung und Zufriedenheit. Sie liebte ihre Familie, ja, aber sie brauchte Abstand. Zu viel Liebe von allen auf einmal erdrückte sie wie Käse im Sandwich.

Ihr Smartphone piepte.

Hey, alles klar bei dir? Ist Lucas noch sehr sauer? Oliver

Tamaras Mundwinkel bogen sich ein Stück nach oben. Sollte sie ehrlich sein oder die Wahrheit beschönigen? Sie kratzte sich am Kopf, ehe sie eine Antwort tippte.

Sagen wir es so: Lucas ist noch bei 75 Prozent ... Er braucht sicher noch ein paar Tage, ehe der Dampf so weit abgelassen ist, dass man mit ihm reden kann. Er nervt.

Sie drückte auf Senden und packte weiter. Die Reaktion ließ nicht lange auf sich warten.

Okay. Und bei dir? Alles in Ordnung?

Sie blickte aus dem Fenster. Ein Spatz flog vorbei und setzte sich auf den Sims. Wie fühlte sie sich? Also, wie fühlte sie sich *wirklich*?

Gute Frage. Eigentlich ging es ihr gut, sie machte sich auch nichts vor. Der Kuss hatte für ihn nichts bedeutet, und das war in Ordnung. Sie war alt genug, um sich nicht irgendwelchen dämlichen Träumen hinzugeben. Sie kam gut mit sich alleine klar.

Hey, es ist alles im grünen Bereich. Keiner von uns muss ein schlechtes Gewissen haben. Es war ein schöner Moment, mehr nicht.

Ihre Finger schwebten über dem Bildschirm. Sollte sie fragen, wo er steckte?

Nein, wenn sie sich nach ihm und seinem Verbleib erkundigte, dachte er am Ende womöglich noch, sie wollte doch mehr von ihm. Was absolut nicht der Fall war. Absurd, der Gedanke. Sie schüttelte den Kopf und drückte auf ‚Senden'.

Sie steckte das Handy weg und wappnete sich für die Verabschiedung von ihrer Familie. Sie wollte nur ein paar Tage für sich, aber sie ahnte, dass die restlichen Stanhopes mal wieder ein Weltuntergangsszenario daraus machen würden. Seufzend nahm sie ihren Koffer und verließ ihr Zimmer.

Oliver saß in einem Pub am Covent Garden, und vor ihm stand ein eiskaltes Bier. Es war laut und voll. Genau so, wie er es mochte. Es störte ihn nicht, alleine unterwegs zu sein – so musste er wenigstens keinen langweiligen Smalltalk mit Leuten betreiben, die ihn nicht interessierten. Er starrte zum wiederholten Mal auf sein Handy, aber der Bildschirm blieb schwarz, egal wie lange er ihn fixierte. Er wartete auch auf keine Antwort, denn er wäre an der Reihe gewesen. Er wusste jedoch nicht so recht, was er auf Tamaras letzte Nachricht erwidern sollte. Oder ob er überhaupt etwas erwidern sollte.

Ihre Botschaft war klar und deutlich gewesen: *Mehr nicht*, hatte sie gesagt. Das war in Ordnung für ihn, natürlich. Er war sogar froh darüber. Wie dumm von ihm, sich dazu hinreißen zu lassen, sie zu küssen. Die Probleme waren alleine dadurch schon vorprogrammiert gewesen, dass sie eine Stanhope war. Er trank einen Schluck und stellte das Bier mit so viel Schwung wieder ab, dass etwas überschwappte.

„Na, na. Nicht so energisch." Die Barkeeperin hinter dem Tresen zwinkerte ihm zu, nahm einen Lappen und wischte die kleine Pfütze weg.

Ihm war klar, dass sie bei einem fetten Sack ihren Putzdrang sicher im Griff gehabt und sich nicht sofort darum gekümmert hätte. Er rang sich ein gelangweiltes Lächeln ab, sagte jedoch nichts. Ihm war nicht zum Flirten zumute. Der Streit mit Lucas setzte ihm immer noch zu. Er war zwar schon oft nicht einer Meinung mit ihm gewesen, aber noch nie hatte Lucas ihn so angesehen und angeschrien wie gestern. Er hatte ihn enttäuscht und verletzt, und Tamara ... Oliver vergrub sein Gesicht zwischen den Händen. War es das wert gewesen?

Er atmete tief durch und erinnerte sich an das Gefühl ihrer Lippen auf seinem Mund. An ihren leisen Seufzer, als er sie intensiver geküsst hatte. Sofort schlug sein Herz schneller.

Verdammt. Er wusste, dass es falsch gewesen war, aber er wusste auch, dass er wieder genauso handeln würde, wenn er die Zeit zurückdrehen könnte. Es war zum Verrücktwerden. Er rieb sich über die Bartstoppeln und starrte mit leerem Blick in sein Glas.

„Oh je", sagte eine weibliche Stimme neben ihm. „Du guckst ja wie sieben Tage Regenwetter."

Er schaute nach rechts. Da stand eine glatte Zehn in einem engen schwarzen Kleid. Sie nahm neben ihm auf einem der Barhocker Platz. „Ist der noch frei?"

Er nickte. Trübsal zu blasen half auch nichts. Vielleicht würde ihm ein klein wenig Ablenkung guttun und seine Stimmung aufhellen. Sexuelle Zerstreuung half sonst jedenfalls immer. „Mein Tag wird gerade um hundert Prozent besser. Darf ich dir einen Drink ausgeben?"

Sie schob sich eine blonde Locke aus dem Gesicht und verzog ihren rot geschminkten Schmollmund zu einem sexy Lächeln. „Gerne. Ich nehme einen Gin and Tonic. Ich bin übrigens Nanette."

„Schön, freut mich, dich kennenzulernen. Ich bin Oliver."

Er winkte die Barkeeperin heran und bestellte. Schon nach wenigen Minuten war klar, dass Nanette nicht abgeneigt war. Immer wieder legte sie ihre Hand flüchtig auf seinen

Oberschenkel, klimperte mit den Wimpern und lachte ein bisschen zu laut über seine Scherze.

„Noch einen Drink?", wollte er wissen, als ihr Glas beinahe leer war.

Sie sah ihn unter halb gesenkten Lidern an und zuckte mit den Schultern. „Ich weiß nicht, es ist schon spät."

Oliver musste ein Grinsen unterdrücken – es war gerade mal kurz nach neun. „Soll ich dich nach Hause bringen?"

„Das wäre sehr nett von dir."

Oliver legte ein paar Scheine auf den Tresen und half seiner Begleitung auf die Beine. Obwohl sie kein Problem hatte, alleine zu gehen, ließ sie sich bereitwillig von ihm führen. Er winkte ein Taxi an den Straßenrand und half ihr beim Einsteigen. Dabei genoss er den Ausblick auf ihren runden Hintern.

Sie nannte dem Fahrer ihre Adresse. Schüchtern konnte man sie nicht nennen, denn ihre Finger wanderten bereits während der Fahrt an seinem Oberschenkel nach oben. Da sich bei ihm noch absolut gar nichts rührte, übernahm er das Kommando. Er legte ihr eine Hand in den Nacken und küsste sie fordernd. Sie sollte denken, dass er sich vor Leidenschaft nach ihr verzehrte und sich nur mühsam beherrschte. Vielleicht half es ihm ja auch, wenn er sich das nur einredete, denn seine Lust hielt sich noch in Grenzen.

Die Fahrt dauerte nicht lange; sie lebte nicht weit vom Zentrum in einer winzigen Wohnung. Nanette kickte die Tür mit einer gekonnten Bewegung zu, und sie fiel laut krachend ins Schloss. Ja, das Leben in London war teuer. Er zuckte mit den Schultern und ließ sich von ihr zum Bett bugsieren.

An dieser Stelle sollte er eigentlich längst hart sein. Ihre Augen glänzten fiebrig, ihre Lippen waren vom Küssen geschwollen. Oliver ließ sich seine Irritation über seinen fehlenden sexuellen Enthusiasmus nicht anmerken.

„Komm her", raunte er und krümmte seinen Zeigefinger.

Er machte es sich auf ihrem Bett bequem. Sie lächelte und legte sich einen Finger an die Lippen. Langsam zog sie sich ihr Kleid über den Kopf und stand dann nur noch in High Heels und roter Spitzenwäsche vor ihm. Ihre harten Nippel drückten sich durch den dünnen Stoff ihres BHs. Mit sinnlichen Bewegungen kletterte sie zu ihm auf das Bett und setzte sich rittlings auf ihn. Sie küsste ihn wild, rieb sich an ihm und stöhnte in seinen Mund.

Gut, sie wollte also die Führung übernehmen. *Umso besser*, dachte er und legte seine Hände auf ihre Hüften. Nanettes Finger glitten über seinen Brustkorb, knöpften sein Hemd auf und strichen über seine glatten Muskeln. Sie rückten Stück für Stück weiter nach unten und fingen schließlich damit an, seine Jeans aufzuknöpfen. Es fehlte allerdings noch einiges, bis er so weit war …

Nanette ließ sich nicht beirren. Mit geübten Bewegungen streifte sie Hose und Boxer ab. Sie umfasste seinen nur halb erigierten Schaft und legte ihre Lippen darum. Oliver schloss die Augen und drückte seinen Kopf ins Kissen.

„Ja, Baby", stöhnte er. *Das wird sicher helfen*, dachte er und vergrub seine Hände in ihren Haaren.

Nach einigen Minuten setzte sich Nanette auf.

„Stimmt was nicht?", fragte sie gekränkt. Oliver seufzte und nagte an seiner Unterlippe.

„Es liegt nicht an dir …", stammelte er.

Sie stieß einen spitzen Seufzer der Empörung aus. „Das würde ich aber auch sagen!"

Ihre Blicke trafen sich. Ihre grünen Augen funkelten wütend. Er konnte es ihr nicht mal verdenken. Sein Fluchtreflex meldete sich.

„Ich fürchte, das wird nichts mehr mit uns beiden." Er schwang sich aus dem Bett und begann sich anzuziehen. „Es tut mir leid."

Er spürte ihren bohrenden Blick im Rücken, aber er hatte für den Moment genug mit sich selbst zu tun. Sowas war ihm noch nie passiert. Noch nie.

„Sieh bloß zu, dass du rauskommst", zischte sie und warf ihm sein Hemd an den Kopf.

„Hey, ist ja schon gut. Es liegt nicht an dir."

„Ja, das sagtest du bereits. Stehst du auf Kerle, oder wie?"

Er hielt überrascht inne. „Nein, spinnst du?"

„Raus!" Sie zeigte auf die Tür.

Oliver schnappte sich Hemd und Schuhe und lief aus ihrer Wohnung. Im Hausflur zog er sich gerade an, als eine gegenüberliegende Tür geöffnet wurde. Erstaunte Blicke einer älteren Dame verfolgten ihn, sie sagte jedoch nichts, sondern schüttelte den Kopf und brummte etwas Unverständliches. Oliver lehnte sich mit dem Rücken gegen die Wand und schloss die Augen. Er musste sich einen Moment sammeln. Diese unbefriedigende Episode würde er mit der Tür zum Ausgang hinter sich lassen und aus seinem Gedächtnis streichen.

Gott, was für eine Blamage!

Er straffte sich und ließ die Ernüchterung mit großen Schritten hinter sich. In seiner Wohnung stellte er die Dusche an, zog sich aus und stieg unter das warme Wasser. Er legte beide Hände an die Fliesen und senkte den Kopf, ließ den Strahl über seine Schultern und seinen Nacken fließen.

Er hatte noch nie gut mit Niederlagen umgehen können, und sei es auch nur ein verkorkster One-Night-Stand. Aber er verstand nicht, was mit ihm los war. Er hatte noch nie etwas gegen unverbindlichen Sex gehabt. Es war vielleicht dämlich, aber er musste es sich beweisen.

Oliver schüttelte den Kopf. Gott sei Dank würde nie jemand davon erfahren. Er nahm das Duschgel aus einer Nische in der Wand, gab eine große Portion auf seine Handfläche und ... ließ seine Hand wandern. *Na also, es geht doch.* Nicht so erfüllend wie richtiger Sex, aber so hatte er wenigstens die Gewissheit, dass körperlich alles mit ihm in Ordnung war. Mit geübten Handgriffen verschaffte er sich Erleichterung, biss die Zähne zusammen und legte seinen Kopf in den Nacken.

Dann musste es einfach doch an der Blondine gelegen haben. Er stellte das Wasser ab und griff nach einem Handtuch.

12

Tamara war seit zwei Tagen in London und fühlte sich schon viel ausgeglichener – und weniger wütend auf ihren kleinen Bruder. Charlotte war zwar nicht begeistert gewesen, hatte aber ihren Wunsch, etwas Zeit für sich haben zu wollen, akzeptiert. Lucas hingegen brachte wenig Verständnis für sie auf, aber das war vorhersehbar gewesen, und es war ihr auch egal, was er dachte.

Tamara hatte eine Tasse Kaffee in der Hand, saß auf einem plüschigen rosafarbenen Sofa in einem Brautmodengeschäft und wartete, bis die angehende Braut aus der Umkleide kam. Sie war mit Danielle zu einer letzten Anprobe gefahren, und nachher hatten sie noch einen weiteren Termin in Sachen Hochzeit.

„Tadaaa!", hörte sie Danielle, als der Vorhang zur Garderobe zurückgezogen wurde.

Sie trat heraus und lächelte schüchtern. Ihre braunen Haare hatte sie zu einem Knoten hochgedreht. Am Tag der Trauung würde ein Friseur eine wunderbare Hochsteckfrisur zaubern, die ihrer Erscheinung den perfekten Schliff verpassen würde.

Tamara atmete zischend aus.

„Wow", murmelte sie und stellte die Tasse ab.

„So, dann gehen Sie mal bitte zum Spiegel und stellen sich auf das kleine Podest, ja?", ertönte eine weibliche Stimme hinter Danielle.

Die Schneiderin des Geschäftes war ihr beim Anziehen behilflich gewesen und trat nun nach ihr aus der Umkleide. Danielle hob den Saum und ging zum Spiegel hinüber.

Tamara bewunderte ihre Anmut und die klassische Schönheit, die durch das körperbetonte Kleid noch hervorgehoben wurde. Die Arme waren bis zu den Handgelenken mit Spitze bedeckt, den Rücken zierte ein sündhaft tiefer Ausschnitt.

Einen normalen BH kann man unter sowas jedenfalls nicht tragen, dachte sie, und einmal mehr wurde ihr klar, wie wenig Ahnung sie von Hochzeiten und allen damit verbundenen Dingen hatte. Das Kleid war eng geschnitten und wurde erst ab dem Knie weiter, deshalb brauchte Danielle die Hilfe der Mitarbeiterin, um auf das kleine Podest steigen zu können.

„Praktisch ist es nicht", meinte die füllige Dame und kicherte. „Aber mein Gott, ich habe selten eine so bezaubernde Braut gesehen wie Sie."

Danielle errötete, was Tamara im Spiegel beobachten konnte, da sie ihr den Rücken zugedreht hatte. Danielle suchte ihren Blick. „Und, wie findest du es?"

Tamara lächelte und neigte den Kopf. „Du bist einfach wunderschön. Lucas wird dahinschmelzen."

„Glaubst du?" Danielle blinzelte nervös.

Tamara nickte. „Auf jeden Fall. Alle werden verzaubert sein."

Danielle lachte. „Wenn es Lucas gefällt, reicht mir das schon."

Die Schneiderin steckte hier und da noch ein paar Stellen ab, schien insgesamt aber schon zufrieden mit dem Sitz des Kleides.

„Das wird es. Ganz sicher", meinte Tamara zuversichtlich.

„Nicht zu schlicht?"

Tamara schüttelte den Kopf. „Überhaupt nicht. Es ist einfach perfekt."

„Danke." Danielle schluckte und knetete verlegen ihre Finger.

Tamara lächelte versonnen. Sie freute sich wahnsinnig für Lucas. Danielle liebte ihn mindestens so sehr wie er sie – auch wenn sie sich häufig stritten, weil sie beide extreme Dickschädel waren.

„Kommst du gleich noch mit?"

„Was?", fragte Tamara, die in Gedanken versunken gewesen war.

„Ich habe noch mal einen Termin wegen der Hochzeitstorte. Lucas hat anderweitige Verpflichtungen und wird es wohl leider nicht schaffen. Ich würde so ungern alleine dort hingehen." Sie blickte Tamara hoffnungsvoll an.

„Na klar", sagte sie daher.

So viel also zum Thema, dass sie sich Zeit für sich wünschte. Gut, da hätte sie nicht nach London fahren dürfen, sondern auf eine einsame Insel.

Sie musste grinsen. Nein, so schlimm war es auch nicht, obwohl ihr der Gedanke an einen echten Urlaub gar nicht so übel erschien. Vielleicht sollte sie sich später auf einschlägigen Reiseportalen einmal in Ruhe umsehen. Oder ihr plötzliches Fernweh rührte daher, dass sie Olivers Blog mittlerweile quasi in- und auswendig kannte. Sie hatte in den letzten Tagen alle Reiseberichte der letzten zwei Jahre gelesen, und seitdem verspürte sie eine seltsame Sehnsucht nach einem Abenteuer.

„Danke", gab Danielle zurück und stieg mit Hilfe der Schneiderin wieder vom Podest. „Ich ziehe mich eben um, dann können wir gleich weiter."

Tamara nickte, war in Gedanken aber weit weg.

„Gott, ich kann nicht mehr", japste Danielle, nachdem sie die fünfte Torte probiert hatten. „Ich finde ja, die schmecken alle gut."

„Gar nicht so einfach", stimmte auch Tamara zu. „Ich hätte nie gedacht, dass vegane Torten so lecker sein können."

Danielle kratzte sich an der Nase. „Meine Rede! Das sind einfach die Vorurteile von allen. Man kann so viel mit Nüssen und Früchten machen, mit Datteln, Mandeln, Cashews, Walnüssen und so weiter. Hast du einen Favoriten?"

„Ich fand Schoko-Erdbeere wirklich gut. Aber auch Kirsch-Kokos", meinte Tamara und schob sich noch eine Gabel mit Kuchen in den Mund.

„Wissen Sie was?", Lucinda, die Eigentümerin der Konditorei, setzte sich zu ihnen und legte einen Notizblock mit Bleistift vor sich auf den Tisch. „Da die Torte ja mehrstöckig wird, können Sie ruhig verschiedene Sorten wählen, nicht nur eine."

„Ihr seid aber schon ein bisschen spät dran mit der Bestellung, oder?" Tamara blickte zu Danielle.

„Ja, aber das hatte verschiedene Gründe", gab Danielle ausweichend zurück.

Tamara wollte nicht näher nachfragen. Diese ganze Hochzeitsplanung schien insgesamt wahnsinnig stressig zu sein. Sollte sie jemals heiraten – was mehr als unwahrscheinlich war –, dann würde sie auf all das Brimborium verzichten. „Hochzeitsplaner habt ihr aber keinen? Warum eigentlich nicht?"

Danielle stöhnte leise und tupfte sich dann den Mund mit einer Serviette ab.

„Äh, nein. Glaub mir, das habe ich mehr als einmal bereut. Aber Charlotte und Lucas waren komplett dagegen. Die beiden meinten, dass wir das gut selbst hinbekommen würden." Sie hustete gekünstelt. „Tja, das lässt mich dann leider mit vielen Entscheidungen alleine, weil es Lucas mal wirklich – Entschuldigung – scheißegal ist, ob die Blumendeko zitronengelb oder mitternachtsblau wird. Ich bin ja schon froh, dass er nicht in Jeans und Dufflecoat heiraten wird, sondern im Anzug ..." Sie räusperte sich. „Ähm, ja. Wo waren wir? Ach ja. Die verschiedenen Füllungen für die Etagen."

„Hören Sie", sagte Lucinda seelenruhig lächelnd. Offenbar war die Frau gestresste Bräute gewohnt. „Ich lasse Sie noch fünf Minuten allein. Probieren Sie noch mal in aller Ruhe alles durch, wenn Sie wollen. Ich bin dann gleich wieder bei Ihnen, in Ordnung?"

Danielle lächelte erleichtert. „Vielen Dank."

„Kein Problem. Wir haben heute alle Zeit der Welt."

Tamara atmete tief durch. Wenn sie ehrlich war, hatte sie langsam wirklich genug von Kuchen und Brautkleidern an diesem Nachmittag, aber sie wollte Danielle auch nicht sitzen lassen. „Na schön. Dann also ... Was waren nochmal deine Favoriten?"

Die Tür ging auf, und ein atemloser Lucas polterte in den Laden.

„Ah, ihr seid noch da." Er lächelte breit, so dass seine perfekten Zähne zum Vorschein kamen.

Danielles Gesicht hellte sich auf. „Lucas!"

„Ich lasse dich doch nicht alleine, Gänseblümchen. Aber es ging nicht schneller."

Gänseblümchen. Tamara fand es irgendwie süß, dass er sie immer so betitelte. Danielle hatte ihr letztens erzählt, dass sie es anfangs gehasst hatte, so von ihm genannt zu werden, es sich nun aber nicht mehr wegdenken konnte.

„Hi, Schwesterchen", sagte er nun auch zu ihr.

Er gab zuerst Danielle einen Kuss und ging dann zu Tamara. Sie stand auf und ließ sich von ihm umarmen. Sie konnte ihm nie lange böse sein, auch wenn er oft ein Idiot war.

„Hi", gab sie zurück und drückte ihn.

„So, wie sieht's aus?", fragte er, nachdem er sich gesetzt und Danielle ihm von jeder Torte ein Stückchen zum Probieren gegeben hatte.

„Welche magst du?", wollte Danielle gespannt wissen.

Er zuckte mit den Schultern. „Die waren doch alle gut."

Tamara unterdrückte ein Kichern und hielt sich die Hand vor den Mund. Danielles Augen wurden groß. „Äh, geht es ein bisschen konkreter?"

Lucas kapierte, dass er sich schon wieder um Kopf und Kragen redete.

„Okay, also die hier", er zeigte auf die mit Kirsch-Kokos, „und die hier", er deutete auf Erdbeer-Schokolade. Danielles

Augen leuchteten auf, da das ihr Favorit gewesen war. „... fand ich nicht so gut", beendete Lucas seinen Satz, und Danielles Lächeln fror ein.

Mist, dachte Tamara und stöhnte innerlich auf. Es hätte ja auch einmal schneller gehen können.

„Damit wären wir immer noch bei null", murmelte Danielle niedergeschlagen.

Lucas runzelte die Stirn. „Wieso?"

„Das waren unsere Favoriten", klärte Tamara ihn auf.

Er stöhnte, als ihm klar wurde, was das bedeutete. Noch mehr Torten, noch länger hier sitzen. „Nein, nein", beeilte er sich zu sagen. „Eigentlich fand ich die beiden doch sehr gut."

Lucinda kam in den Raum und begrüßte Lucas. „Es ist immer schön, wenn der Bräutigam auch mit auswählt." Tamara und Danielle wechselten einen Blick. „Möchten Sie vielleicht noch einen Kaffee?"

„Haben Sie auch Whiskey?", brummte Lucas und bereute offenbar, dass er es zu dem Termin geschafft hatte. Tamara und Danielle fingen an zu lachen. „Was? Lasst mich mitlachen", sagte Lucas unzufrieden.

„Alkohol haben wir leider nicht." Lucinda wartete geduldig.

„Dann noch einen Kaffee, danke. Oder nein, Espresso."

„Einen doppelten?"

„Unbedingt."

„Noch jemand?"

Tamara und Danielle schüttelten gleichzeitig den Kopf. „Nein, danke."

„Gut, bin gleich wieder da."

Lucinda verließ den Raum und ließ die drei alleine, um Lucas' Espresso zu holen.

„Also, Gänseblümchen. Was machen wir denn jetzt?" Er nahm ihre Hand und küsste jeden einzelnen Finger.

Man sah, wie sie dahinschmolz. „Weiß nicht."

„Ach, wisst ihr: Ich glaube, dieses Torten-Ding wird überbewertet", sagte Tamara und erntete von beiden gleichermaßen schockierte Blicke. „Was ist?", fragte sie.

Lucas prustete los. „Okay, du hast offenbar noch nichts begriffen. Die Hochzeitstorte ist das Wichtigste, nach dem Brautkleid natürlich ..."

Danielle nickte eifrig. „Mit dem Anschnitt der Torte wird doch die Ehe erst wirklich wahr."

Die beiden versanken in einen innigen Blick, der sogar Tamara nicht unberührt ließ.

„Wichtiger als die Trauung?", fragte sie ungläubig.

„Natürlich nicht", sagte Lucas. „Aber die Torte hat trotzdem einen wichtigen Symbolcharakter."

Tamara verdrehte die Augen. „Mein Gott, das ist nicht meine Welt."

„Wenn du erst mal den Richtigen gefunden ..." Danielle wurde erst kurz vor Ende ihres Satzes klar, was sie da beinahe gesagt hätte.

Da war er wieder, der Samthandschuh.

Tamara presste die Lippen aufeinander, ehe sie antwortete. „Schon gut."

„Tut mir leid", gab Danielle zerknirscht zurück. „Ich wollte nicht ..."

„Ehrlich, hört auf. Ich bin nicht auf der Suche nach Mr. Right. War ich nie, werde ich nie sein. Aber wisst ihr was? Selbst wenn, ich kann mir nicht vorstellen, dass ich so ein Brimborium – nehmt es mir bitte, bitte nicht übel – um eine Hochzeit machen würde."

Danielle lehnte sich zurück. „Du bist halt eher der Typ: Hochzeit am Strand mit Blumenkranz, barfuß im Sand, die Gemeinde sitzt auf weißen Stühlen, ihr steht unter einem weißen Bogen, der mit Orchideenblüten –"

„Stopp", unterbrach Tamara Danielles romantischen Anfall und brachte sie mit einer Handbewegung zum Schweigen.

Irgendwie fiel es ihr schwer, sich selbst als Braut zu sehen. Sollte sie jedoch irgendwann mal in die Situation kommen, dann würde sie es genau so machen wollen, wie Danielle es beschrieben hatte.

„Konzentriert euch mal lieber auf euren eigenen Kram, ja?", fügte sie schroff hinzu und hoffte, dass das Thema damit beendet wäre.

„Selbstverständlich", meinte Lucas und drückte Danielles Hand. Sie wurde schuldbewusst rot. Tamara konnte ihr nicht böse sein. Sie hatte immer noch die Brauthormone als Ausrede, da konnte man ihr einiges verzeihen. „Also, dann nehmen wir Schoko-Kirsch und Erdbeere-Kokos?", kehrte Lucas wieder zum eigentlichen Thema des Treffens zurück.

„Tamara, sag du es ihm", gab Danielle zurück und vergrub ihr Gesicht zwischen beiden Händen.

„Es gibt Schoko-Erdbeere und Kirsch-Kokos, Lucas."

Er stöhnte und warf einen flehentlichen Blick an die Zimmerdecke. „Herr im Himmel, lass Hochzeitstorten regnen."

Auf einmal mussten alle drei lachen.

„Kinder", ahmte Tamara Charlottes Tonfall nach. „Tut mir einen Gefallen und einigt euch. Wenn ihr mich fragt: Nehmt Schoko-Erdbeere und Kirsch-Kokos."

Noch mehr Gelächter.

„Na, hier ist die Stimmung ja gut", machte sich Lucinda, die mit Lucas' doppeltem Espresso zurückkehrte, bemerkbar.

„Ja", sagte Danielle und gackerte immer noch. „Wir haben uns entschieden."

Sie erklärte Lucinda, was das Ergebnis der heutigen Sitzung war. Diese notierte es und nickte zufrieden. „Gute Wahl. Ich freue mich darauf. So eine Torte darf sogar ich nicht so häufig herstellen. Ist es in Ordnung, wenn ich sie fotografiere und in meinen Katalog aufnehme?"

Danielle und Lucas tauschten einen Blick. Er nickte. „Ja, machen Sie nur. Ist ja kein Staatsgeheimnis, auch wenn wir sonst nicht so die Personen des öffentlichen Lebens sind."

Lucindas Gesicht hellte sich auf. „Vielen Dank, das ist sehr freundlich. Nicht alle Paare der Upper Class mögen das, weil ja ihre Namen mit drauf stehen."

Nach einer kurzen Verabschiedung standen Lucas, Danielle und Tamara vor dem Laden.

„Möchtest du noch mit zu uns kommen?", fragte Lucas.

„Ich, äh, nein danke." Sie brauchte dringen ein bisschen Ruhe. Nach diesem ganzen Hochzeitsgedöns dröhnte ihr Kopf.

„Schade", sagte Danielle.

„Sag mal, Lucas, hast du eigentlich in der Zwischenzeit mit Oliver gesprochen?"

Das Lächeln auf seinem Gesicht fror ein. „Nein. Wieso?"

Tamara verzog den Mund. „Komm, tu doch nicht so. Er ist dein bester Freund." Lucas' Kiefer mahlten, er sagte nichts. „Bitte", meinte Tamara. „Mach doch nicht so einen Staatsakt daraus. Hätte ich gewusst, dass du dich so anstellst, hätte ich ihn nie geküsst."

Lucas atmete hörbar aus. „Staatsakt also."

Sie verschränkte die Arme vor der Brust. „Ja. Komm endlich wieder auf den Boden der Tatsachen zurück."

Lucas lachte humorlos. „Er hat mein Vertrauen missbraucht."

„Hör auf", unterbrach Tamara ihn barsch. „Es geht dich nichts an."

„Oh doch."

„Hey", ging Danielle dazwischen. „Hört sofort auf zu streiten. Lucas, du wirst Oliver vergeben. Wenn nicht heute, dann doch vor der Hochzeit. Du würdest dir nie verzeihen, wenn er nicht dabei wäre, weil du gerade schmollst." Lucas schnaubte, sagte aber immer noch nichts zu dem Thema. „Und du, Tamara, versteh Lucas doch auch mal ein bisschen. Er macht sich nur Sorgen um dich."

Tamara schloss die Augen und nahm sich vor, ruhig zu bleiben. Danielle kapierte anscheinend noch immer rein gar nichts.

„Ich bin nicht aus Zucker", sagte sie nur und fühlte sich plötzlich sehr müde. Immer wieder die gleichen Diskussionen zu führen, war anstrengend.

„Das nicht", meinte Lucas vielsagend.

„Weißt du was? Ich kenne den Inhalt meines Rucksackes ganz gut selbst, vielen Dank, Lucas. Ich brauche niemanden, der mir ständig vor Augen führt, warum ich speziell bin. Aber glaub mir, es gibt noch mehr Menschen auf der Welt, die missbraucht wurden und trotzdem ein normales Leben führen können. Ich küsse, wen ich will. Merkt euch das endlich!"

Ihr Herz klopfte schnell. Sie sprach das Thema selten so offen – und schon gar nicht mitten auf der Straße – an, aber sie sah einfach rot. Sie hatte genug von dem Mist.

„Tamara …" Lucas legte eine Hand auf ihre Schulter.

„Lass mich." Sie schüttelte sie ab. „Es geht nicht mal um Oliver. Der Arme ist nur ein Kollateralschaden, was schlimm genug ist, denn ich dachte, ihr wärt echte Freunde. Es geht darum, dass einfach jeder von euch mir in mein Leben reinredet. Ich will meine eigenen Fehler – oder was auch immer – machen. Meine Güte, ich gehe auf die Vierzig zu, verdammt noch mal!"

Lucas schluckte, Danielle sah betreten auf den Boden. „Tut mir leid", meinte Tamara sanfter. „Ich gehe jetzt besser."

„Nicht so." Lucas hielt sie fest. „Sei nicht böse auf mich."

Er schaute sie traurig an, und sie wurde weich. „Bin ich nicht, Lucas. Aber lass Oliver nicht für das leiden, was andere kaputtgemacht haben. Projiziere nicht deine Wut auf ihn. Das Arschloch in dieser Sache liegt zum Glück unter der Erde."

Lucas zog sie hart in seine Arme und strich über ihr Haar. „Es tut mir leid."

Sie nickte. „Schon gut. Ruf ihn an, okay?"

Lucas sagte nichts, aber sie spürte, dass er Oliver vergeben würde.

Oliver rauchte der Kopf. Er wusste einfach nicht, was er tun sollte. Auch nach einem Zehn-Meilen-Lauf an der Themse war er kein Stück weitergekommen.

Normalerweise würde er Lucas anrufen und ihn fragen, ob er zum Geburtstag seines Vaters reisen sollte, aber zwischen ihnen herrschte nach wie vor Funkstille. Einerseits, weil er wusste, dass sein Kumpel recht hatte, andererseits, weil er sich darüber aufregte, dass ein einziger Kuss die Freundschaft zwischen ihnen so hart auf die Probe stellte. Und es war nicht einfach nur ein Kuss gewesen – das machte die Sache am Ende noch schlimmer.

„Verdammt", fluchte er und kickte einen Stein weg.

Dabei wusste er, was Lucas ihm in dieser einen Sache raten würde: *Fahr hin. Er ist dein Vater. Gib ihm noch eine Chance.*

Er zog sein Handy aus der Tasche am Oberarm und tippte eine Nachricht.

Hi, wie geht's?

Tamaras Antwort kam nach wenigen Sekunden.

Gut. Alles in Ordnung bei dir?

Er nagte an seiner Unterlippe. Sollte er die Wahrheit sagen?

Mein bester Freund spricht nicht mehr mit mir. Eigentlich ... nicht.

Er drückte auf ‚Senden' und schlug sich dann mit der flachen Hand gegen die Stirn. Spätestens jetzt würde sie denken, dass er ein kompletter Idiot war. Jammerte bei der Schwester, anstatt ... Egal.

Er schloss die Tür zu seiner Wohnung auf und schlüpfte aus den Schuhen und Socken, als das Handy erneut piepte.

Bin auch geflüchtet, schrieb sie.

Er kniff die Augen zusammen und tippte direkt eine Antwort.

Vor wem, und vor allem wohin?

Oliver nahm das Handy mit in die Küche und goss sich ein Glas Wasser ein. Der *Piep* kündigte eine Reaktion an.

Vor der Familie ... Bin in meiner Wohnung in London. Auf welchem Kontinent treibst du dich herum?

Sie war in London? Wirre Gedanken trieben zusammenhanglos durch seinen Kopf, aber alle hatten irgendwie damit zu tun, dass er sie unter Umständen bald wiedersehen würde. Nur, um über Lucas zu sprechen. Nur, um einen Rat von ihr zu bekommen.

Das redete er sich jedenfalls ein.

Hast du Hunger?, schrieb er zurück und ging unter die Dusche.

Die Zeit unter dem warmen Wasserstrahl nutzte er, um sich Gedanken darüber zu machen, ob er noch ganz bei Trost war. Nicht, dass er sich diese Frage in den letzten Tagen mehrfach gestellt hatte ... und auch dieses Mal kam er zu keinem wirklichen Ergebnis. Er wusste nur: Er würde platzen, wenn er nicht bald etwas gegen all seine Probleme unternahm.

Hunger? Nicht unbedingt. Habe heute an die hundert verschiedenen Hochzeitstorten getestet, las er in seinem Messenger, als er aus dem Bad kam.

Können wir uns sehen? Ich könnte wirklich jemanden zum Reden gebrauchen.

Er schickte die Nachricht ab, ohne ein zweites Mal nachzudenken. Er begegnete seinem Blick im Spiegel.

„Zum Reden?", sprach er mit sich selbst. „Ernsthaft? Wie bescheuert klingt das denn? Am besten trage ich jetzt auch noch Make-up auf und klemme mir den Schwanz zwischen die Beine. Mein Gott, du bist so blöd, Oliver."

Er schüttelte den Kopf und konnte nicht verhindern, dass sein Herz sich überschlug, als eine Antwort von Tamara eintraf. Was würde sie sagen?

Dass er sich zum Teufel scheren konnte?

Dass er nicht mehr alle Tassen im Schrank hatte?

Oder einfach: Ja, gerne?

Er entsperrte den Bildschirm und las ihre Nachricht.

Sicher. Wozu hat man Freunde?
Freunde. Immerhin.
Ja, natürlich. Freunde. Nichts anderes.
Bist du zu Hause?
Ihre Antwort folgte kurz darauf.
Ja, habe heute nichts weiter vor. Solange du mir keine vegane Torte mitbringst, bist du willkommen.
Er musste grinsen. Er mochte ihren Humor.
Okay, bin in einer Stunde da. Danke.
Er kannte die Adresse; Lucas hatte das Apartment eine Zeit lang genutzt, als Tamara in einem kleinen Küstenort als Lehrerin an einer Primary School gearbeitet hatte. Seit er mit Danielle zusammenlebte, wohnten sie in ihrem Penthouse in einer exklusiven Wohnanlage, das groß genug für sie beide war – und für eine halbe Fußballmannschaft, wenn man nach der Anzahl der Zimmer ging.

Der Gedanke, dass er die Freundschaft zu ihm vielleicht nicht mehr kitten konnte, belastete ihn. Es belastete ihn sogar so sehr, dass er nicht einmal wagte, daran zu denken, dass er in dem Falle nie mitbekommen würde, wie sich Lucas' Leben entwickelte. Dabei hatten die beiden so viel miteinander erlebt, so viel Spaß gehabt, aber auch in schwierigen Zeiten zusammengehalten.

Was hatte er sich eigentlich dabei gedacht, Tamara zu küssen?

Er hatte gar nicht gedacht, er hatte sich einfach treiben lassen. Wie so oft. Aber nein, mit ihr war es anders gewesen – er wollte sich nicht länger selbst belügen. Das änderte aber nichts an der Tatsache, dass es bei diesem einen Kuss bleiben würde.

Und nun war er schon wieder auf dem Weg zu ihr.
Nur, um zu reden, sagte er sich.
Er hatte keine Ahnung, mit wem er sonst sprechen sollte. Er hatte zwar unzählige Freunde, aber mit niemandem ging die

Freundschaft so tief, dass er über wirkliche Probleme quatschen konnte. Das hatte er immer mit Lucas getan.

Tja, dachte er und stieg in ein Taxi. Vielleicht sollte er sich daran gewöhnen, alles mit sich alleine auszumachen, auch wenn es wehtat.

13

Er würde es nie vor irgendjemandem zugeben, aber er hatte feuchte Hände, als er an Tamaras Tür klopfte. Es dauerte nur ein paar Sekunden, dann öffnete sie.

„Hi", sagte sie und blickte ihn mit ihren karamellfarbenen Augen an. „Komm rein."

Er gab ihr ein Küsschen auf die Wange und versuchte den Apfelgeruch zu ignorieren, der sie umgab. „Hi."

„Oh, du hast doch was mitgebracht?" Sie zeigte auf die weiße Tüte, die er in der Hand hielt.

Er zuckte mit den Schultern. „Eigentlich wollte ich mit dem Motorrad herfahren, aber die Batterie war tot. Blöd, ich habe letztens vergessen, sie an das Ladegerät anzuschließen. So oft bin ich ja nicht hier. Sie entlädt dann, wenn man zu selten fährt … Tja, und da hab' ich gedacht, wenn ich die Hände frei habe, könnte ich doch was vom Inder mitbringen …"

„Ah, keine Torte." Sie lächelte erleichtert und ging voraus ins Wohnzimmer. „Das ist die Hauptsache."

Er folgte ihr und registrierte, dass sich hier kaum etwas verändert hatte, seit er zum letzten Mal dagewesen war. Er liebte dieses Apartment, weil es so verwinkelt und ursprünglich war. Auf dem knarzenden Dielenboden lag ein flauschiger Teppich. In der Mitte des Wohnzimmers befanden sich zwei rote Sofas, in der Mitte ein runder Tisch, auf dem eine Vase mit Tulpen stand.

„Das hat Lucas nie geschafft", meinte Oliver und stellte die Tüte ab.

„Was?"

„Frische Blumen."

„Ach das." Sie winkte ab. „So fühle ich mich irgendwie … mehr zu Hause. Was möchtest du trinken?"

„Ich nehme an, Bier hast du nicht?"

Sie schüttelte den Kopf. „Nope."
„Auch gut. Wasser tut es auch."
„Saft könnte ich dir noch anbieten."
„Nee, lass mal. Soll ich dir helfen?"
Tamara lachte und schob sich eine Locke aus dem Gesicht.
„Ich glaube, das schaffe ich. Setz dich." Sie zeigte auf ein Sofa.

Kurz darauf kehrte sie mit Gläsern, Tellern, Wasser und Besteck zurück.

„Vegetarier bist du ja nicht", neckte er sie und packte zwei Styroporpackungen aus der Tüte.

„Zufällig nicht."

„Magst du Curry Madras?"

„Ich liebe scharf gewürztes Essen."

„Wirklich?" Er musterte sie interessiert.

„Ja. Ist das so ... ungewöhnlich?" Sie schenkte ihm ein zuckersüßes Lächeln.

„Warst du mal in Indien?", überging er ihre Frage.

Das Flattern in seiner Magengrube irritierte ihn zutiefst. Ja, er mochte, wie unkompliziert sie war. Die Frauen, mit denen er sonst zu tun hatte, brauchten manchmal eine halbe Stunde, bis sie sich ein Gericht ausgesucht hatten, und aßen dann doch nur einen Salat ohne Dressing.

„Ähm. Oliver?"

Er hob sein Kinn und sah direkt in Tamaras funkelnde Augen. „Ja?"

„Du warst gerade komplett weg. Ist wirklich alles in Ordnung?"

Ihm wurde warm. „Entschuldige." Er schenkte ihr ein Lächeln. „Dann guten Appetit."

Er klappte seine Packung auf und füllte das Essen auf einen Teller um.

„Hast du das Gleiche?"

Er nickte und verzog seine Lippen zu einem schiefen Grinsen.
„Ja. Sehr einfallsreich, ich weiß."

Tamara schob sich eine Gabel in den Mund.

„Hm. Das ist köstlich", murmelte sie.

„Das ist der beste Inder der Stadt. Kann ich nur empfehlen. Bis auf das Fleisch sehr authentisch."

„Inder essen nicht so viel Fleisch, hm?"

„Nicht wirklich. Kühe sind heilig, Schweine gehen auch nicht ... Fisch gibt es ab und an, aber meist Gemüse. Viele können sich auch nicht mehr leisten."

„Manchmal wünsche ich mir, ich könnte auch einfach die Koffer packen und um die Welt reisen."

Er hielt inne. „Wieso tust du es nicht?"

Sie blickte an die Wand hinter ihm. „Keine Ahnung, ehrlich gesagt."

Er brauchte sich nicht umdrehen, um zu wissen, dass dort ein Familienbild der drei Geschwister hing. Dennoch verstand er nicht, was sie davon abhielt. Ob sie sich alleine nicht sicher fühlte?

Die Idee traf ihn wie ein Blitz. Nein. Das konnte er nicht machen.

Er schaute sie an, beobachtete, wie sie sich eine weitere Gabel voll mit Reis und Hühnchen in den Mund schob. Sie hatte einen ordentlichen Appetit, und ihre Wangen waren von den scharfen Gewürzen gerötet. Sie musste sich nicht verstellen, um attraktiv zu wirken. Tamara hatte alles, was man sich ... von einer guten Freundin wünschen konnte.

„Ähm. Tamara?", fing er vorsichtig an, ehe ihn der Mut verließ.

„Ja?" Sie kräuselte ihre Nase und ließ ihre Gabel sinken.

„Du ... kannst mich gerne mal auf einer Reise begleiten."

Tamara verschluckte sich und hustete trocken. „Äh, was?"

Oliver spürte, dass er rot wurde. Wie lächerlich. O Gott, wo hatte er sich nun wieder hineinmanövriert? Aber … „Okay, nicht falsch verstehen …"

„Natürlich nicht. Wir haben das doch geklärt. Freunde, mehr nicht. Das alles da im Jagdhaus …", sie fuchtelte wild mit ihrer Gabel vor ihrem Gesicht, „war ein Versehen. Vergessen und abgehakt es ist", scherzte sie und spielte auf Star Wars an.

„Gut. Darum ging es mir auch gar nicht. Der Grund, warum ich mit dir reden wollte …" Er schaute sie ernst an.

„Ja?"

„Sonst kann ich ja alles mit Lucas besprechen, aber …", Oliver seufzte, „irgendwie will er gerade so gar nichts von mir wissen. Und, naja, ich hatte einfach das Gefühl, dass ich vielleicht einen Rat von dir bekommen könnte?"

Tamara wurde heiß und kalt zugleich. Oliver druckste nun schon seit ein paar Minuten um den heißen Brei herum. Es war klar, dass er natürlich nicht hier war, um ihr wie Romeo seine Liebe zu gestehen – aber was wollte er dann? Der Gedanke, dass zwischen ihnen alles okay war, freute sie. Andererseits verstand sie nicht, was – außer dem Streit mit Lucas – sein Problem war.

„Oliver", unterbrach sie sein Gestammel. „Spuck es aus! Ich reiß dir schon nicht den Kopf ab. Ist es ein, äh, Frauenproblem?"

Was sollte es sonst sein? Er hatte was Neues am Laufen und brauchte nun einen Rat. Ganz gefiel ihr der Gedanke zwar nicht, aber es ließ ihr Herz auch nicht zu Stein werden.

Sein schockierter Gesichtsausdruck amüsierte sie. „Was? Nein! Natürlich geht es hier nicht um eine Frau. Gott, Tamara!"

„Was denn?" Sie hatte irgendwie Spaß daran, ihn so nervös zu sehen. „Hätte doch sein können."

„Nein. Also echt nicht."

„Na gut. Wo drückt dann der Schuh?"

Er ruckelte sich auf seiner Seite des Sofas zurecht. „Ich muss da vielleicht ein bisschen ausholen ..."

Tamara fing wieder an zu essen. „Also, ich habe sonst nichts vor ..."

„Danke."

„Noch gibt es nichts zu danken."

Er atmete tief durch. „Mein Vater feiert einen runden Geburtstag."

„Das alleine ist ja nicht schlimm."

„Ich habe dir ja mal erzählt, dass unser Verhältnis nicht das Beste ist."

Sie nickte. „Ja, ich erinnere mich."

„Und er möchte nun aber gerne, dass ich auch komme."

Sie verstand. „Und du möchtest nicht aus reinem Pflichtgefühl zu einer Feier erscheinen, der du eigentlich nicht beiwohnen möchtest."

„So ist es."

„Und wo ist dein Dilemma?"

Oliver knetete seine Hände im Schoß und blickte dann wieder zu ihr auf. „Er wird sterben."

Tamara schnappte nach Luft. „Was?"

„Meine Mutter hat mich vor zwei Tagen angerufen und mich bekniet, zu der Feier zu reisen. Ich habe mich natürlich fürchterlich aufgeregt, die üblichen Gegenargumente gebracht, dass mein Erzeuger sich zwanzig Jahre nicht um mich gekümmert hat, bis meine Mum mich angeschrien hat, dass ich still sein soll. *Er hat Bauchspeicheldrüsenkrebs, Oliver. Wenn du ihn jetzt nicht siehst, ...* hat sie gesagt und betreten geschwiegen."

„O nein", stieß Tamara hervor.

Er schluckte. Sie sah, wie schlecht es ihm deswegen ging. Sie wollte ihn in den Arm nehmen, wusste aber gleichzeitig, dass es nicht angebracht war.

„Ich habe immer gemauert und den Kontakt vermieden, weil ich verletzt war. Ich habe nie verkraftet, dass mein Dad sich nicht für mich interessiert hat, als ich klein war. Aber nun ist es anders. Krebs", sagte er leise.

„Aber heutzutage gibt es doch so viele neue Methoden", fing Tamara an. „Vielleicht ist es nicht so schlimm, wie es aussieht …"

Er schüttelte matt den Kopf. „Es ist nicht heilbar. Wie lange … das kann man nie so genau vorhersagen."

Tamara schlug die Hände vor dem Mund zusammen. „O Gott, Oliver. Das tut mir so leid."

„Das muss es nicht. Aber du verstehst, dass ich nun doch darüber nachdenke, ob ich nicht zu der Feier gehen sollte …"

„Natürlich musst du hingehen", bestätigte sie.

„Würdest du … mich begleiten?"

Die Gedanken überschlugen sich in ihrem Kopf. „Oliver …"

„Okay, schon gut. Ich verstehe das", beeilte er sich zu sagen. Er bemühte sich, seine Enttäuschung zu verbergen, aber es gelang ihm nicht.

„Hey", flüsterte sie sanft. „Ich habe doch gar nicht Nein gesagt. Wann und wo wäre es denn?"

„Du musst wirklich nicht …"

„Oliver!", sagte sie streng.

„Wir müssten schon übermorgen fliegen."

„Und wohin?"

„Er hat ein Haus in Malibu."

„Malibu in Kalifornien?"

Oliver nickte. „Ja."

Tamara kratzte sich am Kopf. „Wow, das ist ja … spontan."

„Ich verstehe, wenn das zu kurzfristig ist."

„Nein", unterbrach sie ihn mit einem Winken. „Das ist es überhaupt nicht. Um ehrlich zu sein, ich hatte ohnehin überlegt, für ein paar Tage zu verreisen."

Sein Gesichtsausdruck hellte sich auf. „Wirklich?"

„Ja, echt. Aber ... wir müssten uns kein Zimmer teilen, oder sowas? Bei deinem Vater, meine ich? Ich soll nicht mitkommen, um deine Freundin zu spielen, oder so einen Quatsch?"

Oliver guckte verdutzt, und Tamara begriff, dass sie total danebengelegen hatte. Sie spürte die Hitze über ihren Hals nach oben kriechen, bis ihre Wangen brannten.

„Nein, keine Sorge. Ich würde uns ein Hotel buchen." Er lächelte schwach. „Zwei Zimmer."

Tamara atmete erleichtert aus. „Gut. Das klingt doch ... nett."

„Nett?"

„Na ja, du weißt schon. Keine Ahnung, wie man es unter diesen Umständen nennen soll." Sie zuckte die Schultern, strich sich die Haare aus dem Gesicht und fasste sie mit einem Haarband zusammen, das sie um das Handgelenk getragen hatte.

Ihr war immer noch unglaublich heiß, obwohl das peinliche Gefühl langsam abebbte.

„Sollen wir mal nach Flügen schauen? Die Feier ist am Freitag. Sollen wir vielleicht bis Sonntag bleiben?"

„Das wird ein heftiger Jetlag. Wie viele Stunden Zeitverschiebung sind es zwischen hier und Kalifornien?"

„Acht."

Tamara griff sich an die Stirn. „O Gott."

Oliver warf ein Taschentuch nach ihr. „Jammer nicht jetzt schon."

Sie gluckste. „Mach ich doch gar nicht."

Für einen Augenblick schwiegen sie.

„Willst du noch einen Kaffee?", unterbrach sie die Stille irgendwann.

„Nein, danke. Ich sollte gehen." Er stand auf.

„Hast du mal mit Lucas gesprochen?"

Oliver vergrub seine Hände in den Hosentaschen. „Nope. Du?"

„Ja, wir haben uns heute beim Torten-Probeessen gesehen, erinnerst du dich?"

„Ach, er war dabei?"

„Ist später nachgekommen."

„Und?" Er beobachtete sie mit angespannter Miene.

Sie wusste, dass es ihn schrecklich belastete, und sie verstand auch, wieso. „Er wird sich schon wieder einkriegen, Oliver."

„Meinst du?"

„Ganz sicher. Es ist ja nicht so, dass wir … Na, du weißt schon." Sie spürte, dass sie schon wieder rot wurde. Herrgott nochmal!

Er nickte. „Ja. Und noch mal: Es tut mir auch echt leid, ich hätte das nicht tun dürfen."

„Jetzt mach aber mal einen Punkt, mein Lieber. Es ist doch gar nichts passiert. Fängst du jetzt auch damit an?" Sie war laut geworden.

„Hey, schon gut." Er hob abwehrend die Hände. „So habe ich das nicht gemeint."

Tamara atmete tief durch. „Leute, kapiert endlich mal, es war ein Kuss! Hallo? Menschen küssen sich andauernd …"

Sie schaute ihn eindringlich an und erstarrte mitten in der Bewegung. Olivers Augen ruhten auf ihr, und das Sehnen, das sie darin erkannte, ließ ihr Herz stolpern. Er schluckte und schlug seinen Blick nieder. „Genau. Vor allem ich. Das war ja das Problem." Er räusperte sich. „Ähm. Ja. Soll ich den Müll gleich mit rausnehmen?"

„Schon gut. Hör mal, meldest du dich wegen der Flüge?"

„Yes, Ma'am!" Er salutierte und lächelte.

„Spinner." Sie lachte. „Aber komm' nicht auf die Idee, meinen Flug zu bezahlen. Klar?"

„Nochmal: Yes, Ma'am."

„Brav." Sie tätschelte seine Schulter. „Dann bis bald?"

Er nickte und beugte sich zu ihr, um ihr einen Kuss auf die Wange zu geben. Seine Wärme umfing sie wie der Duft seines Rasierwassers. Sie schloss für eine Sekunde die Augen und nahm sich vor, sich nicht von seinem Charme einnehmen zu lassen und sich nicht in ihn zu verlieben. Sie tat ihm einen Freundschaftsdienst und war urlaubsreif. Nur deshalb hatte sie zugesagt.

„Komm gut nach Hause", sagte sie noch und öffnete dann die Haustür für ihn.

Nachdem er gegangen war, ließ sie sich von innen gegen das kühle Holz gleiten. Sie machte sich das Leben nicht gerade leichter mit dieser Reise. Andererseits ... musste sie ihrer Familie überhaupt davon erzählen?

14

„Du willst was?!", fragte Damian am anderen Ende der Leitung.

Tamara knabberte an einem Fingernagel, während sie überlegte, wie sie sich herausreden konnte, ohne unglaubwürdig zu wirken. „Ich werde ein paar Tage in den Urlaub fliegen, habe ich doch gesagt. Wann kommt ihr eigentlich nach England?"

„Wir kommen wie geplant Anfang kommender Woche. So haben wir genug Zeit, uns bis zur Hochzeit an die europäische Zeit zu gewöhnen. Aber du lenkst ab, Schwesterchen."

Tamara fand es süß, wie sich der eiskalte Geschäftsmann Damian Stanhope zu einem Vorzeigepapa gemausert hatte. Für seine kleine Familie würde er durchs Feuer gehen.

„Siehst du, bis dahin bin ich längst zurück", sagte sie, ohne wirklich auf seine Frage einzugehen.

„Ich habe doch gar nichts dagegen, dass du wegfährst, aber … das kam doch ein bisschen plötzlich."

„Sag mal, bist du jetzt mein Babysitter, oder wie? Ich muss doch nicht jeden Furz mit dir besprechen."

Damian schnaubte beleidigt. „Na ja, ich erzähle dir doch auch, wenn ich einen Urlaub plane."

„Gott, Damian." Sie verdrehte die Augen. „Das war eine spontane Idee."

„Und wo geht die Reise hin?"

„An den Strand."

„Geht es ein bisschen konkreter?"

„Ähm, ich besuche eine Freundin in Los Angeles."

„Los Angeles? Welche Freundin?"

„Sag mal, geht's noch?" Ihr wurde heiß, und sie fächelte sich mit einem Magazin Luft zu.

Sie hatte nicht vorgehabt zu lügen, aber Damian hatte mitbekommen – von wem auch immer –, dass sie und Oliver sich geküsst hatten, und war natürlich auch nicht erfreut darüber gewesen. Wenn sie ihm nun auf die Nase band, dass sie mit ihm in die Staaten reiste, würde er komplett die falschen Schlüsse ziehen.

„Was?"

„Bist du nicht ein bisschen neugierig?", stichelte sie.

„Nee, finde ich eigentlich nicht. Heißt deine Freundin Olivia?"

Tamara verschluckte sich und musste husten. „Du hast sie doch nicht mehr alle! Gib mir mal bitte Julia."

„Die ist mit Amalia bei einer Freundin."

„O Lord", stöhnte Tamara und griff sich an die Stirn. „Also, Bruderherz. Ich muss dann. Wir hören uns …"

Ohne auf eine Antwort zu warten, legte sie auf und ließ sich ins Bett zurücksinken. Ihr Bruder hatte ein Talent dafür, sie frühmorgens aus dem Schlaf zu holen. Nur, weil es in Shanghai schon Mittag war, hieß das noch lange nicht, dass er sie morgens um sechs aus dem Bett klingeln konnte, wenn es ihm passte. Sie musste daran denken, ihr Telefon am folgenden Abend auf lautlos zu stellen. Ach, nein, da saß sie ja ohnehin im Flugzeug.

Hilfe! Ein Kribbeln durchlief ihren Körper, als sie daran dachte, dass sie die nächsten Tage mit Oliver unterwegs sein würde. Rein freundschaftlich, rief sie sich in Erinnerung. Gleichzeitig überfiel sie ein irrsinnig schlechtes Gewissen. Sie hasste es, Geheimnisse vor ihrer Familie zu haben, aber in diesem Fall ging es nicht anders. Oliver brauchte Beistand, und Lucas hatte sich immer noch nicht beruhigt.

Sie war gestern zum Abendessen bei Danielle und ihm gewesen, und er hatte nur mit den Zähnen geknirscht, als sie vorsichtig vorgefühlt hatte, wie die Lage zwischen ihm und Oliver war.

Mit ambivalenten Gefühlen stieg Oliver hinter Tamara in die Maschine nach Los Angeles. Er hatte Tickets in der Businessclass für sie buchen wollen, aber sie hatte auf Economy bestanden. Alleine das würde Lucas' Halsschlagader zum Pochen bringen. Er packte seine Schwester gerne in Watte, aber sie war nicht so zerbrechlich, wie Lucas sie sah. Tamara hatte einen gefestigten Charakter und wusste, was sie wollte – dafür bewunderte Oliver sie. Diesen starken Willen hatten die Stanhope-Geschwister alle drei gemeinsam. Er war froh, dass sie an seiner Seite war, wenn er seinem Vater begegnete.

Er war unsicher, wie er ihm begegnen sollte. Er hatte sich nach den letzten Neuigkeiten nicht einmal getraut ihn anzurufen, hatte ihm lediglich per SMS mitgeteilt, dass er anreisen würde. Den daraufhin eingehenden Anruf hatte er ignoriert. Oliver hatte keine Ahnung, worüber er mit seinem Erzeuger reden sollte. Zudem hatte er Angst, denn schon bald würde ihm jegliche Gelegenheit genommen werden, überhaupt noch mit Richard McDermott zu sprechen. Er hätte es nie geglaubt, aber nun bereute er es, ihm nicht früher eine Chance gegeben zu haben.

Er seufzte und verstaute zunächst Tamaras Handgepäck im Fach über ihrer Sitzreihe, und dann seinen eigenen Rucksack.

„Nach Ihnen, Madame", sagte er augenzwinkernd.

Tamara drückte sich an ihm vorbei und setzte sich auf den Platz am Fenster. Er würde das zweifelhafte Vergnügen haben, den Schinken im Sandwich zu spielen. Elf Stunden dauerte der Flug. Nichts Neues für ihn, trotzdem konnte er sich Schöneres vorstellen, als in einen schmalen Sitz gepresst zu sein.

Der Flug verlief ohne größere Vorkommnisse. Tamara schaute eine Staffel irgendeiner Serie auf ihrem Tablet, und Oliver las oder schlief. Irgendwann spürte er ihren Kopf an seiner Schulter, das iPad war ihr aus den Händen gerutscht. Sie war eingenickt.

Ihr zarter Apfelgeruch stieg ihm in die Nase. Mann, er liebte dieses Shampoo. Ihre Wärme übertrug sich auf ihn, und er traute sich nicht zu bewegen. Er ließ sein Buch sinken und schloss die Augen. Irgendwann nickte auch er ein.

Als sie am Nachmittag in Los Angeles landeten, war er hundemüde, aber auch das war nichts Neues. Zum Glück hatte er ein paar Stunden vorgeschlafen.

„Dann wollen wir mal."

Tamara streckte sich auf dem Sitz neben ihm und gähnte herzhaft. „Puh. Man vergisst immer, wie anstrengend solche Interkontinental-Flüge sind, bis man wieder unterwegs ist." Sie grinste schläfrig.

„Ach was, wir nehmen einfach ein Taxi ins Hotel und stürzen uns dann ins Meer."

„Klingt nach einem guten Plan."

Sie drängten sich mit den übrigen Passagieren aus der Maschine, verbrachten zwei elende Stunden mit den unfreundlichsten Einreisebeamten der Welt und schlugen drei Kreuze, als sie gegen achtzehn Uhr endlich im Taxi saßen.

„Denke, das Hotel wird dir gefallen", meinte er.

Tamara schaute interessiert aus dem Fenster. „Sieht irgendwie nach Wüste aus hier."

„Kalifornien hat ein ernsthaftes Wasserproblem."

„Wie viele Länder in der Welt."

„Stimmt. In Südafrika spitzt sich die Lage ja gerade zu. Unvorstellbar eigentlich. Und dann schaut man in die Gärten der Superreichen – wie Oasen in der Wüste. Aber zu welchem Preis?"

„Das stimmt schon. Das meiste Wasser geht aber ja in die Landwirtschaft."

Oliver guckte sie überrascht an. „Klingt, als würdest du dich auskennen."

Tamara errötete leicht. „Na ja, das wäre übertrieben. Aber ... doch, das Thema interessiert mich. Damit habe ich mich aber eigentlich erst befasst, seit ich wieder in Shanghai lebe. Früher hat mich das nicht so betroffen gemacht." Sie drehte ihren Kopf in seine Richtung. „O Gott, entschuldige. Ich wollte dich nicht langweilen."

„Das machst du ganz und gar nicht."

Die restliche Fahrt schwiegen sie. Er fühlte sich unsicher und hatte keine Ahnung, was in den kommenden Tagen auf ihn zukam und wie er sich verhalten sollte. Nach so einem langen Tag drehten sich die Gedanken im Kreis.

Sie war nicht überrascht, dass Olivers Zimmer direkt neben ihrem lag, trotzdem freute sie sich. Tamara hatte zwar nicht vor, nachts davor zu stehen und zu lauschen, aber irgendwie … fand sie es doch gut, ihn in der Nähe zu haben. Nachdem sie eingecheckt und sich frisch gemacht hatten, waren sie zu einem zwanglosen Abendessen verabredet.

Olivers Vater hatte Zimmer in dem exklusiven Luxushotel direkt am Santa Monica Pier für sie gebucht. Ihr sollte es recht sein; sie genoss den Ausblick aus ihrem Fenster. Das leise Rauschen der Brandung machte sie nach der langen Reise noch schläfriger, als sie ohnehin schon war. Sie spritzte sich noch einmal kühles Wasser ins Gesicht und schlüpfte in ihre Pumps.

Zu ihrer Freude hatte Oliver einen Tisch auf der Terrasse organisiert. Hier ging es nicht so förmlich zu wie im À-la-Carte-Restaurant des Nobelhotels.

„Ich bin echt froh, dass wir hier draußen sitzen können", sagte sie erleichtert.

Er nickte und rückte ihr den Stuhl zurecht. Wie sie hatte Oliver sich nach der Reise etwas Frisches angezogen; jetzt trug er eine helle Leinenhose und ein hellblaues Hemd. Es passte perfekt zum Ton seiner Augen und seinem leicht gebräunten Teint.

Ein Kellner in schwarzen Hosen und weißem Jackett mit Fliege kam an ihren Tisch. „Guten Abend." Er reichte ihnen die Karten. „Darf ich Ihnen einen Aperitif bringen? Die Weinkarte?"

Oliver schüttelte den Kopf. „Für mich bitte eine Cola. Tamara?"

„Nehme ich auch, danke."

War der Kellner überrascht, so ließ er sich nichts anmerken. „Sehr gern. Ich komme gleich zu Ihnen zurück."

Eine zweite Servicekraft stellte einen Korb mit Brot, Olivenöl und Salz bei ihnen ab und verschwand wieder. Tamara überflog das Menü und entschied sich für einen Caesar Salad. Wenn sie jetzt zu viel aß, würde sie überhaupt nicht schlafen können. Kurzentschlossen klappte sie die Karte zu und legte sie zur Seite.

„Schon fertig?" Oliver hob ungläubig eine Augenbraue.

„So viel steht ja nicht drin." Sie zwinkerte ihm zu.

„Auch wieder wahr."

Nachdem die zwei Colas gebracht worden waren und sie die Bestellung aufgegeben hatten –Oliver hatte sich für gegrillten Lachs mit Couscous entschieden –, kosteten sie vom hausgebackenen Weißbrot.

„Es ist echt schön hier", sagte Tamara und überblickte den immer noch belebten Strand.

Vom Santa Monica Pier drang Gelächter und Musik bis zu ihnen herüber. Der Himmel war rot gefärbt, während die Sonne langsam immer tiefer sank. Eine leichte Brise strich durch ihr Haar.

Oliver betrachtete sie wortlos. Gerade wollte sie fragen, ob etwas nicht stimmte, als er seinen Blick abwandte und einen Schluck trank.

Ach, natürlich. Er dachte an seinen Vater. Wie dumm von ihr. Der morgige Tag musste ihm Kopfzerbrechen bereiten. Sie hatte kurz versucht, im Flugzeug mit ihm darüber zu reden, aber er war nicht darauf eingegangen. Vielleicht wollte er wirklich nur, dass sie an seiner Seite war. Kerle wie er quatschten nicht stundenlang über ihre Gefühle. Sie kannte das zu gut von ihren eigenen Brüdern.

„Bist du wegen morgen aufgeregt?"

Gott, wie blöd war sie eigentlich? Natürlich war er nervös.

Er atmete tief ein und strich sich durch die Haare. „Ich weiß auch nicht. Irgendwie ... Ich habe keine Ahnung, was mich erwartet, verstehst du?"

Sie nickte. „Klar. Hast du ihm gesagt, dass wir angekommen sind?" Er schüttelte den Kopf. „Dann mach das. Vielleicht könnt ihr euch vor der Feier treffen? In Ruhe reden?"

Tamara entging nicht, dass der Gedanke ihm nicht behagte.

„Ich weiß nicht."

„Eine SMS bringt dich nicht um", meinte sie sanft. Schließlich überzeugte sie ihn. Er zog sein Handy aus der Hosentasche und tippte eine Nachricht. „Siehst du", sagte sie und drückte seine Hand.

In diesem Moment kam das Essen. Tamara versuchte immer wieder ein Gespräch aufkommen zu lassen, aber Oliver war entweder zu müde oder wollte einfach nicht mehr sprechen. Sie akzeptierte das, und zu ihrer Überraschung war das Schweigen nicht unangenehm.

„Baden haben wir nicht mehr geschafft", sagte er und gähnte unterdrückt, als abgeräumt wurde.

„Morgen ist auch noch ein Tag."

Er nickte. „Komm, ich bringe dich nach oben."

Oliver stand auf und bot ihr seinen Arm an. Sie lächelte und hakte sich bei ihm ein.

Es war ein schönes Gefühl – ungezwungen und natürlich, wie sie es nur von wirklich guten Freunden kannte. Sie genoss das Vertrauen, das sich innerhalb der kurzen Zeit zwischen ihr und Oliver aufgebaut hatte. Aber da war auch noch etwas anderes, das sie nicht näher hinterfragen wollte.

15

Tamara war schon lange wach, als es gegen fünf am folgenden Morgen an ihrer Tür klopfte. Sie stand auf und tapste barfuß über den kühlen Teppichboden ihres Hotelzimmers zur Tür und öffnete sie.

„Guten Morgen", begrüßte sie Oliver. Er stand in Hotel-Bademantel und weißen Frotteepuschen vor ihr, sein Haar zerzaust, die Hände in den Taschen vergraben. „Lust auf eine Runde Schwimmen im Sonnenaufgang?"

Er grinste schief, und das Türkis seiner Augen leuchtete auf. Er wirkte ein wenig müde, was nicht verwunderlich war – sie war ebenfalls nicht wirklich ausgeruht.

„Sehr gerne." Sie nickte und erwiderte sein Strahlen. „Ich muss mich nur noch kurz umziehen. Wartest du oder willst du schon vorgehen?"

„Mach nur in Ruhe." Er stellte sich an die gegenüberliegende Wand und verschränkte seine Arme. „Ich habe wirklich keinen Zeitdruck."

„Perfekt, bis gleich."

Tamara lehnte die Tür leicht an und kehrte nach ein paar Minuten in Bikini, Bademantel und Latschen zurück.

„Wir können", verkündete sie, zog die Zimmerkarte aus dem Wandhalter und zog die Tür hinter sich zu.

Es war noch nicht viel los im Hotel, was zu der Uhrzeit kein Wunder war. Umso mehr genoss sie die Ruhe der frühen Morgenstunden.

„Herrlich!" Sie atmete tief ein, als sie das Hotel in Richtung Strand verließen. „Die beste Zeit des Tages."

Der Himmel war rot und gelb gefärbt. Die aufgehende Sonne strahlte die Wolken von unten an und ließ sie rosa erscheinen. Das sanfte Rauschen der morgendlichen Brandung vermischte sich mit dem Kreischen einiger Möwen, die nach ihrem

Frühstück Ausschau hielten. Zwei Surfer versuchten ihr Glück etwas entfernt vom Santa Monica Pier. Ansonsten waren sie alleine am Strand. Sie trugen ihre Badelatschen in den Händen. Der Sand fühlte sich kühl und weich unter ihren nackten Fußsohlen an. Alleine dieser Moment war die Reisestrapazen wert gewesen.

„Üblicherweise kehre ich um die Zeit erst nach Hause zurück, um schlafen zu gehen", scherzte Oliver.

„Das kann ich mir vorstellen."

Sie fragte sich, was er wohl daran fand, ständig auf Partys unterwegs zu sein, dann den halben Tag zu verschlafen, um nach ein paar Tagen das gleiche an einem anderen Ort zu erleben. Aber es ging sie natürlich nichts an, deswegen behielt sie diesen Gedanken für sich.

„Aber so ist es irgendwie schöner. Ich bin zwar weit davon entfernt, ausgeschlafen zu sein, aber …", er zwickte sie in die Seite, „es ist deutlich cooler, nicht total betrunken zu sein, wenn man den Sonnenaufgang beobachtet."

„Ach, echt?" Sie schaute ihn erstaunt an. „Seit wann?"

Er nickte. „Hm", machte er. „Ja. Ich glaube, ich habe es in den letzten Jahren ziemlich krachen lassen. Um ehrlich zu sein, ich langweile mich ein bisschen, merke, dass mir jede Clubnacht ein bisschen weniger Spaß macht."

Tamara runzelte die Stirn. „Woher der Sinneswandel?"

„Keine Ahnung. Ist vielleicht nur eine Phase." Er seufzte leise und hob die Schultern. „Es ist auch ein bisschen so, dass es mit Lucas viel mehr Spaß gemacht hat. Wir waren ja nicht nur feiern, wir waren auch klettern, surfen, haben viel unternommen. Eine Fahrradtour durch die Pyrenäen …" Er schaute über das Meer, in dem sich die rote Sonne spiegelte. Sein Blick war in sich gerichtet, er wirkte traurig.

Sie verstand, was er meinte.

„Du vermisst ihn." Oliver erwiderte nichts. Das brauchte er auch nicht. „Er wird sich sicher beruhigen", fügte sie hinzu.

„Ja, ist klar. Aber jeder sagt mir, ich soll endlich mal was Vernünftiges mit meinem Leben anfangen, bloß ... Ich habe keine Ahnung, was. Ich kann nichts anderes als zu reisen, zu bloggen – na, du weißt schon."

Tamara runzelte die Stirn. „Ich glaube, du stellst dein Licht unter den Scheffel, Oliver. Du bist nicht nur der Playboy, der sich von einem Bett zum anderen schwingt."

Sie hatten das Ufer erreicht. Er blieb stehen, warf seine Latschen in den Sand und löste den Knoten an seinem Bademantel. „Ich fürchte, du bist die Einzige, die das so sieht."

„Ach, Quatsch. Das Problem ist in deinem Kopf." Er hob eine Augenbraue. „Ja, schau mich nicht so komisch an", sagte sie, und ihre Mundwinkel bogen sich nach oben. „Es ist wirklich so, und ich muss es wissen. Ich habe mehr Therapiestunden als Zahnarztbesuche hinter mir – beides ist ähnlich schmerzvoll, bloß, dass man die Seele nicht mit Kunststoff füllen kann und sie funktioniert dann wieder."

Oliver fuhr sich durch die Haare. „Gott, es tut mir leid. Ich wollte nicht jammern ..."

Tamara unterbrach ihn mit einer Handbewegung.

„Ich sage dir das nicht, weil ich Mitleid will, Oliver. So gut müsstest du mich mittlerweile kennen, oder?" Sie funkelte ihn an.

„Ja", war alles, was er von sich gab. Er wirkte angespannt.

„Gut. Ich sage dir das, weil ich verstehe, dass tief in dir", sie legte sich eine Hand ans Herz, „viel mehr steckt, als du rauslässt. Ich erkenne eine verletzte Seele, weil ich weiß, wie sie aussieht."

Oliver atmete hörbar aus und schüttelte den Kopf. „Ich hatte immer alles", sagte er leise und blickte in die Ferne. „Mir hat es an nichts gefehlt ..."

„Bis auf Liebe", flüsterte sie und legte eine Hand auf seinen nackten Oberarm. Sein Bademantel lag bereits im Sand.

Er wandte sich zu ihr, und der verwundbare Ausdruck in seinen Augen erreichte ihr Herz.

„Es ist kompliziert", murmelte er.

„Deswegen sind wir hier."

Niemand von ihnen unterbrach den Moment inniger Verbundenheit. Tamara war Oliver dankbar, dass er so offen zu ihr war, dass er seinen Schmerz mit ihr teilte. Es bedeutete ihr viel, denn das hieß, dass er ihr vertraute, dass er ihr zutraute, dass sie damit umgehen konnte. Kaum jemand aus ihrer Familie wagte es, seine eigenen Sorgen und Ängste mit ihr zu besprechen, weil alle dachten, ihr Schicksal wäre schlimmer als das ihre.

Oliver war der erste, der ihr diese Kompetenz zusprach, der Halt bei ihr suchte. Aber sie wusste auch, dass er ein stolzer Mann war. Es kostete ihn Mut, sich ihr zu offenbaren. Dass er es tat, bewies nur, was für ein tiefgründiger Mensch sich unter der Schale des unbeschwerten Lebemanns verbarg.

„Lass uns baden gehen", flüsterte er und legte ihr eine Hand an die Wange, während sein Blick sie nach wie vor festhielt.

Seine Lippen waren leicht geöffnet, und einige wirre Strähnen hingen ihm ins gebräunte Gesicht. Die Morgensonne ließ seine Haut wie Gold glänzen.

„Kannst du überhaupt schwimmen?", scherzte sie. Ihre Stimme klang belegt.

Langsam breitete sich ein Grinsen auf seinen kantigen Zügen aus. „Wie ein Fisch ... Sollen wir?" Er zog seine Hand zurück. „Oder ist dir das Wasser zu kalt, Sonnenschein?"

„Zu kalt?" Sie spielte die Beleidigte. „Dir gebe ich gleich zu kalt!"

Glucksend zog sie ihren Bademantel aus und rannte als Erste in das flache Wasser. Es war tatsächlich noch ein wenig frisch, aber sie würde den Teufel tun und sich das anmerken lassen. Oliver holte sie schnell ein, lief an ihr vorbei und stürzte sich kopfüber ins Meer. Als er wieder auftauchte, stellte er sich hin und schüttelte sich wie ein Hund.

„Ah! Herrlich", stieß er hervor. „Komm her, ich beiße nicht."
Tamara watete durch ein flaches Stück und haderte mit sich, denn je weiter sie ging, desto kälter wurde es. „Weichei", scherzte Oliver.

„Dir gebe ich gleich –" Er begann sie nass zu spritzen. Tamara quiekte laut. „Du ...!"

Das schien Oliver nur noch mehr zu motivieren. Er machte natürlich weiter, bis sie die Zähne aufeinanderbiss und selbst kurz untertauchte. Als sie wieder an die Wasseroberfläche kam und sich das nasse Haar aus dem Gesicht strich, fühlte sie sich so lebendig wie schon lange nicht mehr. Das Meerwasser schmeckte salzig auf ihren Lippen, und verschwunden war die Müdigkeit. Es war einfach perfekt.

„Siehst du, es geht doch", rief Oliver. „Sollen wir ein Stück schwimmen?"

„Gibt's hier Fische?"

„Das wäre wünschenswert."

Sie verdrehte die Augen. Natürlich hatte sie eher an sowas wie Haie gedacht, aber sie wollte sich nicht lächerlich machen. „Schwimm schon los, Poseidon."

Er warf ihr einen amüsierten Blick zu und fing an zu kraulen. Es war wenig überraschend, dass er aussah, als würde er nie etwas anderes tun. Glücklicherweise war Schwimmen immer etwas gewesen, das ihr Spaß gemacht hatte, auch wenn sie sonst nicht so die Sportskanone war. Sie kraulte an seine Seite, und so schwammen sie einige Minuten parallel zum Ufer, bis sie das Santa Monica Pier erreicht hatten. Oliver ließ sich auf dem Rücken treiben und schloss die Augen.

„Was meinst du, ab wann gibt es Frühstück?", sagte er plötzlich.

„Hoffentlich bald. Sag mal, wie ist eigentlich der Plan heute?" Sie wusste natürlich, dass Oliver Angst vor dem Tag hatte – Angst davor, wie sein Vater aussah, ob der Krebs ihn gezeichnet hatte, ob er ausgemergelt und krank wirkte. Er hatte es nur am Rande erwähnt, aber sie hatte es gespürt und in seinem Blick gesehen.

„Mein Vater will mich gerne vor der Feier sehen. Mit mir sprechen ...", sagte er.

„Oh. Das ist doch gut." Sie freute sich für ihn. „Wann?"

„Zum Lunch, bei uns im Hotel."

„Dann könnt ihr in Ruhe reden."

„Ja. Komm, lass uns zurückschwimmen."

Ohne auf ihre Antwort zu warten, kraulte er los. Offenbar hatte er für diesen Morgen genug seines Innenlebens offenbart. Es war in Ordnung für sie. Sie wollte ihn nicht überfordern oder gar zu etwas drängen. Sie wusste nur zu gut, wie nervig Überfürsorge sein konnte.

Oliver ging in der Hotellobby auf und ab. Er war höllisch nervös, sein Herz schlug viel zu schnell, und seine Handflächen waren feucht.

„Oliver", sagte jemand hinter ihm.

Er drehte sich um und blickte in das Gesicht seines Vaters.

Richard McDermott wirkte nicht krank. Sein Haar war nach wie vor voll, nur an einigen Stellen vielleicht ein wenig dünner, was für sein Alter schätzungsweise normal war. Oliver hatte befürchtet, dass man ihm seine Krankheit direkt ansah. Ja, er war etwas schmaler als beim letzten Treffen, aber sonst ... Er sah erstaunlich gut aus.

„Vater", sagte Oliver und wusste nicht, was er tun sollte.

Sein Vater umarmte ihn. Oliver blieb steif stehen, ließ es aber zu. Richard klopfte ihm auf die Schulter, dann trat er einen Schritt zurück.

„Gut siehst du aus", meinte er.

„Ja ... du auch." Gott, er war absolut überfordert mit der Situation.

„Sollen wir? Ich habe einen Tisch reservieren lassen, dann können wir uns in Ruhe unterhalten."

Oliver fiel auf, dass sein Vater die gleiche Augenfarbe hatte wie er, was ihn daran erinnerte, dass er als Kind nie Gelegenheit gehabt hatte, das herauszufinden. Er hatte seinen Vater immer nur im Fernsehen oder auf Buchrücken gesehen.

Der hochdotierte Psychologieprofessor hatte einige Weltbestseller veröffentlicht – unter vorgehaltener Hand wurden seine Theorien als die des ‚neuen Sigmund Freud' gepriesen, was Oliver nur verbitterter gemacht hatte.

„Natürlich", sagte er reserviert.

Die Tatsache, dass Richard McDermott womöglich bald sterben würde, entschuldigte nicht sein langjähriges Desinteresse an seinem Sohn. Sie gingen nebeneinander her zum Restaurant. Eine im Kostüm gekleidete junge Dame, die ein goldenes Namensschild mit ‚Sue' an ihrer Bluse trug, begrüßte sie freundlich und führte sie zu einem Tisch mit Meerblick.

Richard bedeutete Oliver, sich zu setzen. „Bitte."

Nachdem sie ihre Bestellung aufgegeben hatten und die Getränke – Wasser für Richard und Orangensaft für Oliver – gebracht worden waren, spürte Oliver den intensiven Blick seines Vaters auf sich.

„Ich bin froh, dass du gekommen bist", eröffnete dieser das Gespräch.

Oliver begegnete seinem Blick. „Ja ... unter den Umständen."

Richard schluckte. „Es ist nicht zu ändern. Dennoch hat all das vielleicht ein Gutes."

Der Ausdruck in seinen Augen war hoffnungsvoll.

„Mutter sagte, es sei nicht ... behandelbar?"

Richard nickte. „Mit Chemotherapie und Bestrahlung hätte ich vielleicht noch ein, maximal zwei Jahre. Aber meine Lebensqualität wäre stark eingeschränkt. So möchte ich nicht gehen." Er atmete hörbar aus. „Aber lass uns über etwas Erfreulicheres sprechen."

„Wenn das so einfach wäre."

„Bitte, Oliver. Ich bin froh, dass du hergekommen bist. Dass du uns eine Möglichkeit gibst, uns doch noch besser kennenzulernen."

„Ist es dafür nicht längst zu spät?"

„Es kommt darauf an, was man daraus macht."

„Sag mir einfach nur, warum ich dir immer egal war. Ich war nur ein Kind."

Richards Blick verriet Bedauern, was die Bitterkeit in Oliver verstärkte. „Ich möchte nicht schlecht über deine Mutter reden. Sie hat mir von Anfang an gesagt, du seist mein Kind, aber ich habe ihr nicht geglaubt." Oliver presste seine Lippen aufeinander und ballte die Hände in seinem Schoß zu Fäusten. „Dennoch wollte ich meine Pflichten wahrnehmen. Ich habe sie um einen Vaterschaftstest gebeten."

Richard sah nicht aus, als ob er lügen würde.

„Und?", fragte Oliver ungeduldig. „Warst du mit dem Ergebnis nicht zufrieden?"

Sein Vater schüttelte müde den Kopf. „Ashley weigerte sich. Sie sagte, sie brauche keinen Beweis. Die Ähnlichkeit zwischen uns sei ausreichend und würde jeden Test überflüssig machen."

Oliver wurde übel. Seine Mutter hatte ihm eine ganz andere Geschichte verkauft, dass sie dem Vater von Anfang an von Oliver erzählt hätte – was offenbar auch stimmte. Aber das kleine Detail mit dem Test hatte sie verschwiegen.

„Wie kamst du darauf, dass ich nicht von dir sein könnte?", hakte Oliver nach, dabei kannte er die Antwort, wenn er ehrlich zu sich war.

Seit er denken konnte, wechselte seine Mum Männer wie Schuhe. Es waren viele gekommen und genauso viele gegangen. Jetzt, wo ihre Schönheit langsam verblasste, wurden ihre Liebhaber jünger oder hatten mehr auf dem Konto, als sie selbst hatte. Mindestens eines der Kriterien musste ihr Partner jedenfalls erfüllen, um als würdig eingestuft zu werden. Oliver hatte sich immer als Last gefühlt. Vom ersten Tag an hatte man ihn bei Nannys und in Privatschulen geparkt.

„Ach, Oliver." Richard seufzte und hielt sich an einer Gabel fest, die er immer wieder zwischen seinen Fingern drehte. „Du weißt doch, wie Ashley ist. Meine Bedingung war ein Test, und die hat sie nicht erfüllt. Deswegen dachte ich, du wärst nicht mein Sohn."

„Und warum hast du trotzdem für mich Unterhalt bezahlt?"

„Ich wollte mir nichts nachsagen lassen. Es war mir wichtig, dass du auf gute Schulen gehen kannst, egal mit wem deine Mutter liiert war."

„Du hast die Ausbildung komplett bezahlt?"

Er nickte. „Das war das Mindeste."

„Was hat deine Meinung nach zwanzig Jahren so plötzlich geändert? Warum hast du nie mit mir darüber geredet? Irgendwann hätte ich es doch verstanden." Olivers Magen schnürte sich zusammen.

„Es war tatsächlich so, dass ich irgendwann – leider viel zu spät – erkannt habe, dass du wirklich mein Sohn bist. Auch ohne schriftlichen Beweis." Die Falten auf Richards Gesicht wurden tiefer.

Oliver sah die Reue, was seine Wut auf beide Eltern nur befeuerte. Er spürte sie immer weiter aufsteigen, und es kostete ihn Mühe, sich zu beherrschen und zumindest äußerlich gelassen zu bleiben. „Dann gab es also nie einen Vaterschaftstest?"

Sein Vater schüttelte den Kopf. „Es tut mir ehrlich leid, Oliver. Glaub mir, ich habe mir viele Vorwürfe gemacht. Dann, als ich versucht habe, eine Verbindung zu dir aufzubauen, habe ich gemerkt, dass es zu spät für dich war. Du warst erwachsen, du brauchtest mich nicht mehr."

„Ich habe immer die Missbilligung gespürt, dass ich nicht so geworden bin, wie du dir einen Sohn wünschst." Oliver dachte an seine Brüder – beide erfolgreich, der eine Anwalt, der andere Arzt wie sein Vater.

Richard rieb sich die Stirn. „Es ist nicht ganz richtig so, Oliver. Natürlich habe ich mir für dich gewünscht, dass du eine Berufung findest, die dich erfüllt. Ich bin einfach davon ausgegangen, dass dein Lebensstil nur eine Phase in deinem Leben sein würde, nicht dein Lebensinhalt."

Der Stachel saß, und das Schlimmste war, dass er recht hatte. Olivers Kiefer mahlten aufeinander. „Tja, nicht gerade förderlich, wenn man nach zwanzig vergeudeten Jahren eine Beziehung aufbauen will."

„Absolut richtig. Glaub mir, Oliver, wenn ich noch einmal die Chance hätte, würde ich alles anders machen."

„Du kannst dir sicher sein, dass ich dir gerne glauben würde. Aber es ist doch so, dass ich einfach zu lange ohne Vater gelebt habe, als dass ich jetzt noch einen bräuchte."

Richards Schultern sanken. „Ich verstehe das sehr gut, mein Junge."

Mein Junge. Die Worte klangen bittersüß in Olivers Ohren, und er wusste nicht, wie er sich verhalten sollte. Tamara würde ihm raten, die Zeit zu nutzen, die er hatte. Das wusste er – aber war er stark genug, alte Narben aufzureißen? Er war sich nicht sicher. Richards Reue gab Oliver nicht die Jahre seines Lebens wieder, die er sich ungeliebt und einsam gefühlt hatte.

„Es tut mir leid", sagte Oliver leise.

Sein Vater blinzelte traurig. „Ich bin froh, dass du gekommen bist, und ich möchte, dass du weißt, dass ich stolz auf dich bin. Ich habe verstanden, dass es nicht darauf ankommt, was man ist – sondern wer. Man sollte meinen, in meinem Metier hätte ich früher darauf kommen sollen."

Er lächelte schwach. Oliver atmete tief durch.

„Mir ist klar, dass es so aussieht, als würde ich in den Tag hineinleben. Vielleicht habe ich das auch eine Zeit lang gemacht." Er straffte seinen Rücken. „Aber Geld bedeutet mir nichts. Da bin ich wohl aus der Art geschlagen." Oliver dachte an seine Mum, für die Geld und Ansehen mehr zählten als das eigene Kind. „Auf meinen Reisen habe ich erlebt, was wirklich wichtig ist. Es gibt Menschen, die haben kaum ein Dach über dem Kopf, werden nicht satt, haben für mich ihr Schlaflager geräumt und eine opulente Mahlzeit gekocht und mich bei sich aufgenommen. Glaub mir, diese Erlebnisse geben mir mehr als jede Zahl auf meinem Bankkonto."

Er hob sein Kinn und machte sich auf eine abwehrende Antwort gefasst, aber Richard nickte träge. „Du bist um einiges weiser als ich, mein Junge. Ich habe vieles erst spät begriffen. Viel zu spät vielleicht. Ich möchte nur, dass du weißt, dass ich dich liebe. Mir bleibt nicht mehr lange." Er schluckte schwer. „Aber ich will, dass du weißt, dass ich öfter an dich denke und gedacht habe, als du vielleicht glaubst. Ich habe trotz allem das Glück, dass ich dir sagen kann, was ich fühle. In dem Falle führe ich sogar eine Plattitüde an, aber sie ist wahr: *Besser spät als nie*, Oliver. Ich wünsche mir sehr, dass du mir glaubst."

Richards helle Augen füllten sich mit Tränen. In Olivers Hals war ein riesengroßer Kloß, der ihm das Atmen erschwerte. Er brachte keinen Ton heraus, deswegen nickte er nur und hielt dem intensiven Blick seines Vaters stand. Zum ersten Mal in seinem Leben hatte er Respekt für seinen Vater. Er hatte ihn nicht um Vergebung gebeten, vermutlich weil er sich selbst nicht vergeben konnte.

„Ich glaube dir", sagt er.

Alle Luft entwich aus Richards Lungen. Erleichterung glänzte in seinen Augen.

„Danke", murmelte er bewegt. „Das ist mehr, als ich verlangen kann. Du machst mich sehr glücklich."

16

Auf dem Weg nach Malibu erzählte er Tamara vom Mittagessen mit seinem Vater.

„Ich bin so stolz auf dich, Oliver", sagte sie vom Beifahrersitz aus.

Oliver umklammerte das Lenkrad fester. „Ich weiß nicht ... Ich war wie gelähmt die ganze Zeit. Ich kann das alles noch nicht glauben."

„Ich verstehe dich, wirklich. Es ist unfassbar, und du wirst sicher für immer daran zu knabbern haben. Aber – und ich finde, das ist sehr wichtig – du weißt jetzt warum. Diese Antworten sind nicht selbstverständlich. Ich wünsche mir für dich, dass du etwas daraus machst."

Olivers Kiefer mahlten. Er war nicht beleidigt, nein, er schätzte ihre Meinung. Dennoch wusste er nicht, was er davon halten sollte. Das war alles viel zu aufreibend, und die Aussicht auf die bevorstehende Feier im Haus seines Vaters machte ihn zusätzlich nervös. Er hatte Oliver gebeten, nichts über die Krankheit zu sagen, denn er wolle nicht, dass alle Welt davon erfuhr. Richard hatte es Ashley, Olivers Mutter, im Vertrauen erzählt, weil er gehofft hatte, dass er seinen Sohn damit zum Einlenken bewegen konnte – was ja auch funktioniert hatte.

„Es tut mir leid", sagte Tamara leise. „Ich wollte dir nicht zu nahe treten."

„Keine Sorge. Es ist nur alles etwas viel heute."

„Möchtest du lieber nicht gehen?"

„Doch, doch, wir tauchen dort auf. Es bedeutet ihm viel. Wenn ich ihm etwas geben kann, dann das. Ich fürchte, für alles andere fehlt uns die Zeit." Er schluckte.

Sein Vater hatte nicht gesagt, wann und ob sie sich wiedersehen würden, und Oliver hatte nicht fragen wollen. Er hatte keine Ahnung, mit welchem Verlauf man bei dieser Krebsart rechnen musste, und er hielt wenig davon, Google zu befragen. Insgesamt war er schrecklich überfordert, und sein gesamtes Weltbild wurde auf den Kopf gestellt: Er war nicht ungeliebt gewesen; sein Vater hatte seiner Mutter einfach nicht getraut, und nur deswegen war er zum Spielball geworden.

Bitterkeit machte sich erneut in ihm breit. Die Zeit konnte man nicht zurückdrehen. Er hatte nie eine Wahl gehabt; es war nicht mehr zu ändern.

In der Auffahrt zu Richard McDermotts Strandvilla standen die teuersten Wagen Stoßstange an Stoßstange.

„Nur die Crème de la Crème, hm?", meinte Tamara wenig beeindruckt.

Ihr bedeutete all der Prunk ebenso wenig wie ihm, was ihm Kraft für die kommenden Stunden gab. Sie fuhren den Kiesweg zum Haus hinauf und hielten vor dem Eingang an. Ein junger Mann in Livree nahm ihm den Schlüssel ab und gab ihm ein Kärtchen mit einer Nummer darauf.

„Bitte, Sir. Ich werde Ihren Wagen parken."

„Danke", antwortete Oliver und ging zu Tamara.

Sie ergriff seine Hand und drückte sie. Sie trug ein bodenlanges Sommerkleid, das ihre schmalen Schultern freiließ. Das Rot passte perfekt zu ihren glänzenden braunen Locken. Er selbst trug ein weißes Hemd und dunkle Chinos mit Bootsschuhen.

„Wir schaffen das."

Er nickte und rieb sich die Stirn. „Ich komme mir so dämlich vor, ehrlich. Ich bin normalerweise nicht so –"

„Hey!", unterbrach sie ihn. „Sei einfach du selbst, okay?"

Er lächelte schwach. „Okay."

Im Haus und Außenbereich tummelten sich Stars und Sternchen, Größen der Lokalpolitik und Kollegen seines Vaters. Oliver war froh, in der Anonymität der Menge zu verschwinden. Sein Vater wusste, wie man feierte. Im Garten spielte ein Mann an einem Flügel – die perfekte Hintergrundmusik für diese malerische Kulisse. Es war bereits dunkel, und bunte Lichter erhellten die Grünanlagen, von denen aus man über eine Treppe an den Strand gelangte. Im Pool schwammen ein paar hübsche Damen, die vermutlich darauf hofften, entdeckt zu werden. Immer wieder bekamen sie Getränke von uniformierten Servicekräften angeboten.

„Was möchtest du?", fragte Oliver. „Haben Sie alkoholfreie Cocktails?"

Das junge Mädchen – er schätzte sie auf vielleicht zwanzig – nickte. „Selbstverständlich. Sagen Sie mir eine Geschmacksrichtung, ich lasse Ihnen etwas zubereiten."

Sie zeigte auf die Bar in etwa zwanzig Metern Entfernung, an der drei Barkeeper mixten.

„Ich hätte gerne etwas mit Minze und Zitrone", sagte Tamara.

„Nehme ich auch, vielen Dank."

Auch wenn das Ambiente mit Meeresrauschen und den warmen Temperaturen sehr angenehm war, so war es doch eine Upperclass-Party wie jede andere. Normalerweise vermied Tamara derartige Veranstaltungen.

Sie nippte an ihrem Glas. „Sehr erfrischend."

Oliver versteifte sich, als ein hochgewachsener Mann auf ihn zukam. Er trug Smoking, weißes Hemd und Fliege. Das konnte eigentlich nur sein Vater sein; die Augenfarbe verriet ihn. Sie kannte ihn bereits aus dem Fernsehen, aber das Türkis der Augen war da nie so deutlich gewesen wie in natura.

„Oliver, wie schön", begrüßte Richard McDermott seinen Sohn. „Und du hast deine Begleitung mitgebracht. Wie bezaubernd, Miss ...?"

Tamara lächelte und streckte ihm ihre Hand hin. „Stanhope. Freut mich."

„Ah, der Name sagt mir doch etwas." Seine Augen funkelten, während er ihre Hand schüttelte.

„Ja, sie ist Lucas' Schwester", half Oliver ihm aus.

„Wirklich eine wundervolle Feier, Mister McDermott."

„Nennen Sie mich bitte Richard. Ich bin sehr froh, dass ihr gekommen seid. Ich hoffe, ihr amüsiert euch – es gibt genug zu essen und zu trinken." Er wandte sich an Oliver. „Sehen wir uns morgen noch einmal? Ich fürchte, heute werde ich kaum Gelegenheit haben für ein ruhiges Gespräch."

Oliver wirkte nachdenklich, schließlich nickte er. „Natürlich. Melde dich einfach. Unser Rückflug geht erst übermorgen."

Richard umarmte Oliver, dem das vor so vielen Leuten sichtlich unangenehm war. Tamara schmunzelte. Sie war glücklich, dass der Tag sich so entwickelt hatte.

„Das mache ich, mein Junge. Entschuldigt mich einen Augenblick. Tamara." Er nickte ihr zu und ging dann weiter.

„Er ist doch sehr nett", raunte sie Oliver zu.

Dieser seufzte. „Daran lag es auch nie."

„Versuch den Abend zu genießen. Schau mal, da hinten ist eine Hollywood-Schaukel. Wie passend. Sollen wir?"

Oliver schien es ganz recht zu sein, dass sie nicht länger alleine herumstehen mussten, denn er kannte zwar einige Gäste vom Sehen, pflegte aber zu keinem ein innigeres Verhältnis. Das hatte er ihr zumindest auf dem Weg zur Feier erzählt.

„Wie praktisch." Tamara gluckste und steckte sich ein Stück Käse in den Mund. „Wir sitzen hier und müssen doch nicht hungern."

Die Damen und Herren vom Cateringservice boten ihnen regelmäßig etwas von ihren Tabletts an. Es machte Spaß, mit Oliver das Treiben zu beobachten. Es war ein ausgelassenes Fest, bei dem sie sich beide wie Statisten fühlten. Daran gab es nichts zu leugnen. Sie fand es dennoch anständig von Oliver, seinem Vater trotz ihrer Schwierigkeiten diese Ehre zu erweisen. Sie hatte ihm angeboten zu fahren, falls er sich einen Drink genehmigen wollte, aber er hatte nur den Kopf geschüttelt. ‚Lieber nicht', hatte er gesagt. ‚Besser, ich bleibe nüchtern.'

„Ich ... gehe mal mein Näschen pudern." Sie stand auf und strich ihr Kleid glatt.

„Soll ich dich begleiten?"

Tamara lächelte dankbar. „Das ist super lieb, aber ich komme klar. Danke dir, Oliver."

Sie warf ihm noch einen Blick über die Schulter zu und ging dann über den Rasen hinüber zum Haus. Sie trat durch eine der Flügeltüren in die weiße Villa. Im Wohnzimmer war das Licht gedämpft, außerdem brannten unzählige Kerzen in Glaszylindern. Die Vorhänge wiegten durch die Zugluft sanft hin und her.

Ihre Absätze klapperten auf dem dunklen Parkettboden. Die meisten Gäste waren draußen; es war eine laue kalifornische Sommernacht. Sie durchschritt das Wohnzimmer und landete im Eingangsbereich. Heller Marmorboden dominierte den Raum, und in der Mitte hing ein goldener Kronleuchter. Rechts davon führte eine breite Treppe in den oberen Bereich des Hauses. Sie hörte das Klirren von Geschirr und Gläsern – vermutlich ging es links zur Küche. Irgendwo musste es aber auch im Erdgeschoss eine Toilette geben.

„Kann ich Ihnen helfen?", sprach sie jemand von hinten an.

Tamara drehte sich um und blickte in ein Paar eisblaue Augen. Der dazugehörige Mann hatte kantige Gesichtszüge und trug einen makellosen Anzug. Er war sicher kein Kellner.

„Entschuldigung, ich suche die ..."

Er verstand und nickte. „Verzeihen Sie, ich habe mich gar nicht vorgestellt. Ich bin Trevor McDermott."

Er hielt ihr seine Hand hin und lächelte. Er sah gut aus, aber ihm fehlte die Herzlichkeit seines Halbbruders.

„Tamara Stanhope. Freut mich." Sie behielt für sich, dass sie mit Oliver gekommen war. Sie verstand jetzt, was Oliver gemeint hatte, als er über seine Geschwister geredet hatte.

„Kommen Sie, ich zeige Ihnen den Weg." Er ging ein paar Schritte über den Marmor, das Klackern seiner Lackschuhe hallte durch den hohen Raum.

„Sehr freundlich, vielen Dank."

Trevor öffnete eine weiße Tür mit goldenem Griff. „Bitteschön. Man sieht sich sicher noch."

„Bestimmt." Sie trat in das Badezimmer und schloss die Tür von innen.

Der gleiche Marmor wie im Eingangsbereich dominierte dieses luxuriöse Bad. Goldene Armaturen, glänzender Boden. Viel zu viel für ihren Geschmack. Sie konnte sich Oliver beim besten Willen nicht in diesem Haus vorstellen, seinen Bruder hingegen schon. Er passte in dieses Milieu, strahlte die Macht und Dominanz aus, mit der Leute seines Standes sich gerne umgaben, die sie gerne als Schutzschild vorschoben. Richard hatte ganz anders auf sie gewirkt, aber vielleicht hatte die Krankheit ihn auch verändert oder seine Frau hatte das Haus eingerichtet. Sie war vor zwei Jahren gestorben, mehr hatte Oliver ihr nicht über sie erzählt.

Als sie kurz darauf über den Rasen schritt, sah sie, dass Oliver sich im Stehen mit jemandem unterhielt. Das musste sein anderer Bruder sein. Aber die beiden wirkten nicht vertraut miteinander, im Gegenteil. Olivers Gesichtszüge waren angespannt, und er umklammerte sein Glas so fest, dass seine Knöchel weiß hervortraten.

„Guten Abend", sagte Tamara lächelnd.

„Oh, guten Abend", grüßte Olivers Bruder. „Blake McDermott. Und Sie sind …?"

Tamara entging der Blick nicht, den er über ihren Körper gleiten ließ, ehe er ihr wieder in die Augen schaute. „Tamara Stanhope."

Es lag eine unangenehme Spannung in der Luft. Es war jedoch nicht an ihr, die Situation zu retten, denn sie wusste gar nicht, was vorgefallen war. Oliver schien jedoch überfordert oder war einfach nur erschöpft nach diesem emotionalen Tag.

„Oliver, sollen wir vielleicht aufbrechen?", fragte sie daher sanft und ignorierte Blake.

„Ja, ich wollte sowieso …", sagte Blake und hielt sein Glas etwas höher. Er hatte offenbar schon einiges getrunken, was ihn nicht sympathischer machte. „Guten Abend."

Mit langen Schritten ging Blake davon. Tamara schaute ihm hinterher.

„Alles in Ordnung?", wandte sie sich dann an Oliver.

Er schnaubte leise. „Ehrlich gesagt … keine Ahnung."

„Lass uns gehen. Es ist schon spät, wir hatten ein paar Stunden Spaß. Dein Vater hat sich gefreut, dass du hier warst … Mehr kann man für den Moment wohl nicht verlangen."

Hatte er gehofft, dass seine Brüder – *Halb*brüder – ihn vielleicht in den Kreis der Familie aufnehmen würden? Falls dem so war, hatte Oliver eine herbe Enttäuschung erfahren. Aber er hatte nie darüber gesprochen. Nein, das glaubte sie eigentlich nicht. Sie würde ihn später oder morgen fragen. Für heute hatte er augenscheinlich genug.

„Gern." Oliver nahm ihre Hand, als wäre es ganz selbstverständlich. So fühlte es sich auch an. Seine Haut war warm und trocken, sein Griff fest und vertraut.

„Soll ich fahren?", bot sie an, während der Mann am Schlüsselboard den Mietwagen holte.

Oliver schüttelte den Kopf und wackelte mit den Augenbrauen. „So weit kommt es noch!"

Tamara grinste verschmitzt. „Ah, da ist er wieder."

„Wer?"

„Der Macho. Ich habe ihn schon ein bisschen vermisst." Sie zwinkerte.

„Kein Problem, das kannst du gerne öfter haben." Seine Mundwinkel zuckten.

Schmetterlinge flogen in ihrem Bauch auf, als sie sah, dass Oliver zum ersten Mal, seit sie unterwegs waren, wirklich fröhlich wirkte. Sie wollte nichts Falsches sagen, daher streckte sie ihm nur die Zunge raus.

In diesem Moment fuhr der Wagen vor. Oliver öffnete die Beifahrertür für sie, dabei nahm sie einen Hauch seines Aftershaves wahr. Er roch so gut wie eh und je.

Auf der Fahrt fielen ihr immer wieder die Augen zu. Die Zeitverschiebung, der lange Tag ...

„Stört es dich, wenn ich ein bisschen döse?", murmelte sie schläfrig.

„Nein, ist schon gut, Sonnenschein."

Sonnenschein. Er hatte das nun schon öfter zu ihr gesagt. Sie mochte es.

Oliver parkte den Wagen und stellte den Motor ab. Er drehte den Kopf und betrachtete Tamaras Gesicht im schwachen Schein der Straßenlaterne. Sie war wunderschön, wirkte völlig entspannt und im Reinen mit sich.

Ohne sie hätte er diesen Tag nicht überstanden, wäre wahrscheinlich nicht mal hier. Aber es war nicht nur Dankbarkeit, die er für sie empfand. Es war viel mehr; etwas, das viel tiefer ging. Er fürchtete sich gleichzeitig vor seinen Empfindungen, denn er bewegte sich damit auf einem schmalen Grat. Er war momentan nicht gerade als emotional stabil zu bezeichnen, zudem ... Es gab mannigfaltige Gründe, warum es keine gute Idee war, mehr für sie zu fühlen als platonische Freundschaft.

Er hob seine Hand und streckte sie in ihre Richtung aus. Für einige Sekunden hielt er sie dicht an ihrem Gesicht, wagte aber nicht, ihre Wange im Schlaf zu berühren. Er würde damit definitiv eine Grenze überschreiten, die er nicht noch einmal überqueren durfte.

Oliver machte sich nichts vor. Ja, er fühlte sich zu ihr hingezogen, aber er wusste auch, dass sein Interesse an ihr nicht lange anhalten würde. *Das tut es nie*, sagte er sich. Sie hatte mehr verdient als das, und er wollte seine Freundschaft zu Lucas und ihr nicht damit zerstören. Er konnte keine Beziehung führen, er wusste nicht, wie man liebte.

Liebe. Was war das für ein Gefühl, von dem alle sprachen? Er hatte keine Ahnung. Alleine das genügte, um ihn davon zu überzeugen, dass er Tamara in Ruhe lassen musste. Er hatte Bedenken, Verantwortung für etwas zu übernehmen, das er als kostbar empfand – oder für jemanden. Er mochte es, sich von Frau zu Frau treiben zu lassen, keine Verpflichtungen zu haben. Seine Art zu leben ließ ihm seine Freiheit. Er konnte tun und lassen, was ihm in den Sinn kam. Er wollte sein Leben nicht verkomplizieren, und das würde definitiv passieren, wenn er sich mit Tamara Stanhope einließ. Auf die eine oder andere Weise würde er es verderben, das wusste er. Seine Eltern waren nicht gerade gute Vorbilder gewesen. Er hatte Angst, wie sie zu scheitern, und sie hatten zweifellos auf allen Ebenen versagt.

Tamara seufzte leise im Schlaf und weckte damit ein Sehnen in ihm, das körperlich schmerzte. Oliver umklammerte das Lenkrad mit beiden Händen, schloss die Augen und atmete tief durch. Er musste ein einziges Mal in seinem Leben Zurückhaltung üben. Hätte ihm vor kurzem jemand gesagt, dass es so schwer sein würde, hätte er gelacht. Aber nun war ihm nicht mehr nach Lachen zumute, denn er wusste genau, wie es war, ihre sinnlichen Lippen zu küssen. Weich und köstlich.

Er musste damit aufhören. Dabei ging es ihm nicht mal nur *darum*, nein. Es war viel mehr als körperliches Verlangen, das war ja das Erschreckende an der Sache. Tamara weckte den Wunsch in ihm, ein besserer Mensch zu werden. Aber der Preis für ein Abenteuer mit ihr war zu hoch. Sie war zu wertvoll; sie brauchte jemanden, der sie mit ganzem Herzen lieben konnte. Oliver glaubte nicht, dass er zu so tiefen Gefühlen fähig war, wie sie sie verdiente. Ja, er fühlte sich zu ihr hingezogen, er schätzte, mochte sie. Sehr sogar. Aber er war auch kein Träumer, denn wenn er eines gelernt hatte, dann, dass Träume niemals wahr wurden.

„Sind wir da?", murmelte sie verschlafen und rieb sich die Augen. Sie richtete sich im Sitz auf. „Ist … alles in Ordnung?"

Oliver schluckte und versuchte sich ein Lächeln abzuringen. Er hoffte, sie bemerkte nicht, dass es vermutlich mehr nach einer Grimasse aussah. „Ich wollte dich nicht wecken."

Sie lachte. „Du wolltest doch nicht ernsthaft die ganze Nacht hier neben mir sitzen und warten, bis ich aufwache?"

Er drehte den Kopf in ihre Richtung. „Was, wenn doch?"

Ihre Augen wirkten beinahe schwarz im Dunkel der Nacht. Für einige Sekunden sagte niemand etwas. Die Luft im Wagen war spannungsgeladen. Sie musste es auch spüren, denn ihr Brustkorb hob und senkte sich schneller. Alle Müdigkeit schien von ihr gewichen zu sein.

„Oliver …", murmelte sie und streckte ihre Hand nach ihm aus.

„Nicht!" Er unterbrach den Blickkontakt und starrte auf seine Finger.

Das Wort hatte die Vertrautheit zwischen ihnen durchtrennt wie ein Messer. Er spürte ihre Enttäuschung; sie fühlte sich zurückgewiesen. Er wusste, dass sie getroffen war, aber das war besser, als alles andere zu verlieren, was auf dem Spiel stand.

Oliver fühlte sich trotzdem mies. Er war schon öfter als Arschloch bezeichnet worden, das war nicht neu, dennoch war das mit Tamara anders. Es war um einiges komplizierter.

„Lass uns schlafen gehen", sagte er mit belegter Stimme und stieg aus.

Den Weg zu ihren Zimmern legten sie schweigend zurück. Vor ihrer Zimmertür beugte er sich zu ihr und gab ihr einen Kuss auf die Wange. „Ich bin dir sehr dankbar, dass du mir heute beigestanden hast. Schlaf schön."

Sie nickte und rang sich ein höfliches Lächeln ab. Die Enttäuschung in ihrem Blick schnitt ihm ins Herz, aber einer von ihnen musste stark sein.

„Gute Nacht, Oliver." Und dann verschwand sie in ihrem Zimmer.

17

Bei diesem Treffen wirkte Richard McDermott gelöster. Vielleicht lag es auch daran, dass sie einige Missverständnisse ausgeräumt hatten und er sich freute, Oliver noch einmal in Ruhe sprechen zu können.

„Ich bin sehr froh, dass du hier bist, Oliver", sagte sein Vater.

Oliver nickte. „Ja, ich auch. Meine Freunde haben mich gut beraten."

„Freunde sind wichtig. Ich bin ihnen dankbar, dass sie für dich da sind, wenn du Rat brauchst. Und – wenn ich das fragen darf – wie sieht es mit einer Freundin aus?"

Oliver runzelte die Stirn. „Du sprichst, als wäre ich noch in der High School."

„Entschuldige. Ich bin auch zu neugierig. Wenn ich dir einen Rat zum Thema Frauen mitgeben darf – und das maße ich mir jetzt mal an, weil ich vielleicht nicht mehr lange die Gelegenheit dazu habe –: Hör auf dein Herz, vergiss den Rest."

Oliver schaute seinen Vater überrascht an.

„O-kay", gab er langgezogen zurück, weil er nicht wusste, was er sonst sagen sollte.

„Du wirst wissen, wer die Richtige ist. Deine Begleitung fand ich sehr nett. Ich freue mich, dass du so gute Freunde hast."

„Ja, das ist absolut richtig."

„Ich vermisse meine Frau auch heute noch, zwei Jahre nach ihrem Tod. Vielleicht macht das meinen Abschied auch leichter, weil ich weiß, dass ich sie wiedersehe. Das Einzige, was ich dir noch mit auf den Weg geben will: Wenn du die Richtige gefunden hast, dann lohnt es sich, für sie zu kämpfen. Vielleicht musst du über deinen eigenen Schatten springen."

„Warum sagst du mir das?"

„Du weißt warum. Ich werde nicht mehr lange da sein, um dich mit meinen Weisheiten zu nerven." Er lächelte traurig.

„Trotzdem wollte ich dir das einfach noch einmal sagen. Möglicherweise ist dir die Frau fürs Leben längst begegnet, und du hast es nur noch nicht begriffen. Wir McDermotts haben manchmal eine ziemlich lange Leitung."

„Ich trage nicht deinen Namen"; erinnerte ihn Oliver mit einem Augenzwinkern.

„Das ist mir klar, dennoch bist du mein Sohn, Oliver. Im richtigen Moment wirst du dich daran erinnern. Versprich mir, dass du niemals aufgeben wirst, bis du die eine Person gefunden hast, mit der du alt werden möchtest. Du bist so ein sensibler Mensch, auch wenn du dir große Mühe gibst, dass niemand deinen weichen Kern freilegt."

Oliver schluckte. „Ja. Ich verspreche es dir."

Nach dem Lunch mit seinem Vater schlenderte Oliver mit Tamara über den Santa Monica Pier. Der Tag – so wie ihre Reise – neigte sich dem Ende zu, der wolkenlose Himmel färbte sich zusehends von Blau zu Rot.

Er fühlte sich erleichtert, zum ersten Mal seit … Eigentlich fühlte er zum ersten Mal in seinem Leben nicht mehr diese alles überschattende Bitterkeit, wenn er an Richard McDermott dachte. Seine Brüder hatten die Annäherung mit Argwohn betrachtet und ihm auf der Geburtstagsfeier überdeutlich gemacht, dass er auch in Zukunft nichts bei ihnen verloren hatte. Oliver störte es weniger, als er zunächst vermutet hatte. Mit Trevor und Blake verband ihn nichts – außer Richard.

„Wie wäre es mit einer Runde Riesenrad?", schlug er Tamara vor, die rosa Zuckerwatte knabberte, die um ein Stäbchen gewickelt war.

„Ich weiß nicht …"

„Ach, komm schon. So bald kommen wir, also ich zumindest, nicht wieder hierher. Man hat von da oben bestimmt einen atemberaubenden Ausblick."

Tamara überlegte. „Du hast Glück", sagte sie und stieß ihn mit ihrer Schulter an, „dass ich die Sonnenuntergänge hier besonders hinreißend finde."

„Ist das ein Ja?"

„Sieht so aus."

Fünf Minuten später saßen sie in einer der vielen Gondeln. Normalerweise war er nicht der Typ für albernen Kram – *Romantik* –, aber mit Tamara machte es irgendwie Spaß. Mit ihr machte alles mehr Spaß. Seine Welt war bunter geworden, seit er sie kennengelernt hatte. Und das lag nicht nur daran, dass er weniger feiern ging und mehr von den Tagen mitbekam. Er hätte nie gedacht, dass es so erfüllend sein konnte, die schönen Dinge des Alltags mit jemandem zu teilen. Es war mehr als das. Es machte ihn auf eine gewisse Weise glücklich, wie er es noch nicht erlebt hatte. War es das, was sein Vater gemeint hatte?

„Krass", stieß sie hervor und klammerte sich an ihrem Sitz fest. „Es ist ja doch ganz schön hoch hier."

„Hat da jemand Höhenangst?"

„Quatsch." Ihr Gesicht färbte sich zu einem zarten Rosaton. Hinreißend. Ihre Locken wehten im Wind, der hier oben deutlich stärker war als am Pier.

„Die Menschen sehen schon klein aus, schau mal", neckte er sie und beugte sich ein Stück aus der Gondel.

Tamara zupfte ihn an der Jeans zurück. „Willst du dich umbringen?"

„Hatte ich nicht vor."

„Dann setz dich wieder hin."

Er ließ sich lachend in den Sitz neben Tamara sinken und legte einen Arm um ihre Schulter. „Wundervoll, nicht?"

Sie lehnte sich an ihn. „Ja, wirklich. Ich könnte mir jeden Tag diese Sonnenuntergänge ansehen. Wie man langsam beobachten kann, wie die Sonne im Meer abtaucht – abgefahren."

„Absolut. Geht ganz ohne Drogen."

Tamara schlug ihm leicht auf den Oberschenkel. „Idiot."

„Ich weiß."

„Nimmst du Drogen?"

Er schüttelte den Kopf. „Sehe ich aus, als hätte ich nicht schon genug Probleme?"

Sie atmete erleichtert aus. „Gott sei Dank."

„Machst du dir Sorgen um mich?"

Sie schwieg einen Augenblick. Er bekam mit, dass sie an ihrer Unterlippe nagte. „Ich bin mir nicht sicher. Würdest du das wollen?"

„Es würde bedeuten, dass wir Freunde sind. Freunde sorgen sich umeinander." Er dachte an Lucas. Er hatte ihm gestern eine SMS geschickt, in der er gefragt hatte, wie es ihm ging, aber keine Antwort erhalten.

„Dann ja. Ich würde mir Sorgen um dich machen. Aktuell sehe ich dafür keinen Grund. Die Reise war doch ... gut für dich, oder?"

Oliver schaute in die Ferne und überlegte eine Weile, ehe er antwortete. „Ja. Es war gut. Ich kann dir gar nicht genug dafür danken, dass du mitgekommen bist."

„Du musst mir nicht danken. Ich habe wirklich viele schöne Dinge erlebt. Es tat gut, mal rauszukommen. Meine Familie kann ja ... du weißt schon ...," sie grinste schief, „nerven."

Das Rad drehte sich immer weiter. Sie plauderten noch eine Weile über Belangloses, ehe sie zum Aussteigen aufgefordert wurden.

„Sollen wir noch was essen oder bist du müde?", fragte er Tamara, die ihre zerzausten Locken zu bändigen versuchte.

„Essen wäre nicht schlecht."

„Das mag ich so an dir."

„Was?" Sie runzelte die Stirn.

„Du bist so herrlich unkompliziert." Wieder legte er einen Arm um ihre Schultern und schlenderte mit ihr zur Bubba Gump Shrimp Company – einem Restaurant am Santa Monica Pier.

Es befand sich in einer mit weißen Brettern beschlagenen Hütte, und über dem Eingang prangte ein buntes Logo mit einer zufrieden grinsenden Garnele.

An der Tür wurden sie von einer jungen Frau begrüßt. Sie trug eine weiße Bluse, an der ein Schild mit dem Namen ‚Shirley' hing. „Hey, Leute, wie geht's euch? Was kann ich für euch tun?"

„Wir sind zu zweit", gab Oliver zurück.

„Klar, kommt mit." Sie lächelte breit und führte Oliver und Tamara über die rustikalen dunkelbraunen Holzdielen zu einem von vier Tischen, die in einer Art Indoor-Laube angelegt waren. Es gab Sitzbänke anstelle von Stühlen, die mit rotem Kunstleder bezogen waren, wie man es sonst aus Diners kannte. Über die ganze Holzdecke des Restaurants waren mehrere Lichterketten gespannt.

„Bitte", sagte sie und legte zwei Speisekarten vor ihnen ab. „Mein Kollege kommt gleich und nimmt eure Bestellung auf."

„Danke."

„Irgendwie lustig, der Laden", meinte Tamara, nachdem sie sich ihm gegenüber hingesetzt und die Speisekarte in die Hand genommen hatte. „Und es gibt eine Menge Shrimps."

Ihr breites Lächeln brachte etwas in ihm zum Flattern. Hastig griff er nach einer Karte und senkte den Blick.

„Hast du was gefunden?", fragte er nach ein paar Minuten.

„Ich bin ganz klar überfordert. Kannst du nicht was aussuchen?"

„Irgendwas, was du nicht magst?"

„Alkohol."

„Okay, das habe ich mitbekommen, sonst?"

Sie schüttelte den Kopf. „Nö, ich esse eigentlich alles. Wobei ich das doch revidieren musste, nachdem ich nach Shanghai gekommen bin. Jetzt sage ich gerne: Ich esse alles westliche Essen."

Er verzog den Mund. „Also hast du an Insekten und Schlangen noch keinen Gefallen gefunden?"

Sie verdrehte die Augen. „Nee, echt nicht. Man muss nicht alles haben. Und jetzt erzähl mir nicht, dass Insekten ja so eine gute Proteinquelle sind und frittiert wirklich gut schmecken."

„Wieso sollte ich sowas sagen?" Er musterte sie und nahm mit Vergnügen wahr, dass sie unter seinem Blick errötete.

„Du bist der Abenteurer hier, nicht ich." Tamaras Augen funkelten amüsiert.

„Stimmt. Aber ich mag das Ungeziefer auch nicht."

„Aber gekostet hast du es schon mal? Neuerdings gibt es ja auch in Europa Insektenburger und sowas."

Oliver schüttelte sich. „Ja, aber ... nicht mein Ding."

In diesem Moment kam ein Mann in schwarzen Hosen und weißem Hemd – anscheinend die Arbeitskleidung bei Bubba Gump. „Hey, Leute, herzlich willkommen bei uns. Ich bin Steven. Habt ihr was auf der Karte gefunden?"

Oliver blickte kurz zu Tamara, und sie nickte aufmunternd.

„Ja", antwortete er. „Haben wir. Ich hätte gern ein Corona, und die junge Dame hier einen Eistee."

„Pfirsich oder Zitrone?"

„Pfirsich", gab Tamara zurück.

„Okay, sehr gern." Er tippte mit einem schwarzen Stift in sein Gerät und hob dann den Kopf. „Ja?"

„Gut, dann nehmen wir das Knoblauchbrot, die Coconut Shrimps, die Shrimps Hush Puppies und die Ping Pong Shrimps, und noch einmal Zwiebelringe, bitte."

Steven tippte alles in sein Gerät. „Perfekt, sonst noch etwas?"

„Nein, danke."

„Wow", sagte Tamara, nachdem Steven verschwunden war. „Das wird ... interessant."

Oliver grinste. „Ich habe Hunger."

Innerhalb weniger Minuten standen die Getränke und das Essen vor ihnen. Tamara machte große Augen.

„Puh. Danach brauche ich drei Tage nichts mehr." Sie lachte.

„Warten wir ab, ob du überhaupt was abbekommst. Ich kann schnell essen. Guten Appetit. Bitteschön." Er zeigte auf den Tisch und bedeutete Tamara damit, dass sie anfangen sollte.

Sie aßen mit den Fingern. Tamara tauchte eine Kokos-Garnele in den Dip und schob sie sich in den Mund.

„O Gott, ist das köstlich", brummte sie zufrieden und schloss für eine Sekunde die Augen.

„Du hast da was", sagte er und wischte ihr eine Ketchup-Spur aus dem Gesicht.

„Ich esse wie ein Schwein", scherzte sie und begegnete seinem Blick.

Oliver wusste nicht, was hier gerade passierte, aber er konnte sich nicht abwenden. Er tauchte ins Karamell ihrer Augen ein und verlor sich darin. Wenn die Zeit jetzt stehen bleiben würde, wäre er im Paradies und glücklich.

„Hm-hm." Sie räusperte sich, nahm ihren Eistee zur Hand und schlug die Lider nieder.

„Hast du schon die Ping Pong Shrimps gekostet?", versuchte er diesen seltsamen Moment zu überspielen. „Die sind einfach großartig."

„Was genau ist das? Ping Pong?"

„*Lightly breaded* und scharf gewürzt, dazu gibt es eine Mango-Ananas-Salsa. Ein Traum, sag ich dir." Er machte ein schmatzendes Geräusch.

„Du bist ja ein ganz schöner Genießer."

„Essen macht glücklich."

„Was machst du sonst so mit deinen Dates?" Sie stockte und schob sich eine Locke aus dem Gesicht. „Also nicht, dass das jetzt ein Date wäre … Du weißt schon, was ich meine."

Oliver fand es bezaubernd anzusehen, wenn sie ein bisschen nervös war – wie jetzt. „Ist schon klar. Ich weiß, was du meinst. Ehrlich gesagt, ich habe wenige Frauen, mit denen ich befreundet bin. Mit normalen", er malte Gänsefüßchen in die Luft, „Dates läuft es ja meist auf das eine hinaus."

Es war seltsam, dass er so offen mit Tamara sprechen konnte, ohne sich komisch dabei zu fühlen. Aber so war es nun mal – mit ihr war er nicht hier, weil er sie flachlegen wollte. Das nahm schon mal eine Menge Druck aus der Kommunikation und allem. Überhaupt war alles mit ihr anders, schön anders.

Sie nahm sich ein Stück Knoblauchbrot und zerteilte es in der Mitte. Dann leckte sie sich ihren Zeigefinger ab. Oliver musste schlucken, als Verlangen durch seine Lenden pulsierte.

Verdammt.

„Gut, dass das kein Date ist", meinte sie grinsend und biss ab. „Wir beide werden nach dem ganzen Knoblauch stinken wie Iltisse."

„Jap", gab er zurück und nahm einen großen Schluck von seinem Bier. „Das werden wir."

Auf dem Weg zum Hotel plauderten sie ein wenig über seine Reisen, wo er noch hinwollte, was auf seiner ‚Bucket List' stand.

Ihre Gesellschaft war angenehm, und er hatte sich lange nicht mehr so wohlgefühlt wie mit ihr an seiner Seite. Doch im Hinterkopf meldete sich immer wieder ein Stimmchen. *Freundschaft zwischen Männern und Frauen ... Es wird nicht funktionieren.*

Sein Körper zeigte es ihm immer wieder. Er musste ständig gegen das Sehnen ankämpfen, sie zu berühren, ihr eine vom Wind zerzauste Strähne aus dem Gesicht zu schieben, ihr den Arm um die Schultern zu legen und sie zu küssen.

„Puh, ich bin voll", sagte sie, als sie den Lift erreichten. „Dieses frittierte Zeug liegt einem echt schwer im Magen."

„Normalerweise würde ich sagen, du brauchst einen Digestif, aber der fällt ja aus."

„Es wird schon gehen." Sie schaute zu ihm auf.

Da war sie wieder, diese prickelnde Spannung zwischen ihnen, die er von Anfang an gespürt hatte. Der er nicht nachgeben durfte. Nicht noch einmal.

Er schluckte. „Gut."

Oliver war erleichtert, als die Türen des Lifts aufglitten. „Geh schon mal vor, ich habe noch was vergessen, was ich mit dem Concierge klären wollte."

Sie runzelte die Stirn. „Ich kann warten …"

„Nein." Er schüttelte den Kopf. „Geh nur schon. Schlaf schön, Sonnenschein."

Tamara verzog den Mund. „Du auch. Bis morgen."

Als sie in London landeten, fragte sich Tamara, was sie falschgemacht hatte. Seit der Verabschiedung am letzten Abend war Oliver sehr zurückhaltend. Er neckte sie nicht mehr andauernd und wirkte seltsam in sich gekehrt. Auf dem Flug hatten sie kaum miteinander gesprochen. Er hatte sich seine Kopfhörer wie ein Schutzschild übergestülpt.

Aber es war in Ordnung. Er war ihr zu nichts verpflichtet und musste die Eindrücke der Reise auf seine Weise verdauen. Es war nicht leicht für ihn gewesen, und sie sollte nicht alles auf sich beziehen – auch wenn sie das gerne täte. Aber – und das hatte sie auch schmerzlich lernen müssen – für sie und ihn gab es keine Zukunft. Sie musste sich ihn endlich abschminken, ehe sie sich in ihn verliebte.

Hoffentlich war es nicht längst zu spät.

„Was denkt deine Familie eigentlich, wo du gewesen bist?", fragte Oliver, als sie aus der Maschine stiegen.

Aha, daher wehte also der Wind. Sie verstand sein Verhalten nun besser.

„Unterwegs." Sie zuckte mit den Schultern.

„Meinst du nicht, sie wollen ein paar mehr Informationen?"

„Definitiv. Warum fragst du mich das?"

Er schaute sie irritiert an. „Ähm, keine Ahnung? Weil ich nicht will, dass die Situation noch abgefuckter wird als ohnehin schon?"

Tamara blieb mitten im Gang stehen. „Wie bitte?"

„Oh, das kam jetzt total falsch rüber." Er kratzte sich über die unrasierte Wange. „Ich meine, wenn Lucas das rausfindet, denkt er doch, wir hätten ... und ... naja."

„Ist schon gut. Ich werde es ihm nicht sagen. Auch wenn es sowieso meine Sache wäre." Sie warf ihm einen finsteren Blick zu. „Er spricht immer noch nicht mit dir?"

„Nein. Ich habe ihm zwischendurch immer mal wieder eine SMS geschickt, aber ... nichts. Keine Antwort."

„Gott, der Kerl ist schlimm." Sie würde härtere Geschütze auffahren müssen, aber das wollte sie Oliver nicht sagen. „Wie sind deine Pläne? Bleibst du länger in London?"

„Weiß nicht. Du?"

Ja, es ging sie ja auch nichts an, was er machte oder auch nicht. Wohin er reiste ... Trotzdem war sie ein bisschen enttäuscht. Sie hatte nach den intensiven Tagen, die sie zusammen verbracht hatten, gedacht, dass ... Egal.

„Denke nicht. Ich werde morgen noch mal bei Lucas und Danielle vorbeischauen und dann wieder nach Ragley Manor reisen. Damian, Julia und Amalia kommen auch bald. Was ist mit der Hochzeit?"

Oliver atmete scharf ein. „Tja, es sind noch drei Wochen. Also, wenn Lucas bis dahin nicht mit mir spricht ..."

„Ich rede noch mal mit ihm."

Sein Gesichtsausdruck verfinsterte sich. „Weißt du, so langsam regt es mich einfach nur noch auf."

„Ich weiß."

An der Passkontrolle wurden sie getrennt. Danach sprachen sie nicht mehr über das Thema.

„Ich nehme mir ein Taxi", sagte Tamara. „Willst du mitfahren?"

„Nee, ich glaube, ich nehme den Schnellzug. Aber danke."

„Ja, also dann …"

Das war die unangenehmste Verabschiedung ihres Lebens, dabei gab es eigentlich keinen Grund dafür. Es war nichts zwischen ihnen vorgefallen. Ja, es hatte ein paar Momente gegeben, aber er war nicht darauf eingegangen. Warum verhielt er sich dann so seltsam?

O Gott. Was, wenn er dachte, sie wollte was von ihm?

Hitze schoss in ihre Wangen. Bislang war sie immer davon ausgegangen, dass diese Verbundenheit nicht nur einseitig war. Shit.

Sie schloss für eine Sekunde die Augen, ehe sie sich wieder fing. „Ciao, Oliver. Bis bald dann. Mach's gut."

„Tschüss, Tamara." Er umarmte sie steif, so, als wären sie entfernte Bekannte und könnten sich nicht sonderlich leiden.

Auf eine seltsame Weise verletzte sie sein Verhalten. Mehr, als sie zugeben wollte.

18

Zwei Wochen war es her, seit sie Oliver zuletzt am Flughafen gesehen hatte, und ihre Enttäuschung über die Funkstille wuchs mit jedem Tag. Sie hatte kein Wort mehr von ihm gehört – keine SMS, gar nichts. Es nagte an ihr, dass sie nicht mal mit jemandem darüber sprechen konnte, denn dann würde sie ausplaudern müssen, dass sie mit ihm verreist war und nicht eine alte Freundin besucht hatte, wie sie allen erzählt hatte. Alleine das war schon unglaubwürdig genug gewesen, aber ihre Familie hatte den Köder geschluckt. Da würde sie nun den Teufel tun und sich nervige Fragen einhandeln. Allerdings grübelte sie ständig darüber nach, ob sie was Falsches zu Oliver gesagt oder etwas Dummes getan hatte, kam jedoch immer zum gleichen Ergebnis: nein.

Vielleicht war es auch die ‚berühmte' Wankelmütigkeit, die er nun doch an den Tag legte. *Dazu hat es nicht mal Sex gebraucht*, dachte sie augenrollend. Es hatte genügt, mit ihr zu verreisen, dass er genug von ihr hatte.

Tja, sein Pech. Überhaupt dachte sie viel zu viel an ihn. Sie war nicht blöd. Ihr war klar, dass sie sich irgendwie in ihn verguckt hatte. Eine alberne Schwärmerei, die ebenso vergehen würde wie der Sommer. In den folgenden Tagen würde sie zum Glück nicht viel Gelegenheit haben darüber nachzudenken, denn auf Ragley Manor war man wirklich nie alleine und alles stand im Zeichen der Hochzeit.

„Gut schaust du aus", sagte Julia, die mit Amalia die Treppe herunterkam.

Damian war mit George ausgeritten und Charlotte zum Friseur gefahren.

„Was meinst du?" Sie schaute an sich herunter.

Sie trug eine lachsfarbene Bluse und eine dunkelblaue Stoffhose.

„Keine Ahnung, du wirkst irgendwie … erholt."

Tamara lachte. „Das ist das Gute an Ferien."

„Das meine ich nicht." Amalia brabbelte und spielte mit ihrer Puppe.

„Du siehst aber ein bisschen blass aus", konterte Tamara.

„Der Jetlag", sagte Julia lächelnd. „Ich freue mich so auf die Hochzeit. Kaum zu glauben, oder? Auf unserer Hochzeit haben sie sich noch angegiftet und sind dann doch zusammengekommen." Ihr Ausdruck wurde verträumt.

„Lucas ist aber auch wirklich anstrengend. Das kann ich aus erster Hand bestätigen."

Julia kicherte. „Ich auch. Er hat den gleichen Genpool wie Damian."

„Dann weißt du ja Bescheid."

„Hast du was von Oliver gehört?"

Tamara verschluckte sich.

„Ich? Wieso?" Ihre Stimme war eine ganze Oktave zu hoch. Sie räusperte sich.

Julia zuckte mit den Schultern. „Na, ihr habt euch in Shanghai doch ganz gut verstanden. Ich dachte, vielleicht hat er sich gemeldet. Kannst du nicht vermitteln?"

„Ich glaube nicht, wo ich doch der Streitpunkt", sie malte Gänsefüßchen in die Luft, „bin. Sieh mal, da kommen Damian und George", lenkte sie vom Thema ab.

Dabei hatte sie es wirklich versucht zwischen Oliver und Lucas zu vermitteln, aber ihr Bruder war stur. Sie erinnerte sich an ihr gestriges Telefonat mit Lucas.

„Hast du mit Oliver gesprochen?", hatte sie ihn gefragt.

„Nee", hatte ihr Bruder geantwortet.

„Solltest du aber."

„Wieso? Sag bloß, ihr trefft euch weiterhin!"

„Lucas, halt den Rand und hör mir zu. Ich habe mit Oliver gesprochen, weil er jemanden zum Reden brauchte – du ignorierst ihn ja komplett. Und bevor du jetzt gleich was sagst, lass

es. Sein Vater ist krank. Richtig krank. Er wird sterben. Und jetzt kannst du dir überlegen, ob du weiter wegen einer unwichtigen Sache auf Oliver sauer sein willst oder ob du ihm als Freund zur Seite stehen wirst, wenn er einen braucht."

Lucas hatte eine ganze Weile geschwiegen, bis er am anderen Ende geseufzt hatte. „Ich rufe ihn an."

Ihr war ein Stein vom Herzen gefallen, denn sie machte sich auch Sorgen um Oliver. Aber da er sich nicht mehr bei ihr meldete, fand sie es unangebracht ihn anzurufen. Verfahrene Situation. Dennoch war sie froh, dass sie mit ihm nach Los Angeles geflogen war. Verrückt.

Olivers Smartphone brummte und signalisierte damit den Eingang einer Nachricht. Er saß auf der Couch und schnitt das Video vom Junggesellenabschied zusammen. Er hatte zwar keine Ahnung, ob er noch zur Hochzeit eingeladen war, aber … Kein Aber. Er würde es Lucas einfach schicken, damit er etwas zur Erinnerung hatte. Was er dann damit anfing, war seine Sache. Vielleicht beschäftigte er sich auch einfach seit drei Tagen damit, weil er so Tamara sehen konnte. Es war total dämlich, kindisch, bescheuert – er vermisste sie. Er fand aber keinen vernünftigen Grund, sie zu treffen oder sie anzurufen, der nichts mit seinen Gefühlen zu tun hatte. Es war absurd. Er verstand nicht, wieso sie ihm nicht aus dem Kopf ging. Gleichzeitig ärgerte er sich, denn es führte zu nichts. Sie war tabu. So oder so. Genervt griff er sein Handy und las die SMS.

Wo treibst du dich rum?

Lucas!

Er schob den Laptop beiseite und las die Nachricht noch einmal.

London, schrieb er zurück.

Er hatte keine Lust gehabt, schon wieder unterwegs zu sein – das redete er sich zumindest ein. Insgeheim hatte er natürlich auf Kontakt mit den Stanhopes gehofft. Tamara und Lucas. Beide vermisste er auf eine unterschiedliche Weise.

Lust auf eine Runde an der Themse?

Er traute seinen Augen kaum. Das war eindeutig ein Friedensangebot.

Klar. Wann?

Zwei Stunden später begab er sich zu ihrem üblichen Treffpunkt.

Oliver war nervös. Lucas war schon da, machte ein paar Dehnübungen, als Oliver um die Ecke kam.

„Hey, Alter", rief er.

„Selber hey", gab Lucas zurück.

Für einige sehr lange Sekunden musterten sie sich wortlos, und niemand wusste, was er sagen sollte. Oliver räusperte sich.

„Ja, äh ..."

„Laufen?", meinte Lucas.

„Jap."

Etwa eine Meile joggten sie wortlos nebeneinander her. Es war nicht unangenehm, vielmehr wunderbar vertraut. Er hatte seinen Freund wirklich vermisst und war froh, dass er nun endlich nicht mehr mauerte.

„Hab gehört, deinem Vater geht's nicht gut?", sagte Lucas irgendwann.

Olivers Atem stockte.

„Ja", gab er zurück.

Was hatte Tamara ihm erzählt? Hatte sie die Reise erwähnt? Sie hätte ihn ruhig mal vorwarnen können!

„Erzähl. Was ist los?"

„Krebs."

„Nein! Wie schrecklich. Wie sieht es aus?"

„Sehr schlimm. Sechs Monate haben sie gesagt. Maximal ein Jahr."

„O Mann. Das tut mir leid." Lucas blieb stehen und stemmte seine Hände in die Hüften.

Oliver ließ seine Schultern hängen. „Schon gut."

„Komm her." Lucas trat auf ihn zu und drückte ihn an seinen athletischen Körper.

Er schlug ihm immer wieder auf den Rücken, alles andere wäre zu ... mädchenhaft und komisch gewesen. Oliver genoss seine Umarmung dennoch für den kurzen Moment, die sie andauerte.

„Ich hab' ihn besucht", meinte er und blickte auf seine Schuhe.

„Sein Geburtstag?"

„Ja."

„Wie war es?"

„Lass uns weiterlaufen. Dann erzähle ich es dir."

Es brauchte ganze acht Meilen, bis Oliver Lucas alles berichtet hatte. Hinterher fühlte er sich besser. Viel besser. Ehe sich ihre Wege am Ende trennten, musste er noch eines loswerden. „Ist zwischen uns wieder alles im Reinen?"

Lucas nickte. „Sorry, dass ich so überreagiert habe. Aber bei Tamara drehe ich einfach durch."

„Ich verstehe dich. Ehrlich, Mann, es tut mir leid. Ich weiß auch nicht, was mit mir los war."

„Dann sehen wir uns bei der Hochzeit?"

Oliver nickte. „Klar."

„Kommst du allein?"

„Wann bin ich jemals allein?" Er grinste schief.

„Dachte ich mir. Wie heißt sie?"

Oliver zuckte mit den Schultern. Bisher hatte er noch keinen Gedanken an ein mögliches Wedding-Date verschwendet, hielt es aber im Angesicht der Tatsache, dass Tamara auch dort sein würde, für das Beste zu zeigen, dass ... Ach, er wusste es auch nicht. Lucas sollte einfach sicher sein, dass er und Tamara nichts miteinander hatten oder haben würden. Niemals.

Er versuchte das Verlustgefühl zu unterdrücken, das sich bei diesem Gedanken in sein Herz fraß. So würde es das Beste sein.

Und nach der Hochzeit würden sie sich ohnehin nur noch zu Taufen oder zur Silberhochzeit in einem Vierteljahrhundert sehen.

Er spürte Lucas' Blick auf sich.

„Wie laufen die Vorbereitungen? Kann ich noch was tun?"

Lucas verdrehte die Augen. „Gott, ich bin froh, wenn es vorbei ist. Also nicht, dass ich mich nicht auf die Hochzeit freue …"

Oliver lachte und schlug ihm auf die Schulter. „Du schaffst das schon. Mach's gut."

„Kommst du am Tag vorher? Du kannst mit deiner Begleitung im Jagdhaus schlafen."

„Wieso?"

„Der Pfarrer möchte eine Generalprobe in der Kirche. Du, als mein Trauzeuge, solltest dabei sein …"

„Oh … natürlich. Dann werde ich da sein."

19

Die Kirche war für die morgige Trauung festlich geschmückt. Jede Kirchenbank zierte ein Gesteck, vor dem Alter standen zwei riesengroße Vasen mit unzähligen roten Rosen.

Tamara wartete mit Julia auf den Stufen zum Altarraum. Sie würden an der Seite der Braut stehen, die von ihrem Vater an den Bräutigam übergeben wurde. Lucas wartete nicht nur auf seine Zukünftige – sein Trauzeuge fehlte auch noch. Er ließ es unkommentiert, dabei hatte er beim Frühstück noch groß getönt, dass Oliver zugesagt hatte und schon zur Generalprobe anreisen würde.

Nicht mein Problem, dachte Tamara. Hoffentlich war mit seinem Vater alles in Ordnung.

Sie hörte den Anmerkungen des Pfarrers nur mit einem Ohr zu; im Grunde war ihr Job klar. Sie musste einfach dastehen und warten, wie es sich für eine gute Brautjungfer gehörte.

Danielle hatte offenbar nettere Freundinnen, denn ihr war ein peinlicher Junggesellinnenabschied erspart geblieben. Sie wollte nach der Hochzeit zu einem Wellnesswochenende mit ihnen wegfahren, gleich im Anschluss an den Honeymoon mit Lucas.

„Danielle", rief der Pfarrer. „Du kannst jetzt losgehen. Stellen wir uns einfach vor, dein Vater wäre an deiner Seite, ja?"

Sie nickte und machte den ersten Schritt. In ihren Augen lag ein besonderer Glanz.

Die Orgel begann zu spielen. In dem Moment schlug die Eingangstür auf und Oliver schneite zusammen mit einer schlanken Frau, die Tamara noch nie zuvor gesehen hatte, herein.

Die Musik verstummte. Sie machte große Augen, versuchte sich ihre Überraschung ansonsten aber nicht anmerken zu lassen.

„'Tschuldigung", sagte Oliver und hob eine Hand. „Sweety, würdest du dich da bitte hinsetzen?" Er lief zu Lucas, tätschelte ihm die Schulter zur Begrüßung und stellte sich brav neben den Bräutigam.

Du liebe Güte, wie alt ist sie? Neunzehn? Tamara versuchte sich ihr Befremden wegen Olivers Begleitung nicht anmerken zu lassen.

Lucas kniff die Augen argwöhnisch zusammen, wirkte jedoch erleichtert, dass sein Kumpel überhaupt aufgetaucht war. Dabei hatte Tamara ihn bisher als äußerst zuverlässig erlebt. In ihrer Gegenwart hatte er auch an keiner Frau herumgebaggert – okay, in Shanghai hatte er zwei One-Night-Stands gehabt ... Vielleicht hatte sie versucht, sich etwas schönzureden. Offenbar hatten doch alle recht mit dem, was sie über Oliver gesagt hatten. Zum Glück war zwischen ihnen nichts weiter passiert, sonst würde sie sich jetzt nur ärgern. Trotzdem fühlte sich ihr Herz schwer an.

Der Pfarrer hob die Hand und gab dem Organisten das Zeichen, noch einmal zu beginnen. Danielle straffte sich, hielt einen imaginären Brautstrauß vor sich, lief nach vorne und stieg die Stufe zu Lucas hinauf. Er reichte ihr die Hand, sie gab ihre in seine.

„Wunderbar, den Rest sparen wir uns für morgen", scherzte der Pfarrer. „Das war's schon."

Julia beugte sich zu Tamara. „Hast du Olivers Freundin gesehen?"

Sie nickte. „Hübsch."

Julia schüttelte den Kopf. „Wo er die nur immer aufgabelt? Aber ja, so ist er nun mal. Vor dem ist kein Rock sicher."

Tamara seufzte leise. „Sieht so aus. Wird ein aufregender Tag morgen, hm?"

„Ja." Sie legte sich eine Hand auf die Brust. „Ach, es wird so toll. Hoffentlich wird ihre Hochzeit ebenso traumhaft wie meine damals."

Lucas und Danielle küssten sich innig. Tamara nahm aus dem Augenwinkel wahr, dass Oliver sie beobachtete. Sie wusste nicht, was sie tun oder sagen sollte. Ihr Herz klopfte schneller. Leider.

„Hi, Oliver", übernahm Julia glücklicherweise für sie.

„Hallo, meine Schöne."

Mit drei langen Schritten war er bei ihnen, begrüßte zunächst Julia mit Küsschen links und rechts und kam dann zu ihr. Sie hob ihren Kopf, um ihm in die Augen sehen zu können.

„Hallo", sagte sie ein wenig atemlos.

„Hallo, Sonnenschein", sagte er zu ihr, und seine Pupillen weiteten sich, als er näherkam.

Tamara schloss die Lider für eine Sekunde. Er roch einfach viel zu gut, verdammt.

Lucas klatschte in die Hände. „So, ihr Lieben, vielen Dank. Wir sehen uns morgen ... dann wird's ernst. Lasst uns nach Hause fahren."

Er lachte und erntete dafür einen Stupser vom Ellenbogen seiner Baut.

„Hallo, Danielle." Oliver widmete sich nun Lucas' zukünftiger Frau. „Du siehst wie immer bezaubernd aus."

„Hi, Oliver. Schön, dass du es noch einrichten konntest." Sie grinste breit.

„Ja, sorry ... wurde aufgehalten."

Tamara konnte sich denken, womit er aufgehalten worden war. Die Vorstellung, wie er mit der Blonden ... Nein. Es ging sie nichts an.

Beim Abendessen saß Tamara zum Glück nicht in direkter Reichweite von Oliver und Larissa, seiner Was-auch-immer. Nach dem Dessert zog sie sich bald mit der Begründung zurück, sich für den nächsten Tag ausruhen zu wollen. Sie spürte seinen Blick im Nacken, als sie ging.

Am folgenden Morgen saß Tamara mit Julia und Danielle im Zimmer. Der Friseur war dabei, Danielle eine atemberaubende Hochsteckfrisur zu verpassen. Die Braut war sichtlich nervös; immer wieder kratzte sie sich an der Nase und gackerte albern. Julia und Tamara waren schon geschminkt und frisiert worden, ihre Kleider hatten sie ebenfalls schon an. Glücklicherweise hatte Danielle nicht auf einen peinlichen Brautjungferndress bestanden. So trug Tamara heute ein kobaltblaues bodenlanges Abendkleid, das ihre Schultern freiließ. Die Haare waren am Hinterkopf leicht antoupiert und nur zum Teil zusammengefasst, zwei Strähnen umrahmten ihr Gesicht. Sie fand, es war gelungen. Sehr hübsch.

„Ich bin ja so aufgeregt! Meine beste Freundin heiratet", sagte Julia nun schon zum mindestens dritten Mal.

„Und was für ein Wetter ihr abbekommen habt." Tamara zeigte aus dem Fenster.

Die Sonne strahlte, der Himmel war wolkenlos.

„Ich kann gar nicht glauben, dass Lucas wirklich eine Kutsche organisiert hat." Danielles Augen leuchteten auf.

„In ihm steckt eben doch ein Romantiker." Tamara grinste.

„Hätte man anfangs nicht denken können." Danielle verzog den Mund. „Ich weiß noch genau, wie wir uns das erste Mal begegnet sind. Ich stand in Unterwäsche im Bad, meine Haustür war auf, weil ich dachte, Julia kommt … und dann hatte ich ihn vor mir! Meine Güte … Ich stand einfach da und habe ihn mit offenstehendem Mund angeglotzt. Und er…" Sie schnaufte aus. „Er hat mich in aller Seelenruhe gemustert. Von oben bis unten. Ich sag's euch, da ist mir heiß und kalt geworden."

„Ha", machte Julia. „Ich habe einfach von Anfang an gewusst, dass er perfekt für dich ist. Aber man musste echt ganz schön nachhelfen. Uiuiui."

Danielle winkte ab. „Erinnere mich nicht daran."

„Es war ein hartes Stück Arbeit, den Kerl auf den Pfad der Tugend zu führen." Julia schob sich eine blonde Strähne aus dem Gesicht und kicherte. „Er war mindestens genauso schlimm wie Oliver."

Tamara zupfte ein paar nicht vorhandene Fussel von ihrem Kleid.

Danielle winkte ab. „Der ist nicht zu läutern."

Ihr Blick begegnete Tamaras. Schnell schaute sie weg. Sie hatte Angst, sich zu verraten. Leider ließ sie Oliver nämlich ganz und gar nicht kalt. Sie machte sich nichts mehr vor. Ihn gestern mit dieser Frau zu sehen, hatte ihr einen Stich der Eifersucht versetzt, mit dem sie so nicht gerechnet hatte. Und der Tag heute würde bestimmt nicht einfach werden, auch, weil sie sich mit einem von Charlotte besorgten Wedding-Date herumschlagen musste. Sie kannte Edward nur flüchtig, fand ihn nett, aber gleichzeitig auch langweilig.

„So, meine Liebe", sagte der Coiffeur in dieser Sekunde. „Fertig. Wie gefällt es Ihnen?"

Er hielt einen Spiegel an Danielles Hinterkopf, so dass sie sich im Spiegel vor sich betrachten konnte.

„Ganz bezaubernd. Vielen, vielen Dank." Sie stand auf und verabschiedete sich vom Friseur.

„So, Mädels, helft ihr mir mit dem Kleid?"

Lucas ist ein Nervenbündel, dachte Oliver in sich hineinschmunzelnd. Immer wieder trat der Bräutigam im Salon von einem Fuß auf den anderen, rückte sich die Fliege zurecht und schaute auf seine Uhr. Oliver war dankbar, dass er diesen besonderen Tag mit seinem besten Freund erleben durfte.

Ein wenig bereute er es jedoch, dass er mit Begleitung angereist war, denn Larissa ging ihm gehörig auf den Keks. Ein Alibi-Date, was für ein Witz eigentlich, aber es war nötig gewesen.

Als er Tamara gestern wiedergesehen hatte, hatte er zu ihr laufen und sie in seine Arme reißen wollen. Glücklicherweise hatte er sich im Griff gehabt und es bleiben lassen. Es änderte aber nichts an der Tatsache, dass er es sich gewünscht hatte. Damit es dabei blieb und er sich weiterhin zusammenriss, hatte er Larissa bei sich. Er wollte sich beweisen, dass ihm die Zeit mit Tamara nichts bedeutet hatte. Aber er belog sich nur selbst, denn seine Gedanken schweiften viel zu oft in ihre Richtung ab.

Jeden Tag hatten seine Finger über dem Smartphone geschwebt, um sich zu erkundigen, wie es ihr ging, aber es war nicht nur das. Er hatte sich immerzu gefragt, was sie gerade machte, mit wem sie unterwegs war und was sie erlebte. Langsam, aber sicher musste er sich eingestehen, dass seine Gefühle weit über eine Freundschaft hinausgingen. Das einzige Problem dabei: Er durfte nichts für sie empfinden. Daran hatte sich leider nichts geändert, und rein rational begriff er auch, wieso. Lucas würde ihm nie verzeihen, wenn er seine Schwester unglücklich machen würde, und dann wäre die Verbindung zu den Stanhopes ein für alle Mal verdorben. Aber emotional – und er hätte früher eine Menge darauf verwettet, dass ihm das niemals passieren würde – sah es anders aus.

Genau deswegen war Larissa hier. Sie würde ihn davon abhalten, sich zu viel in Tamaras Nähe aufzuhalten. Tamaras Reaktion nach zu urteilen, war sie froh, dass zwischen ihnen nichts gelaufen war. Sie hatte natürlich keine Ahnung, dass Larissa nur als eine Art Schutz vor Dummheiten fungieren sollte, und das sollte auf jeden Fall auch so bleiben. So eine Situation wie bei seinem letzten Besuch auf Ragley Manor im Jagdhaus durfte unter keinen Umständen noch einmal entstehen.

Leider. Er seufzte und biss die Zähne zusammen.

„So, es wird Zeit." Oliver stand auf und rückte sich seine Fliege noch einmal zurecht. Gott, er hatte sich zu viel von Lucas abgeschaut. „Komm, Baby. Er zog die schlanke Blondine auf die Beine. Lucas rieb sich zum wiederholten Mal über die Stirn. Er klopfte ihm hart auf die Schulter. „Sie wird schon nicht Nein sagen."

„Nicht witzig, Alter. Nicht witzig."

Oliver musterte das angespannte Gesicht seines besten Freundes. Noch vor ein paar Wochen hatte er sich darüber lustig gemacht, dass er bald unter dem Pantoffel einer Frau stehen würde. Und jetzt? Jetzt fing er an zu denken, dass ein Leben in einer Partnerschaft womöglich gar nicht so schlecht wäre. Dass es Frauen gab – *eine Frau* – mit denen man Spaß haben konnte, die interessant und klug waren. Mit denen man über alles reden konnte.

Verdammt. Er saß richtig tief in der Scheiße.

„Ein Drink?", schlug er Lucas vor.

„Unbedingt. Ich dreh sonst noch durch." Lucas war mit wenigen langen Schritten an der Hausbar, nahm die Whiskeyflasche und füllte zwei Gläser.

„Auf die Ehe", prostete Oliver seinem besten Freund zu.

„Auf die Zukunft." Sie stürzten den Hochprozentigen in einem Zug hinunter. Beide verzogen das Gesicht und stießen zischend die Luft aus.

„Auf in den Kampf", scherzte Oliver und schob seinen Freund aus dem Salon.

Sie waren früh dran, aber Lucas als Bräutigam sollte die Gäste begrüßen, während Danielle als Letzte eintreffen würde – in einer weißen Märchenkutsche mit großen Rädern und vier Schimmeln, begleitet von ihrem Vater und den Brautjungfern Julia und Tamara.

Im Auto reichte Oliver Lucas ein Pfefferminz. „Hier, damit du nicht stinkst."

Lucas verdrehte die Augen und schaute aus dem Fenster. Vor der Kirche warteten bereits einige Gäste, die Lucas sofort in Beschlag nahmen.

Let the Show begin, dachte Oliver und spürte, wie er ebenfalls nervös wurde. „Baby, warum gehst du nicht schon mal rein und suchst dir einen guten Platz aus?"

Larissas Züge hellten sich auf. „Das mache ich."

Sie stellte sich auf die Zehenspitzen und wollte ihn küssen, aber Oliver drehte sein Gesicht weg, so dass sie nur seine Wange traf. Er wusste selbst nicht, wieso er das getan hatte. Larissa kniff die Augen zusammen, war aber schlau genug, sich einen Kommentar zu sparen. Sie stakste über den Kies wie ein Storch im Salat und verschwand dann in der Kirche. Er atmete auf.

„Was war das denn?", frage Lucas höhnisch grinsend.

Verflucht. War ja klar, dass sein Kumpel genau das mitbekommen musste.

„Hä?" Besser, sich in dem Fall dumm zu stellen.

„Küsst sie nicht gut, oder was?", spöttelte der Bräutigam.

„Schön, dass du dich auf meine Kosten amüsierst. Da, kümmer' dich lieber um deine Gäste." Er war froh, dass er einer weiteren Befragung auf diese Weise entging.

Nach und nach strömten immer mehr Ankömmlinge in die Kirche, die Glocken begannen zu läuten, der Pfarrer trat auf Lucas zu. „Es wird Zeit, mein Lieber."

Lucas wurde blass und schluckte.

„Komm." Oliver legte ihm einen Arm um die Schulter und schob seinen besten Freund hinein. Er stand vor Nervosität wirklich neben sich. Dass Oliver das noch mal erleben durfte! Er freute sich wahnsinnig für ihn. Danielle war schon in Ordnung.

Vor dem Altar gesellte er sich zu Lucas, verschränkte seine Finger ineinander und wartete in freudiger Spannung darauf, dass die Kutsche vorfuhr.

Mit dem letzten Glockenschlag hörte man Hufschläge und das Knirschen von Kies unter großen Rädern. Ein Raunen ging durch die Menge der Gäste. Charlotte tupfte sich die Augen mit einem Taschentuch ab. Neben ihr saß eine schlanke Frau, ungefähr im gleichen Alter. Er kannte sie nicht – vielleicht war es Danielles Mutter? Das war gut möglich; beim genaueren Hinsehen konnte er einige Ähnlichkeiten ausmachen, auch wenn die Frau vom Leben gezeichnet war. Tiefe Furchen lagen auf ihrem Gesicht. Er wusste von Lucas, dass Danielles Mutter immer wieder unter schweren Depressionen litt, sie momentan aber ganz gut im Griff hatte – solange sie ihre Medikamente nahm, worauf Danielles Vater tunlichst achtete.

Seine Aufmerksamkeit richtete sich auf die Tür, und er vergaß Danielles Mutter. Der Pfarrer trat als Erstes ein, die Orgel begann zu spielen. Hinter ihm schritt die Braut in einem cremefarbenen Kleid mit langen Spitzenärmeln. Sie hatte sich bei ihrem Vater untergehakt.

Alle bewunderten sie, Danielle hatte jedoch nur Augen für Lucas. Der Bräutigam hielt den Atem an. Oliver konnte die starke Bindung zwischen den Liebenden deutlich spüren. Er war sonst wirklich nicht der geborene Romantiker, aber selbst er wurde von der ehrfürchtigen Stimmung in der alten Kapelle ergriffen.

Und dann erblickte er sie.

Tamara.

Sie ging hinter Danielle, neben Julia. Sie trug ein langes blaues Kleid, und ihre grazile Anmut überstrahlte alles. Es war nicht das Make-up, es war nicht der teure Stoff – es war der Ausdruck in ihren Augen, der ihn wie ein Blitz traf. Sie schaute ihn an. Ihn allein. Und das, was er in ihrem Blick erkannte, ließ sein Herz schneller schlagen und seinen Atem stocken.

Er schnappte nach Luft, wollte sich die Fliege vom Hals reißen, stattdessen starrte er einfach zurück und lächelte. Sie erwiderte es zaghaft. O Gott.

Oliver atmete tief ein. Es sollte ja wohl schon mal vorgekommen sein, dass der Bräutigam umkippte, aber nun war er als Trauzeuge selbst nah dran – und das nicht wegen der Braut. Mit jedem Schritt, den Tamara auf ihn zu kam, intensivierte sich das Flattern in seiner Magengegend. Und dann senkte sie die Lider, trat neben Julia auf die gegenüberliegende Seite des Altars und nahm Danielles Brautstrauß entgegen.

Der irrsinnige Gedanke, dass Tamara eine bezaubernde Braut sein würde, durchzuckte sein Hirn. Im Wind wehende braune Locken, Bänder, die in ihr Haar eingeflochten waren ... *Stopp*. Er musste sich endlich zusammenreißen.

Oliver schluckte und schüttelte sich kaum merklich.

„Liebe Gemeinde ..." Charlotte schnäuzte sich lautstark. „Wir haben uns hier und heute versammelt ..."

Erneut warf er Tamara einen verstohlenen Blick zu, aber sie reagierte nicht. Vielleicht hatte er sich das eben auch nur alles eingebildet. Es musste so sein. Er hatte sich mitreißen lassen; natürlich gab es keine hochtrabenden Gefühle, die sie auch noch erwiderte. Er war einfach komplett durchgeknallt – und er wünschte sich einen weiteren Drink, um seine Nerven zu beruhigen.

„So frage ich dich hier und jetzt, Danielle Fane, willst du Lucas Stanhope zu deinem rechtmäßig angetrauten Ehemann nehmen, ihn lieben und ehren, in guten wie in schlechten Tagen, in Gesundheit und Krankheit, bis der Tod euch scheidet, so sage laut und deutlich: ‚Ja, ich will.'"

Danielles Hand lag in Lucas', beide wirkten andächtig gespannt.

„Ja, ich will", tönte ihre klare Stimme durch die Kirche.

Der Pfarrer nickte. „Lucas Stanhope, willst du Danielle Fane zu deiner rechtmäßig angetrauten Ehefrau nehmen, sie lieben und ehren, in guten wie in schlechten Tagen, in Gesundheit und Krankheit, bis der Tod euch scheidet, so sage laut und deutlich: ‚Ja, ich will.'"

„Ja, ich will." Lucas Stimme klang belegt. Der harte Kerl war ergriffen.

Oliver lächelte und war selbst gerührt.

„Dann erkläre ich euch hiermit rechtmäßig zu Mann und Frau. Du darfst die Braut jetzt küssen."

Lucas fand zu seiner normalen Form zurück. Er grinste breit und küsste seine Frau, wie es sich gehörte. Es wurde geklatscht und gejubelt, bis die beiden sich voneinander lösten. Danielle strahlte, ihre Wangen waren von einer zarten Röte überzogen.

„Dann dürft ihr jetzt die Ringe tauschen."

Lucas sah Oliver an. „Die Ringe, bitte."

O Gott. Die Ringe. Oliver schluckte. Doch, doch, er hatte sie. Er spürte alle Blicke auf sich. Mit fahrigen Bewegungen griff er in die Innentasche seines Smokings und zog ein schwarzes, mit Samt bezogenes Kästchen heraus. „Bitteschön."

Mit zitternden Fingern steckte Danielle Lucas zuerst das Zeichen ihrer Ehe an die linke Hand. Sie schauten sich tief in die Augen, und Oliver war sich sicher, dass die beiden nur sich und nichts um sie herum wahrnahmen. Lucas nahm den für Danielle bestimmten Ring aus Platin mit einem funkelnden Diamanten aus dem Kästchen, hielt ihre linke Hand und schob ihn auf ihren Ringfinger.

Sie küssten sich noch einmal, und ein Seufzen ging durch die Gemeinde. Die Orgel fing an zu spielen, und Lucas und Danielle Stanhope traten gemeinsam durch den Gang und die hohe Kirchenpforte in ein Leben als Mann und Frau.

Die Gäste folgten ihnen. Oliver wartete, bis sich die Reihen etwas lichteten, ehe er selbst auf den sonnigen Vorhof der Kirche trat. Sein Blick suchte nach Tamara. Sie stand auf der anderen Seite und unterhielt sich mit einem schlanken Mittdreißiger. *Vermutlich ihr Date*, dachte er und wandte sich ab. Es war gut für sie; hoffentlich war er nett.

Warum musste er dann gegen dieses beklemmende Gefühl ankämpfen? Es nahm ihm die Luft zu atmen.

„Oli", flötete jemand neben ihm. „Da bist du. Ich habe schon gewartet."

Ach, Larissa. Die hatte er komplett vergessen.

„Hey, Baby", sagte er und legte ihr einen Arm um die Schultern. „Lass uns nach Ragley Manor fahren. Das wird eine richtig tolle Party heute."

Sie lächelte ihn an. Er suchte nach etwas in ihrem Blick, fand aber nichts als Leere. *Gut, genau deswegen habe ich sie mitgenommen, nicht um mich mit ihr geistreich unterhalten zu können,* erinnerte er sich.

Warum war ihm das auf einmal nicht mehr genug?

20

Danielle und Lucas eröffneten das Tanzen mit einem Walzer. Tamara saß neben Edward Jameson und atmete erleichtert auf, weil das bedeutete, dass die Tischgesellschaft sich nun langsam, aber stetig auflösen würde.

Das Gespräch während des viergängigen Menüs war nur schleppend vorangekommen, und Edward war wie erwartet nett, aber langweilig. Das Einzige, worüber er reden konnte, war, wie man sein Geld am schnellsten verdoppelte oder verdreifachte. Sie wusste nun alles über die besten Anlagemöglichkeiten, obwohl es ihr völlig schnuppe war – Materielles hatte sie noch nie interessiert. Als sie ihm das gesagt hatte, hatte er sie angeschaut, als wäre sie geisteskrank. Die Erinnerung an seine Reaktion ließ sie schmunzeln. Offenbar gab es in seinen Kreisen keine Menschen mit dieser Einstellung.

Tamara ließ ihren Blick über die anderen Tische wandern und blieb zum wiederholten Mal an Olivers Gestalt hängen. Als ob er das gespürt hätte, hob er sein Kinn und begegnete ihrem Blick. Das Türkis seiner Augen strahlte nicht; er sah beinahe traurig aus. Er war weit davon entfernt, Spaß zu haben, seine Begleitung hingegen kicherte in einer Tour. Was auch immer ihn belastete, es schien nicht auf sie abzufärben.

Nein, sie musste sich täuschen. Tamara unterbrach den Blickkontakt und wandte ihre Aufmerksamkeit wieder dem Brautpaar zu, das zu sanften Klängen im Dreivierteltakt über das Parkett schwebte.

Danielle und Lucas waren wirklich ein absolutes Traumpaar, und das bezog sie nicht auf die Äußerlichkeiten. Sie ergänzten sich. Wo der eine Schwächen hatte, war der andere da und füllte die Lücke. Gemeinsam waren sie stärker als alleine. So dämlich der Spruch auch sein mochte, aber auf sie passte er: Ihr Glück verdoppelte sich, weil sie es miteinander teilten. Ein seltsames

Gefühl ergriff ihr Herz beim Gedanken daran, dass sie bislang in ihrem Leben nur eine einzige Person getroffen hatte, bei der sie sich vorstellen konnte, wie es sein könnte, wirklich zu lieben.

Sie atmete tief ein und schluckte die aufkeimende Sehnsucht herunter. *Nicht heute Abend*, nahm sie sich vor. Der gehörte Lucas und Danielle allein. Sie setzte ein Lächeln auf und beugte sich zu Edward. „Entschuldige mich bitte einen Moment. Bin gleich zurück."

Sie brauchte einen Augenblick für sich, schlängelte sich zwischen den Tischen hindurch und ging zu den Toiletten.

Als sie zurückkam, waren Oliver und seine Begleitung verschwunden. Sie wollte sich gar nicht ausmalen, was die beiden vorhatten. Für eine Sekunde schloss sie die Lider und setzte sich dann wieder an ihren Tisch. Es fiel ihr schwer, sich in die Unterhaltung einzuklinken, da es mal wieder um die Londoner Immobilienpreise ging, welche sie völlig kaltließen.

Oliver stand an der eigens für die Hochzeit eingerichteten Bar am Ende des Ballsaales und schwenkte ein Glas Whiskey in seinen Händen. Larissa hatte er bereits zu Bett gebracht; sie war sturzbetrunken gewesen. Ein Stimmchen in seinem Kopf schimpfte, er hätte besser auf sie achtgeben müssen, aber er war einfach – mal wieder – zu sehr mit sich selbst beschäftigt gewesen. Oder mit dem, was er nicht haben konnte.

Was auch immer es war, er konnte es nicht ändern. Er trank einen Schluck und beobachtete das Treiben auf dem Parkett. Chris tanzte engumschlungen mit seiner Frau. Oliver erinnerte sich an den Junggesellenabschied und die Szene mit der Stripperin. Er hoffte sehr für Chris' Frau, dass sie damit klarkam, einen Mann geheiratet zu haben, der sich woanders nicht nur Appetit holte. Dabei war seine Frau wirklich hübsch, keine klassische Schönheit, aber dennoch ansehnlich. Sie hatte lange kupferfarbene Haare, war schlank und hatte eine sehr helle

Haut, die im schwachen Licht beinahe wie Porzellan schimmerte.

Nicht mein Ding, dachte er und trank seinen Drink aus. Seit Neustem schien er nur noch auf brünette Locken zu stehen. Er warf seufzend einen Blick auf seine Uhr. Halb eins. Zu früh, um schon abzuhauen, oder?

Oliver stellte das Glas auf den Tresen und ging in Richtung Terrasse. Dabei nickte er Damian und Julia zu, die an ihm vorbeitanzten.

Als er durch die hohen Flügeltüren nach draußen trat, schlug ihm die kühle Nachtluft entgegen. Er atmete tief durch und lockerte seine Fliege. Viel besser. Oliver ging ein paar Schritte durch den mit Fackeln beleuchteten Garten. Er war alleine.

Ein paar Grillen zirpten. Alle paar Minuten schrie irgendwo eine Eule. Die Nacht war sternenklar, beinahe perfekt. Aber eben nur beinahe.

Ehe er sich versah, erreichte er die alte Eiche, unter der er sich während des Gewitters mit Tamara untergestellt hatte. Er überlegte, ob das der Zeitpunkt gewesen war, zu dem er sich in sie verliebt hatte.

Oliver lehnte sich an den dicken Stamm und rieb sich über das glatt rasierte Kinn. Zur Feier des Tages hatte sein Dreitagebart daran glauben müssen. Es fühlte sich ungewohnt an, aber vielleicht war es an der Zeit, mehr als nur seine Rasiergewohnheiten zu ändern.

Irgendwann machte er sich auf den Rückweg. Der Kies unter seinen Schuhen knirschte, gedämpfte Musik, Stimmen und Lachen drangen an seine Ohren. Oliver hatte die Hände in den Taschen seiner Smokinghose vergraben. Er hatte es nicht eilig. In gemütlichem Tempo stieg er die Stufen zur Terrasse hinauf, durchquerte dann den Ballsaal und – er hatte keine Ahnung wieso – landete in der Küche des Anwesens.

Obwohl er sonst kein Süßschnabel war, hatte er Lust auf Kekse mit Milch. Er schmunzelte über sich und warf einen

Blick auf seine Armbanduhr. Kurz nach zwei. Wow, da war er länger im Garten gewesen, als er geglaubt hatte. Vielleicht war er doch nicht mehr so nüchtern, wie er dachte. Ja, ganz sicher nicht. Das würde auch den Heißhunger auf Kekse einigermaßen erklären, wobei er sonst eher der Kandidat für Burger mit Fritten war.

Oliver zog sein Jackett aus, hängte es über einen der Küchenstühle und ging dann auf die Suche. Er hatte gerade ein paar Schubladen durchforstet, als ihn ein Geräusch zusammenfahren ließ.

„Was machst du hier?"

Eine Gänsehaut kroch an seiner Wirbelsäule nach oben. Der Klang ihrer melodischen Stimme schickte ein Sehnen durch seine Adern, das er unbedingt abstellen musste. Sofort.

Er drehte sich in ihre Richtung und grinste spöttisch. „Ich suche was."

„Ja, das sehe ich." Tamara verschränkte die Arme vor ihrer Brust und hob eine Augenbraue. Ihre Mundwinkel bogen sich nach oben.

Sie sah hinreißend aus, wenn auch ein wenig müde. Kein Wunder, zu der Uhrzeit. Dennoch ließ das Blau ihres Kleides ihre Haut und Haare strahlen. Der funkelnde Karamellton in ihren Augen ließ sein Herz schneller schlagen.

„Wo versteckt ihr eure Kekse?", sagte er und trat einen Schritt auf sie zu.

„Bist du das neue Krümelmonster?"

„Ach, Sonnenschein", seufzte er. „Ich habe dich wirklich vermisst."

Die Worte waren schneller heraus gewesen, als er sie hatte überdenken können. Verdammt.

Ihre Augen weiteten sich, im nächsten Moment räusperte sie sich. Sie ging an ihm vorbei, und Oliver stieg ein Hauch ihres zarten Apfelduftes in die Nase.

Sie zog eine Schublade auf und nahm zwei Packungen Butterscotch Cookies heraus. „Bitte. Meinst du, das reicht?"

Er neigte seinen Kopf und musterte sie intensiv. „Wenn du vielleicht noch ein, zwei Liter Milch dazu hättest?"

Ihre Blicke trafen sich, und nach einem stummen Moment fingen beide an zu lachen.

„Gott, Oliver. Du bist manchmal echt unmöglich."

Er zerzauste sich die Haare und lehnte sich an die Arbeitsfläche. „Ich weiß."

Tamara holte zwei Gläser und nahm Milch aus dem Kühlschrank. Sie goss für beide ein und reichte ihm ein Glas.

„Hier." Ihre Finger berührten sich, und sie zuckte leicht zusammen. Oliver hatte es auch gespürt. Er bildete sich das alles nicht nur ein – sie empfand etwas für ihn. Tamara riss in der Zwischenzeit die Kekspackung auf und schob sie in seine Richtung. „Bedien dich."

Oliver griff einen der runden hellen Kekse und hielt ihn ihr vor die Nase. „Willst du kosten?"

Sie biss herzhaft hinein. Er verzog seine Lippen zu einem Lächeln und steckte sich den Rest in den Mund.

„Köstlich", brummte er und ließ sie dabei nicht aus den Augen.

Sie trank einen Schluck Milch, und der Impuls, sie zu küssen, wurde beinahe übermächtig. Schockiert von seiner Reaktion auf ihren Anblick taumelte er einen Schritt in die andere Richtung. Es entging ihr leider nicht.

„Was ist los?", fragte sie und richtete ihre sanften Augen suchend auf ihn.

Oliver atmete hörbar aus und strich sich mit der Hand über das Gesicht.

„Ich kann das nicht mehr." Seine Stimme klang tonlos.

Tamara machte einen Schritt auf ihn zu. „Was?"

Er hob seinen Kopf und verlor sich in ihrem Blick. „Du spürst es doch auch …"

Sie nickte kaum merklich, fixierte ihn weiterhin. „Oliver, ich …"

Sie hob eine Hand und streckte sie in seine Richtung.

„Ich hab' es versucht, verdammt noch mal. Ehrlich!"

„Was hast du versucht?"

„Dich gehen zu lassen. Dich zu vergessen."

Der innere Kampf zwischen Sehnsucht nach Tamara und Loyalität gegenüber Lucas würde ihn in zwei Teile zerreißen. Er hatte es ihm versprochen.

„Wieso?", fragte sie.

„Mein Sonnenschein. Du weißt es so gut wie ich."

Sie schüttelte den Kopf. „Tue ich das?"

Ihr Kinn reckte sie trotzig nach vorne. Er trat auf sie zu, atmete ihren betörenden Geruch ein. Oliver schloss für einen Wimpernschlag die Augen. Nur für eine Sekunde stellte er sich vor, wie es sein könnte …

Er wusste, dass sie sich perfekt ergänzen würden. Sein Körper hatte noch nie so auf eine Frau reagiert, und damit meinte er nicht das sexuelle Begehren allein. Es war die Kombination aus Sehnsucht, dem Gedanken, sich jemandem völlig hingeben zu können, ohne sich verstellen zu müssen, und dem Wissen, dass es doch eine Seele auf der Welt gab, mit der er alt werden konnte. Jemanden, mit dem er jeden einzelnen Tag genießen würde. Aber …

Er hatte die Gründe für ein Nein so oft durchgekaut und kam immer wieder zu dem gleichen Ergebnis. Das änderte aber nichts an diesem verdammten Nagen in seinem Inneren, das ihn immer wieder zu ihr trieb, das ihn Tag und Nacht an sie denken ließ.

„Ich fürchte, ich liebe dich", sagte er und öffnete seine Augen wieder. Seine Stimme klang heiser und tonlos.

Tamara schnappte nach Luft. „Sag das noch mal."

Er wich ihrem Blick aus. „Ich will dich küssen. O Gott, ich will es so sehr, dass es wehtut." Er presste seine Kiefer aufeinander. „Aber es dürfte dir nicht entgangen sein: Ich habe getrunken. Und ... es wäre nicht richtig."

Tamara seufzte. Sie wirkte leicht genervt, was er absolut nachvollziehen konnte. „Hast du mir eben deine Liebe gestanden?"

Er zuckte mit den Schultern und kniff die Augen zusammen. „Ich weiß, das klingt lächerlich aus meinem Mund."

Er bereute es, so offen gewesen zu sein. Er wusste nicht, welche Reaktion er darauf erwartet hatte. Vielleicht hatte er gehofft, dass sie ebenso empfand? Dumm von ihm.

Es verletzte ihn, wie sie reagierte. Instinktiv zog er sich in sein Schneckenhaus zurück. „Es geht sicher vorbei, Tamara. Mach dir keine Sorgen. Ich komme drüber weg. In meinem Bett liegt ohnehin eine andere Frau."

Der Ausdruck in ihrem Gesicht verhärtete sich. „In der Tat."

„Tja", machte er.

„Pass auf, Oliver. Ich verstehe, was dein Problem ist. Aber ich kann das nicht. Wenn das, was wir füreinander empfinden, wirklich echt wäre, dann würdest du dafür kämpfen, verstehst du? Aber letzten Endes ist es doch auch nur ein guter Grund, den man vorschieben kann. Den du vorschiebst." Sie schluckte. „Mir ist klar, dass meine Vergangenheit ein Problem ist. Das kann man leider nicht ändern oder vergessen – glaub mir, ich habe es versucht. Ein Zusammenleben mit mir würde nie einfach sein, und ich verstehe, dass du das nicht willst."

„Nein", unterbrach er sie. „So ist es nicht."

„Lass mich ausreden", schnitt sie ihm das Wort ab. „Ich akzeptiere es, und ich bewundere, dass du das zumindest vor mir erkannt hast, Oliver. Ich bin nicht sauer, dass du es nicht mit mir versuchen willst – denn die Anziehungskraft können wir beide nicht leugnen. Aber in dem Fall – und wer hätte das gedacht – bist du der Vernünftigere. Wir hätten nicht die geringste Chance als Paar. Und ich bin dir dankbar, dass du mir diese Entscheidung abnimmst. Aber es tut weh, und ...", sie zögerte, als ob sie Kraft sammeln müsste für das, was sie noch zu sagen hatte, „ich will dich nie wiedersehen."

Sie blickte ihm noch einmal tief in die Augen. Die Entschlossenheit darin schnitt ihm ins Herz und machte ihm deutlich, dass das nicht einfach so dahingesagt war. Sie meinte es ernst. Todernst. Er war überfordert, aber ehe er etwas erwidern konnte, hatte sie sich auf dem Absatz umgedreht und war aus der Küche verschwunden.

„Fuck", fluchte er und ließ sich an den Küchenschränken hinunter auf den Boden sinken.

21

Die Stanhopes saßen beim späten Frühstück zusammen, sogar Lucas und Danielle waren bereits auf den Beinen. Tamara knabberte an einem Käsebrötchen und vermied es, Olivers Blick zu begegnen. Julia fütterte Amalia mit kleinen Brotstückchen, und Damian löffelte Müsli.

„Ich muss Larissa entschuldigen", meinte Oliver in diesem Moment und nippte an seinem Kaffee. „Sie fühlt sich noch nicht so besonders."

Lucas lachte, während Tamara versuchte, gleichgültig zu wirken. Dabei hatte sie den letzten Tag, vor allem aber das Gespräch in der Küche, ganz und gar nicht verdaut.

Charlotte tupfte sich den Mund mit einer Serviette ab. „Verträgt nicht viel, das Mädchen. Ist es was Ernstes?"

Beinahe hätte Tamara die Gabel fallengelassen, mit der sie nach einer Scheibe Schinken angelte. Dennoch interessierte sie die Antwort.

Oliver zuckte mit den Schultern und grinste. „Du kennst mich doch, Charlotte."

Lucas versteckte sein Lachen hinter der Serviette. Tamara stach in den Schinken, als würde sie ihn umbringen wollen.

„Wie schade, sie wirkte ganz nett", fügte Charlotte noch hinzu, und Tamara betete inständig, dass sie endlich aufhörte, Oliver über sein Liebesleben auszufragen.

Sie hatte den nervenden Hang dazu, alle und jeden in ihrem Umfeld unter der Haube sehen zu wollen – sie inklusive.

O nein. In diesem Moment richteten sich Charlottes Sender auf sie aus. Verdammt. Tamara legte den Schinken auf die zweite Brötchenhälfte und tat, als ob sie nichts mitbekäme.

„Wie lief es mit Edward, Liebes?", kam es dann auch schon.

„Oh, sehr gut. Danke. Er ist der perfekte Gentleman", gab sie zuckersüß lächelnd zurück.

„Und, seht ihr euch wieder?"

George stupste seiner Frau mit dem Ellenbogen in die Seite. „Du bist unmöglich."

Tamara wusste, dass sie ohnehin keine Ruhe geben würde, ehe sie keine zufriedenstellende Antwort bekommen hatte. „Ich denke nicht", erklärte sie daher beiläufig. „Die Distanz London – Shanghai ist auch einfach zu groß."

„Oh, du hast dich entschieden?", fragte Julia erstaunt.

„Jep. Habe ich. Meine Email, dass ich zum ersten Schultag wieder da sein werde, ging heute Morgen an die Schulleitung raus."

Sie hatte einfach keine Alternative, und nach dem Wirrwarr der letzten Wochen sehnte sie sich nach einem regelmäßigen Tagesablauf.

Damian wirkte zufrieden. Er strich seiner Tochter über den Kopf. „Wir freuen uns sehr, Tamara."

Sie atmete tief ein und aus und nickte lächelnd. „Ich mich auch."

„Sag mal", fing Charlotte wieder an. „In Shanghai muss es doch auch nette Männer geben."

Sie verdrehte die Augen und wollte einfach nur ihre Ruhe haben. „Ja, natürlich. Ich habe zum Beispiel einen sehr netten Kollegen." Sie dachte an Riley. Er war wirklich nett. Vielleicht sollte sie ihm eine Chance geben. Sie spürte alle Blicke auf sich gerichtet. „Was?"

In dem Moment sprang Julia auf und rannte aus dem Zimmer. Danielle, Charlotte und sie schauten Damian prüfend an. Sein breites Grinsen verriet alles.

Also doch! Julia hatte ohnehin schon verdächtig wenig Alkohol getrunken – nämlich gar keinen – seit sie auf Ragley Manor angekommen waren.

„Oh! Ich freue mich so!", rief Charlotte, sprang auf und umarmte Damian.

„Halt, halt. Es ist noch ganz frisch. Wir haben erst nächste Woche einen Termin zur Kontrolle."

Wie süß, dachte Tamara. Damian sprach von ‚wir', wenn sie zum Ultraschall gingen. Nie und nimmer hätte sie von ihrem Bruder gedacht, dass er mal so weich und fürsorglich sein könnte.

„Du Teufelskerl!", beglückwünschte ihn Lucas.

„Dass sie direkt spucken muss, ist sicher ein gutes Zeichen", befand Danielle zufrieden. „Ich freue mich für euch."

Nach dem Frühstück setzte sich Tamara mit der Sonntagszeitung auf die Terrasse. Im Haus wurde immer noch geräumt, saubergemacht und abgebaut. Hier draußen war es dagegen schön ruhig. Die Sonne schien, die Vögel zwitscherten, hier und da summte eine Biene.

„Ich wollte mich verabschieden", sagte eine allzu vertraute Stimme hinter ihr.

Sie drehte sich um und sah Oliver.

Mit wenigen Schritten war er bei ihr. Sie stand auf, weil sie sich nicht so klein vorkommen wollte.

„Tja", murmelte sie.

„Ist es dein Ernst mit Riley?"

Tamaras Mund klappte auf. „Was?"

„Wirst du wirklich mit ihm ausgehen?" Der verletzte Ausdruck in seinen Augen berührte sie, aber sie hatte auch die letzte Begegnung in der Küche nicht vergessen.

Es ging ihn nichts an.

„Definitiv", sagte sie knapp.

Oliver schluckte. „Verstehe. Wieso bekommt er eine Chance … und ich nicht?"

Ihr Herz schlug schneller. „Du weißt, warum. Du hast nie wirklich darum gebeten."

Seine Züge verhärteten sich. „Sicher. Dann war es das wirklich?"

„Was hast du denn gedacht? Dass ich zu dir sage: ‚Ich will dich nicht wiedersehen', und es ist ein Witz?"

Seine Kiefer mahlten. Sein blondes Haar hing ihm wirr ins Gesicht. „Dann ... Leb wohl. Alles Gute für dich. Ich hoffe, du wirst glücklich, Tamara."

Er hob eine Hand, ließ sie dann aber gleich wieder sinken, als ob ihm eingefallen wäre, dass das nicht angebracht war. Sie ärgerte sich am meisten darüber, dass sie sich nach einer Berührung sehnte.

„Du auch." Sie schluckte.

Er vergrub die Hände in seinen Hosentaschen und nickte, gleichzeitig trat er einen Schritt zurück. Abrupt wandte er sich ab und verließ die Terrasse schnellen Schrittes.

Tamara ließ sich stöhnend auf ihren Stuhl zurücksinken und rieb sich die Nasenwurzel.

Oliver trat das Gaspedal durch. Er konnte seine Wut und Enttäuschung nur mit Mühe zügeln. Er war so ein Vollidiot. Was hatte er sich bloß gedacht? Dass sie es sich über Nacht anders überlegen würde?

Andererseits hatte er ihr seine Liebe gestanden, und sie hatte mit: ‚*Ich will dich nie mehr wiedersehen*' geantwortet. Er hatte sich etwas vorgemacht, aber das war nun vorbei. Er musste der Realität ins Auge blicken. Dennoch tat es weh. Er kannte diese Art Schmerz nicht; das Gefühl, das sein Herz betäubte, war ihm neu – und es gefiel ihm nicht. Ganz und gar nicht.

Vermutlich würde es einfacher werden, wenn er mit seinem Leben da weitermachte, wo er aufgehört hatte, bevor er vor ein paar Wochen in Shanghai gelandet war. Wann hatte er das letzte Mal Sex gehabt? Es war ewig her. Zu lange. Mit Larissa war überhaupt nichts gelaufen, und mit keiner anderen seit dem jämmerlichen Versuch neulich, bei dem er nicht mal eine Erektion zustande gebracht hatte.

Garantiert ging es ihm besser, wenn er ein paar heftige Orgasmen mit einer richtig heißen Braut erlebt hatte. Nicht mit Larissa, sie turnte ihn überhaupt nicht an. Er freute sich schon auf den Moment, wenn er sie in London absetzen konnte. Und dann würde er es krachen lassen. Vielleicht fand er ja gleich zwei hübsche Freundinnen ...

Oliver lächelte in sich hinein. Ja. Das war ein guter Plan.

Vier Stunden später stand er in seinem Stamm-Club am Tresen und gönnte sich einen Wodka-Shot. Anschließend zog es ihn auf die Tanzfläche. Er hatte schon von der Bar aus ein mögliches Ziel ausgemacht – eine Rothaarige, die ihn direkt süß anlächelte.

Bingo. Na also, sein Mojo war also nicht verlorengegangen. Oliver hob die Hände und schwang die Hüften im Rhythmus. Dabei bewegte er sich immer weiter in Richtung der süßen Rothaarigen. Sie hatte üppige Kurven und trug ein hautenges schwarzes Kleid, das mehr zeigte als verhüllte. Perfekt. Sie war perfekt.

„Hi", schrie er in ihr Ohr.

„Hi", gab sie zurück.

Super, das Eis war gebrochen. Er grinste und setzte seine Anmache fort. Eine Stunde und zwei Drinks später stand er mit ihr in einer dunklen Ecke. Er spielte mit ihrer Zunge, küsste, knabberte und ließ sich treiben. Sie rieb sich an ihm und stöhnte leise, als er seine Hand an ihren Po wandern ließ.

„Du bist so heiß", raunte er an ihrem Ohr. „Sollen wir irgendwo hingehen, wo es ruhiger ist?"

„Unbedingt", gab sie atemlos zurück und drückte ihre prallen Titten gegen seinen Oberkörper.

„Ich kenne da ein nettes Hotel ..." Er hatte nicht vor, sie mit zu sich nach Hause zu nehmen. „Komm."

Er nahm ihre Hand und zog sie aus dem Club. Von hier aus waren es nur ein paar Minuten zu Fuß. Sie sprachen nicht viel.

Oliver war zu sehr damit beschäftigt sich auszumalen, auf wie viele Arten er die dralle Rothaarige heute Nacht vögeln würde. Zuerst würde er sie von hinten nehmen, dann sollte sie ihn reiten, und dann ... mal sehen. Vielleicht zum Abschluss doch nach mal die gute alte Missionarsst...

Das letzte Wort konnte er nicht zu Ende denken, denn als sie die Hotellobby erreichten, entdeckte er beim Check-in eine Frau mit runden Hüften und langen brünetten Locken.

Ihn traf beinahe der Schlag. Was machte sie hier?

So viele Zufälle gibt's doch nicht, dachte er grimmig. Und dann wurde ihm klar, dass die Dame am Tresen nicht Tamara war. In diesem Moment drehte sie sich um. Außer der Frisur hatten die beiden kaum Ähnlichkeiten.

Verfluchter Mist. Nun sah er schon Gespenster. Davon würde er sich nicht abhalten lassen.

„Stimmt was nicht?", fragte seine Partnerin für heute Nacht.

„Nö, alles super", gab er zurück und rang sich ein Lächeln ab.

Oliver machte ein Zimmer klar, ließ seine Kreditkarte einlesen und erhielt die Zimmerkarte innerhalb weniger Minuten. Er verschränkte seine Finger mit ihren und führte sie zum Lift. Nachdem sich die Türen geschlossen hatten, drängte er sie hungrig an die Wand, küsste sie voller Wut und Verbissenheit.

„Hey!" Sie schob ihn von sich. „Nicht so hastig, Süßer."

Er ließ von ihr ab.

„Entschuldige", gab er keuchend zurück. „Du machst mich einfach so heiß." Es war eine glatte Lüge. Sein Schwanz war noch nicht mal halb hart. Es kotzte ihn an. Was war nur los mit ihm, verfluchte Scheiße? Aber so leicht würde er nicht aufgeben. „Komm, Süße."

Oliver führte sie zu ihrem Zimmer, öffnete die Tür und schob sie sanft über die Schwelle. Unter langen Küssen drängte er sie zum Bett, streifte ihr die Kleidung nach und nach ab. Gleichzeitig ertappte er sich dabei, dass er sich fragte, wie lange er diesen Scheiß noch durchziehen musste.

Sie lag auf dem Rücken, er kniete über ihr. Sie fingerte an seiner Jeans herum, rieb immer wieder über seinen Schritt. Mechanisch würde sich vielleicht doch noch was machen lassen. Wenn er sich anstrengte, würde er sicher eine Erektion zustande bekommen. Er wusste genau, wie das funktionieren könnte.

Aber Tamara hatte nicht verdient, dass er ein namenloses Gesicht besinnungslos vögelte und

dabei an *sie* dachte. Es war zum Ausrasten. Es kotzte ihn an.

Er grunzte, hüpfte vom Bett und schlug gegen die Wand. „So eine verfluchte Scheiße."

Sie sprang auf die Beine und zog ihr Kleid wieder an. „Gott, was bist du denn für ein Psycho?"

Ihre Augen waren weit aufgerissen. Sie sammelte bereits ihre Schuhe ein.

„Sorry ..."

„Fass mich nicht wieder an. Ich wusste doch gleich, dass mit dir was nicht stimmt. Ich werde jetzt gehen, und du ... wirst mich nie wieder anfassen, anschauen oder ansprechen. Ist das klar?"

Oliver fuhr sich durch die Haare. „Ist klar. Tut mir leid."

Sie hob wütend eine Hand. „Spar es dir. Echt. Psycho!"

Damit raffte sie ihre wenigen Habseligkeiten zusammen und stürmte aus dem Hotelzimmer.

Oliver blieb zurück und bemühte sich, nicht dem Impuls zu folgen, die ganze Einrichtung zu zertrümmern.

22

In den vergangenen fünf Wochen hatte Oliver alles versucht, um Tamara aus seinem Kopf zu bekommen. Nichts hatte geholfen. Nichts. Letzten Endes war er zu dem Schluss gekommen, dass er etwas daran ändern musste.

Aus dem Grund war er in Italien – nicht an der Küste, nicht in einem beliebten Ferienort. Er saß in einem kleinen Zimmer einer uralten Pension, in der das Bad auf dem Flur lag und das Frühstück zwischen sieben und acht serviert wurde. Komfort gab es wenig, aber das war auch nicht das, wonach er suchte. Er hoffte, hier seinen inneren Frieden wiederzufinden. Er wollte schreiben, schlafen und spazieren gehen. Und Tamara aus seinen Gedanken vertreiben.

Keine Ahnung. Er musste irgendwas tun, ehe er komplett durchdrehte. Mit Lucas konnte er nicht sprechen; sein Freund würde ihm kein Wort glauben. Er glaubte es selbst ja kaum. Er liebte eine Frau, die seine Gefühle nicht erwiderte. Oder was auch immer.

Sein Telefon klingelte. Er warf einen gelangweilten Blick darauf. Wenn das wieder eine …

Moment, die Nummer war aus den USA. Er ging ran.

Oliver starrte immer noch fassungslos auf sein Telefon. Er konnte einfach nicht glauben, was er eben gehört hatte. Er saß in seinem Hotelzimmer und konnte sich nicht rühren. Ja, es war klar gewesen, dass sein Vater sterben würde – aber nicht so, und nicht so bald.

Letzte Nacht gegen dreiundzwanzig Uhr hatte er sich aus dem Fenster seines Büros in den Tod gestürzt. Niemand stellte den Suizid infrage; ein handgeschriebener Abschiedsbrief hatte auf seinem Schreibtisch gelegen. Er sei kein Mann, der schwach und willenlos sterben wolle, hatte darin gestanden. Er wolle sein Leben beenden, solange es ihm noch möglich war, hatte man ihm durch den Anwalt, der den Nachlass verwaltete, mitteilen lassen.

Verdammt. Oliver schlug mit der Faust auf die Tischplatte. Warum hatte er sich nicht bei ihm gemeldet? Er hätte ihn aufhalten können.

Aber Richard McDermott hatte sich nicht aufhalten lassen wollen.

Oliver stand auf und ging zum Fenster. Er war hier in der Lombardei, in einem kleinen verschlafenen Ort ohne Clubs und Partys. Er hatte jegliches Interesse daran verloren, seit … ja, seit er sie kennengelernt hatte. Tamara.

Er lehnte sich mit der Stirn gegen die Scheibe und schloss die Augen. Was gab es nun zu tun? Er hatte keine Ahnung.

Vermutlich sollte er nach Los Angeles fliegen. Die Leiche seines Vaters würde nach der Obduktion freigegeben werden. Wer kümmerte sich um die Beerdigung? So viele Fragen. Alles drehte sich in seinem Kopf.

Lucas würde wissen, was zu tun war. Ein Glück, dass zwischen ihnen wenigstens wieder alles in Ordnung war. Eigentlich wünschte er sich nichts mehr, als dass Tamara an seiner Seite wäre. Leider war das unmöglich. Er hatte richtig gehandelt, als er sie bei der Hochzeit vor den Kopf gestoßen hatte, aber warum fühlte er sich dann innerlich so leer und tot?

Fünf Wochen waren vergangen, seit sie Oliver gesagt hatte, dass sie ihn nie wiedersehen wollte. Sie wartete darauf, dass sie aufhörte, sich selbst zu bedauern, und wieder anfing zu leben. Aber es fiel ihr schwerer als erwartet. Ihren Job in Shanghai hatte sie wieder angenommen, und sie war froh, dass sie einen Grund hatte, morgens aufzustehen. Die Kinder in der Schule gaben ihr in gewisser Weise sogar Kraft, auch wenn ihr die

Arbeit nicht dieses tiefe Gefühl der Genugtuung gab, das sie sich immer gewünscht hatte.

Für den Moment musste sie vielleicht damit zufrieden sein, dass sie einigermaßen klarkam. Von Dates mit Riley hatte sie abgesehen; sie wollte nicht mit dem armen Kerl spielen. Tamara saß mit ihrer Kollegin Sue in einem Café auf der Nanjing Road. Vor ihr standen ein Stück Schokoladenkuchen und ein Milchkaffee. Nicht mal das konnte sie irgendwie ... zufriedenstellen.

„O mein Gott", machte Sue in dieser Sekunde und ließ ihr Smartphone sinken.

„Was ist los? Hast du im Lotto gewonnen?" Tamara lächelte schwach.

„Nein. Das musst du dir ansehen." Sie hielt ihr den Bildschirm so dicht vor die Nase, dass Tamara gezwungen war, ihr das Handy aus der Hand zu nehmen, wenn sie nicht wollte, dass es in ihrem Gesicht landete.

„Mein Gott", stöhnte sie und schaute darauf. Sie kniff die Augen zusammen. „Du liest Olivers Blog?"

Sue zuckte schuldbewusst grinsend die Schultern. „Ich hab' ihn abonniert, seit wir essen waren."

Tamara verdrehte die Augen. „Du machst mich fertig. Wieso?"

„Jetzt lies doch mal ..." Sue wusste als Einzige von ihrer Geschichte oder Nicht-Geschichte mit Oliver. Es hatte so gutgetan, nach ihrer Rückkehr aus England endlich mit jemandem darüber reden zu können. Ihre Freundin hatte nur nicht verstanden, warum es zu Ende gewesen war, ehe es angefangen hatte. „Tamara, schau dir diesen einen Beitrag an. Bitte."

„Na schön." Sie schnaufte aus und las.

Für T.

Sehnsucht ist der wundervolle Ort, den du mir gezeigt hast.

Die Reise mit dir war zu kurz, ein ‚Für immer' wäre nicht lang genug.

Einsamkeit ist mein neues Zuhause, seit ich weiß, dass es ein ‚Wir' nie geben wird.

Tamaras Augen brannten voller ungeweinter Tränen. Sie gab Sue ihr Handy zurück und atmete tief durch. Sue las noch einmal.

„O mein Gott", hauchte sie dann verzückt und legte sich beide Hände auf die Brust. „Und das geht so weiter! Schau dir mal die letzten Einträge an. Tamara, ernsthaft, dieser Mann verzehrt sich nach dir."

Tamaras Magen zog sich zusammen. Sie konnte Olivers Schmerz in seinen Worten fühlen, weil es ihr eigener war. Aber an dem, was sie in der Küche gesagt hatte, hatte sich nichts geändert. Es gab tatsächlich keine Zukunft für sie; Oliver hatte sich sicher nur in etwas verrannt. Er war es nicht gewohnt, dass man ihm etwas verwehrte, das er haben wollte, – das hatte sicher nur seinen Jagdinstinkt angestachelt. Außerdem hatte er nicht deutlicher ausdrücken können, was in ihm vorging, als er mit diesem Püppchen zu Lucas' Hochzeit aufgetaucht war.

„Komm, Tamara, lies nur noch eines, dann lass ich dich in Ruhe. Ich weiß ja nicht, ob nicht doch was vorgefallen ist, aber diese Worte ... Mein Gott. Es ist so romantisch. So voller Schmerz. Wahnsinn. Schau!"

Sie schob ihr das Telefon über den Tisch zu. Tamara schluckte und nahm sich vor, es nicht zu dicht an sich heranzulassen, egal was er schrieb. Es waren nur Worte. Nicht mehr.

Hatte er nicht selbst gesagt, dass er Gedichte liebte? Sicher bedeutete es ihm nicht genau das, was er schrieb.

Für T.
Du warst die Sonne an meinem Himmel.
Mein Stern in der Dunkelheit.
Meine Oase in der Wüste.
Und doch bist du so unerreichbar für mich
wie der Himmel
ohne Flügel.

Unerreichbar. Warum tat es nur immer noch so weh? Sie wusste nichts mehr, weder was richtig, noch was falsch war. Vielleicht war das Falsche das Richtige, nur sie sah es nicht? Hätte sie das Risiko eingehen sollen, und mit Oliver …?

Was stand überhaupt auf dem Spiel?

Sie kam sich so dämlich vor, weil sie auf nichts eine Antwort hatte. Sie hatte sich schützen wollen; schützen davor, dass sie ihre mühsam gewonnene Zuversicht ans Leben verlor, wenn eine Beziehung mit Oliver nicht funktionieren sollte.

Sie blickte an sich herunter und schüttelte den Kopf.

Sah so eine Frau aus, die glücklich war? Oder wenigstens zufrieden?

„Schätzchen." Sue legte ihr eine Hand auf den Arm. „Wenn ich gewusst hätte, dass es dich so mitnimmt, hätte ich es dir nicht gezeigt. Es tut mir leid."

„Ist schon gut." Tamara fasste sich. „Ich … war einfach nur überrascht." Sue nickte verständnisvoll. „Ich dachte, dass Oliver einfach in seinem alten Muster fortfahren würde, verstehst du? Ich meine, vielleicht tut er das ja auch. Du hast selbst gesehen, was für ein Womanizer er war … *ist*. Denkst du, jemand wie er würde das für mich aufgeben?" Es so direkt auszusprechen, war zwar hart, aber es holte sie wieder auf den Boden zurück. „Vielleicht wären wir eine Weile klargekommen. Davon mal abgesehen, dass … Na ja, ich habe so meine Probleme. Ich komme zwar zurecht, aber manchmal habe auch ich schlechte Tage. Dann kommt das alles wieder hoch."

„Aber das gehört doch in jede Beziehung. Niemand ist immer gut drauf."

„Ich weiß. Aber meine Probleme gehen tiefer."

Sue wusste, dass Tamara von ihrem Vater missbraucht worden war, bis die Kinder in Charlotte und George Stanhopes Obhut gekommen waren, nachdem ihre Mutter gestorben war. Sie brauchte ihr all das Drama zum Glück nicht noch einmal zu erklären.

„Das ist richtig, Tamara. Und ich maße mir auch nicht an zu glauben, dass ich eine Ahnung hätte, wie es in dir drin aussieht. Aber ich weiß, wenn man jemanden liebt – und es sieht bei Oliver doch danach aus –, dann ist man gemeinsam stärker. Er könnte stark für dich sein, an den Tagen, an denen du schwach bist."

Tamara schloss die Augen. Sie wollte nicht an diesen Ort gehen. Den Ort ihrer Träume, an dem ein Leben wie das von Sue beschriebene möglich wäre.

„Ich glaube nicht, dass Oliver das kann", sagte sie mit zitternder Stimme. „Ich habe es mir gewünscht, aber ... Er hat es nicht mal versucht, Sue. Wenn er sich nicht mal gegen Lucas durchsetzen kann ... Nein, es war richtig – Gedichte hin oder her."

Klar, ihre Familie wäre anfangs ein Problem gewesen. Natürlich wäre Lucas sauer, aber nach und nach hätte man sie alle damit überzeugt, dass die Beziehung hielt, und er nicht ... Aber es sollte nicht sein. Sie hatte gerade zur richtigen Zeit die Notbremse gezogen.

Sue nickte traurig. „Das kannst nur du allein entscheiden."

Tamaras Telefon klingelte.

„Entschuldige." Sie schaute aufs Display. „Lucas", beantwortete sie mit einem Lächeln auf den Lippen. „Alles klar? Ich dachte, ihr wärt noch im Honeymoon ..."

„Tamara." Sie hörte es allein schon daran, wie er ihren Namen sagte: Es war etwas passiert – etwas Schlimmes. „Hör mir zu ..."

23

Oliver saß neben seinen Halbbrüdern in einem schicken Anwaltsbüro im Herzen von Los Angeles. Er hatte seine Hände im Schoß gefaltet und starrte teilnahmslos auf den üppigen Perserteppich unter dem Schreibtisch des Mannes, der gleich das Testament seines Vaters eröffnen würde. Fünf Tage war Richard McDermott nun tot. Oliver konnte es noch immer nicht fassen, dass er sich das Leben genommen hatte.

Andrew Carmichael war Mitte fünfzig, seine dunklen Haare waren von silbernen Fäden durchzogen, sein dreiteiliger Anzug saß perfekt. Etwas anderes würde man von einem Anwalt seiner Klasse auch nicht erwarten. Er räusperte sich und blickte in die Runde. „Gentlemen. Sind Sie soweit?"

Trevor und Blake McDermott hatten Oliver nur abschätzig die Hand geschüttelt, als ob er die Pest hätte. Klar, die beiden hatten Angst um ihr Erbe, dabei wollte Oliver nichts von seinem Vater. Das Einzige, was er sich je von ihm gewünscht hatte, war Liebe gewesen. Und jetzt war er tot.

Dennoch nickte Oliver. „Ja, ich bin soweit."

Trevor und Blake bestätigten ebenfalls.

Andrew Carmichael räusperte sich und fing an zu lesen. „*Ich, Richard McDermott, geboren am 13. Juli 1958 ...*"

Oliver hörte nicht wirklich hin. Die Minuten verstrichen, und er wünschte sich nur, dass diese Tortur endlich vorüber sein würde. Die Beerdigung war in zwei Tagen geplant, danach würde er Los Angeles den Rücken kehren. Wohin die Reise für ihn dann gehen würde, war unklar.

„*... vermache ich meinem Sohn Oliver die Summe von siebenundzwanzig Millionen Dollar. Außerdem einen Brief ...*"

Trevor und Blake schnappten hörbar nach Luft. Oliver glaubte, sich verhört zu haben.

Andrew Carmichael hielt einen weißen Umschlag in die Luft. „Das ist der Brief, Mr. Barrett. Den erhalten Sie im Anschluss an die Testamentsverlesung von mir."

Oliver nickte und musste schlucken. Verdammt, er wollte kein Geld. Er würde das Erbe ausschlagen.

„Mr. Barrett", sprach ihn der Anwalt noch mal an. „Ihr Vater hat mich ausdrücklich gebeten, dass Sie diesen Brief lesen, bevor Sie etwaige Entscheidungen zum Antritt des Erbes treffen. Können Sie Ihrem Vater diesen letzten Wunsch erfüllen?"

Oliver atmete tief durch. „In Ordnung."

Er wusste, dass keine Worte dieser Welt ihn davon überzeugen würden, das Geld anzunehmen. Er sparte es sich, einen Kommentar in diese Richtung an seine Halbbrüder abzugeben, die neben ihm tuschelten. Höchstwahrscheinlich, weil sie nicht gerade erfreut waren. Oliver zuckte mit den Schultern. Es interessierte ihn nicht.

Die restliche Verlesung zog ohne Erinnerung an ihm vorüber. Nachdem Trevor und Blake mit der Ankündigung, das Testament anfechten lassen zu wollen, aus dem Büro gestürmt waren, kam Andrew Carmichael auf Oliver zu. Mit wenigen kraftvollen Schritten war er bei ihm.

„Hier, Mr. Barrett." Er hielt ihm den Brief seines Vaters hin. „Ich gebe Ihnen ein paar Minuten Ruhe. Lassen Sie sich Zeit."

Oliver blickte zu ihm auf und nahm die letzte Botschaft von Richard McDermott in Empfang. „Danke."

Andrew nickte ihm zu und legte ihm eine Hand auf die Schulter und verließ sein Büro kurz darauf ohne ein weiteres Wort. Er zog die Tür leise ins Schloss, dann war Oliver alleine. Er starrte den weißen Umschlag an, auf den jemand mit blauer Tinte schwungvoll seinen Namen geschrieben hatte. Aber nicht nur das.

Für meinen Jungen, Oliver Barrett, stand darauf.

Bittere Tränen stiegen in ihm auf. Zu spät. Dafür war es jetzt zu spät. Richard McDermott hatte versucht, seine Fehler wiedergutzumachen, aber Oliver hatte ihm nie eine Chance dazu gegeben. Sein Stolz hatte ihm die Chance auf ein paar gute Jahre mit seinem Dad verbaut. *Dad.*

Eine Träne tropfte auf das Papier. Oliver wischte sich wütend über das Gesicht. Er würde nicht heulen wie ein Schwächling. Mit zitternden Fingern riss er den Umschlag auf, zog das Papier heraus und faltete es auf. Der Brief war mit der gleichen Tinte, der gleichen Handschrift geschrieben.

Mein lieber Oliver,

wenn du diese Worte liest, bin ich nicht mehr. Es tut mir unendlich leid, dass unsere Zeit so begrenzt war. Ich wünschte, es wäre anders. Aber manchmal ist das Leben nicht fair, und ich habe für meine Fehler bezahlt. Gutmachen kann ich sie leider nicht mehr, und das macht mein Herz schwer.

Ich liebe dich, mein Sohn. Ich liebe dich von ganzem Herzen. Ich möchte, dass du das weißt. Ich bitte dich nicht um Vergebung, ich bitte dich nur um eines: Werde glücklich.

Du wunderst dich sicher darüber, dass ein Großteil meines Barvermögens an dich geht. Ich möchte mich damit nicht freikaufen, sondern dich um etwas bitten.

Du bist ein guter Mensch, Oliver. Mit diesen siebenundzwanzig Millionen geht eine Verantwortung einher: Ich bitte dich, daraus etwas Großes zu erschaffen. Damit meine ich nicht, dass du ein Haus bauen sollst.

Oliver grinste traurig. Wenigstens wusste er jetzt, woher er seinen schrägen Sinn für Humor hatte. Er las weiter.

Ich wünsche mir, dass du etwas Gutes mit diesem Geld anfängst, etwas, das dir einen Sinn im Leben gibt.

Ich glaube an dich, mein Junge.

In Liebe
Dad

Olivers Lippen zitterten. Er ballte seine freie Hand zu einer Faust und schaute unter Tränen an die Decke. „Verdammt. Warum musstest du das tun? Wir hätten darüber reden können."

Obwohl er wütend auf seinen Vater war, verstand er ihn.

„Scheiße", murmelte er und rieb sich mit zwei Fingern über die Nasenwurzel.

Was zur Hölle sollte er mit siebenundzwanzig Millionen Dollar anfangen?

Oliver brauchte eine Weile, um sich zu sammeln und die Neuigkeiten halbwegs zu realisieren. Es erschien ihm immer noch unwirklich, was er da eben gehört und gelesen hatte. Nachdenklich stand er auf, faltete den Brief und steckte ihn zurück in den Umschlag, ehe er das Büro von Andrew Carmichael verließ. Offenbar war dieser eben auf dem Weg zu ihm gewesen, und sie trafen sich in seinem Vorzimmer.

„Mr. Barrett, es wartet noch jemand auf Sie", sagte er freundlich. „Kommen Sie bitte."

Oliver runzelte die Stirn. Hatten seine Brüder so schnell einen Anwalt aufgetrieben, der sie in der Testamentsanfechtung vertrat? Er ging nicht davon aus, dass Trevor selbst den Fall übernahm. Er würde sicher einen Kanzleikollegen die Arbeit machen lassen. Aber was wusste er schon? Innerlich wappnete er sich für ein unangenehmes Gespräch, das er an sich abperlen lassen würde. Er hatte sich, verdammt noch mal, ja noch nicht mal entschieden, ob er das Geld überhaupt annehmen würde. Die Schritte der Männer hallten auf dem langen Flur wider, am Ende bog Andrew Carmichael rechts ab. Oliver trat hinter ihm in einen hellen Besprechungsraum mit bodentiefen Fenstern. In der Mitte stand ein ovaler Tisch aus Glas, an dem mehr als zehn Personen Platz hatten. An der Wand hing ein riesengroßer Bildschirm. Was ihn jedoch stutzen ließ, war die Silhouette einer Frau, die hinausschaute.

Als sie hörte, dass jemand den Raum betrat, drehte sie sich um. Olivers Herz blieb für eine Sekunde stehen, um dann in der darauffolgenden doppelt so schnell weiterzuschlagen.

„Tamara ...?", stieß er mit offenstehendem Mund aus.

„Ich lasse Sie einen Augenblick alleine. Wenn Sie etwas benötigen ..."

Oliver hörte überhaupt nicht hin, nickte nur abwesend.

„Hallo", sagte Tamara, umrundete den Tisch und kam auf ihn zu.

Sie zu sehen, war wie das Gefühl, wenn der Fallschirm auf dreitausend Metern aufging.

Sie war gekommen. Zu ihm. Wärme strömte von den Zehenspitzen bis zum Kopf durch seinen Körper – und unfassbare Dankbarkeit. Er hatte zu Lucas gesagt, dass er klarkam, dass er niemanden brauchte, aber es war gelogen gewesen. Lucas hatte ihm versichert, dass er trotzdem spätestens zur Beerdigung kommen würde – aber er hatte nicht erwähnt, dass er Tamara angerufen hatte.

Sie blieb vor ihm stehen und blickte zu ihm auf. Ihre Augen schimmerten wie flüssiges Karamell. Besorgnis lag in ihren Zügen.

„Es tut mir so leid", flüsterte sie und nahm seine Hand.

Ihre Haut war warm und weich. Er hatte keine Ahnung, wie er sich verhalten sollte. Was war zu viel und was war zu wenig? Was war aus ‚Ich will dich nie wiedersehen' geworden? Er vertagte die Überlegungen dazu; das war sicher nicht der richtige Moment. Er beschloss, einfach dankbar zu sein, dass sie gekommen war.

„Danke", gab er zurück. Seine Stimme war kaum mehr als ein heiseres Krächzen.

Plötzlich drohten ihn die Ereignisse der letzten Tage einzuholen. Er spürte all die aufgestauten Gefühle in einer unaufhaltsamen meterhohen Welle auf ihn zurollen. Seine Glieder fingen an, unkontrolliert zu zittern. Seine Augen brannten.

„Oh, Oliver", stieß sie hervor, und ihre Augen schimmerten voller Mitgefühl. „Komm her."

Sie zog ihn an sich und legte ihre Arme um ihn. Er sagte nichts, ließ es einfach geschehen. Es tat so gut, nicht mehr allein zu sein.

Er wollte nicht sprechen, nicht über ein Warum oder Weshalb nachdenken. Alles, was er wusste, war, dass es sich so verdammt gut anfühlte, von ihr gehalten zu werden. Ihr zarter Geruch nach Apfel ließ ihn in ein Meer aus Träumen und Erinnerungen abtauchen, das ihn für einen Moment seine Probleme vergessen ließ. Sie war gekommen – nur das zählte.

Immer wieder strich sie über seinen Rücken. Er wollte sich auf den Boden gleiten lassen, seinen Kopf auf ihren Schoß betten und an nichts mehr denken, aber sie standen hier in einer Anwaltskanzlei. *Nur noch ein paar Minuten*, sagte er sich und drückte Tamara noch enger an seinen Körper, bis er ihren Herzschlag im gleichen Takt an seinem spüren konnte.

Als Lucas Tamara informiert hatte, dass Olivers Vater sich das Leben genommen hatte, war sie schockiert gewesen. Überraschenderweise hatte Lucas sie gebeten, zu ihm zu reisen, da er selbst aus London nicht sofort abkömmlich war. Sie hatten bereits ihre Flitterwochen abbrechen müssen, denn Danielles Mutter hatte wieder eine schlechtere Phase. Lucas wollte zunächst sichergehen, dass alles organisiert war, ehe er wegflog.

Sie hatte nicht gefragt, warum es plötzlich in Ordnung war, dass sie Zeit mit Oliver verbrachte. Wahrscheinlich hatte Lucas endlich kapiert, dass dieser eine verdammte Kuss kein Hinderungsgrund war, befreundet zu bleiben. Er kannte den Rest der Geschichte ja nicht, und das tat für den Augenblick auch nichts zur Sache.

Tamara hatte ihrem verletzten Stolz eine Pause verordnet, denn Oliver brauchte jetzt eine vertraute Person. Nach allem, was er durchgemacht hatte, zog ihm der plötzliche Tod seines

Vaters natürlich den Boden unter den Füßen weg. Sie spürte seinen Schmerz, auch ohne, dass er etwas sagen musste. Sie hörte seinen schnellen Atem und spürte, wie er sich nach und nach in ihren Armen entspannte. Ganz so, als ob ihre Anwesenheit Balsam für seine Seele wäre.

Sie hoffte, dass es so war. Niemand sollte einen schweren Verlust alleine ertragen müssen.

24

„Möchtest du etwas essen?", fragte Oliver, als sie im Taxi zum Hotel saßen.

Tamara schüttelte den Kopf. „Ich bin nicht deswegen hier. Aber ich glaube, eine warme Mahlzeit wäre genau das, was du jetzt brauchst."

Er atmete tief durch. „Du bist doch sicher müde von der Reise."

Sie legte ihm einen Finger an die Lippen und schaute ihn eindringlich an. „Mach dir mal keine Sorgen um mich, okay?"

Er schluckte und nickte zögerlich. Tamara war froh, dass Lucas sie angerufen hatte, denn Oliver wirkte tatsächlich und verständlicherweise komplett verloren. Ihr Herz tat weh; ihn so unglücklich zu sehen, war belastend.

Sie wollte die Fahrt bezahlen, aber Oliver hielt sie zurück. „Ich mache das."

Sie hatte keinen Bedarf, über Nichtigkeiten zu streiten, daher nickte sie und stieg aus.

Nachdem sie eingecheckt hatte, wandte sie sich zu ihm. „Kommst du kurz mit zu mir rauf?"

Oliver lächelte schwach. „Ich brauche keinen Vierundzwanzig-Stunden-Babysitter."

Tamara war froh, dass er trotz allem den Humor nicht verloren hatte. Natürlich tat es ihr leid, was sie ihm auf Ragley Manor zuletzt an den Kopf geworfen hatte, aber das Gespräch darüber würde sie in diesen Tagen nicht führen. Manchmal sagte man Dinge, wenn man verletzt war, die man nicht so meinte. Oliver hatte das sicher begriffen, und hier ging es gerade nicht um ihre Gefühle, sondern um seine Trauer.

„Nein, das weiß ich. Kommst du trotzdem mit?"

Er nickte und nahm den Griff ihres Koffers. Gemeinsam gingen sie zu den Aufzügen. Tamaras Zimmer lag auf der fünften

Etage. Es war nicht das gleiche wie bei ihrem ersten Besuch, aber die Einrichtung war ähnlich. Dunkles Parkett, auf dem in der Mitte des Raumes eine Sitzgruppe stand. Von dort aus ging eine Tür zum Schlafzimmer und eine zum angrenzenden Bad.

„Na, komm schon rein, ich beiße nicht", sagte sie und winkte ihm zu. „Ich gehe eben duschen, dann können wir was essen, okay?"

„Klar."

„Mach es dir so lange gemütlich, bitte. Soll ich den Fernseher anmachen?" Er zuckte mit den Schultern. Sie blickte ihn aufmunternd an und klopfte mit der Hand aufs Bett. „Ruh dich doch ein bisschen aus. Du siehst wirklich erschöpft aus." Sein leises Seufzen sprach Bände. Er hatte in den letzten Nächten sicher kaum ein Auge zugetan. „Los, oder muss ich erst handgreiflich werden?", scherzte sie und stemmte die Hände in die Hüften.

Sie gab sich betont fröhlich; mit Mitleid war ihm auch nicht geholfen. Das, was er jetzt brauchte, war ein echter Freund, deshalb war sie gekommen. Lucas war auf dem Weg. Oliver kam ihrer Bitte schwach lächelnd nach, und ihr Herz machte einen kleinen Hüpfer.

„Das will ich nicht riskieren." Er ließ seine Schuhe auf den Boden fallen, streckte sich auf ihrem Bett aus und verschränkte die Arme hinter dem Kopf.

Sie stellte den Fernseher an und suchte einen Sportkanal. „Bin gleich wieder da."

Tamara zog den Reißverschluss ihres Koffers auf, nahm sich frische Kleidung und Unterwäsche heraus und verschwand im Bad. Sie duschte schnell, putzte sich die Zähne und kämmte sich die nassen Haare, ehe sie sich wieder anzog und zu Oliver zurückkehrte.

Er lag noch in der gleichen Position auf ihrem Bett und starrte mit leerem Blick auf den Bildschirm. Sachte setzte sie sich neben ihn und strich ihm eine Strähne aus der Stirn. Er drehte ihr den Kopf langsam zu. Die Traurigkeit in seinen türkisenen Augen war greifbar. Sie versuchte den Kloß im Hals herunterzuschlucken, aber es war nicht leicht.

„Room Service?", schlug sie mit belegter Stimme vor.

Er zuckte mit den Schultern. „Such doch einfach was aus, mir eigentlich egal."

Sie sprang vom Bett, suchte nach der Nummer des Zimmerservice und bestellte zwei Clubsandwiches mit Pommes und Cola.

„So", sagte sie, als sie zurückkehrte und sich im Schneidersitz neben ihn setzte. „Wollen wir vielleicht einen Film anschauen?"

Oliver nagte an seiner Unterlippe. „Ich bin froh, dass du hier bist. Wirklich. Aber ... du musst nicht."

„Sch", machte sie. „Können wir für den Moment die Vergangenheit hinter uns lassen, ja? Tun wir einfach so, als wären verschiedene Dinge nicht passiert. Ich bin für dich da, und alles andere ist jetzt wirklich unwichtig."

Er wirkte erleichtert. „Okay."

„Gut. Dann schlage ich vor, dass wir uns einen netten Actionfilm ansehen."

Seine Mundwinkel bogen sich leicht nach oben. „Danke."

„Für den Actionfilm?" Sie hob eine Augenbraue. „Ach, du weißt schon. Da gibt's immer sexy Kerle, die halbnackt mit Kanonen rumballern. Ich tue das nur für mich." Tamara grinste schelmisch.

„Sehr selbstlos von dir." Etwas in seinen Augen blitzte kurz auf. „Trotzdem, vielen Dank."

„Ist klar, Oliver. Dafür hat man doch Freunde. Und jetzt hör auf, dich ständig bei mir zu bedanken. Du würdest das für mich auch tun. Es tut mir auch echt leid, was ich in England gesagt habe. Ich habe es nicht so gemeint. Ich bin manchmal auch ein wenig ... aufbrausend."

„Glaub mir, ich habe nicht erst danach begriffen, dass du Lucas' Schwester bist", neckte Oliver sie.

Tamara legte ihm eine Hand an die unrasierte Wange. „Ich bin froh, dass du mich nicht weggeschickt hast."

„Ich auch."

Ein Klopfen an der Tür ließ sie zusammenfahren. „Ich geh' schon."

Zwei Minuten später schob sie einen Servierwagen mit der Bestellung ins Zimmer. Oliver machte sich daran aufzustehen. „Nein, lass mal. Ich bringe es mit rüber, dann können wir schon mal mit dem Film anfangen."

Sie balancierte zwei Teller und stellte sie in der Mitte des Bettes auf der Tagesdecke ab. Oliver suchte mit der Fernbedienung nach einem passenden Actionfilm.

Nebeneinander fingen sie an zu essen, währenddessen lief *Blade Runner 2049*. Alles war fast normal. Aber nur fast.

Tamara war klar, dass sie sich in einer Ausnahmesituation befanden, dennoch tat es verdammt gut, bei ihm zu sein. Es fühlte sich so vertraut an. Sie hatte ihn schrecklich vermisst, aber das behielt sie für sich. Es war ja bekannt, dass in Trauersituationen oftmals Dinge gesagt wurden, die man hinterher dann doch nicht so meinte – und dort wollte sie nicht landen. Nicht noch einmal.

Dennoch konnte sie ihre Gefühle nicht einfach so ausblenden. Sie wollte es auch nicht. Aber sie würde Oliver nicht in eine noch schwierigere Situation bringen, als er ohnehin schon war. Sie hatte gerade mal die Hälfte ihres Essens geschafft, als ihr Magen ihr signalisierte, dass nichts mehr ging. Oliver hatte seines kaum angerührt.

„Kannst du nicht noch ein bisschen mehr?", fragte sie und schaute ihn von der Seite an.

„Ich ... habe einfach keinen Appetit. Tut mir leid."

„Ist schon gut, ich räume mal ab." Sie nahm die zwei Teller und brachte sie zurück zum Servierwagen, kam dafür mit zwei Colas wieder.

Irgendwann, als der Abspann lief, stellte sie ihre Flasche auf den Nachttisch und schaute auf Oliver hinunter. Er war eingeschlafen, die leere Colaflasche war aus seiner Hand gerollt und lag neben ihm auf der Decke.

Sie war ebenfalls hundemüde, wollte ihn aber nicht wecken. Er brauchte ein paar Stunden Ruhe. Sie schlich ins Bad, um ihn nicht zu stören, putzte sich die Zähne und legte sich dann neben ihn. Die Verlockung war groß, sich an ihn zu schmiegen, aber sie wollte die Sache nicht komplizierter machen, als sie war. Tamara atmete seinen männlich-herben Duft ein und schloss die Augen. Neben ihm brauchte sie keine Decke – er strahlte so viel Wärme aus, dass es für sie genügte. Sie rückte noch ein Stück dichter an ihn, ohne ihn zu berühren, und schlief auf der Stelle ein. Wenigstens etwas, wofür Langstreckenflüge gut waren ...

Mitten in der Nacht schreckte sie hoch. Wo war sie?

Die Erinnerungen kehrten zurück.

Los Angeles. Oliver.

Sie öffnete die Augen. Im schwachen Schein des Mondlichtes bemerkte sie, dass er nach wie vor neben ihr lag. Er schaute sie an.

„Du bist wach?", murmelte sie überrascht.

Er atmete hörbar aus. „Kann nicht so gut schlafen. Alles okay bei dir?"

Sie strich sich eine Strähne aus dem Gesicht. „Nur was Schlechtes geträumt."

„Ist dir kalt?" Sie nickte. Es war tatsächlich ein bisschen kühl geworden. Oliver breitete die Arme aus. „Komm her."

Sie sagte nichts, sondern schmiegte sich in seine Umarmung und genoss seine Nähe. Sie hörte, wie er tief einatmete, und musste lächeln. Es ging ihm genauso wie ihr.

Für den Augenblick war alles gut so, wie es war. Sie würde nichts analysieren und schon gar nicht darüber nachdenken, was sie hier eigentlich machte.

„Schlaf weiter, Sonnenschein", murmelte er in ihr Haar. „Habe ich dir schon mal gesagt, wie gut du riechst?"

Sie schüttelte den Kopf und schloss ihre Lider.

Als sie das nächste Mal aufwachte, war Oliver noch immer hinter ihr. Sein Arm hielt sie dicht an ihn gedrückt, sein Bein lag über ihrem. Er schnarchte leise. Tamara öffnete die Augen und sah den roten Himmel und die Sonne über dem Meer aufgehen. Sie fühlte sich geborgen, dabei sollte sie doch diejenige sein, die Beistand spendete.

Das Geräusch von rauschendem Wasser drang an sein Ohr. Verschlafen rieb er sich über das Gesicht. Mit einem Schlag war er wach.

Tamara.

Er riss die Augen auf und sah, dass er noch immer auf ihrem Bett lag. Sie war offensichtlich gerade im Bad und duschte. Und dann kamen die Erinnerungen. Er wusste wieder, warum er hier war, warum sie gekommen war.

Er legte sich auf den Rücken und starrte an die Decke. Die Badezimmertür ging auf.

„Guten Morgen", sagte sie fröhlich.

Er drehte sich auf die Seite und stützte sich auf einen Ellenbogen. „Guten Morgen."

„Ich war so frei und habe Frühstück bestellt." Sie lächelte schüchtern. Ihre Haare hatte sie zu einem Knoten zusammengebunden, und sie trug wieder das Kleid vom gestrigen Abend. „Alles okay?" Sie runzelte die Stirn. „Entschuldige, natürlich ist nicht alles okay. Ich bin –"

„Hey, schon gut. Tut mir leid, ich bin einfach eingeschlafen. Irgendwie war es so beruhigend …"

„Du musst dich nicht entschuldigen. Komm, trink erst einen Kaffee, und dann überlegen wir, was wir heute anstellen, ja?"

Die Beerdigung war erst am nächsten Tag. Er hatte nichts Schwarzes, er musste einkaufen gehen.

„Ja", gab er knapp zurück und verschwand kurz im Bad.

Als er zurückkehrte, saß Tamara auf der Sitzgruppe nebenan. Auf dem kleinen Tisch hatte sie ein üppiges Frühstück arrangiert. „Wow, hast du die Karte rauf und runter bestellt?"

Sie grinste schuldbewusst. „Ich wusste nicht, was du willst. Gestern hast du so wenig gegessen."

„Das ist total süß von dir."

Ihre Blicke begegneten sich. Er konnte nicht in Worte fassen, wie gut ihm die Nacht an ihrer Seite getan hatte. Sie hatte ihm Trost gespendet, alleine durch ihre Nähe. Er wusste nicht, wie er das jemals zurückgeben sollte.

Sie biss in ein Croissant. „Komm, setz dich. Kaffee habe ich schon eingegossen."

Er fuhr sich mit beiden Händen durch die Haare. „Ich sehe sicher schrecklich aus. Vielleicht sollte ich auch erst duschen."

„Jetzt spiel nicht die Diva", neckte sie ihn mit funkelnden Augen.

Seine Mundwinkel bogen sich nach oben. „Yes, Ma'am."

Tamara hielt ihm den Brotkorb vor die Nase. Er griff nach einem Brötchen und biss hinein.

„Gut", machte er mit vollem Mund.

„Soll ich es dir schmieren?", bot sie an und beobachtete ihn.

„Geht schon. Wollte nur mal testen, ob es auch knackig ist." Er griff sich ein Messer und schnitt das Brötchen auf. Nachdem er die eine Hälfte mit Butter und Marmelade bestrichen hatte, biss er noch einmal ab.

„Nachher kommt Lucas, er hat mir getextet."

Er nickte. „Alles okay soweit mit Danielles Mutter?"

„Es ist ein Auf und Ab." Tamara seufzte.

25

Oliver stand vor dem Spiegel und betrachtete sich. Er war blass, unter seinen Augen lagen dunkle Schatten. Seine Haare waren zu lang, er war unrasiert. Aber der Anzug war dem Anlass würdig, das weiße Hemd unter dem schwarzen Jackett passte wie angegossen.

„Sitzt perfekt", meinte die Verkäuferin zufrieden. „Brauchen Sie noch eine Krawatte?"

Oliver suchte Tamaras Blick. Sie nickte. Er fuhr sich mit der Hand über das Gesicht. „Ja, auch schwarz, bitte." Die junge Dame verschwand mit dem Kommentar, dass sie einige zur Auswahl bringen würde. „Schätze, ich sollte noch mal zum Friseur gehen, hm?"

„Ich glaube, deinem Vater ist es egal, ob die Frisur sitzt. Es zählt doch, dass du gekommen bist."

Oliver atmete tief durch. „Da ist noch was." Er drehte sich zu ihr um. „Ich hab' dir noch nicht vom Testament erzählt …"

„Was ist damit?" Sie blinzelte ein paarmal.

„Er hat mir siebenundzwanzig Millionen Dollar vermacht."

Tamaras Mund klappte auf. „Was?"

Er verzog sein Gesicht. „Ja, keine Ahnung, wieso. Oder … doch. Er hat mir ein paar persönliche Worte dazugeschrieben. Er möchte, dass ich damit etwas Großes schaffe. Was er damit genau meint, hat er nicht erwähnt."

„Shit, Oliver. Das ist … heftig."

„Ich weiß nicht, ob ich es annehmen soll."

„Du willst das Erbe ausschlagen?"

Er blickte auf den Boden. „Ich habe keine Ahnung, ehrlich gesagt. Meine Halbbrüder haben mir allerdings gleich deutlich gemacht, dass sie das Testament anfechten werden. Ich schätze, dass ich bis zum Urteil in dieser Sache vorerst keine Investitionen tätigen sollte."

Die Verkäuferin kehrte zurück und hielt ihm drei Krawatten zur Auswahl an den Hals. Oliver entschied sich für die mittlere.

„Darf ich alles für Sie an die Kasse bringen?", fragte sie und blickte zu ihm auf.

„Sehr gerne." Er gab ihr die Krawatte zurück und verschwand in der Umkleide.

Am späten Nachmittag trafen sie Lucas im Hotel. Er war gerade vom Flughafen gekommen, hatte aber bereits geduscht und sein Zimmer bezogen.

„Hallo, Oliver. Mein herzliches Beileid. Es ist unfassbar, wir sind alle erschüttert. Komm her!" Lucas umarmte ihn.

„Schon okay, Mann. Danke, dass du gekommen bist."

Dann gab Lucas Tamara einen Kuss auf die Wange und drückte sie ebenfalls an sich.

Oliver hatte damit gerechnet, dass die Stimmung seltsam sein würde, sobald Lucas dazukam, aber das war nicht der Fall. Sein Kumpel schien seinen Argwohn ihm gegenüber, was Tamara anging, vollständig begraben zu haben, was ihn erleichtert ausatmen ließ. Sie aßen auf der Hotelterrasse zu Abend, und Lucas verabschiedete sich früh.

„Ich würde gerne noch mal runter zum Strand", meinte Tamara.

„Ich begleite dich", sagte Oliver.

„Okay, Leute. Es tut mir leid, aber ich kann einfach nicht mehr. Ich bin total erledigt. Pass auf sie auf, Oliver. Ich muss schlafen. Wir sehen uns morgen früh."

„Gute Nacht", erwiderte Tamara. „Ich pass auf mich alleine auf. Dankeschön."

Oliver nickte Lucas zu. „Ist doch klar. Schlaf dich aus."

Kurz darauf spazierte Oliver mit Tamara am Strand entlang. Der Sand fühlte sich warm unter seinen Fußsohlen an; es war ein heißer Tag gewesen. Am Horizont waren nur noch ein paar helle Streifen zu sehen. Die Dämmerung ließ das Wasser beinahe schwarz erscheinen. Es war windstill, und sanft schäumte die nächtliche Brandung ans Ufer.

„Sollen wir uns kurz setzen?", schlug sie nach einer Weile vor.

„Na klar. Gern."

Sie warfen ihre Schuhe in den Sand und ließen sich nieder.

„Erzähl mir von deiner Kindheit", bat Tamara ihn sanft.

Oliver atmete tief durch. „Es gibt nicht viel zu erzählen."

„Bitte", drängte sie ihn.

„Was willst du wissen?"

„Warum ist euer Verhältnis so schwierig gewesen?"

„Ich wusste damals nicht, dass er im Zweifel darüber war, ob ich wirklich sein Sohn bin. Meine Mutter hat mir immer erzählt, er sei mein Vater. Er wollte einen Vaterschaftstest, den ihm meine Mum verweigert hat."

„Oh. Das hast du erst kürzlich erfahren?"

„Ja, als wir zu seinem Geburtstag hier waren."

„Wie war es als Kind für dich?"

Er zerzauste sich die Haare. Es fiel ihm schwer, darüber zu reden. „Nicht gut. Meine Mum hat sich nicht für mich interessiert, nicht wirklich. Ich hatte eine Nanny, dann wurde ich aufs Internat geschickt. Wie es halt so ist."

„Und dein Dad?"

„Keine Ahnung. Er hat immer gezahlt, aber … das war es auch schon. Ich habe mir gewünscht, dass er mich besucht, dass wir vielleicht gemeinsam was unternehmen könnten. Wovon Jungs halt so träumen." Er hob die Schultern.

„Aber er ist nie gekommen?"

„Sehr selten. Ich habe mich nach einer Vaterfigur gesehnt, zu der ich aufschauen konnte. Ich dachte immer, es läge an mir. Ich dachte, er sei nie zu mir gekommen, weil ich nicht gut genug war."

„Ach, Oliver."

„Es ist egal, das ist lange her. Was ist mit dir? Wie kommst du klar?"

Tamara malte mit ihren Fingern Kästchen in den Sand. „Ich muss ehrlich sagen, dass ich dankbar bin, dass mein Leben so verlaufen ist ... nachdem meine Mum sich das Leben genommen hat. Wenn wir bei ihm aufgewachsen wären, wäre alles viel schlimmer gewesen."

Es war klar, dass sie von ihrem Vater sprach. Oliver würde gerne mehr wissen, aber er wollte auch nicht zu aufdringlich sein. „Denkst du oft ... daran?"

„Wie es war?"

Er nickte. „Ja. Du musst nichts sagen. Ich versuche nur zu verstehen ..."

„Ist schon gut. Ehrlich gesagt, ich versuche nicht mehr daran zu denken. Ich weiß jetzt, dass er ein kranker, perverser Alkoholiker war. Damals wusste ich das nicht. Für mich war es normal, dass Dad seine Prinzessin *lieb* hatte." Sie malte Gänsefüßchen in die Luft. „Auch wenn ich gespürt habe, dass es nicht richtig war. Dass es nicht richtig sein konnte." Oliver sagte nichts, aber nahm ihre Hand in seine. Sie ließ es zu. „Ich habe viele Jahre gebraucht, und es war eine Menge Arbeit. Manchmal dachte ich, ich schaffe es nicht, aber um ehrlich zu sein: Mittlerweile ist es einfach meine Vergangenheit, von der ich mein Leben nicht bestimmen lasse. Trotzdem gehört sie zu mir, macht mich zu dem, was ich heute bin."

„Das ist stark. *Du* bist stark."

„Ich weiß nicht. Eine andere Option hatte ich einfach nicht. Für mich ist das Kapitel wirklich abgeschlossen, seit er tot ist. Das klingt hart, aber ... es nimmt mir die Angst, ihm noch einmal in die Augen sehen zu müssen."

„Warst du bei seiner Beerdigung?"

Sie schüttelte den Kopf. „Nein. Das konnte ich nicht."

„Wie ist es für dich heute, mit Männern zusammen zu sein? Findest du das schwierig?"

„Wie der Sex ist, meinst du?"

Er schluckte. „Du musst nicht antworten …"

„Doch, ehrlich gesagt. Ich finde es gut, viel besser, wenn man mir die Fragen stellt, die sonst nur im Raum stehen würden. Ich … kann das gut trennen. Allerdings habe ich meine Grenzen."

„Natürlich."

„Ja. Ich mag es beispielsweise nicht, wenn man mich zu grob anfasst. Aber ansonsten kann ich es genießen – mit der richtigen Person. Aber ich hatte auch viele schwierige Begegnungen."

Olivers Daumen strich über ihren Handrücken. Ihre Haut fühlte sich warm und seidig an. „Danke, dass du mir vertraust. Es bedeutet mir viel."

„Kann ich dir auch eine Frage stellen?"

„Natürlich."

„Was geben dir diese vielen Liebschaften?"

Olivers Magen zog sich nervös zusammen. „Es klingt jetzt sicher total bescheuert, aber ich habe endlich begriffen, dass sie mir nichts geben. Ich fühle mich danach vielleicht körperlich befriedigt, aber in mir … da ist so viel Leere. Die konnte bis jetzt niemand füllen."

Bis du kamst, dachte er. Er sagte es nicht, sondern schwieg. Er hatte ihr bereits seine Liebe gestanden. Er würde es nicht heute noch einmal tun. Nicht vor dem morgigen Tag.

Lucas und Tamara standen hinter Oliver. Er wusste, dass sie da waren, aber er musste das alleine schaffen. Die Andacht in der Kirche hatte er bereits überstanden. Er hatte viele Redner gehört, die nur Gutes über Richard McDermott zu sagen gehabt hatten. Oliver hatte geschwiegen, obwohl man ihm angeboten hatte, selbst ein paar Worte zu sprechen. Er hatte nichts zu sagen, denn er fühlte sich vom Leben betrogen und von seinem Dad im Stich gelassen.

Nach der Kirche wurde der Sarg von sechs Männern zum Friedhof getragen. Der Himmel war wolkenlos, die Sonne schien grell auf den Friedhof. Ein Streichquartett spielte *Amazing Grace*, als die sterblichen Überreste seines Vaters an Seilen zur letzten Ruhe hinabgelassen wurden. Unzählige Menschen hatten sich versammelt, die sich alle an ihn und seine Halbbrüder wandten, nachdem sie sich von Richard McDermott verabschiedet hatten.

Er konnte kein Lächeln erwidern. Er fühlte nichts. In ihm war so viel Kälte, dass er trotz der fünfundzwanzig Grad Celsius fror.

„Danke, dass Sie gekommen sind." Immer wieder sagte er den gleichen Satz. Immer wieder schüttelte er eine andere gesichtslose Hand. Dann kam der oder die Nächste.

Die meisten Menschen hatte er in seinem Leben noch nie gesehen. Aber Richard McDermott hatte in seinem letzten Willen festgehalten, dass seine drei Söhne nebeneinanderstehen sollten, wenn man von ihm Abschied nahm. Es war seine Art gewesen, zu zeigen, dass Oliver ihm wichtig war. Mindestens so wichtig wie die Söhne, denen er vom ersten Tag ihres Lebens seine Liebe geschenkt hatte.

Oliver wollte nur noch, dass es vorbei ging. Er wollte weg. Seine Lungen fühlten sich an, als würde sie jemand zusammendrücken. Er konnte nicht atmen. Er konnte verdammt noch mal einfach nicht mehr atmen. Seine Brust brannte.

Er wandte sich ab und hastete mit großen Schritten davon. Er ließ den Woodlawn Cemetery hinter sich und lief den breiten Boulevard entlang, bis er den Santa Monica Pier erreichte.

Das emsige Treiben um ihn herum beruhigte ihn auf eine seltsame Weise. Er setzte sich auf eine Bank und beobachtete die Menschen. Er wusste nicht wie, aber Tamara und Lucas tauchten irgendwann vor ihm auf und setzten sich zu ihm.

Niemand sagte ein Wort, und das war genau das, was er jetzt brauchte. Er wusste, sie waren da, und das genügte, um nicht mehr diese verfluchte Einsamkeit in jeder Zelle seines Körpers zu spüren.

Langsam, ganz langsam, lösten sich die Klauen, die ihn den ganzen Tag so fest im Griff gehabt hatten, und ließen ihn wieder atmen.

26

Oliver fühlte sich nach den Ereignissen des Tages wie betäubt, der Alkohol tat sein Übriges. Er hatte mitbekommen, wie Tamara sich verabschiedet und ihm eine gute Nacht gewünscht hatte. Er war kaum in der Lage gewesen, sich ein Lächeln abzuringen.

„Schlaf gut", hatte sie dann noch gesagt, ihm eine Hand auf die Schulter gelegt und war gegangen. Lucas saß bei ihm, und jeder von ihnen hatte ein Glas mit feinstem Kentucky Bourbon vor sich stehen – als ob das Getränk eine Rolle spielen würde.

„Was hast du jetzt vor?", fragte Lucas.

Oliver hob träge den Kopf. „Ich habe verdammt noch mal absolut keinen Schimmer."

„Du magst Tamara wirklich, oder?"

Er begegnete Lucas' Blick, hielt ihm stand und nickte. „Aber du hattest recht, Lucas. Ich wäre nicht gut für sie."

„Ach, Oliver. Ich hätte das nicht sagen sollen. Wenn es dir wirklich ernst ist ..."

„Hör auf. Du hast absolut recht. Mit allem. Ich bin nicht in der Lage, ihr das zu geben, was sie braucht."

„Ich habe gesehen, wie sie dich ansieht."

Sein Magen zog sich schmerzhaft zusammen. Er leerte sein Glas. „Ich habe ihr gesagt, dass ich sie liebe."

Lucas schnappte nach Luft. „Hast du?"

Er nickte. „Ja, aber sie glaubt mir nicht – und wer würde ihr das verdenken? Ich kann es ja selbst nicht glauben."

„Stimmt es denn?"

„Was weiß ich schon?" Er seufzte und fuhr sich mit der Hand über den Mund. „Es wird das Beste sein, wenn ich sie in Ruhe lasse."

„Habt ihr denn ...?"

Oliver presste die Kiefer aufeinander und funkelte Lucas wütend an. „Du denkst wirklich, ich bin das letzte Arschloch, oder? Ich habe dir nach dem Kuss gesagt, dass ich sie nicht noch einmal anrühre – und das habe ich auch nicht getan."

Lucas hob abwehrend die Hände. „Okay, sorry, Mann. Ich weiß einfach nicht, was ich davon halten soll."

„Vergiss es einfach. Wir sind Freunde. Mehr kann ich nicht verlangen."

Oliver akzeptierte die Tatsachen, wenngleich es schmerzhaft war. Tamara würde in seinem Herzen sein, auch wenn sie nicht in seinem Leben war.

„Ich verstehe, dass alles zu viel ist im Moment."

„Ich habe ein paar schwerwiegende Entscheidungen zu treffen und könnte ein paar Ratschläge dazu gut gebrauchen."

„Du meinst das Erbe?"

Er nickte. „Ich habe keine Ahnung, was ich tun soll."

„Du wirst das Geld nicht deinen Halbbrüdern überlassen."

„Es wäre der einfachere Weg."

„Dein Vater hat viele Fehler gemacht, trotz allem bist du ein guter Mensch geworden, Oliver. Du könntest Krankenhäuser unterstützen, die Krebsforschung vielleicht?"

Oliver trank noch einen Schluck. „Vielleicht."

„Eine Einrichtung für Kinder? Es gibt sicher einige, die eine ähnliche Kindheit hatten wie du. Was ist mit denen, die finanziell nicht so gut abgesichert waren?"

Oliver nagte an seiner Unterlippe. „Ja, das würde mir schon eher zusagen."

„Vielleicht triffst du dich mit Danielle, wenn du wieder in London bist? Mit ihrer Every Life Matters Organisation könnte man doch sicher eine Kooperation aufbauen."

In seinem Kopf drehte sich alles. „Ich bin einfach überfordert."

„Das verstehe ich." Lucas legte ihm eine Hand auf den Oberarm. „Geh schlafen. Morgen ist ein neuer Tag."

Oliver schüttelte den Kopf. „Ich brauche noch einen Drink."

Der Abschied fiel Tamara schwer. Sie wusste, dass es falsch war, Oliver alleine zu lassen, denn Lucas musste ebenfalls zurück nach London und sie zurück an ihre Schule nach Shanghai. Nach der Beerdigung war er wie ausgewechselt gewesen. Er hatte kaum auf ihre Nähe reagiert, war ihr ausgewichen.

Tamara verstand die Zeichen, die er ausgesendet hatte. Er brauchte Abstand, und sie akzeptierte das, was nicht hieß, dass es nicht wehtat. Vor allem, nachdem sie am Strand so ein offenes Gespräch geführt hatten. Was auch immer gewesen war, sie würden ab jetzt wieder getrennte Wege gehen. Besser, sie fand sich bald damit ab.

„Ich fliege morgen nach London und bespreche mich dort mit meinem Anwalt. Der letzte Wille ist eine Sache – meine Halbbrüder werden die siebenundzwanzig Millionen nicht kampflos aufgeben", sagte Oliver am nächsten Morgen.

Er trug eine Sonnenbrille, und ihr war klar, dass er mit Lucas ein wenig zu tief ins Glas geschaut hatte. Verständlich nach dem Tag, auch wenn sie selbst Alkohol grundsätzlich mied.

„Hast du dich entschieden?", fragte Tamara.

„Noch nicht." Oliver schaute sie nicht direkt an, sondern blickte auf seine Füße.

Lucas spürte die merkwürdige Distanz zwischen ihnen offenbar auch, denn er hob eine Augenbraue und kratze sich an der Schläfe.

„Ja, ähm", stammelte sie verlegen. Es störte sie, dass Oliver nach allem plötzlich wieder so abweisend war. Ändern konnte sie es jedoch nicht. „Mein Taxi wird sicherlich schon warten. Dann ist jetzt also Zeit für den Abschied, ihr Lieben. Lucas, komm her." Sie lächelte ihren Bruder traurig an und schmiegte sich in seine Arme. „Kommt mich bald mal besuchen, ja?"

Lucas drückte sie fest an seinen Körper und strich ihr über den Rücken. „Das machen wir, Schwesterchen. Pass gut auf dich auf."

„Immer." Sie löste sich von ihm und trat vor Oliver. „Mach's gut. Halt die Ohren steif."

Er nickte, dann beugte er sich zu ihr und gab ihr einen Kuss auf die Wange. „Ich danke dir."

Seine tonlose Stimme ließ sie frösteln. Ihr war klar, dass seine Situation nicht einfach war, aber wenn er mauerte, so wie jetzt, konnte sie ihm auch nicht helfen.

Sein Verhalten verletzte sie mehr, als sie je zugeben würde. Trotz allem zerriss sie das Sehnen förmlich in zwei Teile. Sie wusste nicht, wann sie sich wiedersehen würden. Vermutlich würde bis dahin alles anders sein. Der Gedanke, ihn mit einer neuen Flamme zu treffen, versetzte ihr einen Stich. Aber die Eifersucht war nicht das alles überschattende Gefühl – die Aussicht, ihn aufzugeben, wog schwerer. Aber sie versuchte sich nichts anmerken lassen. Deshalb straffte sie sich und setzte ein Lächeln auf.

„Gut, dann wollen wir mal. Nicht, dass ich meinen Flieger verpasse. Wäre ja schrecklich, noch einen Tag bei diesem fürchterlichen Sonnenschein hier verbringen zu müssen." Sie lachte. Es klang viel zu schrill. Viel zu künstlich.

Lucas verzog den Mund und neigte den Kopf. Sie erkannte in seinen graublauen Augen, dass er es wusste. Er wusste, dass sie Gefühle für Oliver hatte, die tiefer gingen als alles, was sie je zuvor für einen Mann empfunden hatte. Aber er wusste offenbar auch, dass diese Liebe keine Zukunft hatte, sonst würde er doch etwas sagen. Er hielt ja auch sonst nie seine Klappe.

Die beiden hatten am gestrigen Abend vermutlich ausführlich darüber gesprochen. Womöglich war Oliver deshalb heute so abweisend zu ihr. Ihre Augen füllten sich mit Tränen. Schnell wandte sie sich ab und ging davon.

Fünf Tage später saß Oliver in seinem Apartment in London und starrte auf ein weißes Blatt vor sich. Seit Stunden verharrte er nun schon hier, aber sein Kopf war leer. Die Türklingel ließ ihn aufblicken. Er erwartete niemanden.

Einen Augenblick überlegte er, ob er so tun sollte, als wäre er nicht da. Es klingelte wieder.

Oliver stand auf und öffnete. Er war überrascht, die Frau seines Freundes zu sehen.

„Hallo, Danielle. Ist alles in Ordnung? Komm rein." Er umarmte sie kurz.

Danielles Miene blieb unergründlich. „Hi, Oliver. Mein Beileid."

„Danke." Er trat zur Seite und bat sie herein. „Möchtest du was trinken?"

Danielle schaute sich in seiner Wohnung um. Ja, er hatte eine Weile nicht aufgeräumt. Hier und da lagen ein paar schmutzige Kleidungsstücke, leere Pizzakartons und Coladosen herum.

„Ähm. Nein, danke. Wie geht es dir denn?"

„Ich komme klar." Danielles zweifelnder Blick sprach Bände. Sie sagte aber nichts zu dem miserablen Bild, das er abgab, oder zu dem Zustand seiner Wohnung. „Was kann ich für dich tun?", fügte Oliver hinzu und vergrub seine Hände in den Hosentaschen.

„Lucas meinte, du würdest gerne etwas über Every Life Matters hören?"

Oliver erinnerte sich, dass Lucas und Danielle sich über ihr Charity-Projekt kennengelernt hatten, für das sie immer Sponsoren suchte. Lucas war von seiner Familie an Julias Stelle geschickt worden. Zuerst hatten sich die beiden nicht leiden können, obwohl es seit der ersten Sekunde heftig zwischen ihnen gefunkt hatte. Aus dieser Zeit wusste Oliver zumindest ein paar Rahmendaten über Every Life Matters.

„Ja, sicher. Setz dich doch."

Mit spitzen Fingern hob Danielle ein Sport-T-Shirt vom Sofa und ließ es auf den Boden fallen, ehe sie Platz nahm.

„Ähm, ja ...", fing sie an und erklärte, worum es sich in ihrer Organisation drehte. „... außerdem finanzieren wir Schulen, setzen uns dafür ein, dass Mädchen zum Unterricht gehen dürfen, auch wenn es in diesen Ländern unter Umständen schwierig ist. Wir geben Waisenkindern ein neues Zuhause, vermitteln Pflegekinder an Familien und bauen Dörfer ... Sehr am Herzen liegt mir derzeit aber ein ganz besonderes Projekt für Mädchen, die schwierige Situationen verarbeiten müssen. Psychologische Unterstützung alleine reicht da nicht; ich stelle mir so eine Art Wohngemeinschaft mit pädagogischen Mitarbeitern vor, die permanent unterstützen und auch fördern können."

„Das klingt alles sehr spannend", meinte Oliver irgendwann. „Wäre es dir denn recht, wenn wir ... kooperieren?"

Danielle kratzte sich an der Nase. „Natürlich, Oliver. Man müsste das selbstverständlich vertraglich genau regeln ..."

„Ja, das ist alles noch Zukunftsmusik. Aber ich danke dir, dass du es überhaupt in Erwägung ziehst."

„Sehr gerne sogar. Aber hör mal ..." Sie durchbohrte ihn förmlich mit ihrem Blick.

„Was noch?"

„Ich würde mal vorschlagen, dass du deine Arschbacken zusammenkneifst und aus dem Selbstmitleidszug aussteigst."

Oliver riss die Augen auf. „Wie bitte?"

„Schau dich doch mal um." Sie zeigte auf ihn, auf seine Wohnung. „Das bist doch nicht du, Oliver." Er biss die Zähne aufeinander, sagte nichts. Sie fuhr fort. „Weißt du, ich kann verstehen, dass du Angst hast."

„Angst?", wiederholte er und kniff die Augen zusammen. „Ich habe keine Angst."

Danielle lachte humorlos.

„Shit, es geht mich ja eigentlich echt nichts an. Sonst ist ja Charlotte diejenige, die sich überall einmischt." Danielle schob sich eine Strähne aus dem Gesicht und musste schmunzeln. „Aber es scheint, dass es abfärbt. Egal. Jetzt hör mir mal zu: Ich habe Tamara vor dir gewarnt ..." Olivers Herz machte einen Sprung, als er ihren Namen hörte. „Ich hätte echt nicht gedacht, dass du ... ihr ..., dass ihr euch wirklich ineinander verlieben würdet." Er hob eine Augenbraue und musterte Danielle argwöhnisch. Er hatte langsam genug davon, von jedem bewertet und analysiert zu werden. „Aber was gar nicht geht, ist, dass ihr beide an eurer Liebe erstickt. Warum zur Hölle macht niemand den ersten Schritt?"

Das war der Moment, der das Maß voll machte. Wut schäumte über wie kochende Milch.

„Meine Güte", rief er. „Jeder hat hier anscheinend eine Meinung, ganz toll. Super. Mein Ruf ist doch allgemein bekannt – ihr wisst, wie ich bin. Ihr habt mir oft genug unter die Nase gerieben, dass ich nie im Leben treu sein kann, dass ich es mit Tamara nicht ernst meine. Bla, bla. Nun lasse ich sie in Ruhe, und dann ist das auch nicht recht?"

Er redete sich nahezu in Rage.

Danielles Mund öffnete und schloss sich ein paarmal, ehe sie etwas erwiderte. Ihre Stimme klang sehr ruhig, sie war nicht aufgeregt, sondern geduldig und ... einfühlsam. Oliver runzelte die Stirn. Er begriff irgendwie nicht, was sie von ihm wollte. Danielle seufzte leise. „Männer! Dass man euch immer sagen muss, was zu tun ist. Na ja, egal. Ich bin einfach mal so frei. So, mein Lieber. Du wirst jetzt, wie eben schon gesagt, deinen hübschen Knackarsch verpacken und dann nach Shanghai schwingen. Tamara wird nicht ewig warten – oder ja, vielleicht doch. Aber verschenk doch nicht die Zeit, die ihr gemeinsam haben könnt. Wenn du sie liebst, geh zu ihr, kämpfe um sie. Glaub mir, sie wartet nur darauf. Sie wirkt zwar immer so entschlossen, aber am Ende will doch jede Frau mit Pauken und Trompeten erobert werden. Kauf ihr Blumen, einen Ring, was weiß ich – aber mach was!"

Oliver starrte Danielle mit offenem Mund an. „Das hast du eben nicht wirklich gesagt."

„Doch."

„Weiß Lucas davon?"

Danielle errötete zart. „Klar. Er ist meiner Meinung."

Oliver war sich da nicht sicher, aber er musste das alles erst mal sacken lassen. „Hat er dir nicht erzählt, dass ich ihr gesagt habe, dass ich sie liebe?"

Danielle schnaubte leise. „Nein. Hat er nicht."

„Siehst du."

„Und, was hat sie geantwortet?"

„Dass sie mich nie wiedersehen will."

Danielle atmete hörbar aus und schlug sich mit der Hand auf den Oberschenkel. „Und dann hast du auf sie gehört und hast dich von ihr zurückgezogen?!"

Er hob eine Augenbraue. „Ja?"

Sie stöhnte und verdrehte die Augen.

„Meine Rede. Du sollst um sie kämpfen. Sie will sich doch nur sicher sein, dass du sie wirklich liebst, du Idiot. Tamara will nicht verletzt werden. Sie ist sich unsicher, ob du, der Frauenheld ... und so weiter. Alte Geschichte." Danielle wedelte ungeduldig mit der Hand vor ihrem Gesicht.

Oliver kapierte langsam, was sie meinte. In seinem Kopf überschlugen sich die Gedanken.

„O Gott", stieß er hervor und rieb sich über die Stirn.

Danielle stand auf. „Buch dir einen Flug, oder muss ich das auch für dich machen?"

Oliver lachte. Er lachte laut und herzhaft. Dann zog er Danielle in seine Arme. „Nein. Das schaffe ich alleine."

„Puh. Gott sei Dank."

„Danke dir. Ich habe längst verstanden, warum Lucas dich so abgöttisch liebt. Aber heute hast du noch mal deutlich unter Beweis gestellt, was für eine tolle Frau du bist."

Sie grinste. „Hey, ich gehöre Lucas. Und du, hol dir deinen Sonnenschein."

„Das ... hast du mitbekommen?"

„Ich bin doch nicht blöd, mein Lieber. Ich finde es übrigens süß." Sie zwinkerte und klopfte ihm dann spielerisch auf die Brust, ehe sie sich verabschiedete.

Nachdem die Tür hinter ihr ins Schloss gefallen war, erinnerte sich Oliver an die letzten Worte seines Vaters. Er sollte kämpfen, wenn er die Richtige gefunden hatte.

Damals hatte er es noch nicht gewusst, vielleicht hatte sein Vater aber etwas geahnt. Der Verlust traf ihn, ja, aber er war auch dankbar für die Worte eines weisen Mannes.

27

„Schwieriger Tag?", riss Sues Stimme Tamara aus ihren Gedanken.

Sie saß im Lehrerzimmer und starrte schon seit geraumer Zeit auf die Unterrichtsvorbereitungen für den nächsten Tag.

Sie atmete hörbar aus. „Liegt sicher am Wetter."

Sie zeigte aus dem Fenster. Es goss in Strömen – passend zu ihrer Laune.

Sie bereute es, dass sie Oliver nicht gestanden hatte, was sie wirklich für ihn empfand. Andererseits – eine Beerdigung war nicht der angemessene Rahmen dafür gewesen, über ihre Gefühle für ihn zu sprechen. Er war mit seiner Trauer beschäftigt gewesen, und ... Egal, es lag hinter ihr, und bislang hatte er nichts von sich hören lassen.

„Ich weiß, was du meinst." Sue klopfte ihr auf die Schulter. „Deswegen gehe ich jetzt auch nach Hause."

„Gute Idee." Sie schob ihre Unterlagen in einer Mappe zusammen und steckte sie in ihre Aktentasche.

Auf dem Weg nach draußen erinnerte sie sich, dass sie ihren Schirm im Lehrerzimmer vergessen hatte. Gut, dass sie heute Morgen so umsichtig gewesen war. *Wenigstens etwas*, dachte sie und trat kurz darauf aus dem Haupteingang in den Regen. Sie hielt den Schirm dicht über ihren Kopf. Es regnete dicke Tropfen, die von allen Seiten kamen. Ihre Ballerinas waren bereits auf der fünften von sieben Stufen komplett durchgeweicht.

Eine Bewegung ließ sie aufblicken. Vor Schreck ließ sie ihre Tasche fallen. Polternd rollte sie die letzten Stufen nach unten in eine riesige Pfütze.

„Du?", stieß sie hervor.

Ihr stockte der Atem, ihr Herz stolperte. Die Tasche war vergessen.

Oliver stand etwa fünf Meter von ihr entfernt im Regen. Er war bis auf die Haut durchnässt, aber er lächelte. Was machte er hier?

„Ich dachte schon, du kommst gar nicht mehr aus der Schule raus."

Tamara starrte ihn an, dann brach sie in Lachen aus. „Das nenne ich eine Begrüßung. Wieso bist du in Shanghai?"

„Ich habe es endlich begriffen."

Ihre Blicke verhakten sich ineinander.

„Was?" Sie musste schlucken.

„Ich bin hier, weil ich bei dir der Mann sein kann, der ich sein will. Ich bin gekommen, weil ich um dich kämpfen will. Du bist die Eine für mich. Die Eine, von der ich lange glaubte, es gäbe sie nicht. Tamara", er trat einen Schritt auf sie zu und streckte seine Hand aus, „ich liebe dich."

Sie hatte ihren Mund geöffnet, und die verschiedensten Gedanken schossen ihr durch den Kopf. Er war gekommen. Zu ihr. Weil er sie liebte.

Ihre Träume wurden wahr. Konnte es wirklich sein? Ihr Herz hämmerte hart gegen ihre Rippen, sie atmete schnell. Für einen Moment glaubte sie, sie würde ohnmächtig werden. Ihr war schwindelig. Schwindelig vor Glück.

„Willst du mich im Regen stehen lassen?", fragte er und grinste schief.

O mein Gott. Ja, natürlich. Sie musste etwas tun, etwas sagen.

Sie erwachte aus ihrer Starre. „Komm her."

Tamara hob ihren Schirm und ging zu ihm. Ihre Mundwinkel bogen sich nach oben, ihr Herz ging auf.

„Ich meinte das nicht im buchstäblichen Sinne, Sonnenschein", scherzte er.

Seine dunkle Stimme ließ die Schmetterlinge in ihrem Bauch tanzen. Sie hatte ihn so sehr vermisst. Das Türkis seiner Augen leuchtete hoffnungsvoll.

„Du bist dir ... sicher?", krächzte sie, immer noch fassungslos vor Freude.

O Gott. Wie blöd klang das denn? Wäre er sonst wohl hergekommen? Sie verdrehte die Augen über ihre Begriffsstutzigkeit.

„Absolut", gab er ernst zurück und nahm ihre Hand.

Sie ließ den Schirm fallen und warf sich in seine Arme. Tamara legte ihre Wange an seine breite Brust, lauschte seinem rasenden Herzschlag und hielt sich an ihm fest. Sie würde ihn nie wieder loslassen. „Du hast mir so gefehlt."

„Du mir auch. Ich wusste nicht, dass etwas so wehtun kann", murmelte er. „Aber jetzt wird alles gut."

Der Himmel lichtete sich, der Regen wurde schwächer. Sie löste sich von ihm und blickte zu ihm auf. „Ich liebe dich, Oliver."

„Ich dachte, du würdest das nie mehr sagen." Er lächelte und senkte seinen Mund zu ihrem.

„Du bist ziemlich geduldig", neckte sie ihn.

„Ich habe lange genug auf diese Worte gewartet."

Und dann küsste er sie. Sein Kuss war zärtlich und besitzergreifend zugleich. Es war ein Kuss, der ihr sagte, dass er ihr gehörte. Und sie gehörte zu ihm.

„Lass uns gehen", verlangte sie atemlos, nachdem sie sich von ihm gelöst hatte.

„Deine Tasche?"

„Die hätte ich beinahe vergessen. Vermutlich ist der Inhalt ohnehin gleich ruiniert. Aber das ist mir sowas von egal."

Der Taxifahrer war nicht begeistert, zwei begossene Pudel zu transportieren, aber ein großzügiges Trinkgeld überzeugte ihn dann doch.

Tamara verschränkte ihre Finger mit Olivers. „Wie lange willst du bleiben?"

Sie hatte ein wenig Angst vor seiner Antwort, gleichzeitig konnte sie noch immer nicht fassen, dass er gekommen war.

„Für immer?"

„Ich hatte gehofft, dass du das sagen würdest."

Auf dem Weg zu ihrem Apartment küssten sie sich immer wieder.

„Lassen wir es langsam angehen", murmelte Oliver an ihren Lippen, nachdem die Tür hinter ihnen ins Schloss gefallen war.

Tamara warf ihre Aktentasche auf den Boden und vergrub ihre Hände in seinen Haaren.

„Ich zeige dir, wie langsam geht." Sie schob ihn zwischen vielen Küssen ins Bad und begann ihn auszuziehen. „Du bist ganz nass, Oliver. Du musst die Sachen dringend loswerden." Sie schaute unter halb geschlossenen Lidern zu ihm auf.

Er stieß einen leisen Seufzer aus, als würde es ihn große Mühe kosten, sich zu beherrschen. Aber er ließ sie das Tempo bestimmen, und Tamara genoss jede Sekunde davon. Nach und nach knöpfte sie sein Hemd auf. Sein verhangener Blick ließ sie schneller atmen.

„O Gott", stieß er hervor, als sie begann, sich auszuziehen, und das Wasser in der Dusche aufdrehte.

Schließlich stand sie völlig nackt vor ihm und streckte ihm ihre Hand entgegen. „Komm her ..."

„Du bist wunderschön", murmelte er ehrfurchtsvoll und fuhr die Linie ihres Schlüsselbeins mit seinem Zeigefinger nach.

Eine federleichte Berührung, die eine Gänsehaut bei ihr auslöste. Er ergriff ihre Finger und trat nach ihr in die gemauerte Dusche. Das heiße Wasser strömte über sie. Tamara schmiegte sich an ihn und küsste ihn. Wie lange hatte sie davon geträumt?

Sie seiften sich gegenseitig ein, streichelten jeden Zentimeter ihrer Körper.

„Du machst mich glücklich", stieß sie zwischen zwei Küssen hervor. „Bist du jetzt aufgewärmt?"

Oliver stöhnte. „Mir ist ... heiß."

Sie kicherte und drehte das Wasser ab. Er griff nach zwei Handtüchern und wickelte erst eines um ihren Körper, und dann eines um seine Hüften.

„Komm mit", meinte sie unter gesenkten Lidern und schob ihn ins Schlafzimmer.

„Sollen wir nicht noch warten?"

„Wie lange willst du warten? Ich warte schon viel zu lange auf dich. Ich bin mir sicher, Oliver."

Seine Pupillen weiteten sich, als sie das Handtuch fallen ließ und ihn erwartungsvoll anblickte. Sie sah, wie sein Adamsapfel hüpfte und sein Brustkorb sich schneller hob und senkte. „Ich bin nach der langen Zeit garantiert ein wenig ausdauernder Liebhaber …"

„Beweis es mir." Ihre Stimme klang belegt.

Unter weiteren Küssen sanken sie auf das Bett, erkundeten ihre erhitzten Körper aufs Neue. Tamara genoss es, dass Oliver sich ausgiebig jedem Zentimeter ihrer Haut widmete, bis sie sich vor Verlangen unter ihm wand. Sie wollte nicht mehr warten, konnte nicht mehr warten.

Aus einer Schublade nahm sie ein Kondom.

„Sind noch von Lucas", meinte sie augenzwinkernd und riss die Packung auf.

Er keuchte, als sie es überstreifte, dann küsste er sie gierig. Tamara spreizte ihre Beine und nahm ihn tief in sich auf. Die Augen waren geöffnet, ihre Blicke ineinander verhakt, als Oliver sich langsam zu bewegen begann. Sie hatte sich nie inniger mit jemandem verbunden gefühlt als mit ihm. Schon nach kurzer Zeit spürte sie, wie sich eine Spannung in ihr aufbaute. Olivers Finger waren neben ihrem Kopf mit ihren verschränkt.

„Oliver", stöhnte sie, als sie es nicht mehr aushielt.

Der Höhepunkt überrollte sie, ohne sich anzukündigen. Sie klammerte sich an seinem Rücken fest und verlor sich im Meer seiner Augen. Ihr Orgasmus riss ihn mit; mit einem heiseren

Stöhnen versteifte er sich. Sie kamen gemeinsam, kosteten die süße Erlösung bis zur letzten Sekunde aus.

Später rollte Oliver sich auf die Seite und zog sie wieder in seine Umarmung. Das Kondom streifte er ab und ließ es auf den Boden fallen.

„Ich liebe dich", sagte er mit belegter Stimme. „Ich liebe dich so sehr, Sonnenschein."

Er strich ihr eine feuchte Strähne aus dem Gesicht.

„Ich liebe dich auch", gab sie selig lächelnd zurück und legte eine Hand auf sein pochendes Herz. Ab jetzt schlugen ihrer beider Herzen im gleichen Takt, hoffentlich für immer.

„Was wird deine Familie dazu sagen?", fragte Oliver am nächsten Tag.

Sie saßen beim Essen in einem Restaurant am Bund.

Tamara tippte ihm auf die Nase. „Die werden sich freuen."

„Na, hoffentlich."

Sie nickte. „Natürlich. Wir lassen ihnen keine andere Wahl. Und so schlimm bist du nun wirklich nicht."

Er wackelte anzüglich mit den Augenbrauen. „Nicht? Immerhin, Danielle mag mich. Sie hat mir ganz schön den Kopf gewaschen."

„Hat sie?"

„O ja. Die Frau ist … wundervoll."

„Hat es gewirkt?"

Sein breites Grinsen sprach Bände. „Ich bin ja jetzt hier, also würde ich sagen: ja!"

„Ich bin sehr froh darüber …" Sie legte ihm eine Hand auf den Oberschenkel. Lust zuckte durch seine Lenden. Sie beugte sich zu ihm und flüsterte in sein Ohr: „Ich mag es, wie du auf mich reagierst."

„Das kannst du nicht machen …" Er atmete scharf ein und schloss die Augen.

„Kann ich nicht?"

„… Du bringst mich um."

„Lass uns gehen." Ihr heißer Atem streifte sein Ohr und ließ ihn erschaudern.

„Ich kann so wohl kaum gehen." Er nahm ihre Hand und legte sie auf seinen Schritt.

Tamara atmete scharf ein. „Unersättlich, hm?"

Er brummte etwas Unzusammenhängendes. „Ich brauche noch einen Moment; so kann ich ohnehin nicht aufstehen."

Tamara kicherte. „Du Ärmster."

Ein paar Minuten aßen sie schweigend. „Wann hast du Ferien?"

Sie runzelte die Stirn. „Hältst du es schon nicht mehr aus in Shanghai? Wir haben ja noch gar nicht darüber gesprochen … Wie soll es weitergehen?"

Er trank einen Schluck Wasser. „Ich habe mir darüber noch keine Gedanken gemacht. Was ist mit dir?"

Sie schüttelte den Kopf. „Keine Ahnung."

Oliver legte die Serviette beiseite. „Ich habe immer noch die Verantwortung für das Erbe, und da habe ich ein paar Ideen. Aber solange nichts entschieden ist, kann ich auch nichts machen."

Er hatte über Danielles Vorschlag nachgedacht, und je länger er die Idee reifen ließ, desto besser gefiel ihm die Vorstellung einer Kooperation mit ihr. Die Einrichtung für Mädchen mit schwieriger Vergangenheit hatte ihn nicht mehr losgelassen. Davor musste er jedoch das Erbe tatsächlich erhalten. Das Urteil würde in der kommenden Woche fallen.

„Und?" Sie blickte ihn unsicher an.

Er ergriff ihre Hand und küsste ihre Fingerspitzen. Eine nach der anderen. „Was hältst du von der Richard-McDermott-Stiftung?"

„Du willst seinen Namen verwenden?"

„Es war sein Geld. Was denkst du?"

Sie nickte. „Das wäre sehr schön."

„Ich habe viel nachgedacht, das sagte ich ja schon. Es gibt so viele Kinder auf der Welt, die nicht das Glück haben, auf so eine tolle Privatschule gehen zu dürfen wie die, an der du unterrichtest."

„Ja, das stimmt. Das habe ich mir schon so oft gedacht."

„Wie wäre es, wenn wir mit dem Geld Schulen an Orten bauen könnten, an denen Bildung nicht für alle selbstverständlich ist? Danielle hat mir da einen ganz wunderbaren Vorschlag gemacht; ein Projekt, das Mädchen mit schwieriger Vergangenheit betrifft. *Every Life Matters* hat schon einen etablierten Namen, und wir könnten mit dem Geld noch viel mehr Gutes tun. Nicht alles gleich und sofort; es wäre etwas, das uns Jahre beschäftigen würde."

„Uns?" Sie blickte ihn unsicher an.

Er drückte ihre Hand. „Du und ich. Gemeinsam. Ich will mein Leben mit dir verbringen. Am besten jede Sekunde davon."

„Du bist unglaublich." Ihre Augen leuchteten.

„Ist das ein Ja?"

„Ich ... Darauf hätte ich wirklich große Lust. Ja, das klingt nach einer ganz tollen Sache."

„Wir bekämen sicher auch Förderung, aber das muss natürlich vorbereitet werden ..."

„Was ist mit meinem Job hier?"

„Es geht ja sicher alles nicht so schnell. Das Schuljahr könntest du wahrscheinlich noch abschließen. Aber ich glaube, es wäre schon eher eine Vollzeitbeschäftigung."

Sie nickte, und ihre Augen funkelten aufgeregt. „Ja. Und weißt du was? Der Gedanke nimmt mir eine Last von den Schultern. Irgendwie habe ich mich mit der Aufgabe hier nie ... glücklich gefühlt."

„Ich weiß."

„Du weißt?"

„Irgendwie habe ich das immer gespürt."

„Wo werden wir leben?"

Er zuckte mit den Schultern. „Wo immer du möchtest."

„Wow. Das ... ist aufregend." Sie legte sich eine Hand auf die Brust.

„Ich habe mir vorgestellt, dass wir erst mal ein bisschen die Welt bereisen ... Welche Orte möchtest du sehen? Dann können wir entscheiden, wo wir anfangen."

„Ich werde aber ganz sicher nicht zur Partyqueen mutieren."

Oliver lachte herzhaft. „Das hoffe ich doch sehr. Ich glaube, ich habe genug davon."

„Puh. Gott sei Dank." Und schon stellte sie die nächste von noch hundert Fragen, die ihr zukünftiges Leben betrafen. „Wie sagen wir es der Welt?"

Er runzelte die Stirn. „Was?"

„Na, das *Wir*. Also, wie sagen wir es meiner Familie?"

Oliver strich sich nervös über das Kinn. „Bei der nächsten Gelegenheit. Eine Rundmail fände ich irgendwie ... nicht so schön."

Er war unsicher, wie sie reagieren würden, aber er würde allen beweisen, wie sehr er sie liebte und dass er es wert war, mit Tamara alt zu werden.

Er winkte die Bedienung heran und signalisierte, dass er zahlen wollte.

Hand in Hand verließen sie das Restaurant und schlenderten nach Hause. Es war ein milder Abend.

„Juckt es dich nicht in den Fingern, wieder loszuziehen?", fragte sie, als sie die Wohnungstür aufschloss.

„Wie?"

„Du weißt schon. Tanzen, trinken, Weibergeschichten ..."

Olivers Mund klappte auf. „Komm her."

Er verschlang sie mit seinem Blick. Er liebte es, wie sie errötete.

Tamara lief an ihm vorbei, aber er hielt ihr Handgelenk fest und drehte sie in seine Arme. Er umfasste ihr Kinn und hob es an. „Vielleicht ist es noch nicht angekommen, aber ... es gibt keinen einzigen Ort auf dieser Welt, an dem ich sein möchte, wenn du nicht dabei bist."

„Wie lange hält das an?", fragte sie unsicher.

„Du glaubst mir nicht?"

„Was ist, wenn du morgen aufwachst und feststellst, dass ich doch nicht das bin, was du für den Rest deines Lebens an deiner Seite haben willst."

Oliver kniff die Augen zusammen. „Mache ich den Eindruck auf dich?"

Sie wich seinem Blick aus und zuckte mit den Schultern. „Ich weiß nicht."

„Tamara", sagte er streng. „Schau mich an!" Sie hob ihr Gesicht. „Ich liebe dich. Ich sage das nicht aus Spaß oder aus einer Laune heraus", fuhr er mit Nachdruck fort und schaute ihr tief in die Augen. Sie schluckte. „Dass wir das überhaupt diskutieren müssen, macht mich wütend", presste er hervor. „Es verletzt mich, Tamara. Wieso glaubst du mir nicht?"

„Ich kann manchmal nur einfach nicht verstehen, was du in mir siehst."

Oliver atmete hörbar ein, und seine Züge entspannten sich ein wenig. „Das ist der schöne Teil. Ich erzähle es dir gerne immer wieder. Ich habe ein ganzes Buch voll davon. Jede einzelne Zeile ist dir gewidmet."

„Die Gedichte?"

Er nickte. „Glaub mir, ich habe im ganzen Leben noch nie so empfunden wie dir gegenüber. Wenn du nicht bei mir bist, fühle ich mich leer. Ich brauche dich. Ich habe immer gedacht, dieses Liebesgesülze wäre übertrieben."

„Aber?"

Er grinste. „Ist es nicht."

Ihre Augen funkelten. „Erzähl mir mehr."

„Zuerst küsse ich dich."

Oliver ließ Taten folgen und senkte seinen Mund auf ihren. Er ließ seine Zunge über ihre Lippen gleiten, zog sie noch enger an sich und ließ sie seine Erregung spüren. Nie war Sex so erfüllend gewesen wie mit ihr. Es lag nicht an ausgefallenen Stellungen oder der Intensität; es war das Gefühl, das er empfand, wenn sie miteinander verbunden waren.

Zum ersten Mal in seinem Leben fühlte er sich vollständig. All der Quatsch von wegen Ying und Yang stimmte. Es war absurd. Aber dass sie immer wieder an ihm zweifelte, störte ihn. Es zeigte ihm auch, dass sie etwas vor ihm zurückhielt, weil sie Angst hatte, verletzt zu werden. Er hatte keine Ahnung, wie er es ihr begreiflich machen sollte.

Das Denken wurde ihm gerade jetzt erheblich erschwert, denn sein Blut war längst auf dem Weg in tiefere Regionen und sein Gehirn damit unterversorgt. Er seufzte leise, als sie ihre Hände unter sein Shirt gleiten ließ und ihn streichelte. Dahin war es mit seiner Beherrschung. Endgültig. Mit einem: „Du machst mich irre", hob er sie in seine Arme und brachte sie ins Schlafzimmer.

Später am Nachmittag klingelte es an der Tür.

„Erwartest du jemanden?", fragte Oliver.

„Nicht unbedingt." Sie stand auf und öffnete. „Oh. Hi."

Julia mit Amalia auf dem Arm und Damian standen davor. „Hi, stören wir?"

„Äh." Ihr wurde heiß. „Nein, natürlich nicht. Kommt rein."

Der Besuch ihrer Familie traf sie unvorbereitet. Alles, was sie sich im Geiste zurechtgelegt hatte, war wie weggespült.

„Hallo", sagte Oliver.

Er war vom Sofa aufgestanden und kam auf die Ankömmlinge zu. Tamara entging Damians leises Schnauben nicht. Sie hoffte sehr, dass er sein Temperament zügeln würde.

„Wollt ihr was trinken?", erkundigte Tamara sich mit klopfendem Herzen.

„Nein, mach dir keine Umstände", erwiderte Julia, nachdem sie Oliver kurz umarmt hatte.

Die Männer tauschten einen sehr intensiven Händedruck aus, bei dem Damian Oliver mit seinem Blick förmlich durchbohrte.

„Dann seid ihr jetzt zusammen?", fragte Julia mit einem Lächeln in der Stimme.

Amalia turnte durch das Wohnzimmer und gluckste zufrieden.

„Ja", sagte Oliver. „Es ist wundervoll."

„Lucas hat sowas angedeutet" brummte Damian und setzte sich.

Tamara warf ihrem Bruder einen warnenden Blick zu, den er mit einer hochgezogenen Augenbraue kommentierte.

„Wir waren eben beim Arzt. Ich habe Ultraschallbilder", wechselte Julia das Thema und holte besagte Bilder aus ihrer Tasche.

Nachdem sie das neue Wunder ausführlich begutachtet hatten, holte Tamara doch Getränke. Oliver half ihr dabei.

„Läuft doch ganz gut", flüsterte er ihr zu.

„Ja, immerhin habt ihr euch noch nicht wegen mir geprügelt", brummte Tamara seufzend.

Oliver lachte und kehrte ins Wohnzimmer zurück. Tatsächlich wurde der Nachmittag noch ganz entspannt, und Damian war überraschend handzahm. Dennoch war Tamara froh, als sie die drei eine Weile später verabschiedet hatte.

„Ich bin erledigt", meinte sie und ließ sich aufs Sofa fallen. „Sollen wir was zu essen bestellen?"

Oliver legte sich neben sie und gab ihr einen Kuss auf die Stirn. „Gern. An was hast du gedacht?"

28

„Musst du wirklich?", fragte Tamara Oliver, während sie ihm zwei Wochen später beim Packen zusah.

Sie hatten wundervolle Tage miteinander verbracht. Langsam fing sie an zu glauben, dass es real war, was sie zusammen erlebten.

„So eine Verhandlung lässt sich schlecht verschieben", erwiderte er, war mit einem Schritt bei ihr, umfasste ihr Gesicht und küsste sie.

„Das macht es nicht leichter", gab sie zwischen zwei Küssen zurück.

Er lachte dunkel. „Dass du mich nicht vergisst!"

Wer hier wohl wen vergessen könnte, dachte sie. Der Gedanke traf sie wie ein Blitz. Was, wenn er unterwegs bemerkte, dass es doch nicht so toll war, plötzlich einen Klotz am Bein zu haben? Sie hatten darüber gesprochen, dass sie mindestens das erste Schulhalbjahr zu Ende bringen wollte, ehe sie kündigte. Was, wenn er nicht so lange an einem Ort bleiben wollte?

Sie schluckte und versuchte, den Gedanken beiseitezuschieben. Aber es war zu spät. Die Zweifel hatten sie im Griff, schnürten ihr die Luft ab.

„Oder du mich?", meinte sie.

Es hatte witzig klingen sollen, leider klang es schrill und unsicher. Genau so, wie sie sich fühlte. Verdammt.

„Hey", sagte er sanft und hob ihr Kinn mit dem Zeigefinger an. „Das werde ich nicht, Sonnenschein. Ich würde auch lieber bei dir bleiben, glaub mir. Aber es muss sein. Ich beeile mich und bin ganz bald wieder zurück." Sie atmete ein. „Sag mir, dass du mir glaubst", hakte er nach.

Tamara nickte und rang sich ein Lächeln ab. „Klar."

„Gut, das ist mein Sonnenschein." Er küsste sie lange und intensiv, ehe er sich von ihr löste. „Ich muss leider ..."

„Ja, geh nur. Soll ich dich zum Flughafen bringen?"

Er schüttelte den Kopf. „Nein, ich nehme den Schnellzug. Mach dir keine Umstände. Ich rufe dich an, wenn ich da bin, okay?"

„Ja."

Oliver klappte seinen Koffer zu. Sie beobachtete seine geschmeidigen Bewegungen und starrte auf seinen breiten Rücken. Sie hatte gelogen. Sie glaubte ihm nicht.

Als er sich umdrehte, lächelte sie.

„Bereit?", fragte Tamara.

„Nein." Er grinste schief und zog sie mit einem Arm an seinen Körper. „Ich liebe dich, vergiss das nicht."

„Ich liebe dich auch. Pass auf dich auf." Warum klang es so endgültig in ihren Ohren? Gott, sie musste aufhören damit. Sie wand sich aus seiner Umarmung. „Nun geh schon", sagte sie in einem spielerischen Tonfall, der verbarg, wie sie wirklich fühlte.

Die Anwesenden erhoben sich, als der Richter im Saal eintraf, um die Verhandlung zu eröffnen. Oliver musste schlucken. Obwohl er das Geld nicht brauchte, hatte er doch vorgehabt, etwas daraus zu machen, den Wunsch seines Vaters zu respektieren.

Nachdem die Anwälte ihre Standpunkte dargelegt hatten, meldete sich der Anwalt der Gegenseite noch einmal zu Wort. „Meine Mandanten wünschen einen Vaterschaftstest."

Oliver hatte damit gerechnet; diese Forderung entlockte ihm nicht mal mehr eine Regung.

Steven Rosenberg sprach für ihn. „Selbstverständlich. Mein Mandant hat hierfür einen Zeugen."

Der Richter gab ein Zeichen, daraufhin wurde Olivers Mutter in den Saal gebracht. Nachdem sie vorgestellt wurde und erklärt hatte, wie sie den Verstorbenen kannte, kamen sie zum Thema.

„Sie sind also sicher, dass Richard McDermott Olivers Vater ist?", fragte der Richter.

Sie nickte. „Ja, das bin ich."

„Haben Sie Beweise dafür?"

„Ja, euer Ehren. Ich habe hier ein Dokument, in dem steht alles schwarz auf weiß."

Oliver hatte das nicht kommen sehen. Ihm stockte der Atem, während er beobachtete, wie seine Mutter dem Richter ein Schreiben reichte. Dieser las es in Ruhe, dann hob er seinen Blick.

„Damit hätten wir das dann auch geklärt. Bitte nehmen Sie das in die Unterlagen mit auf." Der Richter gab das Dokument weiter und erhob sich. „Ich ziehe mich zurück. Wir sehen uns hier in zwei Stunden."

Oliver war sprachlos. Hatte seine Mutter wirklich diesen Test machen lassen? Warum hatte sie ihn so lange für sich behalten? Oder stand etwas ganz anderes in diesem Schreiben?

„Er hat geschrieben, dass er gut gelandet ist und sich nach der Verhandlung wieder meldet", sagte Tamara einige Tage später zu Julia. „Danach habe ich nichts mehr von ihm gehört."

„Hast du ihn angerufen?"

„Ähm, nein. Ich wollte nicht, dass es so aussieht, als würde ich wie eine Klette an ihm hängen."

Julia seufzte. „Er hat viel um die Ohren. Es ist sicher nicht leicht, und dass ihr nicht gesprochen habt, bedeutet nicht, dass er dich nicht liebt."

Tamara war sich da nicht so sicher. „Keine Ahnung. Eigentlich erwartet man doch in einer Beziehung, dass man sich unterstützt, auch wenn es schwierig ist. Wenn er verloren hat, dann würde ich ihn doch trösten, ihm beistehen wollen."

Sie blickte niedergeschlagen auf ihre Hände. Offenbar hatten sie und Oliver unterschiedliche Vorstellungen, was sie überraschte. In den letzten gemeinsamen Wochen hatte sie nicht den Eindruck gehabt, dass dem so wäre. *Egal*, versuchte sie sich einzureden. Aber das war es nicht. Sie war verletzt. Gleichzeitig wollte sie ihm nicht hinterherlaufen. Wenn sie ihm nicht wichtig genug war, um sich bei ihr zu melden, dann war er es auch nicht wert.

„Es tut mir leid, Sweetheart", sagte Julia sanft.

„Das muss es nicht. Ist schon okay, ich komme klar. Ist ja nicht so, dass ich ... Ach, ist nicht wichtig." Sie versuchte zu lächeln, aber es gelang ihr nicht.

„Wann wollte er denn zurück sein?" Julias mitfühlender Blick versetzte ihr einen Stich. Sie wollte kein Mitleid.

„Das hat er nicht gesagt. Die Verhandlung war vorgestern. Eigentlich ... Ich weiß nicht mal, wie es ausgegangen ist. Vielleicht liegt er jetzt in der Karibik und feiert. Was weiß ich?" Sie starrte düster in ihren Kaffee.

„Das kann ich mir nicht vorstellen, ich habe euch doch zusammen erlebt. Er hat sich verändert, Tamara. Er ist längst nicht mehr der Playboy, der er vor ein paar Monaten noch war."

Tamara wollte es glauben, aber die Tatsachen sprachen derzeit absolut dagegen. „Tja, ich weiß es nicht. Und weißt du, was mich am meisten nervt?"

„Na?"

„Dass es mich so runterzieht. Ich hatte die Bedenken von Anfang an, und ... schau, wo ich jetzt stehe. Aber das Gute ist doch, dass es nicht erst nach drei Jahren oder so soweit gekommen ist."

„Jetzt hör doch mal auf, den Teufel an die Wand zu malen, Tamara. Hier, nimm noch ein Stück Kuchen."

„Nein, danke. Wie geht's dir eigentlich?"

„Ach, dieses Mal erstaunlich gut. Ich muss viel seltener kotzen. Bei der Schwangerschaft mit Amalia war es schlimmer. Richtig schlimm."

„Dann wird es ja vielleicht ein Junge." Tamaras Mundwinkel bogen sich nach oben.

Es tat gut, über etwas anderes als ihr Elend zu sprechen.

„Das würde den Herrn hier im Haus definitiv freuen. Endlich ein bisschen Unterstützung." Julia grinste und legte sich eine Hand auf den schwach gewölbten Bauch.

Sie plauderten ein wenig über die bevorstehenden Untersuchungen und wie sie anfing, Amalie zu erklären, dass sie in naher Zukunft ein Geschwisterchen bekommen würde. Nach einer Weile spürte Tamara, dass sie erschöpft war. Sie hatte nicht gut geschlafen in den letzten Tagen und wollte gehen.

„Ja, ich werde dann mal wieder. Was habt ihr heute noch vor?", fragte sie aus reiner Höflichkeit.

„Wenn Damian vom Spaziergang mit Amalia zurück ist, wollten wir sie noch baden. Nichts Großes, und du?" Julias Wangen färbten sich zartrosa.

Tamara seufzte, aber beachtete es nicht weiter. Vielleicht auch so ein Schwangerschaftsding. „Ich habe noch paar Sachen für den Unterricht vorzubereiten."

„Am Sonntag?" Julia runzelte die Stirn.

„Ja, leider." Tamara stand auf und fing an, den Tisch abzuräumen.

„Lass das bitte sein, das mache ich gleich. Aber magst du nicht noch ein bisschen bleiben, bis Damian wieder da ist?"

„Willst du mich hier festhalten?", scherzte sie.

Julia wurde rot, und Tamara fragte sich, was mit ihr los war.

„Alles gut?", wollte sie wissen.

Julia lächelte nervös. „Ja, klar. Kann ich dir noch was zeigen? Ich würde gerne deine Meinung dazu hören."

Tamara runzelte die Stirn. „Sicher, was denn?"

Julia stand auf und holte einen Katalog mit Kindermöbeln. „Hier, ich kann mich einfach nicht entscheiden."

Eine Stunde später rauchte ihr der Kopf. „Sorry, meine Liebe, ich muss jetzt wirklich los …"

„Okay." Julia stand auf. „Dann, äh, bis …?" Sie lächelte breit.

Hier stimmte doch was nicht. „Bist du sicher, dass alles … okay ist?"

„Ja, ja", säuselte Julia und drückte Tamara an sich. „Tschüssi."

Stirnrunzelnd verließ Tamara die Wohnung und spazierte nach Hause. Es war ein schöner Herbsttag; heute konnte man sogar etwas Blau am Himmel erkennen. Als sie die Tür zu ihrem Apartment aufschloss, drang zarter Blütenduft in ihre Nase. Das war ungewöhnlich, vielleicht täuschte sie sich auch.

Sie trat ein und schnappte nach Luft. Es brannten Kerzen. Sehr viele Kerzen. Überall.

Auf dem Boden führte eine Spur aus Rosenblüten ins Wohnzimmer. Es mussten tausende sein. In der Kerzenreihe klaffte nach ein paar Metern eine Lücke, dort lag ein Zettel. Ihr Herz schlug schneller.

„Hallo? Oliver?", rief sie, aber bekam keine Antwort.

Sie ließ ihre Tasche fallen und ging zum Blatt. Ihr Name stand darauf. Sie hob es auf und drehte es um.

Liebe ist nur ein Wort. Du bist die Bedeutung.

Es war eindeutig Olivers Handschrift, prägnant und markant. In blauer Tinte hatte er die Worte darauf geschrieben. Er liebte sie doch. Wirklich.

Ihr wurde warm, und ihre Haut begann zu prickeln.

„Oliver?", rief sie noch einmal, aber es blieb still.

Seltsam. Was war hier los? Sie rechnete damit, dass er gleich von irgendwoher auf sie zugelaufen kam. Gleichzeitig fielen all die Zweifel und Sorgen ab, die sie die letzten Tage geplagt hatten. Mit zitternden Händen ging sie weiter.

Im Wohnzimmer hatte er auf dem Tisch eine Vase mit Rosen um ein brennendes Herz drapiert. Noch ein Zettel.

„Was ist hier eigentlich los?", murmelte sie und griff nach der nächsten Nachricht.

Vertrauen, stand auf der einen Seite.

Wird das hier eine Schnitzeljagd?, fragte sie sich lächelnd.

Sie wendete das Blatt und las weiter.

Es kommt ein Zeitpunkt im Leben, an dem Hoffnung nicht genug ist. Ich glaube an uns. Wenn du es auch tust, folge bitte diesem Hinweis.

Darunter waren Koordinaten angegeben. Das wurde ja immer mysteriöser. Es machte tatsächlich allen Anschein, dass er nicht hier war. Was hatte er ausgeheckt? Mit klopfendem Herzen zückte sie ihr Smartphone und gab die Koordinaten in eine App ein, dann machte sie sich auf den Weg und rief sich ein Taxi.

Die Nervosität hatte sie fest im Griff, als sie ganz in der Nähe ausstieg, nachdem sie den Fahrer bezahlt hatte. Tamara schaute sich um und suchte nach einem Hinweis. Ihr Blick blieb an zwei brennenden Fackeln hängen, die an der Wand neben dem Eingang zu einem Restaurant befestigt waren. Die waren sonst nicht dort, das wusste sie, denn sie war letzte Woche erst mit Oliver hier gewesen.

Okay, das könnte ein Hinweis sein. Sie ging auf die Tür zu und wurde dort direkt von einer jungen Chinesin empfangen. „Guten Abend. Sind Sie Tamara Stanhope?"

Sie nickte. „Ja."

Die Frau lächelte freundlich und deutete eine Verbeugung an, wie es hier üblich war. „Dann kommen Sie bitte mit mir."

Tamara trat ein und wurde über einen dunklen Holzboden zu den Aufzügen gebracht. Auch hier war der Weg von Kerzen gesäumt. Das Restaurant befand sich in der obersten Etage, erinnerte sie sich.

„Bitte", sagte die Mitarbeiterin, als die Türen des Lifts sich leise zischend öffneten. „Sie werden erwartet." Sie bedeutete ihr mit einer Handbewegung einzusteigen.

Tamaras Aufregung wuchs ins Unermessliche. Ihre Hände waren feucht, ihr Herz schlug so laut in ihren Ohren, dass sie sicher war, dass alle es hören konnten.

In der fünften Etage stieg sie aus. Sanfte Klaviermusik drang aus Lautsprechern an ihr Ohr. Auch hier brannten viele Kerzen.

Die Deckenleuchten waren heruntergedimmt und spendeten nur wenig Licht.

Aus dem Schatten trat ein Kellner an sie heran und nickte ihr höflich zu. „Guten Abend, folgen Sie mir bitte."

Tamara runzelte die Stirn. „Okay."

Langsam ging sie Schritt für Schritt hinter dem jungen Chinesen her, bis sie Oliver sah. Er stand in der Mitte des nach ihren Begriffen leeren Restaurants und hatte eine Rose in der Hand. Er trug einen dunklen Anzug mit einem blütenweißen Hemd.

Tamara schluckte. O Gott, was würde das werden?

Olivers Augen wirkten im schwachen Licht der Kerzen beinahe schwarz. Als er sie sah, lächelte er und trat von einem Fuß auf den anderen.

War er etwa auch so nervös wie sie? Tausend Gedanken schossen ihr durch den Kopf.

Was hatte er vor? Wie war es in Los Angeles gelaufen? War er deswegen in Feierlaune? Oder gab es noch einen anderen Grund? Er hatte von Vertrauen geschrieben, und ob sie auch an sie glaubte.

Ja, das tat sie. Deswegen war sie hier.

„Hallo, Sonnenschein", sagte er, seine Stimme zitterte leicht. Er streckte eine Hand in ihre Richtung aus.

„Hallo, Oliver", erwiderte sie.

Sie legte ihre Finger in seine, und das vertraute Prickeln übertrug sich von seiner warmen Haut auf ihre.

„Du siehst bezaubernd aus", murmelte er, küsste sie aber nicht, wie sie es erwartet hatte, sondern fixierte sie mit seinem durchdringenden Blick. Sein Adamsapfel hüpfte. „Erinnerst du dich an meine Ankunft in Shanghai?"

Sie nickte und spürte, wie ihre Mundwinkel sich nach oben bogen. „Ich hatte mich wirklich hübsch gemacht." Sie gluckste. „Lucas hatte vergessen, mir zu sagen, dass du auf dem Weg bist."

Oliver nickte, und in seinem Ausdruck lag so viel Wärme und Liebe, dass sie augenblicklich dahinschmolz. Wenn sie ihn nicht längst über alles lieben würde, hätte sie sich in diesem Moment aufs Neue in ihn verliebt.

„Du warst so herzlich und aufgeschlossen mir gegenüber, obwohl du alle Geschichten über mich kanntest. okay, vielleicht nicht alle", sein Grinsen wurde breit, „aber doch genug, um zu wissen, was für ein … Aufschneider ich war."

„Ich verurteile Menschen nicht gerne, ehe ich sie wirklich kenne." Sie drückte seine Hand, und er nickte kaum merklich.

„Dafür danke ich dir. Und nicht nur das: Du hast auch mein Verhalten toleriert, das meinem Ruf alle Ehre machte."

Tamara erinnerte sich natürlich daran. „Ein Wort genügte, und du hast … dich zurückgehalten."

Oliver neigte den Kopf. „Zu dem Zeitpunkt wusste ich noch nicht wieso, aber alle anderen Frauen haben mich schon längst nicht mehr interessiert. Ich war verwirrt deshalb, aber ich wollte mehr von dir wissen, alles über dich erfahren – dich besser kennenlernen. Du hast meine Gedanken beherrscht, auch wenn ich das nicht wollte. Absolut nicht. Das war nicht immer einfach …"

Sie versanken für einen Moment in ihren Erinnerungen, dabei schauten sie sich tief in die Augen. Tamara vergaß, wo sie waren, sie genoss, dass sie mit ihm hier war. Dass jetzt alles gut werden würde.

„Ich hätte nie gedacht, dass du dich für mich interessieren könntest", gab sie erheitert zu.

Oliver seufzte leise. „Es gab ein paar Momente zwischen uns, die haben mir Angst gemacht. Deshalb bin ich so schnell abgehauen. Ich wollte nicht, dass es passiert, aber wenn ich jetzt zurückdenke, da war es schon längst um mich gesehen."

Tamaras Herz machte einen Hüpfer. „Ich war schon ein bisschen enttäuscht, aber … es war besser so. Das habe ich mir zumindest eingeredet."

„Genau", stimmte Oliver zu. „Ich auch. Aber dann fragte mich Lucas, ob ich zur Jagd kommen wollte."

„Und du hast zugestimmt."

„Ja, weil ich dich wiedersehen wollte. Danach ist es auch schon so richtig kompliziert geworden. Ich hätte zuerst mit dir über meine Gefühle reden sollen, aber ich habe mich nicht getraut. Es war seltsam. Ich konnte das überhaupt nicht einordnen. Aber an dem Nachmittag, während wir das Ende des Gewitters abgewartet haben, da ist was mit mir passiert ... Ich kann es nicht beschreiben. Aber mit dir habe ich mich vollständig gefühlt, wertvoll und ... glücklich. Ich kannte dieses Gefühl nicht, ehe ich dich traf."

Tamara schluckte und atmete tief ein. Sie wusste, was er meinte – ihr ging es ähnlich. „Man weiß erst, was man vermisst, wenn es nicht mehr da ist ..."

Oliver lächelte schwach. „Genau. Und dann habe ich mich hinreißen lassen ... Lucas ist natürlich total ausgeflippt. Und ich hatte keine Ahnung, wie ich mit der Situation umgehen sollte. Tja, und schließlich habe ich erfahren, dass mein Dad krank ist."

Tamara erinnerte sich, wie er zu ihr nach London gekommen war. Das gemeinsame Essen.

Oliver fuhr fort. „Ich wusste nicht, was ich tun sollte. Lucas war sauer auf mich, und ich dachte immer nur an dich ... Also habe ich dich gefragt – dabei wollte ich die ganze Zeit mehr als nur eine platonische Freundschaft. Aber ich habe meinen eigenen Empfindungen nicht getraut. Wie sollte das gehen? Ich habe mich im ganzen Leben noch nie verliebt. Nicht so, jedenfalls. Du warst da. In meinem Kopf. In meinem Herzen. Überall."

„Ich mache dir keine Vorwürfe. Du warst der perfekte Gentleman, und ich rechne es dir hoch an, dass du die Freundschaft zu Lucas über deine Emotionen gestellt hast – auch wenn ich es zu dem Zeitpunkt, sagen wir mal, blöd fand." Tamara lächelte breit.

Es lag hinter ihnen, niemand musste mehr beweisen, dass sie zueinander gehörten.

„Ich konnte einfach nicht mehr ohne dich, aber ich war unsicher. Bin es vielleicht immer noch", gab er zu und suchte ihren Blick.

„Es hat mich überrascht, dass ich nichts von dir gehört habe …", murmelte Tamara und blinzelte.

Es hatte sie getroffen, ja, und sie wollte nun wissen wieso.

„Das verstehe ich. Als ich abgereist bin, habe ich gespürt, dass du immer noch nicht so an uns glaubst wie ich." Tamara fühlte sich ertappt. Sie wollte etwas sagen, aber kein Ton kam über ihre Lippen. Sie wollte nicht lügen, denn er hatte recht. „Deswegen sind wir heute hier", fuhr er fort, seine Stimme bebte. Er atmete tief durch und schloss für einen Augenblick die Augen.

Tamara wurde schwindelig. Was hatte er vor?

„Ich will, dass es alle wissen. Ich wünsche mir, dass du unsere Beziehung ebenso ernst nimmst wie ich. Ich war mir nie sicherer mit einer Entscheidung als mit dieser."

Oliver nickte jemandem hinter ihr zu. Tamara blickte sich um und sah, wie der Kellner an einigen Lichtschaltern drehte. Es wurde heller. Erst jetzt sah sie, dass sie doch nicht alleine im Restaurant waren.

„Tamara", sagte Oliver jetzt mit fester Stimme und trat einen Schritt näher. „Ich liebe dich. Ich möchte, dass du weißt, dass ich nie in meinem ganzen Leben jemanden so geliebt habe wie dich. Du bist alles, was ich will. Du bist der Mensch, den ich brauche. Mit dir bin ich vollständig. Du bist meine Sonne, mein Sonnenschein. Mit dir ist jeder Tag ein bisschen heller, jede Nacht hoffnungsvoller und jeder Augenblick lebenswerter." Er atmete noch einmal tief ein. „Sieh dich kurz um. Es sind alle gekommen, weil ich möchte, dass wir diesen Moment mit den Menschen teilen, die du liebst."

Tamara sah sich zögerlich um. Ihr Mund klappte auf. Dort saßen Damian und Julia.

Also doch! Julia hatte etwas gewusst, deswegen hatte sie sie aufgehalten. Tamara musste grinsen und schüttelte kaum merklich den Kopf. Die Frauen in dieser Familie liebten es zu verkuppeln.

Am nächsten Tisch saßen Lucas und Danielle. Wirklich? Sie waren hier? Unglaublich.

Charlotte und George winkten vom nächsten Tisch zu.

„Oliver", entfuhr es ihr, das Herz schlug Tamara bis zum Hals. „Was hast du da ausgeheckt?"

Er lachte dunkel. „Es tut mir leid, dass ich mich in den letzten Tagen zurückgezogen habe, aber ich hatte so viel zu arrangieren …" Sie verstand, was er meinte. „Mein Sonnenschein, du bist mein Leben. Ich möchte keinen einzigen Tag mehr ohne dich sein."

Und dann fiel er vor ihr auf ein Knie.

„Ich liebe dich, mehr als alles auf der Welt. Willst du meine Frau werden?"

O Gott.

Sie schnappte nach Luft. Sie würde gleich ohnmächtig werden.

Hatte er ihr eben wirklich einen Heiratsantrag gemacht? Vor allen? Wie hatte er das auf die Schnelle organisiert? Sie blinzelte die Tränen des Glücks weg.

„Tamara?" Olivers Stimme klang unsicher.

„Ja!", stieß sie endlich hervor. Und noch einmal. „Ja, ich will natürlich!"

Oliver atmete zischend aus, ließ die Rose fallen und stand auf. Er zog sie in seine Arme und küsste sie. „Gott, du hast mir wirklich Angst gemacht …" Er strich ihr zärtlich über die Wange. „Ich habe dich wahnsinnig vermisst, Sonnenschein."

„Ich liebe dich", murmelte sie an seinem Mund und küsste ihn noch einmal.

Plötzlich wurden sie von ihrer Familie umringt. Es wurde umarmt, beglückwünscht und gejubelt.

„Und ihr habt alle dichtgehalten?", rief Tamara kopfschüttelnd, als endlich alle ein Glas Champagner oder Orangensaft in der Hand hatten. Sie blickte Julia an, die breit lächelte.

„Es war nicht leicht", sagte ihre Schwägerin und schmiegte sich an Damian. „Aber das war es wert, oder?"

Tamara nickte. „Natürlich! Ich kann es immer noch nicht glauben! Auf euch. Auf die verrückteste Familie der Welt. Ich danke euch! Danke, dass ihr für uns da seid. Charlotte, dann kannst du jetzt wohl deine Liste potentieller Ehemänner für mich verbrennen."

Sie zwinkerte ihrer Ziehmutter zu. Charlotte kicherte. „Meine Liebe, auf meiner Liste stand seit der Jagd ohnehin nur noch ein Name."

„Edward?", fragte Tamara und kniff die Augen zusammen.

Charlotte schüttelte den Kopf und winkte ab. „Ach, du wieder. Manchmal frage ich mich, warum alle Stanhopes so lange brauchen, bis sie kapieren, wer der oder die Richtige für sie ist. Wobei ich mich dieses Mal wirklich zurückhalten musste ... Aber, ja", sie nickte zufrieden, „was lange währt ..."

„Mir hat sie ganz klar zu verstehen gegeben", raunte Oliver in Tamaras Ohr, „dass sie mich leiden mag, aber dass ich bitte nur mit ernsthaften Absichten in deine Nähe kommen darf."

Tamara quiekte. „Das hast du gemacht?"

Sie schaute Charlotte ungläubig an. Diese hatte wenigstens den Anstand, etwas zu erröten. „Na ja, du kennst mich doch. So ganz kann ich mich dann doch nicht raushalten."

Tamara sah im Augenwinkel, dass sich Damian mit der Hand über das Gesicht fuhr. Er erinnerte sich wohl an seine eigene Liebesgeschichte und daran, wie Charlotte da für ein Happy End ‚vermittelt' hatte.

Lucas lachte herzhaft und klopfte Oliver freundschaftlich auf die Schulter. „Mann, ich bin echt froh, dass du jetzt auch noch mein Schwager wirst."

„Das hat ja eine Weile nicht so ausgesehen", erwiderte Oliver mit einem Augenzwinkern.

„Aus Gründen, mein Lieber. Aus Gründen." Lucas hob eine Augenbraue. „Aber du hast bewiesen, dass du es ernst meinst. Da kann man ja schon mal seine Meinung ändern. Im Grunde könnte mir nichts Besseres passieren."

Danielle boxte ihn in die Seite. „Ihr zwei wieder."

Tamara konnte ihr Glück auch Stunden später noch nicht fassen, als sie mit Oliver nach einem feierlichen Abendessen im Kreise der Familie in die Wohnung zurückkehrte. Die Kerzen waren niedergebrannt, es duftete immer noch herrlich nach Rosen. Die Tür fiel hinter ihnen ins Schloss. Oliver trat auf sie zu.

„Endlich sind wir allein", murmelte er in ihr Haar und zog sie an seinen Körper. Er roch so gut, herrlich frisch und maskulin. Sie atmete tief ein und schloss die Augen. „Ich habe noch was für dich", sagte er und schob sie ein Stück von sich.

„Was denn noch? Mein Gott, ich glaube immer noch, dass ich träume."

„Tust du nicht, auch wenn es ein traumhafter Abend war. Ich bin so glücklich, dass du nicht gesagt hast, ich solle mich zum Teufel scheren."

„Hast du gedacht, dass ich das sagen könnte?"

„Ehrlich gesagt, nachdem ich dich gefragt habe und du so lange geschwiegen hast, da habe ich schon angefangen, ganz schön zu schwitzen. Glaub mir, mir sind sehr viele Gründe eingefallen, weshalb du auf jeden Fall Nein sagen würdest."

Tamara kicherte. „Du Spinner."

Oliver zog ein Kästchen aus seiner Jackentasche. „Ich wollte das in Ruhe ..."

„Du ...?"

Er öffnete es und blickte zu ihr. „Ich hoffe, er gefällt dir?"

Im schwarzen Samt steckte ein Ring aus Roségold mit einem Solitär mit sechs Krappen.

Tamara schlug sich die Hände vor den Mund. „O mein Gott, du hast schon einen Ring gekauft?"

„Es ist ein Verlobungsring. Die Eheringe suchen wir natürlich gemeinsam aus …"

„Er ist wunderschön."

Oliver atmete erleichtert aus. „Darf ich?"

Sie nickte und hielt ihm ihre Hand hin. Ihr Verlobter griff nach dem Ring und steckte ihn langsam und zärtlich auf ihren Ringfinger. Danach küsste er jeden einzelnen Finger an ihren beiden Händen.

„Ich liebe dich, Tamara. Du bist meine Sonne, mein Sonnenschein."

Er zog sie in die Arme und küsste sie lange und leidenschaftlich. Ein Leben lang war nicht genug – ‚Für immer', das waren nur zwei Worte, die ab heute eine neue Bedeutung bekamen.

Sehr viel später lagen sie im Bett, Tamaras Kopf war auf Olivers Brust gebettet. „Warum hast du dich so lange nicht gemeldet?"

„Ich konnte es nicht. Einerseits war ich nach der Verhandlung total durch den Wind."

„Und?"

„Und andererseits hatte ich damit zu tun, deine Sippe beisammen zu bekommen. Ich hatte Angst, dass du was merken würdest. Ich wollte die Überraschung nicht versauen."

Tamara gab ihm einen Klaps. „Weißt du eigentlich, wie sehr ich hier gelitten habe?"

„Sonnenschein, verzeih mir. Ich habe dir doch gesagt, dass du mir vertrauen sollst."

„Ja, mein Fehler, und es tut mir leid, dass ich an dir gezweifelt habe."

„Ich kann es dir nicht verübeln. Vor nicht allzu langer Zeit dachte ich noch, ehe ich heirate, könnte man in der Hölle Schlittschuh fahren."

Sie gluckste. „Und? Ist sie zugefroren?"

„Ich weiß es nicht, aber ehrlich gesagt, es ist mir egal. Denn erst danach habe ich dich getroffen. Ich hoffe, es ist alles in Ordnung? Ich wollte dich wirklich nicht verunsichern."

„Machst du Witze? Ich schwebe auf Wolke sieben!"

Er lachte dunkel. „Perfekt. Und ich werde alles dafür tun, dass wir immer dort oben bleiben."

Epilog

Ein Jahr später

Der Sand fühlte sich warm unter ihren Fußsohlen an. Eine leichte Brise spielte mit ihrem Haar, die Luft roch salzig. Sie atmete tief ein und blickte über das türkisfarbene Meer der Fidschi-Inseln. Es erinnerte sie an Olivers Augen.

Er stand nur ein paar Meter entfernt und trug einen dunkelblauen Anzug mit einem weißen Hemd, braunen Schuhen und passendem Gürtel. Als würde er spüren, dass sie ihn ansah, drehte er sich um.

Sie strahlte, und er durchbohrte sie förmlich mit seinem leuchtenden Blick. Ihr Herz ging auf. Schritt für Schritt ging sie auf ihn zu. Ihr leichtes Seidenkleid umspielte ihre nackten Beine. Sie schritt langsam an ihrer Familie vorbei, die auf weißen Stühlen im Sand saß.

Julia schaukelte das Baby auf ihren Armen. Sie hatte einen gesunden Jungen geboren, den sie auf den Namen Noah getauft hatten. Damian hatte Amalia auf seinem Schoß sitzen. Die Kleine winkte fröhlich, als Tamara an ihnen vorbeiging.

Lucas und Danielle hielten Händchen; eine Hand hatte Danielle auf ihren Bauch gelegt. Sie hatte ihnen gestern erzählt, dass sie im vierten Monat schwanger war. Tamara freute sich für die beiden. Es machte sie glücklich, ihre Lieben so vereint zu sehen. Charlotte und George nickten ihr zu. Olivers Mutter war mit ihrem aktuellen Partner gekommen. Auch wenn das Verhältnis zwischen Mutter und Sohn nach wie vor nicht einfach war, so freute sie sich doch, dass sie diesen wichtigen Tag mit ihnen teilte.

Aber jetzt hatte sie nur noch Augen für Oliver.

Er stand unter einem Bogen, der mit weißen Seidentüchern umwickelt war, deren Enden im Wind flatterten. Tamara lächelte, auch weil Danielle ihr genau diese Traumhochzeit vorausgesagt hatte. Sie hatte es sich damals nicht vorstellen können, aber nun war es soweit. Sie hatte den einen Menschen gefunden, der sie ergänzte, den sie über alles liebte, mit dem sie alt werden wollte.

Tamara reichte ihm die Hand und stellte sich ihm gegenüber. Der Pastor nickte ihnen zu und begann mit der Zeremonie.

Die Worte flogen nahezu an ihr vorbei, und beinahe hätte sie den Moment verpasst, als sie Ja sagen sollte.

Gerade noch rechtzeitig erinnerte sie sich daran und sagte laut und deutlich: „Ja, ich will."

Nachdem Oliver sein „Ja", ausgesprochen hatte, küssten sie sich.

„Ich liebe dich, Sonnenschein", murmelte er an ihren Lippen.

„Ich liebe dich", gab sie zurück.

Den Jubel ihrer Gesellschaft bekamen sie kaum mit.

Tamara und Oliver gingen Hand in Hand in ein neues Leben als Mann und Frau. Oliver hatte die Richard-McDermott-Stiftung gegründet und den Vorsitz eingenommen. Ihr Hauptbüro lag in London, so dass sie Hand in Hand mit Danielles Organisation *Every Life Matters* arbeiten konnten.

Tamara war für den Bereich der Aus- und Weiterbildung tätig. Sie konnte ihre Erfahrungen vor Ort einbringen, und es machte ihr großen Spaß, mit den Mädchen zu arbeiten.

Sie und Oliver hatten auch schon über eigene Kinder gesprochen und wollten die Natur entscheiden lassen. Sie wäre zwar keine blutjunge Mutter mehr, aber sie war sich sicher, dass das Alter keine Rolle spielte, solange man sein Kind liebte.

Ob ihnen das Glück auch in dieser Sache hold war, würde die Zukunft zeigen. Eine Zukunft, der sie hoffnungsvoll entgegenblickte.

Oliver trat hinter sie und küsste ihren Nacken. „Wie geht es Ihnen, Mrs Barrett?"

Tamara drehte sich lächelnd zu ihm um. „Es könnte nicht besser sein."

„Ich bin glücklich."

„Ich auch." Sie legte ihm eine Hand an die glattrasierte Wange. „Danke, dass du mich liebst."

Oliver küsste sie zärtlich. „Ich liebe dich mehr als mein Leben. Vergiss das nie."

„Wie könnte ich?" Sie blickte mit Tränen in den Augen zu ihm auf.

„Ich werde dich jeden Tag daran erinnern. Mit Taten und allem, was ich habe."

Tamara schmiegte sich an ihn und legte eine Hand auf seine Brust. Sie spürte den Schlag seines Herzens unter ihrer Haut. Es schlug im gleichen Takt wie ihres.

Das war es, was wahre Liebe mit einem machte. Sie waren miteinander verbunden – das waren sie vom ersten Tag an gewesen und würden es für immer sein. Sie war dankbar, dass sie zu diesen tiefen Gefühlen überhaupt fähig war. Dankbar, dass sie eine Liebe erleben durfte, die ihr die Kraft gab, alles, was kommen mochte, mit ihm zu meistern. Sie freute sich darauf.

Mit Oliver war jede Herausforderung bloß eine Aufgabe, die sie lösen würde, mit ihm war sie stark, zusammen waren sie stärker. Gemeinsam würden sie jede Hürde nehmen, die sich ihnen in den Weg legte.

Voller Zuversicht stellte sie sich auf die Zehenspitzen und drückte ihre Lippen auf seine. Zärtlich küsste sie ihn und ließ ihn spüren, was sie fühlte. Dafür brauchte sie keine Worte, hatte sie nie gebraucht.

Das war es, was ihre Liebe zu ihm ausmachte. Vertrauen.

ENDE

Danksagung

Liebe Leserin! Lieber Leser!

Danke, dass ihr mich und die Familie Stanhope bis hierhin begleitet habt. Diese Reise war für mich eine ganz besondere. Tamaras Geschichte hat mich sehr bewegt, und es ist mir stellenweise nicht leichtgefallen, sie niederzuschreiben. Ich hoffe, dass sie euch gefällt und dass ich euch ein paar unterhaltsame Lesestunden bescheren konnte.

Ich möchte mich bei meiner Lektorin Dorothea Kenneweg für die wunderbare Zusammenarbeit bedanken. Vielen Dank auch an meine Testleser*innen, die mir beim letzten Feinschliff mit Rat und Tat zur Seite stehen. Danke an Sandra von BookRix für das Korrektorat und ihre hilfreichen Kommentare. Danke an das gesamte BookRix-Team, ihr seid wunderbar.

Last but not least würde ich mich freuen, wenn ihr auf meiner Facebookseite vorbeischaut und mir vielleicht ein Däumchen dalasst.

Wenn ihr sichergehen wollt, dass ihr keine Neuerscheinung mehr verpasst, dann tragt euch doch zu meinem kostenlosen Newsletter ein. Hier versende ich regelmäßig Bonuskapitel und informiere euch über Gewinnspiele und Aktuelles.

Bis bald, ich hoffe, wir lesen uns!

Alles Liebe
Karin Lindberg

Die Stille der Sterne

ab 15. Juli 2018 im Handel

Cameron Kincaid kann kaum glauben, dass sie drei Jahre nach der Trennung ans Krankenbett ihres Ex-Verlobten gebeten wird. Zu schmerzvoll sind die Erinnerungen, zu tief sitzen die Wunden, die Blake ihrem Herzen zugefügt hat. Trotzdem keimt ein Funke Hoffnung auf, und sie begreift, dass manchmal nicht alles so ist, wie es scheint. In ihrer Verzweiflung klammert Cameron sich an die Weisheiten ihrer Großmutter und wagt einen Neuanfang.

Doch obwohl Blake Cameron um keinen Preis mit seiner Vergangenheit belasten will, werden alte Wunden wieder aufgerissen und ihre Liebe wird erneut auf eine harte Probe gestellt. Um Cameron nicht für immer zu verlieren, muss Blake sich endlich seinen Dämonen stellen.

Leseprobe

Nach dem ersten Schock kam die Wut.

»Arschloch!«, schrie sie, als sie aufstand und sich den Schmutz abschüttelte, der sie nun von oben bis unten bedeckte.

Der Fahrer hatte offenbar doch mitbekommen, dass er sie beinahe umgefahren hätte, er hatte einige Meter weiter angehalten und die Warnblinkanlage angestellt.

Und dann stand er vor ihr. Groß und breitschultrig, wie aus dem Nichts.

»Entschuldigen Sie bitte, ich bin untröstlich. Ist Ihnen etwas passiert?« Seine dunkle Stimme klang besorgt.

Wäre Cameron nicht so wütend gewesen, hätte sie ihm ewig zuhören können. Aber so ...

»Mein Fahrrad ist schrottreif«, schimpfte sie.

»Sind Sie verletzt?«, wiederholte er. »Bitte, wie kann ich Ihnen helfen?«

Er trat noch näher, sie nahm den feinen Stoff seiner Kleidung wahr. Das Auto war riesig, man sah sogar im Halbdunkel, dass er für seinen fahrbaren Untersatz mehr Geld ausgegeben hatte als manche Leute für ihr Zuhause. Sie war sich ihrer Wut über diesen reichen Schnösel sehr bewusst, als sie einen Schritt auf ihn zumachte. Und dann schaute sie ihm in die Augen, und ihr Mund blieb offenstehen. Sie vergaß, was sie ihm entgegenschleudern wollte. Cameron hatte sich nie Gedanken darüber gemacht, welchen Typ Mann sie gut aussehend fand. Wenn sie *ihn* ansah, erschien es noch unerheblicher, denn er wirkte wie von einem anderen Stern. Niemand würde mit ihm mithalten können. Niemand auf der ganzen Welt.

Ohne ihn zu kennen, wusste sie, wenn er einen Raum betrat, war es unmöglich, jemand anderen anzusehen. Seine große, schlanke Gestalt hatte ein vornehmes Auftreten, das zu echt war, um es erlernen zu können. Er strahlte eine unbändige Kraft aus, die nur Menschen umgab, die sich ihrer selbst sicher waren. Und doch umgab ihn eine diffuse Unnahbarkeit, die sie faszinierte.

Sein Körper war ein Beispiel perfekter Stimmigkeit. Er wirkte drahtig, hatte eine straffe Muskulatur und lange Beine. Seine Gesichtszüge waren fein geschnitten, wie bei einer Statue. Er konnte noch nicht alt sein, seine Haut war straff und glatt. Mitte zwanzig, würde sie schätzen. Aber in der Dämmerung konnte sie sich auch täuschen. Seine Erscheinung wirkte beinahe unheimlich, so perfekt war er. Sein zu langes Haar, das er mit Gel gebändigt hatte, war schwarz und glatt und hing ihm nun, nach ein paar Minuten im Regen, in wirren, nassen Strähnen um den Kopf. Die Sonnenbräune seiner Haut intensivierte die Farbe seiner eindringlichen Augen. Ein reines helles Blau, das sie an den Horizont am Winterhimmel erinnerte. Sein Gesicht wirkte zugänglich, aber seine Augen verrieten nicht, was er dachte. Das alles konnte sie nur erkennen, weil er dicht vor ihr stand. Wirklich dicht. So nah, dass sie glaubte, seinen Atem auf ihrer Haut zu spüren. Aber das war natürlich nur Einbildung. Dennoch ließ der Gedanke sie nicht kalt. Ihre Wut war verpufft.

Der Roman ist in sich abgeschlossen.

Vertraglich verliebt

Shanghai Love Affairs 1 / Liebesroman

Wenn der Traummann ein unmoralisches Angebot macht, wird jede Frau schwach...

Widerwillig fliegt Julia für die Charity-Organisation ihrer kranken Freundin Danielle zu einer Gala von Shanghai nach Hongkong. Dort begegnet ihr Damian Stanhope, ein gutaussehender Engländer mit sanfter, dunkler Stimme, der ihre Knie weich werden lässt. Plötzlich wird aus Pflicht Vergnügen – bis er ihr ein fragwürdiges Angebot macht. Empört lehnt sie ab. Doch das Leben in der Metropole Shanghai ist teuer und auf Julias Konto herrscht wie üblich Ebbe.

Als Damian sie überraschend noch einmal aufsucht, unterzeichnet Julia schließlich den vorgefertigten Vertrag. Ehe sie sich versieht, steckt die blonde Deutsche mitten in einer Scharade, die bereits nach kurzer Zeit mehr für sie bedeutet.

Aber welches Spiel treibt der undurchschaubare Damian mit ihr? Und welche Interessen verfolgt seine Familie?

Der Roman ist in sich abgeschlossen. Alle Teile können unabhängig voneinander gelesen werden.

High Heels im Schnee

Shanghai Love Affairs 2 / Liebesroman

Zwei Charaktere, die unterschiedlicher nicht sein könnten ...

Lucas Stanhope ist ein Draufgänger, der nichts anbrennen lässt. Unverbindlicher Sex ist genau sein Ding, von Beziehungen und Verantwortung hält er nicht viel. Das muss sich ändern, meint seine Familie. Der notorische Frauenheld wird dazu verdonnert, ein Wohltätigkeitsprojekt in England zu unterstützen. Widerwillig reist er nach London – wo ihn eine Überraschung erwartet.

Die Charity-Lady Danielle ist nicht nur hübsch und jung, sondern auch eigenwillig und sehr sexy. In kürzester Zeit fliegen die Funken zwischen den beiden. Schnell wird jedoch auch deutlich, dass er nur das Eine, sie aber den Mann fürs Leben sucht. Bei einem Schneesturm in den Schweizer Alpen nähern Danielle und Lucas sich an ...

Werden die beiden zueinander finden oder sind die Gegensätze zu groß?

Dieser Roman ist in sich abgeschlossen. Alle Teile können unabhängig voneinander gelesen werden.

ACT OF LAW —
LIEBE VERPFLICHTET

Shanghai Love Affairs 3 / Liebesroman

Kopf oder Herz?

Diese Frage muss Inga sich stellen, als sie plötzlich ihrem Jugendschwarm gegenübersteht …

Der Anwalt Jan von Berghaus liebt sein mondänes Leben in der Metropole Shanghai, aber Probleme in seiner Familie rufen ihn zurück in seine Heimatstadt Lüneburg. Pflichtbewusst reist er an und bleibt, um die Kanzlei seines Vaters zu führen, obwohl er lieber früher als später die Beine in die Hand nehmen und nach Asien zurückkehren würde. Als er jedoch der hübschen Inga wieder über den Weg läuft, ändert er seine Meinung.

Zu dumm nur, dass Inga vor Jahren schwer in ihn verliebt war und Jan sie nach einem Kuss sitzen gelassen hat. Sie hat ihm das nie verziehen – bis er ihr rechtlichen Beistand zur Rettung ihrer Kaffeerösterei anbietet. Hilfsbereit legt der attraktive Anwalt sich ins Zeug, um seinen Fehler von damals auszubügeln …

Wird Inga ihrem Herzen noch einmal folgen und sich auf Jan einlassen, oder dieses Mal auf Nummer sicher gehen, und ihm einen Korb geben?

Dieser Roman ist in sich abgeschlossen. Alle Teile können unabhängig voneinander gelesen werden.